光文社文庫

都筑道夫コレクション

血のスープ
〈怪談篇〉

都筑道夫

KOBUNSHA

目次〈怪談篇〉

血のスープ

目次　血のスープ

第一章　パカロロと歯

1

前の座席の男が、青黒い手榴弾を持ちあげた。スクリーンの光で、それを見たときには、ぎくりとしたが、男は上部をひねって、はずしてから、口にあてた。手榴弾ではない。酒を入れて、持ちあるくスキットルだった。五オンス入りらしい平壜に、ミリタリイ・グリーンの亀甲状のゴムを着せたものなので、ハンド・ボムに見えたのだった。壜からじかに、ぐびりと飲んでから、キャップをしめて、男はスキットルを、尻ポケットに押しこんだ。

スクリーンには、女の両足が、いっぱいにひろがっていた。画面のまんなかに、淡い金髪にふちどられた女陰が、ぬめぬめと光っている。男の太い指が、それを押しひろげて、黒ずんだ舌がなめあげるのを、息をのんで、慶吉は見つめた。同年輩の知りあいと飲んでいて、そっちへ話題がいったときには、なんとか調子をあわすけれども、慶吉はこれまでに、ブルー・フィルムを見たことがない。茶いろい髪の男が、髭づらを白い股間に押しつけて、激しく上下させると、スクリーンの外から、仔犬の懸命な遠吠えのような、女のあえぎが響いてくる。大写しになった太腿には、茶いろのしみが、やたらにあった。麦藁いろの濡れた陰毛から、クリトリスが突きでて、グロテスクに大きい。不気味な眺めだったが、だからといって、興奮しないわけではない。

若いころから、慶吉は生まじめで通っていて、学生時代の友人も、遊びにさそってはくれなかった。こちらが積極的にでれば、仲間に入れてくれたのかも知れないが、金の余裕もなかった。生まじめな顔をしたまま、親の店を手つだうようになって、親のすすめる結婚をして、女の子をひとりつくって、五十に手がとどくまで、こつこつと働きつづけた。朝から晩まで、親ゆずりの印判屋の奥に、すわっている。娘がはたちになって、いくらか楽ができる、と思っていたら、どうしても、アメリカへ留学したい、といいだした。高校をでて、外国語学校へいったときから、そういう計画を立てていたらしい。ニューヨークやロスアンジェルスは、物騒だそうだから、と妻も反対したが、それではハワイへ、ということになって、慶吉はいままで以上に、精をださなければならなくなった。だが、口にだして、不平をいったことはない。生まじめさが、身についてしまったのだろう。

画面はかわって、目蓋をまっさおに染めた金髪女が、まんまるく大きくひらいた口に、巨大な陽根をふくんでいた。血の色をした厚いくちびるに摩擦されて、薩摩芋みたいな陽根は、青すじを立てている。ワイキキのはずれ、娘のアパートメンツの近くの映画館で、まだ宵の口のせいか、客は五、六人しかいない。留学して二年たった娘の様子を、はじめて慶吉は見にきたのだった。夏の観光シーズンをさけてきたので、もう学校がはじまっているから、娘は昼間はいないことが多い。慶吉は近くのアラ・モワナ・ショッピング・センターへ歩いていって、ぶらぶら半日をすごしたり、アパートメンツの周囲を、散歩したりした。海外にでるのは、はじめてだったし、学生時代から、英語は不得手だったが、ハンバーガーやアイスクリームを買うぐらいのことは、見よう見まねで出来た。

アパートメンツの前の道路をつきあたると、二階建の長屋のような建物があって、そのまんなかへんに、Eggs'n Things《卵やなにか》という軽食堂がある。パンケークとオムレツがうまくて、大きくて、日系の女性の経営なので、たっぷり食べたいときは、そこへいった。ならびには、酒屋やクリーニング屋があって、中華料理屋もある。ラーメンはサイミンというと教わって、その店のをこころみたが、おかしな味つけで、一度でこりた。右はしは、小さな映画館で、小さなウインドウに、ポスターが二枚、貼ってあった。どちらにも、裸の女がのけぞっていて、すみにXのマークがついていた。新聞の映画の広告に、RとかPGとかXとか、かならず記号がついているので、娘の波奈江に、聞いてみたことがある。Rは子どもがひとりで見てもいい映画、PGは子どもに見せるときには、親の指導が必要、というしるし。そして、Xは成人映画、ということだった。だが、小さな映画館には、ウインドウにも、ドアにも、入場料が書いてない。

「悪いけど、今夜、友だちと約束しちゃったんだ。晩ごはん、ひとりで食べてよ」

と、波奈江から電話があった日の夕方、《エグズン・シングズ》で、香辛料のきいた野菜とチーズのオムレツをつめこんでから、慶吉はおそるおそる、映画館のドアを押した。パプコーンの香りも、ビデオ・ゲームの音もしない。ハワイで映画を見るのは、はじめてではなかった。歩いていかれる範囲に、なん軒も映画館がある。日系俳優が黒装束で、ギャングと闘うニンジャ映画を、娘につれられて見たのを手はじめに、ひとりでも二、三度、ポスターの絵で見当をつけて、アクションものや、ホラー映画を見にいった。ワイキキの目ぬき通りの大きな映画館は、ロビーの正面に売店があって、隅に一、二台、ビデオ・ゲームがおいてある。ゲームはたいがい、車でいくたり人を轢きころせるか、という日本で問題になった《デス・レース》や、テンガロン・ハットのガンマンが、投げあげたコインを射って、いつまで落さずにいられるか、という《デッド・アイ》のたぐい、作動するのが不思議なくらいの古ものだ。めったに、子どももやっていない。売店のケースには、チョコレート・バーやジェリビーン、キャンディ・バーがならんで、上にはガラスばりの保温器が、横ならべにしたホットドッグを、くたびれた水車のように、ゆっくり廻転させていた。その隣りには、バタード・パプコーンの機械が、いい匂いをさせている。それにさそわれて、帽子ほどもある紙バケツにいっぱい、バタード・フレイヴァ・オイルで、つやのでたパプコーンを買って、ぜんぶ食って帰ったとたんに、猛烈な下痢をして、慶吉は娘をあきれさせた。

角の映画館には、白壁に次週の作品のポスターが、貼ってあるだけだった。小さな木の囲いがあって、マイクロネシアらしい色の黒い少女が、なかに腰をおろしている。囲いのへりに、細長い紙が貼ってあって、黒のマジック・インクで、なにか書いてあった。そのなかに、$のマークと、数字の5が見える。五ドル紙幣をわたしてみると、少女は黙って、うけとった。慶吉がまごまごしていると、さらに脇(わき)のドアを指さした。それを押しあけると、まっくらななかに、スクリーンがちかちか光っている。慶吉は手さぐりで、椅子(いす)にすわった。

ポーノグラフィといっても、いちおうのストーリイはあって、ふたりの男が、なにかの目的のために、ある特定の女を探しているらしい。その女には下半身に、なにか目じるしがあるようで、ふたりの男――ひとりは金髪の中年、ひとりは髭づらの若者は、行きずりの女を次つぎにさそって、ベッドにつれこむのだった。画面ではいま、髭づらのほうが、さっきの女を、赤い絨緞(じゅうたん)の上に四つん匍(ば)いにさせて、うしろから攻めている。女は金髪をふりみだして、悲鳴にちかい声をあげていた。後景のベッドには、中年男が腰をおろして、ひろげた両足の上に、東洋系の小がらな女をかかえあげている。遠い観客にむけて、女は乳房をそらしながら、激しく尻を上下させていた。その顔がズーム・アップすると、日本のカブキ・アクターのように、両眼をより目にして、眉根(まゆね)に皺(しわ)を立てている。カメラが下腹へおりていくと、巨根をのみこんで、珊瑚(さんご)の門は張りさけそうだった。

金髪の中年と髭づらの若者が、かわるがわるファック・シーンを演じるうちに、時間がたって、慶吉は退屈をおぼえはじめた。最初のうちこそ、さまざまな角度から見られる行為に、興奮したけれど、いくら体位をかえても、所詮はおなじことのくりかえしに過ぎない。そうは思いながらも、立って出ていかなかったのは、クライマックスに期待したからだろう。前の席の男が、またスキットルをだして、口にあてた。脳天の禿げた肥った白人で、シルクのキモノ地のアロハ・シャツを着ている。キャップをはずした左腕には、黄金の時計が大きかった。ホーム・タウンでは、体面があって、こんな映画館へは、入れないのかも知れない。慶吉も、酒が飲みたくなった。

やがて、髭づらの若者のほうが、目ざす女を見つけだした。それは、大陰唇の内がわに、小さな赤い花を、彫った女だった。ほんとうに、そんな刺青をした女優なのか、男の舌がいくら濡らしても、赤い花は消えなかった。中年男と若者は、丘の上の大邸宅に、その女をつれていった。ドラキュラでも住んでいそうな、荒れはてた屋敷だった。風で雲が流れて、夜空にときおり、稲妻がひらめくなかを、ふたりの男は叫びあいながら、女を屋敷につれこんだ。蜘蛛の巣をはらいながら、地下室におりていくと、まんなかに手形の模様のついた扉があった。とまどっている女の右手を、若者がつかんで、手形に押しあてると、ぴったりあって、扉はひらきはじめた。どうやら、ふたりの男は悪徳弁護士と、その配下の調査員で、この屋敷には、変りものの大金持が住んでいたらしい。秘処に花を持った女は、ただひとりの遺産相続人で、当人はそのことを知らない。扉をあけさせたあとは、殺してしまうつもりなのだろう。うすぐらい部屋へ入って、中年男が歓声をあげながら、燭台の蠟燭をつけてまわると、若者のほうは、女をいきなり、裸にしはじめる。自分も下半身、裸になって、懸命に陽根をしごくと、槍のように尖った金属のキャップを、亀頭にはめた。

「なるほど、やり殺すつもりか」

と、慶吉はつぶやいて、自分の駄じゃれに、自分で笑った。それにしても、あんな鋭いものを、ほんとうに挿入するのだろうか、と慶吉は目を凝らした。地下室のなかには、棺桶らしいものが、いくつもならんでいる。そのひとつの蓋を払って、中年男が大声をあげた。寝棺のなかから、裸の女が立ちあがったからだ。ほかの柩も次つぎに、ひとりでに蓋がはねあがって、やはり裸の女が立ちあがった。それを見て、若者の陽根はちぢみあがった。槍のようなキャップがはずれると、サンダルばきの足の甲に落ちて、突きささった。髭にかこまれた口をひらいて、若者は悲鳴をあげた。

数すくない観客が、いっせいに笑った。むろん、慶吉も笑った。寝棺から現れたのは、ふたりの男が、それまでに犯した女たちだった。裸女の群れは、ふたりに襲いかかって、あるものは女陰を口に押しつけた。あるものは、陽根を口にくわえた。あるものは、脇腹に舌をはわせた。さかりのついた猫のような、異様な声をあげながら、交互にふたりに跨って、女たちは尻をゆすった。濡れた陰毛を押しわけて、そりかえった陽根の出入りするさまが、なんども大写しになった。男の顔がしだいに青ざめても、女たちは容赦しない。ふたりの目のまわりに、青黒く隈ができた。頬がくぼんで、額に皺がきざまれる。だんだん老人の顔になって、女に激しく口を吸われると、上下の歯がとびだした。胸も肋骨が浮いて、小指のようになった陰茎が、くにゃりと倒れる。見るかげもなくなった男ふたりを、女たちはとりまいて、淫蕩に笑った。その顔が次つぎにクローズアップされて、映画はおわった。

2

場内は明るくならない。スクリーンが一瞬、灰いろになっただけで、すぐに次の映画がはじまった。ビキニの水着の若わかしい女が、明るい海岸の並木道を、ローラースケートで走っていく画面に、題名や俳優の名前が浮かぶ。ショートパンツひとつの青年が、やはりローラースケートで走ってきて、女とすれちがう。笑顔で、女は手をふった。男はしばらく走ってから、バレー・ダンサーみたいに、あざやかに一回転して、女のあとを追う。女の前をゆっくりと、汚れたヴァンが走っている。女はそれにつかまって、お尻をつきだして、ひっぱられていく。若者が追いついて、ビキニのパンツの脇でむすんだ紐をほどいた。おどろいて、女がふりむくと、若者はショートパンツの横から、ソーセージのようなものを、片手でとりだしている。とたんにヴァンが、赤信号でとまって、女の背なかに、男がぶつかる。はねかえそうとする女の尻を、男の両手が押しひろげて、むりむりと陽根がめりこんでいくさまは、なんともユーモラスだった。けれど、真昼の道路で、こんな場面を撮影しても、アメリカでは、文句をいわれないのだろうか。

「あなた、ニホンからきた。違います?」

うしろから、声をかけられて、画面の女のように、慶吉はおどろいた。アクセントはおかしかったが、日本語にはちがいない。ふりかえると、髪の長い仄白(ほのじろ)い顔が、浮かんでいた。慶吉はうなずきながら、女だな、と思った。それにしては、声が太すぎる。

「そう。日本からきた? わたし、日本、すこし知っている。すこし、いた。ヨコスカ、知っている?」

小声でいうと、相手は立ちあがって、隣りの椅子に移ってきた。裾(すそ)をひきずるような、女ものの服を着ている。これがマフーか、と慶吉は思った。ホモセクシャルの男で、女装をこのむものを、ハワイ語でマフーというのだ、と娘に教えられた。

「ポルノを見にゆくな、とはいわないけど、気をつけてよ、お父さん。ホモの男がいて、変なことをしかけてくるからね」

ともいわれたのを思い出して、うなずいたことを、慶吉は後悔した。けれども、女の服をきた男は、隣りにすわっただけで、おとなしくスクリーンを見あげていた。画面では、さっきのビキニの娘が、アパートメントに帰って、シャワーをあびている。そこへ、ルームメイトらしい女の子が入ってきた。肌のいろが浅黒いから、混血なのだろう。ふりそそぐ湯のなかで、ふたりはたわむれはじめた。白い女の濡れた肩に、乳房に、下腹に、浅黒い女のピンクの舌が匍いまわると、湯気のこもった狭いバス・ルームに、甘いうめき声が反響した。慶吉が見とれていると、隣りのマフーが、ささやきかけてきた。

「不潔。そう思いませんか。わたし、思います。おけつがふたつで、ふけつね」

画面にはちょうど、柘榴（ざくろ）のような割れめを見せて、浅黒い女の尻が、大きく揺れうごいていた。慶吉は思わず、吹きだしながら、

「あんた、日本語がうまいんだな」

「わたしの恋人、日本人だった」

「横須賀で、知りあったのかね」

「ノー、こっち、ホノルルで——彼、日本へ帰ってしまった。もういない。わたし、とても悲しいね」

大げさに、マフーはため息をついた。あくどい化粧はしていなくて、目の大きな顔は、少年のように見える。

「そりゃあ、かわいそうに」

慶吉がいうと、男は肩をすくめて、

「イエス、かわいそう。あなた、ツアーできたの？」

「いや、ひとりだ」

「ひとりできた？　オマンコ・ムーヴィズ、おもしろい？」

「え？　ああ、そうか。まあ、日本の映画館じゃあ、こういうのは、見られないからね」

「もっと見る？」

「いや、もう帰ろうか、と思っていたところだ」

「それじゃあ、わたしとお話をしない？　行きましょう」

慶吉の手をとって、マフーは立ちあがった。画面のふたりの女は、バス・ルームを出て、カーペットの上で、裸のまんま、あぐらをかいて、笑顔でしゃべりあっている。なにを話題にしているのか、さっぱりわからない。慶吉の手をひっぱって、若者は横のドアをあけた。さっき入ってきたドアではなく、外はすぐ映画館わきの駐車場だった。映画館の上はレストラン、横手はスーパー・マーケットなので、駐車場はかなりひろい。ハワイの夜も、さすがに暮れきって、すみの柱の上に、《セヴン・イレヴン》のマークが明るかった。女装の男と歩くのは、やはりためらわれて、

「どこへ行くんだね」

と、慶吉は聞いた。

「わたしのアパートメント。車で十分とかからないよ」

と、マフーは答えた。ドレスは紫いろで、孔雀（くじゃく）の羽のように模様が、ななめに走っている。

アイス・ブルーの照明のせいか、地いろが黒ずんで見えて、模様が銀に浮いていた。明るいところで見ても、美少年といった感じで、逃げだしたくはならない。ピーターという歌手を、慶吉は思い出した。ただ切長の大きな目が、いまは細くつりあがっている。狐の化けたピーターだ。ついていってみるか、と思ったとたん、べつの心配がでてきた。ワイキキの大通りで、観光客に声をかけてくる街娼は、時間で七、八十ドルとる、と聞いたおぼえがある。

「待ってくれ。すまないが、あたしゃあ、あまり金を持っていないんだ」

と、慶吉は小声でいった。それで、態度が急変するかと思ったが、相手は歩きだしながら、にこりとして、

「どのくらい、持っているの?」

「さあ……五十ドルくらいかな」

「それで、じゅうぶん。わたしの車、こっちにおいてある」

映画館の二階のレストランへの階段口には、浅黒い少年がふたり腰をおろして、タバコを吸っている。マリハナかも知れない。《セヴン・イレヴン》の店内に、客のすがたは見えなかった。駐車場の車もまばらで、日本製らしい赤い小型車が、すみに駐めてあった。それに慶吉をのせて、狐の化けたピーターは走りだした。歩道から眺めているぶんには、右側走行にも、さほど違和感はない。しかし、車にのっていると、ことに夜にはヘッドライトが、まっ正面に突っこんでくるような気がして、なんだか落着かない。フロントグラスから、ハンドルをにぎっ

ている男の顔に、慶吉は視線をうつした。

「あんたのこと、なんと呼んだら、いいんだろうな」

「ケイと呼んでちょうだい」

「そりゃあ、奇遇だ。奇遇という言葉、わからないかな。ふしぎな偶然、めぐりあわせだよ。わたしも、ケイなんだ。ケイキチ」

「ケイキチ？　ケイね、ほんとに——うれしいわ。気があいそう」

相手の日本語が、最初に話しかけてきたときよりも、ずっと流暢になっているのを、慶吉はべつだん、奇妙とも思わなかった。アイス・ブルーの街灯が、白い夜をつくりだしている大通りから、赤い小型車は、うすぐらい脇道に入って、ヘッドライトに、街路樹を浮かびあがらせている。もう秋も深まって、夜風はややもすると、肌につめたく感じられるのに、道ばたの木には紅く白く、真夏のいろをした花が咲いていた。

3

同性愛の経験は、もちろん慶吉にはない。中学、高校は男女共学ではなかったが、戦後の混乱期だったためか、同性愛もなかった。ヌード写真やストリップ・ショー、それまでに見たこともないものが、急にさかんになって、異性に目がむいたせいかも知れない。敗戦後、間もない上野公園や、新宿西口で、男娼を見かけた記憶はあるが、薄汚く、きみが悪い、という印象しか残っていない。社会へでてからも、ゲイ・バーへ入った経験はない。歌舞伎の女がたを、美しいとは思うが、セックスとむすびつけて、考えたことはなかった。それなのに、どうしてケイについてきたのか、自分にもよくわからない。

今夜は娘が、友だちと約束があって、帰りが遅くなる、といった。ディスコへでも、行ってくるのだろう。波奈江のアパートメントは十八階で、アラ・ワイ運河の河口にむいた窓から、アイス・ブルーや琥珀いろの灯火のきらめくダウン・タウン、遠くのホノルル空港に離着陸する航空機の灯が見える。ハワイへきたばかりの五、六日は、窓ぎわにすわりこんで、日没から夜景にかわるのを、なん時間も眺めていたが、もうあきた。なにを喋っているのか、わからないテレヴィジョンを、ひとりで見ているのも、つまらない。だから、Xレイトの映画を見にでたのだけれど、それよりも、だれかと話したかったのだろう。

「ケイキチさん、シャワーあびる?」

窓をあけて、さわやかな夜風を入れながら、ケイが聞いた。夜目には、柳のようにも見える並木の坂道をのぼってきて、小道へ入ったところに、ケイのアパートメンツはあった。バンガローふうの細長い二階建で、ケイの部屋は、二階のいちばん端だった。ワンルームに、小さなキッチンがついていて、奥のドアはバス・ルームらしい。セミ・ダブルのベッドと長椅子、壁にはアーノルド・シュワーツネガーの大きなポスター、家具はすくないが、娘のところより、整頓されている。

「どうでもいいな、シャワーは――それよりも、金を払おうか」

「いまでなくても、いいのよ。ゆっくりしていってね。ホテルまで送っていっちゃあ、いけないでしょうけれど、近くまでは送るから」

「そりゃあ、そうしてもらわないと、どうやって帰っていいか、わからない。それに、あんまりゆっくりも出来ないんだ」

「でも、ビールを飲む時間ぐらい、あるでしょう。スカッチがあると、いいんだけども」

「それほど、飲むほうじゃあないんだ、あたしゃあ」

「怖いの？　エイズの保菌者じゃない、という証明書を、見せましょうか」

「エイズなんて、考えもしなかった。ありゃあ、潜伏期間が、長いんだろう？　年をとると、そういう病気は、怖くなくなるな」

あと十年ぐらいしか、生きられないだろう、と慶吉は思っている。兄は戦争末期に、大空襲の犠牲になった。まだ十四歳で、中学生だった。母は五十九歳で、癌で死んだ。それで気落ちしたのか、父は病気がちになって、三年後に六十五歳で死んだ。弟は去年、四十八歳で、交通事故で死んだ。自分も六十前後で、死ぬだろう、と信じている。だから、病状の進行が、緩慢な病気は、怖くなかった。ホモセクシャルには、エイズ患者が多いというが、そんなことは、いまのいままで、わすれていたのだ。

「じゃあ、パカロロを、お吸いになる。いいのがあるわよ」

「パカロロ?」

「パッのこと」

「パッか。ますます、わからない」

「P・O・T、パット――マリワーナのことよ」

「ああ、マリハナか」

「マリワーナ」

「日本じゃあ、マリハナというよ」

「そう? こっちでも、たまにマリファーナというひとが、いるわね。でも、ふつうはマリワーナ」

「じゃあ、あたしも、マリワナということにしよう」

「ハワイ語で、パカロロというの」

「パカロロね。実はまだ、やったことがないんだよ。やってみたいような気もするが、あれは癖になるんだろう?」

「そんなことはないわ。大丈夫よ」

「こっちじゃあ、解禁なのかい、ポルノみたいに」

「まだイレガルだから、お巡りさんの目のまえで吸えば、つかまるわよ。でも、そのお巡りさんが、かげでは吸っているわ」

　グラス・トップのコーヒー・テーブルの上に、黒い木彫りの小函がのっている。ハワイの神さまらしい顔が、蓋で笑っていた。その蓋をあけて、太い楊枝のようなものを取りだすと、ケイは慶吉の前にきた。マリワナの葉を、シガレット・ペイパーで巻いたものらしい。ケイはそれを、慶吉にくわえさせると、ブック・マッチで火をつけた。

「けむりを吐きだしちゃ、だめ。ぜんぶ、吸いこむの。心配だったら、長椅子に横になって、お吸いなさいな」

　いわれた通り、慶吉が横になると、長椅子の前の絨緞の上に、ケイは灰皿をおいてから、

「あなたがいい気持になっているあいだに、わたし、からだを洗ってくるわね」

　といって、奥のドアに消えた。慶吉は立ちあがって、入口のドアに、セフティ・チェーンのかかっているのを確かめてから、また長椅子に横になった。マリワナに酔ったところへ、怖い大男でも入ってきた日には、逃げることもできない。思いきって、けむりを深く吸いこむと、はげしく咳がでた。苦しかったけれど、その咳がおさまると、からだが軽くなったような気がした。慶吉は微笑しながら、細く巻いた葉を吸いつづけた。喉はまだ痛かったが、自分の手足がどこまでも、のびて行くみたいだった。部屋もさっきより、ひろくなっているようだった。たしかに、ひろくなっている。

　マリワナは、指でつまんでいられないほど、短くなった。灰皿にすてようとして、慶吉は目

を見はった。ガラスのまるい灰皿が、大きくなって、床から浮きあがっている。ゆっくり浮きあがって、左右に動いている。

目を凝らすと、灰皿は動いていなかった。マリワナを棄(す)てて、天井を見あげると、波がたの漆喰(しっくい)の模様が、ゆらゆらと波うっている。自分のからだが、長椅子から浮いて、天井に近づいていくみたいだった。

自分がわからなくなるようなことは、なさそうだったが、いくらか心配になって、慶吉は目をとじた。心が際限なくひろがって、なんの苦労もなくなっていく。あんまり気が大きくなると、なにをやりだすかわからない、と思って、それが心配だったのだ。

こころは
どこまで、
ひろがって
い
く
の
か、
わから
ない。とじた目の前に、さまざまな模様が浮かんだ。

＊＊
＊
＊＊
＊
＊
＊＊▼▲
▲▼▲▼
▼△▽△▽▲
ΩΩΩΩΩΨΨΨΩΩΨΨ
なんだかよく
わからないが
そんな模様が
いくつも重なって
縞(しま)になって流れる
薄紫に紅(べに)いろに青に
かがやきながら
流れる流れる流れる

次に走っている人間のシルエットのようなものが
　連続模様の帯になって青みがかった銀いろに光りながら
　右上から左上から左下から右下からななめに交錯して美しく通過していく
　と思うとこんどは活字だ無数の活字が黄銅(おうどう)いろのかがやきを帯びながら
　遥(はる)かむこうから飛んでくるどの活字も二字ずつ組みあわさって熟語になっている
　分別
　美貌　快感
　世界　逃亡　喜悦
　亀裂　頽廃　統制
　性器　道徳　豊満
　破滅　乱雑　才能
　幸福　貧困　献身
　宇宙　困惑　待望
　唾棄　抽象　怨恨
　男娼　射精　愉快
　淫乱　絶対　残酷
　銀河　爆発

熟語はかがやきながら
たちまちに大きく迫って
マッチ函ほどにひろがると
ひびが入りはじめて見るみる
黄金の細片とくずれて散乱する
目の前に砕（くだ）けちる金粉の美しさに
慶吉は恍惚（こうこつ）とし眩惑され息をのんだ
金粉の舞いちるうしろには暗黒がある
深い光のないかがやきをうちに秘めた闇（やみ）
その闇に押しつつまれて金粉はもういちど
かたまって無数の活字になって積みかさなり
ピラミッドのようになったのを見ると人の名前
印章を彫って馴染（なじみ）のある苗字のかずかずがそこに
ひとつひとつ光りかがやくのが読めて田中大沢遠藤
黒木佐川松井岡本内村斎藤中村太田高木山下河田中井
霧島小川山本鬼藤井上松岡友田滝沢後藤岸田小野大久保
富田大野中桐今村近藤川崎小林久藤大林津村鶴田生駒柴崎

うっとりと読んでいると名前のピラミッドは崩れはじめて
右に左に苗字(みょうじ)のひとつ
ひとつが飛びはね飛びちり
高木
遠藤
中村
小林
小川
山下
田中
斎藤
大
久
保
とついにはばらばらになって
闇のなかにただよいだした
文字のひとつひとつが光りながら

まるで蛍(ほたる)が飛ぶように
闇のなかをただようと見る間に
そのひとつひとつが花になった白い花に
赤い花に黄いろい花に青い花に薄紫の花になって
大きくなり小さくなり斜めにねじまがり細くなり長くなり
高く低く前にうしろにゆらゆらゆらひらひらひら飛びまわっている

しかし目を凝らすと花はなかった闇がまわりで呼吸をしているだけであった

明るく暗く透明でなにも見えない闇がやわらかく周囲でふくらみちぢんでいるだけだ

母親の子宮のなかで羊水(ようすい)につつまれて浮いているような気がして周囲には聞えない美しい音楽が、みなぎっていた。闇は外がわにあるかと思えば、内がわにあった。慶吉は地球をだきしめて、宇宙の長椅子の上にいた。地球はあたたかく、いい匂いがした。巨大な地球の上には、小さな動物たちがいて、小さな人間たちがいて、愛しあったり、殺しあったりしている。日をあびて明るく、雲におおわれて暗く、雨がふったり、雪がふったりしている。それがスポンジ・ボールのように軽く、両腕のなかに、すっぽりとおさまっていた。と思うと、地球のなかにいて、月の光のくだける波に、慶吉は浮かんでいた。周囲には地球が、映画会社のマークみたいに、きらきらきらきら、まわっている。いい気持だった。妻のことも、娘のことも、ここがホノルルだということも、思い出せない。なにもしなくても、なんでも出来るような気がした。

「いい気持？」

目をひらくと、ケイが裸で立っている。遠くにいながら、近くにいて、胸こそふくらんでいないが、どこから見ても女だった。スペイン系なのか、細長い白い顔を、黒い長い髪でふちどって、すらりとした肢体が、湯気のオーラに暖かくつつまれている。黒ぐろと濡れた秘毛のなかに、陽根は見あたらない。

4

「ああ、実にいい気持だ」

慶吉は微笑しながら、半身を起した。からだが軽くて、ちょっと力を入れると、長椅子ごと天井まで、浮かびあがりそうだった。

「こんな気持は、はじめてだよ。わたしの足は、ちゃんと床についているかね」

「大丈夫。もっと、いい気持にしてあげるわ」

慶吉はかかえ起されて、服をぬがされた。ケイの腕には、思いがけない力があって、慶吉は赤ん坊みたいに、あっさりと裸にされた。

「寒くない？」

「寒くはないよ。昼間はまだ、真夏のようだったじゃないか」

「でも、夜になると、冷えるから……」

「いや、ちっとも寒くない。ぽかぽかして、眠くなりそうだ。これも利きめのうちかな、ええと、そのパカなんとかの」

「パカロロよ。でも、眠っちゃだめ。ケイキチさん、あなたは男とファックするの、はじめてでしょう?」

「そうなんだよ、実は」

「安心して――わたしがリードしてあげる。わたしの背なかは、そういうひとのため」

ケイは笑顔で、慶吉に背をむけると、絨緞にうずくまった。白い背から尻へかけて、刺青があった。裸の女のほりものだった。マリリン・モンローに似た女が、自分のみごとな乳房を、両手でかかえあげて、両足を大きくひらいている。いたずらっぽく笑いながら、ケイが尻を持ちあげると、内腿へかけて、刺青の女がひろげた両足の中心に、菊座があたっていて、刺青の秘毛がふちどっているのが見えた。ケイが腰をふると、背なかの女が足をゆすって、慶吉をさそうようだった。

「おもしろい刺青だね。でも、それじゃあ、ケイの顔が見えないし、わたしはまだ、役に立つような状態じゃないよ」

といいながら、慶吉はマフーの尻をなでた。やわらかくなめらかな肌は、手にしたがって、どこまでもひろがっていくようだった。慶吉は楽しくなって、ふと気がつくと、鼻唄をうたっていた。あまり上等でない長椅子が、雲がつまっているみたいに、ここちよかった。慶吉が裸の手足をのばすと、ケイはむきなおって、その股間にうずくまった。陽根を口にふくまれて、慶吉は低くうめきながら、目をとじた。

あたりが闇になって、そのあちらこちらが、薄紅く光ったり、まっさおに光ったりした。かたちも厚みもなく、そのくせ、ふっくらした重量感と充実感のあるものが、無数にかさなりあって、闇いっぱいを埋めている。慶吉はそのなかに浮かんで、股間に集約された快感を、際限なく発散させていた。快感につれて、慶吉のからだは、内部の宇宙ぜんたいにひろがり、無数の自分が、明るい闇のあらゆるところから、巨大な自分を、見まもっているような気がした。なんとも不思議な幸福感と充実感は、パカロロによるものだろう。だが、その上に、じわじわと浸透していく快感は、ケイの舌によるものだった。部分ではなく全身が、あたたかくやわらかい舌にしごかれて、快感に脈うっているみたいだった。

「ケイ、もうだめだよ。堪忍してくれ」

慶吉がうめいて、目をひらくと、ケイは美しく紅潮した顔を、ふりあおがせて、

「このままがよければ、このままフィニッシュしてもいいのよ」

「もうたまらないんだ、ほんとうに」

また目をとじると、闇の奥の奥まで、広大にひろがった快感が、とつぜん、ひとすじの光になって、宇宙のはてのはてから、一瞬のうちに戻ってきた。慶吉は満足の声をあげて、からだ

の芯から噴出するものに、身をまかせた。怒濤が全身を洗って、無数の星のきらめく波に変りながら、ゆっくりと幅びろに、ひいていった。吐息とともに、うっすらと目をあけたとたん、慶吉は腿に二ヵ所、ちくりと痛みをおぼえた。ケイは片手で、慶吉の陽根を、まだやさしく握りしめながら、そのわきの太腿に、顔を押しつけている。

「そんなところに、キス・マークをつけちゃあ、困るよ」

笑いながら、慶吉がいうと、ケイはうっとりした目をあげて、腿のつけ根から、くちびるを離した。赤いくちびるから、二本の犬歯がするどくのびて、その尖端があざやかに、血に染っていた。慶吉は身ぶるいしたが、恐しいからではなかった。ケイはうるんだ目で、にっと笑うと、ふたたび、慶吉の太腿に吸いついた。こんども痛みを感じたが、それは一種、むずがゆいような心地よい痛みだった。長椅子ごと、ケイといっしょに窓から外へ、流れだしていくみたいな気持だった。ため息をついて、慶吉は目をとじた。とじた目は、宙をただよう長椅子の上から、地上の星を眺めていた。急勾配の坂にひらいた窓の外には、アラ・モワナからダウン・タウンへかけての街の灯が、サファイアやキャッツ・アイのつまった宝石函を、ひっくりかえしたように、絢爛とまたたいている。

「グリーン・ティをめしあがる?」

肩に手をかけられて、目をひらくと、ケイはもう裸ではなかった。裾の長いTシャツに、腰まで隠して、中国ふうの茶碗を、テーブルにならべている。濃いベージュの地に、黒で骨格をプリントしたTシャツだった。肋骨があって、背骨があって、骨盤が前をおおっている。

「変ったシャツだね」

「暑いうち、ナイティがわりに、着ていたの。寝苦しいとき、皮まで剝いだつもりになれば、いくらか涼しい気持、するでしょう?」

と、ケイはにこにこして、

「でも、これ、男のスケルトンよね。残念ながら、女のスケルトンは、なかったの」

「男ものシャツらしいから、しょうがないだろう」

慶吉も笑いながら、茶碗をとりあげて、室内を見まわした。いままで、気がつかなかったけれど、ドアのわきの壁に、新聞半ページほどの写真が、額におさめてある。モノクロームの写真で、ヨーロッパのむかしの軍人らしい。縁飾りのついた肋骨服に、バケツに鍔をつけたような軍帽。襟のとがったマントをはねて、片手にサーベルをぬいている。片めがねをかけた顔には、鼻下の髭、顎ひげが美しい。

「あの写真、きみのお祖父さんかい?」

慶吉が額をゆびさすと、ケイは目をまるくして、

「まさか——あれはラモーン・ノヴァロ、むかしのハリウッド・スターよ」

「映画スターか。サイレント映画のころだと、わからないな。ダグラス・フェアバンクスや、ルドルフ・バレンチノぐらいなら、名前だけは知っているが……ことにダグラスは、ジュニア

の主演した剣戟映画を、見ているからね」

「このひと、ヴァレンティーノのお友だち。これは『ザ・プリズナー・オブ・ゼンダ』で、かたき役のルーパト・オブ・ヘンツォウをやって、売出したときの写真よ。あなたのいったフェアバンクス・ジューニアが、ロナルド・コールマンのトーキー映画でやった役。スチュアト・グレインジャーのカラー映画では、ジェイムズ・メイスンが、この役をやったけど」

「それじゃあ、『ゼンダ城の虜』だろう。ロナルド・コールマン主演のを、小さいころに、見たおぼえがあるな。コールマンとフェアバンクス・ジュニアの大立ちまわりは、小さいころに、いきなものだったよ。最後にダグラスが、にやっと笑って、手をふって、窓から堀へ、飛びこむところなんかね」

「ジェイムズ・メイスンのルーパトは、髪を短く刈った軍人タイプで、強そうなだけだったけど、フェアバンクス・ジューニアのはラモーン・ノヴァロに、似ていたそうよ。ノヴァロはそのあと、『スカラムーシュ』や『ベン・ハー』、『マタ・ハリ』にでてヒットしたんだけど、だんだん売れなくなってね。戦争のあと、ちょっとティーヴィにカムバックして、『ドクタ・キルデア』や『コンバット!』にでたわ。でも、ナインティーン・シクスエイト——」

「十九に六、八だね。ああ、千九百六十八年か」

「その年のハロウインの朝、六十九歳で、殺されてしまったの」

「ほんとうかね。ひとに殺されたのか」

「ええ。ラモーン・ノヴァロは、ホモセクシャルだったのよ。ロスアンジェルスの屋敷のベッド・ルームで、金を払うからって、つれこんだ若い男ふたり、兄と弟に殴られて、刺されて、殺されたの。そりゃあ、ひどい殺されかたで、象牙(ぞうげ)の握りの杖(つえ)の折れたのが、足のあいだに、シンボリカルにおいてあった、という話もあるの。もっとひどい話は、鉛(なまり)でつくったディルドオ——日本語で、なんといったかしら。ああ、ハリカタね。アール・デコのディザインの凝ったハリカタで、ルードルフ・ヴァレンティーノの形見だというんだけど、それがノヴァロの口へ、喉まで押しこんであったそうよ」

「そりゃあ、残酷だ。そんな死にかたをした役者の写真を、どうして飾っておくんだね」

「だって、いい男でしょう？　あっちのポスターのシュワーツネガーよりも」

「きみとおなじ、スペイン系かな」

「ラモーン・ノヴァロはメキシカン」

　慶吉はまだ裸だったが、夜風を寒いとも、思わなかった。話に熱中して、腿に小さな傷がふたつ、赤くなっているのにも、気づかなかった。

5

「どこへ行っていたのよ、お父さん。昼間ならともかく、夜のハワイは近ごろは、かなり物騒なんだからね。あんまり、心配させないでよ」

と、波奈江は口をとがらした。アラ・ワイ運河ぞいのアパートメンツに、慶吉がもどってみると、娘は床にあぐらをかいて、妙なにおいのするカリフォルニア米を、お茶づけにして、かっこんでいた。

「まだそんなに、遅くはないじゃないか。十一時を、すぎたばかりだ。お前はディスコへでもいって、帰りは夜なかすぎになるだろう、と思ったもんでね。ちょっと出かけたんだ、晩めしを食いがてら」

「変なところへいって、むだなお金をつかってきたんじゃ、ないでしょうね。お母さんにいわれているんだから、あたしの責任ってことに、なっちゃうんだよ」

「むだな金なんぞ、つかやしないさ。わたしが汗みず流して、かせいだ金だ。お前たちのように、気楽にはつかえないよ」

「それをいわれると、一言もないけどさ。でも、妻子のために働くのは、父親の義務なんだから、愚痴をいっちゃだめ」

「わかった。わかった。六十ドルばかり持って出て、めし代のほかに、五ドルかそこら、つかったかな。そんなものだ」

慶吉はポケットから、折りたたんだ紙幣を、取りだしてみせた。ケイのもとを出るときに、五十ドル紙幣をおいてきたはずだったが、この下の玄関で、しらべてみると、金はへっていなかったのだ。マリワナのせいか、ケイに送られて、バンガローを出るあたりからの記憶が、ほとんどない。娘のアパートメンツの近くまで、送られてきたことは確かだが、おそらく車にゆられて、いい気持で寝ていたのだろう。

「夜でかけるのに、五十ドル札なんか、持ってちゃだめだよ。買物をしようったって、夜はスーパーでもなんでも、五十でおつりなんか、くれやしないから――だけど、よく五ドルばっかで、いままで遊んでこれたね」

「バスに乗ってみたんだ。どうやら、居眠りをしたらしいよ。目をあいたら、ショッピング・センターみたいなのがあったから、おりたのはいいんだがね。店を見てあるいているうちに、バスの停留所が、わからなくなってしまってさ。だいぶ、歩いた。いい運動になったよ」

「そんな負けおしみをいって、疲れたんじゃない？　顔いろが、なんだか青いよ」

波奈江は眉をひそめながら、めし茶碗や箸（はし）や花らっきょうの壜を、キッチンにはこんだ。

「ほんとうかね。夜風に吹かれながら、汗をかいて歩いたから、風邪をひいたかな。シャワーをあびるのはやめにして、すぐに寝るとするか」

と、慶吉はあくびをしてみせた。娘は母親に似た目つきで、キッチンのカウンター越しに、父親の様子をうかがいながら、首をかしげて、

「そのほうがいいかも知れないけど、お父さん、どこまで行ってきたんだろうね」

「知るもんか。しかし、いい運動になった、というのは、負けおしみじゃないぞ。あしたの朝

は、きっと腹ぐあいもいいし、今夜はぐっすり寝られるだろう」

と、慶吉は笑ってから、

「そうだ。ハワイ語をひとつ、おぼえたぞ。マリワナのことを、パカロロというそうだな」

「そこらで、声をかけられて、買ったんじゃないでしょうね」

と、波奈江は怖い顔をした。父親は肩をすくめて、嘘をついた。

「高そうだから、ことわったよ」

「ほんとう？　日本人のツーリストと見たら、ろくでもない葉っぱを、高くふっかけるの。ひっかかっちゃ、だめだよ。吸ってみたいんなら、あたしがいいのを手に入れてあげる」

「お前もやっているのか。中毒したら、どうする気だ」

こんどは、父親が怖い顔して、娘が肩をすくめる番だった。

「コケインやスピードとちがって、パカロロは中毒しないの。SF作家のエイジモフ――アイザック・アシモフなんかも、タバコのほうが、よっぽど有害だ、と書いているよ。なにかというと、アスピリンを飲むほうが、問題だっていう、お医者もいるしね。あたしは、たまにここで、友だちとやるだけだから、大丈夫」

この情報に、ほっとしながら、慶吉は怖い顔をつづけて、

「それだって、警察は取りしまっているじゃないか」

「暴力団の資金源になるし、宗教的な問題も、あるからじゃない？　ストレス解消になるって

だけで、非生産的なものだしね」

「それだけ、わかっているなら、お母さんには、黙っていてやる。話に聞くと、ふわふわ浮いているような気持に、なるそうだな。昼間っから、道ばたにすわりこんで、ぼんやりしている連中ほど、そういう薬をやるんだろう。なまけものがますます、なまけものになるばかりだ」

「エリート・ビジネスマンだって、やっているよ。それにね。働きたくても、仕事のない若いのが、たくさんいるの。人種差別もまだあるし、住宅事情も悪いしさ。エアコンもないひと部屋に、四人も五人もで暮して、コンドミニアムの高い窓を、目の前に見あげていてごらん。ストレスがたまらないほうが、不思議だよ。いらいらしたあげく、強盗なんかやるよりも、パカロロで気をまぎらしているほうが、まだ増しでしょう。いまに日本も、こうなるね」

「日本だって、お屋敷町の崖下には、むかしから貧民窟が、きまってあった。でも、人間には分際というものがある。崖を見あげて、うらやんでばかりいても、なんにもならないよ」

「でも、人間はほんらい、平等なんだから……」

「平等でないから、平等でなければならぬ、というのさ。そうだろう？　わたしゃあ、気が弱くて、ずいぶん損をしている。だれに似たんだか、お前は気が強くて、かなり得をしている。平等じゃあ、ないじゃないか」

「そんなに、あたし、気が強いかな」

「親もとを遠くはなれて、ひとりで暮しているんだから、弱くはないね」

「お父さんがこんな話をするとは、思わなかった。やっぱり出さきで、なにかあったんじゃないの、今夜」

「てくてく歩いて、いろいろ考えただけだよ。さあ、もう寝るぞ」

と、慶吉は服をぬぎはじめた。ベッドへ入ると、さっき断言した通り、たちまち眠ってしまって、目がさめたときには、波奈江はもう、学校へでかけていた。キッチン・カウンターのはしのミッキイ・マウスの電話機の下に、大きなメモ用紙がはさんであって、

午後三時までに、かえってきます。
きょうは東京へのおみやげを、買いにいくんだから、
かってに出かけちゃだめよ。

と、書いてあった。日本へ帰る日が、すぐ目の前にきているのだった。

6

慶吉はメモをまるめて、紙屑（かみくず）かごに棄てると、パジャマをぬいで、バス・ルームへ入った。バス・タブにすこし湯をためて、スポンジで泡立てた石鹸（せっけん）を、全身にぬりたくってから、熱い

シャワーで洗いながした。亀頭がだいぶ赤くなっていて、熱い湯がかかると、すこし痛んだ。ゆうべのことを、慶吉は思い出して、ほとばしりおちる湯の中で、にやっと笑った。

「あんな強烈なセックスを味わうことは、もうないかも知れないな」

そう思うと、もう一度、ケイにあいたいような気がした。だが、シャワーをとめて、タブから出て、タオルで顔をふいてから見ると、目に湯が入っていたときには、気づかなかったけれど、太腿のつけ根に二ヵ所、赤く腫れあがった痕がある。ぎょっとして、慶吉はその部分を、タオルで押えた。

「おみやげというやつを、貰ってきてしまったのかな」

生まじめで通ってきたくらいだから、慶吉には性病の知識はない。どんな症状が、まず現れるのかも、はっきりは知らなかった。濡れたからだを、タオルで拭きながら、慶吉は大いなる不安をもって、自分の右の太腿のつけ根を見つめた。およそ二、三センチメートルのあいだをおいて、薄赤い斑点がふたつ、ならんでいる。そっと指で押してみると、いくらか硬くて、かすかに痛んだ。

「やれやれ」

声にだして、つぶやきながら、慶吉は裸のまま、リヴィング・ルームの窓ぎわへいって、キャンバス・チェアにすわった。空はきょうも、子どもの絵本のように、まっ青に晴れていた。ところどころに白い雲が、猫のかたちや、魚のかたちをして、浮かんでいる。コンドミニアムと呼ばれる高層住宅が、アラ・ワイ運河のむこうに聳えていた。その右にアラ・モワナ・ショッピング・センターが見える。屋上が駐車場になっていて、まだ駐車している台数はすくないが、日をあびた小さな屋根の列は、菓子屋の窓のキャンディを見るように、美しい。コンドミニアムの左手には、アラ・モワナ・ビーチがひろがっていて、もうかなりの人出が、小さく小さく見える。新婚旅行にきた日本人のカップルも、たくさんまじっているのだろう。海はまず砂のいろを底に、やや赤みを帯びて、しだいに濃いブルーを、沖へひろげている。ヨット・ハーバーから出てきたヨットが、その上に白い。遠近感がなくなって、ホノルル空港を飛立ったノースウエスト機が、ヨットをかすめて、急上昇していくかに見えた。ダウン・タウンへかけて、地形は左に、弓なりにのびていて、ミニチャーのウェディング・ケーキみたいなアロハ・タワーのそばに、埠頭で荷揚げにつかう一種のクレーンなのか、冂型の赤っぽい塔が立っている。この窓からの眺めを、最初に楽しんだころ、ちょっと目をそらしているうちに、その塔が低くなったり、片足がななめに見えたりするので、不思議でしょうがなかった。波奈江に聞いても、

「さあ、知らないよ。そういえば、動くね。あのへん、貨物船がついたりするから、大きな貨物用のクレーンかなんかじゃない？　さもなきゃ、修理につかう機械かな」

と、要領をえない。その先は樹木の緑と、建物の白壁やガラス壁がまざりあって、遥かむこうに、恐龍のしっぽのような丘が見える。その手前に、薄黒い煙がさかんに盛りあがっている

のは、砂糖きび畑を焼いているのだろう。

「この眺めとも、じきにおわかれだな。二度ともう、来られないかも知れない」

壁のスヌーピーに、慶吉は声をかけた。テレヴィジョン・セットの上の壁に、スヌーピーのポスターが、貼ってある。ハロウインのためのポスターで、スヌーピーは黒いマントを羽織って、牙をむきだしていた。ドラキュラ伯爵に扮して、

HAPPY　HALLOWEEN!

と、叫んでいるのだった。ハロウインが十月のすえのお祭で、子どもたちがお化のかっこうをして、家家をまわってあるく。

「トリック・オワ・トリート！　くれないと、いたずらするぞ」

と、お菓子をもらうという話は、波奈江から聞いた。赤いカボチャをくりぬいて、おばけ提灯をつくったり、紙や布の蝙蝠をぶらさげる。だから、スヌーピーも、せりふのHALLOWEEN のWから、ななめの棒を二本とって、牙のように口にさしこんで、吸血鬼のかっこうをしているらしい。吸血鬼。慶吉はもう一度、腿の腫れたところを見た。シャワーのほてりがおさまったせいか、赤みも腫れもひいていたが、そのかわりに、小さな穴が見えた。それに気づいたとたん、太腿からあげたケイの顔が、幻灯のように、目の前に浮かんだ。美しい

顔の三日月なりの赤いくちびるから、白じらとのびた左右の犬歯が、その尖端にやどった血が、目に浮かんだ。身ぶるいして、慶吉はバス・ルームに駈けもどった。

「どうして、いままで、わすれていたんだろう」

洗面台の鏡をのぞくと、日にやけた頬骨のはった長い顔が、うつっていた。長い年月、鏡で見なれた顔だった。いくらか瘠せたようだけれど、日本では店にすわりきりなのに、こっちへ来て、せっせと日ざかりを歩いたせいだろう。吸血鬼は鏡に、姿はうつらない、と聞いたことがある。ちゃんとうつるところを見ると、まだ吸血鬼になってはいないのだ。そう思うと同時に、ばかばかしい、と慶吉は胸につぶやいた。あの歯をむきだした顔は、マリワナの幻影かも知れない。だが、太腿を見おろすと、針でついたような穴が、ふたつならんでいる。これは、ぜったいに幻影ではない。

「ケイの部屋に、鏡はあったかな」

と、慶吉は鏡のなかの自分に聞いた。浅黒い顔は、首をかしげた。

「思い出せないな。あったような気もするし、なかったような気もするし……風呂場へ入ってみりゃあ、よかった」

部屋のなかに、鏡があるかないか、男はあまり気にしない。高まってくる不安を押えて、慶吉は自分の顔を見つめた。気のせいか、きのうよりも、どす黒く見える。日やけの下で、顔が青ざめているのではなかろうか。

「くよくよしても、はじまらない。朝めしを食うか」

いっこうに、食欲はなかったが、慶吉は服をきて、アパートメンツを出た。アラ・ワイ運河ぞいの並木の下に、現地人の肥った若者が、色あせた赤いTシャツすがたで、腰をおろしている。水の上では、ボートを二艘うかべて、青年たちがレースの練習をしていたが、肥った若者は、それを眺めているのではない。ぼんやり水面を、見おろしている。橋のたもとへ出て、どちらへいくか、ちょっと迷ってから、慶吉は左へすすんだ。ワイキキ・ビーチへ通じるひろい道で、むこうがわに、《マリーナ・トゥイン》という映画館、そのならびにイリカイ・ホテルがある。こちらがわには、ディスカヴァリ・ベイ・ビルディングが聳えていて、その一階の角に、《マクドナルド》があった。

そこへ入ろうとすると、ビキニの水着に、タオル地の短いローブを羽織っただけの女が、出てくるところだった。若い黒人で、片手に飲みものの大カップ、片手にビッグ・マックのプラスティック・ケースを持っている。ローブはあざやかな緑、つややかな黒のブラジァは、乳房の下半分をやっと押えるだけだし、黒のビキニ・パンツはバタフライみたいに小さい。一瞬、すっ裸のように見えた。チョコレートいろの肌がかがやいて、長い足が活潑に、ウォーク・サインになった交叉点をわたっていくのを、慶吉は見おくった。それから、ドアを入りかけて、いまの黒人に気をとられたのは、見事なプロポーションのせいではないのではないか、と愕然とした。カーリー・ヘアの下の長い首すじと、小さなビキニから、力づよく踏みだされた太腿に――というよりも、首すじと太腿の下の動脈に、視線をうばわれたのではないか。

7

店内に入ると、ルート・ビアの大カップとフィレ・オ・フィッシュを買って、慶吉はまんなかへんのテーブルにすわった。コークに漢方薬をまぜたような、ちょっと癖のある味わいのルート・ビアが、慶吉は気にいっていた。それを飲みながら、周囲を見まわすと、すぐ隣りのテーブルで、三十代らしい白人女性が、分厚いペイパー・バックスを読んでいた。金属縁のめがねをかけて、やや前かがみになった首すじに、青く血管が浮いている。前の盆には、ダイエット・コークらしいカップと、チーズバーガーがのっていた。フィレ・オ・フィッシュを頬ばりながら、慶吉はこころみに、しばらく女の白い首すじを凝視（ぎょうし）した。口のなかに、ドレッシングの味ではなく、血の味がひろがる。そばかすのある青白い首すじに、かぶりつきたくなる。そんな気持になるのではないか、と思ったのだが、それほどでもない。ほっとして、口のなかのものを、ルート・ビアで流しこんだ。

はめ殺しの大きな窓のそとが、急に薄暗くなった。と思ったときには、シャワーがふりだしていた。すぐ前のバス・ストップにいた人たちが、あわてた様子もなく、店の軒下に入ってきた。平然として、バス・ストップに残ったひともいる。湿気がすくないから、夕立ちもさらさらしていて、あまり濡れた気がしないのだ。まうえの空は暗いが、あたりには日の光がただよっていて、シャワーは絹糸(きぬいと)のように、きらめいている。

「もうすこし、うちにいればよかったな。また運河の虹が、見られたかも知れない」

と、慶吉は思った。激しいシャワーがすぎると、しばしば虹がでる。ハワイの象徴になっているくらいで、空の虹は珍しくない。いつか十八階の窓から、シャワーのあとのアラ・ワイ運河を見おろしたら、水面に虹が横たわっていた。半透明の七いろの帯を、水に浮かべたような虹は、友禅染(ゆうぜんぞめ)の川ざらしに似て、もっと不思議な美しい眺めだった。あれを、もう一度、見たい。けれど、駈けもどっても、間にあうかどうか。それに、太陽の位置によって、いつも水面に横たわるとは、かぎらないだろう。

「いま、なん時かな」

左手首を見たが、腕時計がない。バス・ルームに入るとき、はずして、そのまま、おいてきたらしい。夕立ちがあがりかけて、あかるくなった窓を見ながら、慶吉がそう思ったとたん、

と

　つ ん か な も が た
　　ぜ お し き ち し
　　　ん か な も が た
　　　　お し き ち し

ケイキチ
プレゼントヲ
ワスレタノ

どこかとおくでこえがした

ケイの声らしい。慶吉はうろたえながら、ズボンのポケットに、手を入れた。
硬いものが、指にふれた。とりだしてみると、腕時計だった。
ステインレス・スティールの側に、ヴィニール・ベルトがついている。
あまり、高級品ではないらしい。
「めぐりあった記念よ。もっていてね」
波奈江のアパートメンツの近くで、車をおりたとき、渡されたような気もする。
だが、時間を見ようにも、文字盤がない。ただ黒い円盤が、あるばかりだ。
なんとなく手が動いて、龍頭(りゅうず)を押してみた。

AM 10 48

と、赤い数字が、黒い円盤に浮いた。
そのまま、押しつづけると、数字は、

I LOVE YOU.

と、赤い文字にかわった。

さらに押しつづけると、

LET'S FUCK.

と、赤い文字はかわった。アイ・ラヴ・ユウにレッツ・ファックぐらいなら、慶吉にも読めるし、意味もわかる。にやにやしながら、時計を腕に巻きつけて、顔をあげると、隣りの白人女性が怪訝そうに、こちらを見ていた。慶吉はてれかくしに、笑顔をつくりながら、会釈をした。おどろいたことに、相手もにこりとして、ペイパー・バックスに、視線をもどした。けれど、文字を読んでは、いないようだった。そばかすのある白い頬に、赤みがさしている。なんとなく怖くなって、慶吉はあたりを見まわした。ケイはもちろんのこと、マフーのすがたはない。店内にも、窓のそとにも、それらしい影はない。さっきの声は、どこから聞えてきたのだろう。フィレ・オ・フィッシュの残りを、あわてて口へ押しこむと、ルート・ビアで流しこんで、慶吉は立ちあがった。

第二章　朱肉とトマト・ジュース

1

小野寺印判店は、東京の豊島区、JR東日本、大塚駅の近くにある。

山口瞳は初期の小説のなかで、山の手線の電車が池袋を出て、大塚、巣鴨をすぎるときの感じを、薄めすぎたカルピスのようだ、といいあらわしていた。東京に生れ育ったものなら、同感できるだろう。この色彩のうすい町に、小野寺慶吉は、祖父の代から住んでいる。昭和二十年の大空襲で、祖父の建てた二階屋は焼けて、戦後に平屋をつくった。母が死ぬすこし前に、それを二階屋に建てなおしたので、いま古びて見えるのは、軒にあげた一枚板の看板だけだ。祖父が彫ったもので、戦争末期、空襲が激しくなってからは、川越の親戚の土蔵に、あずかってもらった。戦後のバラックのころには、店の奥にかかげた。二階づくりに改築してから、ふたたび軒庇にかかげたのだった。夏目漱石の『吾輩は猫である』の挿絵や、新宿中村屋の看

板をかいた中村不折を、思わせる書体で、

小野寺印房

と、浮彫りにしてある。慶吉は子どものころから、印刻をしこまれて、一時は小説家にあこがれたり、サラリーマンが気楽だ、と考えたことがあったが、けっきょく親のあとをついだ。古いおとくいさんから、

「お父さんより、腕は上だね」

といわれると、慶吉は天井をゆびさして、

「おもてへ出て、上をむいてくださいよ。じいさんの彫った看板には、かないません」

そうはいっても、雅印はべつとして、住所印、みとめ印はもちろん、実印もめったに、版下かきの世話になったことはない。薄紙に字を書いて、裏がえしに貼ることもせずに、ゴムの住所印ぐらい、たちまちに彫りあげてしまう。御時世だから、機械生産のみとめ印もおいてあるし、名刺はがきの印刷もやっているが、名ざしの注文がけっこうあって、どうやら商売になっている。娘が留学して、夫婦ふたり暮し。ことしになって、死んだ弟の細君が昼のうちだけ、手つだいにきている。だから、ひと月ちかくも、ハワイへ行ってこられたのだった。

「あっちじゃあ、いろいろとおもしろいことがあったでしょう」

スナックのカウンターで、商店街の知りあいに聞かれて、慶吉は肩をすくめた。

「娘のアパートにいたんだから、大しておもしろいことは、出来ませんでしたよ。ただ部屋が十八階だから、眺めはよくてね。窓のところに、すわっているだけでも、しばらくはあきなかった。左手には海が見わたせるし、右手には山が見える。パンチボール・ヒルとかいうんだから、丘ですかね」

「チャーリイ・チャンが、住んでいたところですよ、そりゃあ」

と、スナックのマスターが口をだして、

「ホノルル警察の警部、中国人のチャーリイ・チャンという名探偵が、アメリカの古い推理小説に出てくるんです。ほら、『名探偵登場』という傑作コメディ、おぼえていませんか。千九百七十六年の映画ですが、テレビでもやりましたよね」

マスターはミステリイ・マニアで、映画ファンでもあった。

「ああ、このあいだ死んだ作家のトルーマン・カポーティーが、なぞの富豪（ふごう）の役で、大熱演していた映画ですね。ビデオで、見ましたよ。凝ったパロディだ」

これは、本屋の若主人だ。マスターはうなずいて、

「そうそう。あの映画で、ピーター・セラーズがやったシドニイ・ウエン警部というのが、チャーリイ・チャンをパロったものなんです。チャーリイ・チャンは、ずいぶん映画にもなっていて、最近ではピーター・ユスティノフがやったそうだし、日本の上山草人（かみやまそうじん）も、むかしハリウ

ッドで、やったそうですよ」

「架空の人物がすんでいたって、どうってことはないだろう。パンチボール・ヒルには、たしか大きな墓地があるって、聞いたことがある」

といったのは、最初にハワイの話を、聞きたがった時計屋の主人で、

「しかし、小野寺さん、ずっと窓ぎわに、すわっていたわけじゃあないでしょう」

「そりゃあ、あっちこっち歩きましたよ。ポリネシアン文化センターとかいうところで、民族芸能のショーも見たし、サーファーのあつまる浜へも、行きました。でも、ひとりで歩いたのは、もっぱらワイキキや、アラ・モワナの繁華街ですね。山が見えて、海が見えて、モダンなビルがあって、というのは、いいですな。豪華ホテルから、金持らしい白人が、りゅうとした夏服で出てくる。ビキニの女の子が、その前を横ぎっていく。じつに気軽でね」

慶吉がいうと、本屋の若主人はうなずいて、

「そういえば、だれかが書いていましたね。ホノルルの魅力は、銀座や六本木を、はだしで歩ける、という感じだって」

「うまいことをいうな。たしかに、のんびりしますよ」

「そんなことをいって、小野寺さん、無修正のポルノ雑誌ぐらいは、仕入れてきたんじゃありませんか。ポルノ映画だって、見たでしょう。白状なさい」

と、時計屋の主人がくいさがる。

「買いものには、いつも娘がいっしょだから、ポルノ雑誌なんか、手がだせませんよ。映画のほうも、裏ビデオの権威のあなたが見たら、舌うちするようなものでしてね」

といいながら、慶吉は小さな映画館を思い出し、ケイのことを思い出していた。東京へ帰ってきて、また一日じゅう店にすわって、仕事をしている生活がはじまった。成田へついた日の晩、風呂場で太腿をしらべてみたが、もう腫れてはいなかった。けれども、ふたつの穴は、まだかすかに残っている。小さく黒ずんで、ほくろか、そばかすみたいに見えた。押しても、痛むことはない。穴のところがいくらか、硬くなっているような気がするだけだ。それでも、慶吉は用心して、

「飛行機のなかじゃあ、ぜんぜん眠れなくてね。時差ぼけってやつかな。ひどく疲れた」

といって、気をひく妻に、背をむけた。しかし、時差ぼけという口実は、そう長くつづかない。店のおくで、こつこつ仕事をはじめて、五日たった。ケイのくちびるで、昇天してから、もう一週間以上たっている。性病の心配はないだろう、と思って、慶吉は妻の欲求に応じた。もうひとつの心配は、わすれはじめていた。

「吸血鬼なんぞは、小説や映画のなかだけのお話だ。ばかばかしい」

犬歯をとがらすのは、マフーのあいだで、流行しているファッションなのかも知れない。傷がついたのも、変ったキス・マークのつもりだったのだろう。その証拠には、店へ入ってくる若い男女の、健康そうな首すじを見ても、動脈にながれる血を、まず思い浮かべたりはしなか

った。東京はすでに、秋がおわろうとしていて、夜ふけまで仕事をしていると、足もとが寒かった。たまっている注文を、シャッターをおろした店のすみにすわって、慶吉は片づけにかかっていた。馴れた手は、自由に動いてくれて、ホノルルでのなにもしなかった生活が、なかったかのようだった。

ケイキチ、ケイキチ

遠くから呼ばれて、顔をあげると、ガラス戸を背に、ケイが立っていた。牧師のような黒い服を裾長にきて、白い顔がいやにきびしい。ぎょっとして、見なおすと、だれもいなかった。シャッターの手前のガラス戸が、慶吉の手もとのライトで、鏡のようになっている。背後の壁のポスターが、そこにうつったらしい。宝塚（たからづか）歌劇の入場券プレゼントの、商店街サーヴィスのポスターだ。男役の顔が、白く大きい。それを、見あやまったのだろう。慶吉は苦笑して、仕事にもどった。その耳にまた、声が聞えた。

ま な ま あ こ に り す こ ろ じ
　も く た う と な ま よ こ の ゅ
ま な ま あ こ に り す こ ろ じ ん
　も く た う と な ま よ こ の ゅ びはできていますか　ケイキチ
ま な ま あ こ に り す こ ろ じ ん
　も く た う と な ま よ こ の ゅ

聞えたというよりも、頭のなかに、さまざまな音が乱れとんで、やがて意味をなしてきた、というべきだろうか。慶吉は首をかしげて、あたりを見まわした。仕事机のむこうに、印材をならべたガラス・ケース。みとめ印の廻転ケースに、はがきや名刺のサンプル・ケース。壁には祖父、父、慶吉の作品の陰影をおさめた額に、宝塚歌劇のポスター。土間には、客のための椅子。変ったところは、なにもない。戸口へいってみたが、ガラス戸の錠はおりていたし、シャッターもきちんとしまっていた。耳をすましても、おもてにだれかいる気配はない。仕事机にもどって、マイルドセブンに火をつけた。

「気のせいだ。だれも、いやしない」

「なにをいっているの？」

はっきりした声に、びくっとして、ふりかえると、奥の戸から、妻の顔がのぞいていた。

「なんだ、おどろかすなよ。物音がしたんで、気になっただけさ」

慶吉がいうと、クレンジング・クリームで、てらてらした顔に、妻は皺をよせて、

「あたしが、階段をおりてきた音じゃない？　疲れているからでしょう。あんまり、根をつめないほうが、いいわよ。急がないから、といわれて、あんたが留守のあいだに、あたしが勝手にひきうけた仕事だから、あわてることはないしさ」

「あわてているわけじゃないが、ここはホノルルとは違うんだ。遊んじゃあ、いられないよ。仕事はかたっぱしから、片づけなくちゃあね。でも、今夜はもうやめるよ」

「そうしなさいよ。眠いんでしょう?」

「いや、眠くはないんだ。ただ調子がよくなくてね。すぐ片づけて、上へいく」

妻の顔がひっこむと、慶吉はタバコを、灰皿にこすりつけた。仕事机の上を片づけてから、灰皿を眺めなおして、

「喉が痛いわけでも、ないのにな」

と、つぶやいたのは、日本へ帰ってきて以来、タバコの量がへっていることに、いまさらのように気づいたからだ。禁煙しなければ、いけないかな、と思ってはいるのだから、量がへるのは、悪いことではない。だが、体質の変化のあらわれか、と考えると、気になった。慶吉は仕事机のライトを消して、二階へあがった。往来にむかった窓をあけて、商店街を眺めた。祖父の彫った看板が、正面はふさいでいる。けれど、横手の家なみは見えた。街灯にあかるい商店街は、どこもシャッターをおろして、スナックの看板だけが、灯を残している。

歩いている人はいないが、犬が一匹、走りさろうとしていた。見なれない犬だった。大きくて、まっ黒に見える。街灯はあかるいのに、その犬のまわりだけ、夜の闇があつまっているようで、かたちがぼやけていた。そのせいで、実際よりも、大きく見えるのかも知れない。

犬は急に立ちどまると、首をもたげて、びょうびょうと吠えた。立ちどまっても、かたちはぼやけている。静かな家なみに、声がひびきわたると、それに応じるように、どこかで別の犬が鳴いた。その声がやむと、反対の方角で、遠吠えが起った。とてつもなく大きな犬が、商店

街のまわりを、走りまわっているようだった。見えている犬は、もう吠えるのを、やめていたけれど、首は高くもたげたままだった。

スナックのドアがあいて、だれかがのぞいた。大きな犬は、たちまち走りさった。

2

午前九時すぎに、ならびの喫茶店へ、モーニング・コーヒーを飲みにいくと、時計屋の主人がいて、慶吉をさしまねいた。禿げあがった頭を、古風にベレ帽でかくして、赤みがかった黒のタートルネック・スウェーターをきた時計屋は、三つ年上だが、気は若い。好奇心の旺盛（おうせい）な男で、慶吉とは小学校からのつきあいだ。

「ゆうべは、犬が吠えたねえ。うるさかったが、なつかしくもあったな」

「そういえば、放しがいの犬は、すくないから――どこの犬だろう？　まっ黒な大きなやつでしたよ」

「見たのかい、小野寺さん」

「二階の窓からね」

「わたしゃあ、見なかったが、思い出したよ。戦後のバラック時代、まだ焼跡のあき地が多かったころ、野犬があつまって、夜ふけによく吠えたでしょう。うるさかったし、怖かったが、いまになってみると、暴走族のオートバイの騒音よりゃあ、よっぽどましだね。ことに冬の夜ふけの遠吠えってのは、風情があるよ」

「けさは、いやに老人趣味だな、海野さん。そんなことをいって、あいかわらず、観音さまのうしろのお稲荷へ、おこもりに行っているんじゃ、ないんですか」

時計屋の海野は、若いころから遊び人で、いまでもソープランドから、ファッション・ヘルス、ホテトルからゲイ・バーまで、その方面の情報なら、なんでもござれ、という顔をしている。お稲荷さんへおこもりとは、落語の『明烏』にある表現で、吉原へいくことだ。戦災で焼けるまで、天祖神社のそばに、《大塚鈴本》という寄席があって、よく親につれられていったから、ふたりのあいだでは、これで通じるのだった。

「エイズさわぎ以来、さすがに、信心ごころも鈍ったね」

と、海野は苦笑してから、声をひそめて、

「あの里も、不景気らしいよ。それでも、お女郎買いの決死隊は、いるんだろうがね」

これも、『蔵前駕籠』という落語で、故人、古今亭志ん生がつかったギャグだ。

「小野寺さんも出かけるんなら、コンドーさんの援助をうけたほうがいいよ。シャボン屋さんたちは、いまさら原始時代にもどるわけには、行かないんだろう。でも、ヘルスなんかには、スマタ専門のところが、できたそうだ。ご存じでしょう？　素質の素に、股ぐらの股」

「ええ、まあ――くわしいことは、知りませんが……」

「江戸時代から、職業女性がおこなってきた逃げの手だよ。はたち代のころ、新宿二丁目で、あたしもこの手で、あしらわれたことがある。馴染になってから、実はと教えられるまで、ぜんぜん気がつかなかったね。腿にはさんで、ごまかすんだが、それを新開発のテクニックみたいに、自慢するヘルス・ガールがいるってんだから、あきれるよ。うちのマンションの郵便受なんかにも、例の宅配女性のカードが、しょっちゅう入っているが……」

海野は去年、自宅を四階建のマンションに、改築したのだった。

「最近、『スペシャル専門店』ってのが、現れたぜ。『可愛い女の子のお手々で……』とハート・マークつきのキャッチ・フレーズで、マル注として、『当店では本番行為は絶対禁止です』とさ。マル注が、おかしいじゃないか。営業時間は、午後七時から午前五時。お値段は二十分、四千円だそうだ。数でこなそうっていうんだろうが、女の子がかわいそうだよ。エイズはエス・イー・エックス産業を、過去にひきもどしているわけだね」

「決死隊の志願者がいるんですよ、実は」

と、コーヒー・カップの上に、慶吉は身をのりだして、小さな声で、

「ハワイで世話になったひとが、こっちへ来るんです。北国へも案内するって、むこうで約束しちまったもんでね」

へたな嘘をついて、情報をひきだそうとしたのは、けさがたのことが、気になったからだった。犬が走りさったあと、慶吉が窓をしめて、寝室へ入ってみると、妻の久乃は寝床の上に、

起きなおっていた。

「御近所に泥坊でも、入ったんじゃない?」

「そんなことは、ないだろう。犬はもう、どこかへ行ってしまったよ」

古ゆかたの寝巻に着かえながら、慶吉は妻の首すじを見おろした。めっきり太くなった首には、あぶらが浮いて、静脈も見えない。ぶよぶよして、とがっていない歯でも、噛みやぶれそうだったが、食欲はわかなかった。それでも、念のために、天井のあかりを消してから、くちびるを、妻の首にあててみた。血の脈うつのは、感じられたけれども、歯を立ててみよう、という気にはならなかった。犬歯がとがってくるような気配もない。慶吉はさらに、くちびるを喉のほうに持っていった。久乃は首をそらして、両手ですがりついてきた。しまった、と思ったが、しかたがない。

「あなた、ハワイで、なにか買ってきたんじゃない」

満足したペルシャ猫みたいに、肥ったからだで、夫におおいかぶさりながら、久乃はささやいた。慶吉はめんくらって、

「買ってきたって、なにを?」

「なんだか知らないけど、若返りの薬かなにか」

「そんなばかばかしいもの、買やあしないよ」

「隠さなくても、いいじゃないの。もし買ってきたんなら、なくなるころに、またハワイへ行

っていらっしゃいよ」

「そんなに、遊んでばかりいられるものか」

「とにかく、あなたは変ったわ。そういう変りかた、大賛成」

久乃は甘えるようにいって、慶吉の股間に手をのばした。どんなふうに変ったのか、聞いてみる気も起らない。そんなことより、血管が気になった。妻も五十に手がとどこうとして、めっきり重くなっている。それが一瞬、しなやかなケイの裸身になって、のしかかってきたように、思えたからだ。闇のなかに、ケイの顔が見えた。くちびるのはしを、つりあげて微笑すると、とがった犬歯のさきが、ちらっとのぞいた。

「おれはもうじき、人間の血が吸いたくなるに違いない。だから、ケイが見えたり、声が聞えたりするんだ。きっとそうだ」

妻の寝息が聞えだしてから、慶吉はうすぐらい天井を見あげて、そう考えた。久乃の首すじにも、太腿にも、食欲をおぼえなかったのは、知りすぎた肉体で、しかも、中年をすぎているせいかも知れない。もっと若い女で、ためしてみる必要があるだろう。

3

その晩、手つだいの義妹が帰って、夕食がすむと、慶吉は外出のしたくをはじめた。適当な

口実が思いうかばないまま、

「ちょっと用があって、出てくるぞ。店番がめんどうなら、すぐにしめてもいいよ」

といったが、久乃はいやな顔もしなかった。JR大塚駅へむかって、ただ一系統だけ、残った都電荒川線の線路をわたりながら、

「変ったのは、おれじゃなくて、女房のほうじゃないかな」

と、慶吉は苦笑した。駅前広場をかこんで、高だかとビルが建って、電飾看板のまばゆい夜景から、かつてのショックを思い出すことは、めったにない。敗戦直後、学童疎開からもどって、駅のまわりの焼野原を見たときは、栄養失調でぼんやりした頭にも、ショックだった。焼トタンのバラックが、あちこちにうずくまって、巣鴨にかけての高台に、十文字高女の白茶けた建物が、落ちた城みたいに目立っていた。慶吉は駅へつくと、鶯谷までの乗車券を買った。鶯谷では上野よりの階段をのぼって、改札口をでると、すぐ前にタクシイがならんでいる。先頭の車にのると、慶吉はためらってから、

「吉原へやってくれないか」

ソープランドへは、行ったことがない。まだトルコ風呂といったころ、うわさを聞いて、ひとりで恐るおそる、新宿歌舞伎町の店に、入ってみたことはある。トルコ嬢はショートパンツはもちろん、ブラジァもとらないで、マッサージはしたが、それ以上は《スペシャル・サービス》ということしか、しないころだった。三十前後の元気のいい女の手で、下半身を自由にさ

れて、慶吉はなんだか、強姦されたような気がした。だいぶたってから、《ダブル・スペシャル》という技術があみだされた、と聞いて、池袋の店へいってみた。相手は小ぶとりの、ちょいといい女で、ブラジァもパンツもぬいだが、いよいよとなると、慶吉の顔にまたがって、乾いた陰毛を押しつけてくるのには、閉口した。もう十五、六年の昔になる。

吉原のまんなかで、タクシイをおりると、色さまざまのイルミネーションがかがやいて、人あしもかなりあった。時計屋の海野が、しろうとっぽい若い子が多い、と教えてくれた店に、慶吉は入った。しろうとっぽいかどうかは、わからなかったけれども、たしかに波奈江ぐらいの年ごろの女に、二階の個室へみちびかれた。コバルト・ブルーのミニスカートが、階段を先に立っていく。ピンクのパンティがのぞいて、すこやかにのびた太腿が、大胆に動いている。それを見ても、食欲はわかなかった。

個室に入ると、女は慶吉を裸にしてから、自分も裸になって、洗い場におりた。きわだった美人ではないが、プロポーションは悪くない。肌もきれいで、うしろから見た尻は、むき卵をならべたようだった。だが、乳房はすこし、大きすぎる。髪をアップにして、かたちのいい首すじを、誇っているらしいが、近ぢかとそれを見ても、やはり食欲はわかなかった。意外なことに、性欲さえわかなかった。妙なかたちの椅子の上や、湯舟のなかで、馴れた指さきや舌に刺激されて、正常な反応はしめしていたが、心がそれにともなわない。それが、相手につたわったのか、

「なんだか、おもしろくないみたい。あたしが、至らないせいかしら」

と、慶吉を椅子にすわらせて、膝(ひざ)の上に跨りながら、女は眉をひそめた。慶吉はあわてて、女を押しのけながら、

「ちょっと、待ってくれ。実をいうと、ソープランドは、はじめてでね。どぎまぎしているんだ。ここで、こんな恰好(かっこう)で、すましてしまうのかい？」

「最初の一発はね。最後は、ちゃあんとベッドの上。あいだにマットの上で、やってもいいのよ、やりたければ」

「だめだよ。一度だって、できるかどうか、わからない」

「わかった。病気が心配なんだ。大丈夫、あたしだって心配だから、しょっちゅう検診をうけてるもの。淋病もなし、クラミジアもなし、梅毒もなし、エイズもなし、なんにもなし。証明書を、見せましょうか」

「いや、病気の心配はしていない」

「なにか特別に、おのぞみがあるの？」

「そういわれても、わからないよ。特別にはなにも、してくれなくてもいい」

「欲のないお客さん、大好きよ。じゃあ、からだを拭いて、なにか冷たいものでも、めしあがる？　水わりか、おビールか、コーラか……」

「ビールをもらおうかな」

からだを拭いて、ベッドに腰をかけていると、ボーイがビールのグラスを運んできた。それが、からになると、テーブルの上に、女は蠟燭をつけて、室内のあかりを消した。ホノルルのみやげもの屋で、見かけたような飾り蠟燭だった。色さまざまな縄を、よりあわせたような、不思議な花のような蠟燭だった。その灯をあびて、ベッドに横になった女の裸身は、ケイを思い出させた。風があるとも思えないのに、蠟燭の灯はかすかに揺らいで、白いからだに、微妙な影をつくっている。こうした雰囲気なら、食欲がでるかも知れない。女の耳のしたに、慶吉はくちびるをあてた。舌のさきに、血管が脈うっているのが、つたわってくる。歯さきを押しつけると、脈は早まったが、食いやぶることは出来なかった。

首すじから乳房のわき、横腹から腰と、脈をたどって、慶吉はくちびるを移していった。あらゆるところで、血が脈うっているのが、不思議だった。考えてみれば、あたりまえなのだけれど、不思議だった。死んだように、女は仰臥していたが、慶吉のくちびるが太腿から、膝へおりていくと、ぴくっぴくっと動きはじめた。両足がひらいて、両手がシーツを握る。息づかいが早くなって、足がふるえだした。慶吉が顔をあげてみると、夏にハイレグの水着をきたのか、左右を剃りこんだ秘毛から、露がしたたっていた。乳房のむこうで、しゃくりあげるような声がしている。

「いまなら、出来るかも知れない」

ふるえている腿の内がわに、慶吉は歯をあてた。とたんに、女は両足に力をこめて、腰をつきあげた。

「あああ、いっちゃう——早く、早くきて」

秘毛が逆立(さかだ)って、その下の朱いろの肉が、濡れて押しだされてくるようだった。皮膚を嚙みやぶる気が、どうしても起らないので、慶吉は女におおいかぶさった。

「ああ、入った。かたい。かたい。鉄みたい」

慶吉をはねあげるみたいに、尻を持ちあげながら、女は口走った。

「あっ、あっ、あっ、また——」

慶吉の背に、女は両手をまわして、ぎゅっと力をこめながら、反(そ)りかえると、しぼりだすような声を、つづけざまにあげた。

「油断してたら、いかされちゃった。完敗ね。でも、ものすごかった。ねえ、あそこへさわらないのが、秘訣なの？」

天井のあかりをつけて、慶吉を湯舟にみちびきながら、女は聞いた。

「さあ……さわらなかったかな」

「さわらなかった。クリトリスもなめないし、指もつっこまなかったし、乳首だって吸わなかったよ。外がわのほうを、舌で押してただけ。つぼかなんか、あるんでしょう。また来てくださる？　ほんとうよ。名刺を持ってかえって、ちゃんとおぼえてね。とちゅうで、棄てたりしちゃあ、いやよ。ほんとうに、また来て」

小さな名刺をわたされたが、慶吉は店をでると、さらに小さくちぎって、それを道ばたに棄てた。うちへ帰ると、仕事机の前にすわって、なにごともなかったような顔をしていたが、内心はおだやかでなかった。血のことが頭をしめて、ほかの興味がすべて、うしなわれたのか、と思うと、いら立ってくる。二日たった。三日たった。四日たった。店で仕事をしながら、慶吉は考えた。だれかれなしに飛びかかって、喉にくらいついてやろうか。一度、思いきって、吸ってみれば、血の味がこたえられなくなるかも知れない。

「あんまり根をつめないで、すこし遊びにでもいったら?」

と、久乃が心配そうにいったくらい、慶吉は店にすわりきりだった。

「スナックのマスターが、御主人、ちっとも見えないけど、具合でも悪いんですか、といっていたわよ。ほんとうに、ビールも飲みたがらないで、トマト・ジュースばかり、飲んでいるんだから――そりゃあ、からだにはいいでしょうけれど」

トマト・ジュースを好きで、飲んでいるわけではなかった。血のいろに、馴れようとしているだけだった。

「うん、わかった。今夜はでる気はしないが、あしたの晩にでも、常連に顔を見せてやろう。でも、トマト・ジュースはいいんだよ。お前も飲んでみろ」

と、返事をしているうちに、おかしくなった。なにも無理して、赤いものを飲むことはないのだ。慶吉がにやにやすると、妻はなにを誤解したのか、笑顔になって、奥へひっこんだ。そのまま仕事にはげんでいると、午前二時ちかく、机のわきの電話が鳴った。びくっとして、受話器をとりあげると、潮騒(しおさい)に似た雑音が入ってから、

「ケイキチ？」

ケイの声だった。太平洋の潮に洗われて、すこし聞きとりにくいが、気のせいではない。ケイの声だった。慶吉の手がふるえた。

「ケイキチですね？」

「そうです、はい」

「よく聞くのですよ。バンク・オブ・パシフィックの東京支店に、あなたの名義で、口座をひらいて、お金をふりこみました。あなたのサインで、おろせます」

はっきりした声になって、すぐ近くの公衆電話からでも、かけているようだった。

「口座番号をいいますから、おぼえてください。メモしては、いけません」

「わかっています」

ひとつながりの数字が、慶吉の頭にすべりこんだ。

「そのお金で、部屋を借りなさい。マンションでも、一軒家でもいい。便利なところでなくても、かまいません。でも、都心がいいかも知れませんね。夜になると、人口がすくなくなるそうですから」

「都心のマンションは高いですが、このごろ」

「場所はまかせます。部屋を借りたら、長持をひとつ、お買いなさい。寝棺を買うより、そのほうが、怪しまれないでしょう。そのなかに、良質の土を敷いておいてください。間もなく、あなたのところに、壺がひとつ、とどきます。奥さんには、『ホノルルで知りあった日系の老人からの、プレゼントだ』と、おいいなさい」

「わかりました」

「壺のなかには、土が入っています。それを、長持のなかの日本の土の上に、ていねいに撒いておいてください。わたしがそちらへついたら、また連絡します。どういう方法で、そちらへ行くか、まだきめていませんから、迎えの必要はありません。ただその晩の食事を、わたしが連絡したら、すぐに届けてください。若い健康な日本人なら、男でも女でもかまいません」

「しかし、すぐには、間にあわないかも知れませんが……」

「間にあわせるのです」

うむをいわさぬ調子で、ケイの声は、受話器にひびいた。

「そのために、あなたに特別な力をあたえたのだから」

「わかりました」

ふるえる声で、慶吉が答えると、ケイは声音に甘さをただよわせて、

「あなたにあうのが、楽しみですよ。そちらは、いま夜なかでしょう」

「そうです」

「こちらは、日がのぼりかけたところです。カーテンをあければ、アラ・モワナの海のかがやきはじめたのが、見えるはずです。でも、わたしは見るわけにはいかない。もう切ります。おやすみなさい」

電話は死んで、法螺貝(ほらがい)のような低いひびきが、耳のなかにあふれた。

慶吉は受話器をおくと、茫然(ぼうぜん)と床を見つめた。

床のすみで、大きな油虫が一匹、どぎつく背なかを光らしながら、触角を動かしている。

猛烈な食欲をおぼえて、さっと慶吉は手をのばした。

第三章　シャワーと壺(つぼ)

1

「とうとう、来るんだ。壺がくるんだよ、とうとう」

返事というよりも、ひとりごとに近い。マスターが顔をのぞきこんで、

「どうしました、お客さん。大丈夫ですか」

と、聞いたのに対して、ぼそぼそと答えたのが、これだった。そんなに遅い時間でもないのに、五十がらみの男は、かなり酔っているらしい。はじめて酒を飲んだみたいに、荒い息を吐きながら、カウンターに顔を伏せている。

「つぼが狂ったって、お客さん、お灸(きゅう)でもすえたんですか」

にやにやしながら、マスターがいうと、男は苦(にが)い顔をあげて、

「いや、こっちのことだ。もう一杯、ついでくれないか」

こめかみに白髪の目立つ男は、ひやの日本酒を、コップで飲んでいた。

「そりゃあ、こちらは商売ですから、つげといわれれば、つぎますがね。大丈夫ですか。もうおよしになったほうが、いいんじゃありませんか」

といいながらも、マスターがカウンターの下で、剣菱(けんびし)の壜に手をかけているのが、麻耶子(まやこ)の席から見えた。初老の男はあんがい、しっかりした声で、

「大丈夫だよ。たしかに、いまは酔っているが、すぐにさめる」

と、からのコップを前に押した。その赤い顔に、見おぼえがあるような気がしたが、どこであったのか、麻耶子は思い出せなかった。このカウンターだけの、うなぎの寝床みたいなスナック・バーで、顔をあわせたのではないことは、間違いない。駅のどちらがわかの商店街で、見かけたのだろうか。そう景気のわるくない商店主、といった風采(ふうさい)で、ハーリ・デイヴィッドスンの革ジャンパーを着ている。こちらの視線に、男が気づいたらしいので、麻耶子は文庫本に目を落した。マスターに酒をついでもらってから、

「お嬢さん」

と、男は声をかけてきた。男はおだやかな調子で、

「失礼だが、お嬢さんの読んでいる本、『吸血鬼ドラキュラ』という題名ですね。いま本をもちなおしたときに、ちらっと表紙が見えたんだが、それはあの、映画にもなったドラキュラの話ですか」

「ええ、そうですけど」

酔いで充血した目が、こちらに吸いついてくるようだった。麻耶子は視線をそらして、水わりのグラスをとりあげながら、

「スナックのすみで、女がひとり、ちびちびウイスキーをなめながら、怪奇小説を読んでいるなんて、さまになりませんわね。でも、ご心配なく。友だちがくるまでの、ほんの時間つぶしに、読んでいるだけですから」

なぜ、そんなきざな返事をしたのか、自分でもわからなかった。血走った大きな目で、見つめられているせいかも知れない。

「べつに気にしているわけじゃあ、ありません。ただちょっと、教えてもらいたいんです」

と、男は微笑して、

「ドラキュラの映画は、いくつも見ているんだが、ろくにおぼえていないんですよ。ドラキュラには、召使いがいたような記憶があるんですが、小説にも出てきますかね。小さな虫なんか食ってしまう癖のある男で……」

「レンフィールドでしょう。ビデオで見たベラ・ルゴシの『ドラキュラ』では、トランシルヴァニアのドラキュラ城に、イギリスに屋敷を買う契約にいって、召使いにされてしまうの。でも、この原作では、お城にいくのは、ジョナサン・ハーカーというひと。レンフィールドは、精神病院の患者よ。あとで手先につかわれるように、なるんでしょうけれど、まだ最初のほう

しか、読んでいないんです」

こんどは、麻耶子はすなおに答えた。眉のあいだに、男は皺をよせて、

「精神病院の患者ですか。レン——なんていいましたかね」

「レンフィールド」

「レンフィールドか」

「フランク・ランジェラって俳優のドラキュラ、すてきだったんで、おぼえているけど、あの映画のレンフィールドは、イギリスにわたってきた伯爵に、召使いにされてから、精神病院に入れられたわね」

「くわしいんですね、お嬢さん」

「恐怖映画、好きなんです。ナスターシャ・キンスキーって女優さん、ご存じ？　日本のコマーシャルにも出てたけど、お蒲団(ふとん)や石鹸の」

「顔を見れば、わかるかも知れないが……」

「あのひとのお父さん、クラウス・キンスキーというドイツの俳優なんだけど、クリストファー・リーのドラキュラで、レンフィールドをやっているの。そしてね、べつの映画では、ドラキュラをやっているのよ。どっちの映画も、日本ではテレビでやったんだけれど、おもしろいでしょう。そんなことまで知っていながら、原作を読んでいないのかって、ひとに笑われて、この本、買ったんです」

「なんにしても、あんまり、いい役まわりじゃあないんですね。レンフィールドは」

「けど、『ドラキュラ都へ行く』という映画では、小男のコメディアンが、レンフィールドをやっていて、おもしろかったわ。いい役よ」

と、麻耶子は笑顔をむけた。本はもう、とじていた。男はうなずいただけで、お喋りをつづけようとはしない。

「ご用はそれだけ？」

「ええ――ああ、すみません。くわしく教えてくだすって、ありがとうございました」

「どういたしまして」

「おつれは遅いようですね」

「ほんと、ちょっと変だわ」

麻耶子と男のほかに、客が入ってこないのも、すこし変だった。正月やすみに、みんなが金をつかいすぎて、酒を飲むのも、我慢しはじめたのだろうか。

「時間を間違えているんだわ、きっと」

残りすくないグラスの水わりを、麻耶子は飲みくだした。その動作が、いらいらしているように、見えたのかも知れない。同情の目つきで、男はうなずいた。そんな目で見られながら、待ちつづけるのが、急にいやになって、

「マスター、帰るわ。いかほど？」

麻耶子は金をはらって、ハーフコートのポケットに、文庫本を押しこんだ。男には会釈もしないで、店をでる。横丁から、大塚駅前の道路にでると、ビルのなかのクラブや、料理屋のイルミネーションが、壁面にかがやいていた。つめたい風に、麻耶子は肩をすくめながら、駅の手前を、左に折れた。だらだら坂をのぼりかけて、ふりかえると、初老の男がついてくる。やっぱり、と思って、

「おじさん、お宅もこっちのほう?」

おじさん、と呼ばれて、男はひるまなかった。

「お嬢さんも、こっちかね。なんなら、送ってあげようか、うちまで」

「送ってもらうほど、遠くないの。ちょっと淋しい道だけど、街灯はあかるいし……」

麻耶子は、男をにらみつけた。相手の目は、まだすこし充血しているようだったが、幼いころに、好きだった蜜柑ジュースに似て、やわらかな光をやどしていた。

「でも、黙って歩くより、つれがあったほうが、いいかも知れないわね」

と、麻耶子は言葉をつづけていた。男はうなずいて、

「そうさ。自分の足音を聞きながら、歩くってのは、いやなものだ。お嬢さんは知らないだろうが、むかし、ここらに映画館があってね。京楽座といったかなあ。東宝の小屋だったが、冷房なんかない時代に、夏すずしい。風とおしが、めっぽう、よかったんだ。小学生のころ、夏やすみには、入りびたったものだよ」

「おじさん、大塚の生れ?」

「ああ、そうだ」

「お店かなにか、やっているんじゃない?」

「どうして」

「さっきのスナックに来たの、はじめてでしょう?」

「よくわかるね」

「それなのに、どこかで見たような気がするの。だから、近くでお店をやっているんじゃないか、と思って……」

「駅のむこうでも、買いものをすることがあるのかな、お嬢さん」

「北大塚のほう?」

「以前はこっちも、あっちも、巣鴨と西巣鴨だったよ」

「あっちで買いものをすることも、ときどきあるわね。おじさんのお店、あっちにあるの」

ふたりが話しながら、空蟬橋(うつせみばし)のわきを通りすぎると、背後に声をかけるものがあった。

「麻耶。おい、待てよ、麻耶」

高杉(たかすぎ)だった。さっきのスナック・バーに、九時までには来る、といっていたボーイ・フレンドだ。高杉三郎(さぶろう)はコートのポケットに、両手をつっこんだまま、麻耶子と初老の男を見くらべながら、

「どうして、あそこで待っていないんだよ。いま帰ったというから、追いかけてきたんだ」

「間がもてないから、出てきたの。あまり飲みたくもなかったし……」

「それで、どうするんだ」

「うちへ帰るのよ。きまっているでしょう」

「こいつとか？」

「失礼ね。あそこで隣りあわせて、帰りみちが一緒だとおっしゃるから、お話ししながら、歩いているだけよ、この方とは」

「へえ、ほんとかね」

高杉はくちびるを歪めて、男に悪意の目をむけた。男は革ジャンパーの肩をすくめて、

「ほんとうですよ。ただ正確にいうと、隣りにすわったわけじゃない。あいだにいくつも、椅子があったんだが、ほかにお客がいなかったから……」

「だからって、いい年をして、くっついて来ることはないだろう」

高杉はだいぶ、酔っているらしい。麻耶子は腹が立ってきて、

「言葉づかいに、気をつけてよ。なにを、かりかりしているの？　だいたい、あんたが約束をまもらないから、悪いんじゃない」

「取引さきのひとに、急にさそわれたんだから、しかたないだろう。ことわれない相手だったんだ。とちゅうで、電話もできない状態でさ。こっちだって、いらいらしながら、駈けつけた

んだぜ」

「だから、あたしは別に、怒っていやしないわよ。帰る気になっているだけ。おじさん、ごめんなさいね」

最後のほうは、初老の男にいって、麻耶子は歩きだした。

「待てよ。思い出したぞ、麻耶。こいつのうちは、こっちじゃない。駅のむこうの判こ屋のおやじだ。やっぱり嘘をついて、お前につきまとう気だぜ」

高杉の声に、麻耶子はふりむいた。とめる間はなかった。あいにく片がわは、小さな公園だった。街灯を植込みがさえぎって、歩道は暗い。こぶしをかためた高杉の右手が、大きくなめに動いたと思うと、初老の男はひっくりかえった。

「なんてことをするのよ」

駈けよった麻耶子の腕を、高杉は強くつかむと、どんどん歩きだした。

「ほっときゃいいんだ、こんなやつ」

2

三日目なのに、男の頬には傷が残っていた。高杉になぐられて、ころんだときに、すりむいたのだろう。夕方、駅前に買いものに出てきて、都電の停留所に、男が立っているのを、見かけたのだ。先日とおなじ、ハーリ・デイヴィッドスンのエンブレムを、胸と右腕と背なかにつけた革ジャンパーを着ている。麻耶子は近よって、声をかけた。

「このあいだは、ごめんなさい」

「ああ、あのときのお嬢さんか。明るすぎて、気がつかなかった」

麻耶子はストーン・ウォッシュのジーンズに、ゴッホの絵みたいな色彩の手編みのスウェーターをざっくりと着て、トマトのかたちのポシェットを、肩からさげていた。

「きょうは一日、うちにいたから——ほんとうに、ごめんなさい。大丈夫でしたか」

「大丈夫、大丈夫。ちょっと、おどろいたがね」

「でも、その傷、まだ痛むんじゃありません？」

「いや、まるで気にならないよ。傷があることさえ、いままでわすれていたくらいだ」

両手でかかえた風呂敷づつみをあげて、男は指さきを頬にあてた。四角く大きなつつみで、母の葬式のときの骨壺の箱を、麻耶子は思い出した。だが、風呂敷は白くない。

「いつもは、乱暴なひとじゃないんだけど、こないだは飲みすぎていたみたいなの」

「気にしなくても、いいんだよ。それより、あなたがたのほうこそ、あのあと、喧嘩にでもなったんじゃないか、と心配していた」

「それこそ、気にしなくてもいいわ。どこかへ、お出かけ？」

「ちょっと、王子のほうまでね」

「その荷物、重そうじゃない。もし電車がこんで、すわれなかったら、大変ね。こないだのおわびに、あたし、お手つだいする」

「とんでもない。あんたも用があるんだろうし、都電がこんでいることなんか、めったにないよ。気づかいは無用だ」

「あたしは買いものをして、アパートに帰って、お風呂屋さんへいって、あとはテレビを見るか、本を読むかですもの。遠慮は無用だ」

相手の口調をまねて、麻耶子が風呂敷づつみに手をかけたとき、三ノ輪橋行きの電車が入ってきた。夕方のせいか、立っている客のすがたが、窓にあった。

「めったにないことが、あったようね」

風呂敷づつみは、重かった。それを右手にさげて、左手で吊革にぶらさがると、都電は動きだした。麻耶子は右肩をさげて、男の耳にささやいた。

「かなり重いじゃない。なんなの、これ?」

「壺だよ。骨董品だ」

「骨壺でなくて、よかった。骨董だと、高いんでしょう? だいじに持つわね。おじさん、判こ屋さんですって」

「そうですよ」

「見おぼえがある、と思ったはずだ。去年の暮れ、年賀状におすゴム印を、おじさんのところないんです」

「学生です。高校をでて、一年、ハワイへいって、それから大学へ入ったから、まだ卒業でき

「そうだったかね。どうも、ありがとう。お嬢さんはおつとめ？」

で買ったの」

「そう。わたしの娘も、ハワイにいるんだ。このあいだ、様子を見にいってきた」

新庚申塚で席があいて、ふたりはすわった。風呂敷づつみは、男が膝にのせた。どうして、ついてきてしまったんだろう、と麻耶子は考えながら、窓のそとの家なみを眺めた。母が生きていたころの、やさしかった父を思い出したからか。父は再婚して、変ったわけではない。たぶん麻耶子のほうが、父を拒否したのだろう。

「山の手線で田端までいって、乗りかえたほうが、早かったかな」

と、男がつぶやいた。麻耶子はわれにかえって、

「急ぐの、おじさん？　だったら、バイクをつかえばいいのに」

「バイクって、オートバイかね。わたしは乗れないよ、そんなもの」

「でも、ハーレーの革ジャンを着ているから……」

「これは、オートバイのマークなのか。知らなかったな。親戚の若いのに、急に金がいるからって、売りつけられたんだ。派手だとは思うんだが、着ないのも、もったいないからね」

「そりゃあ、そうよ。いいじゃない。お年よりで、ハーレーに乗っているひとも、多いそうだ

から」

「無理しなくても、いいよ。ああ、飛鳥山だね。つぎの王子駅前で、おりるんだ」

むこうの窓に、大きな公園らしい木立ちが、黒ぐろと見える。都電は弧をえがいて曲ると、坂をおりて、京浜東北線のガードをくぐった。駅前でおりると、麻耶子は風呂敷づつみをひきうけて、男にしたがった。夜景は大塚駅前に似ていたが、もっと広びろとして、まわりのビルも、背が高いようだった。車の往来も、激しかった。自分の育った北陸の小都会の、最近の駅前風景を、麻耶子は思い出した。男は明治通りを横ぎると、わき道に入って、一軒のマンションの前で、立ちどまった。七階建で、まだ新しい。

「ここだよ。ご苦労さま。ちょっと寄って、お茶でも飲んでいかないかね」

「ここ、おじさんのうち？　おじさんじゃあ、失礼ね。お名前は？」

「小野寺慶吉。慶応大学の慶に、秀吉の吉だ」

「あたしは、水谷麻耶子」

「ここは、わたしのうちじゃない。友だちが東京に出てきて、住みたいといっているんでね。探してやったんだ。いまはまだ、越してきていないから、わたしが使ってもいいわけさ」

麻耶子の名前を、聞きたくなかったみたいに、男は早口になった。窓の列を見あげると、灯りはまばらにしか、ともっていない。まだ入居者が、すくないせいだろうか。

「それじゃあ、なかを見せて」

「そうだ。買いものに出た、といっていたね。ひょっとしたら、晩めしがまだなんじゃないかな。そうだったら、荷物はこびをしてくれたお礼に、御馳走するよ」

「ほんとう？　もうかっちゃうな」

明るい玄関ホールは、新しい建物に特有の、ちょっと焦げくさいような、そのくせ、すっとする薄荷みたいなにおいがした。塗料と金属と油のまざった臭いだった。持ちおもりのした風呂敷づつみを、麻耶子は両手でかかえて、エレヴェーターにのった。慶吉はつづいて入って、五階のボタンを押した。五階につくと、廊下のはずれのドアを、慶吉は鍵であけた。

「あら、ちゃんと家具が入っている」

麻耶子がダイニング・キッチンを見まわすと、その手から、慶吉は風呂敷づつみをとって、

「東京へきたら、すぐ住めるようにしておいてくれ、といわれたんでね」

「ほんとかしら。実は小野寺さんのアジトじゃないの、ここ」

と、麻耶子は笑いながら、バス・ルームのドアをあけて、

「すごいシャワー。ホテルのバス・ルームなみね」

「あんた、アパートへ帰ってから、銭湯へいく、といっていたね。なんなら、そこをつかってもいいよ。石鹸やタオルも、新しいのがある。わたしはそのあいだに、この骨董品をしまったり、晩めしのしたくをするから——といったって、レンジで温めれば、すぐ食えるってやつばかりだ。がっかりするだろうけど……」

「だいじょうぶ、あたしも愛用しているの。じゃあ、シャワーをつかわせてもらうわね」

バス・ルームに入ると、ジーンズとパンティストッキングをぬいで、素足につめたいタイルを踏んだ。水や湯がちゃんと出るかどうか、バス・タブの蛇口とシャワーの蛇口の切りかえが完全かどうか、慎重にたしかめてから、麻耶子はスウェーターをぬいだ。便器の蓋の上に、脱衣籠をのせて、下着や服をおさめていると、湯のなかに入れる粉石鹼の箱や、香料の箱が目についた。シャワーだけにするつもりだったが、それを見て、気がかわった。

ホノルルでバブル・バスに入ってはいたが、東京で暮しはじめてからは、はじめてだった。タブに湯をためて、粉石鹼と香料を入れると、いい匂いのする泡が、盛りあがった。背なかを洗う柄つきのたわしを片手に、麻耶子はバス・タブに足を入れた。曇りどめ加工をした鏡に、泡に沈む自分のすがたがうつる。泡がこまかくかがやいて、自分のヌードが、豪奢に見えた。タブの底に、麻耶子は尻をすえて、両足をのばした。乳房のほうに泡をかきよせて、香りをかぎながら、湯の上に、片足をあげると、映画の女主人公になったような気がする。柄つきのやわらかいたわしで、足や背なかをこすっていると、泡はだんだん消えていって、灰いろに湯がにごった。タブのなかで立ちあがると、あたたまって、赤みのさした肌が、美しく鏡にうつった。ストッパーの鎖をひいて、にごった湯を落しはじめると、麻耶子は壁のコックを、シャワーに切りかえた。高いほうのフックから、シャワーのノズルを外して、湯をだそうとしたときに、バス・ルームのドアがあいた。

「大丈夫かね。シャワーの調子が、悪いんじゃないか。考えてみたら、まだ一度も、つかっていないんでね」

印判屋にのぞきこまれて、麻耶子はあわてて、ヴィニールのカーテンをひいた。

「どこも調子は、悪くないわよ。ごめんなさい。もうじき出ます」

「そりゃあ、かまわないんだよ。シャワーをあびるにしちゃあ、手間（てま）がかかっているもんだから、のぼせたんじゃないか、とも心配になってさ。ああ、泡のお風呂に入っていたのか。だったら、シャワーでよく流さないと、いけない。わたしが、お湯をかけてあげよう」

男はきわめて自然に入ってきて、カーテンをあけると、手をのばした。しゃがみこみながらも、麻耶子は反射的に、シャワーのノズルをわたしてしまった。

「気にすることはないよ。まあ、目をつぶっちゃあできないが、変なところは見ないからね。むこうをむいて、立ってごらん」

タブから立つとき、すべらないように、ステインレス・スティールの棒が、ななめに壁にとりつけてある。それにつかまって、麻耶子は立ちあがると、慶吉に背をむけた。

3

判こ屋の主人は不器用に、スプーンでピラフをすくって、黙もくと食っていた。ときどき、視線をあげようとするが、すぐに伏せてしまう。てれくさがっているのだろう、とキッチン・テーブルにむかいあって、麻耶子は思った。バス・ルームからベッド・ルームへかけての記憶が、頭をかすめると、麻耶子も恥ずかしさで、目のまわりが熱くなる。おなかはへっていたけれど、あまり食べてはいけないような気がした。

「泡のお風呂へ入ったあとでは、底をよく流さないと、あぶないんだよ。すべることが、あるからね」

と、慶吉はまず、ノズルを足もとにむけた。ぬるい湯がほとばしって、しぶきをあげた。それから、横の壁に手をのばして、湯の温度を調節しなおすと、ノズルをあげた。熱い湯の針の束が、麻耶子の肩をうって、右に左に動いた。湯の針がさしたあとを、じんわりと男の片手がさする。吸盤みたいに吸いついて、肩から首すじを、こすっていく手のひらの感覚は、麻耶子を戦慄(せんりつ)させた。湯の流れと手のひらが、背すじをさがっていくにつれて、全身の力がぬけた。同時に、異様なここちよさが、皮膚の内がわに生れた。

慶吉の手は、別におかしな動きをしているわけではない。オイル・マッサージでもするように、やわらかく皮膚をなでているだけだった。けれど、背すじから脇腹、脇腹から尻へ、あたたかく濡れた手のひらが、吸いついては離れ、吸いついては離れするうちに、麻耶子の腹の底から、波のうねりのようなものが持ちあがって、とどめることが出来なかった。あたしはなにか、こんなようなことを、心のどこかで、期待していたのかも知れない、と思いながら、麻耶子は両腿のあいだに、湯よりも濃いものが、にじみだすのにまかせていた。

「さあ、こっちをむいて」

といわれて、むきなおってみると、慶吉は服をきたままだった。黒い牛革のジャンパーは、ぬいでいたけれど、濃い灰いろのズボンをはいたままで、格子縞のスポーツ・シャツの袖をまくりあげている。それでは、他意はなかったのか、と狼狽して、目をとじた胸に、シャワーの針が集中した。慶吉はシャワーのノズルを、絵筆のように動かしながら、快楽の絵の具をのばすみたいに、平手で首すじをさすり、胸をさすった。乳首がたちまち、痛いほど硬くなって、腰に力が入らない。渦巻くうずきが、下腹へ駈けおりていって、腿のあいだにあふれだすと、麻耶子は片手で、壁のスティール棒につかまって、

「やめて――もうやめて」

と、口走った。そのとき、シャワーの湯が下腹を打つのにつづいて、平手が鳩尾をなでおろした。はらわたが溶けて、股間にはみだしていくのを、男の平手が押えてくれるような気がした。だが、その手をはねのけて、からだが裏返りそうだ。バス・タブのへりに、片足をあげると、麻耶子は胸をそらして、思わず叫んだ。

「ああ、だめ。早く抱いて」

バブル・バス同様、バス・ルームでのセックスも、ホノルルで経験した。相手はフィリッピン系の若いバンドマンで、しびれる思いをさせてくれた。この男は、どんなことをしてくれる

のだろう。それほど、男のかずを、知っているわけではなかった。はじめての体験は、高校一年のときだから、いまとしては遅いほうかも知れない。痛みと出血の記憶しか残らず、処女でなくなるとは、こんなことなのか、と思った。思い出してみて、もういちど、抱かれたい男はいない。高杉三郎は、本やコミックスでしいれた知識を、麻耶子のからだにぶつけてくる。だが、それに応えると、高杉はたちまち興奮して、あっけない思いをするのが、常だった。それに懲りて、冷静をたもっていると、今度はせっかちに、全身をまめまわす舌が、不快なものになってくる。

「じらしちゃ、いや。まだとまらないの、あたし」

シャワーがとまって、大きなタオルが、全身をおおった。目をとじていると、タオルの上から、からだをさすられただけで、気が遠くなった。

「タオルが――タオルが汚れるわ」

「大丈夫だ。ここを出よう」

男の声は笑っているようで、麻耶子は恥ずかしかった。黙っていると、からだが急に宙に浮いて、タオルにつつまれたまま、バス・ルームから、はこびだされた。薄目をあいてみると、男の瞳が光りかがやいている。このあいだの晩の男の目――酔って、赤く充血した目を、麻耶子は思い出した。今夜、この男についてきてしまったのは、以前の父親を見いだしたからではなく、あの目のせいなのかも知れない。血走った目にひかれるとは、考えてもみなかった。高杉も酔うと、目が赤くなる。そこには、欲望がむきだしに、ぎらついていた。けれど、この男の目には、欲望とはちがうものが、かがやいている。それが、なんだかわからないだけに、たしかめてみたかった。

うっとりと目をとじたのを、麻耶子はおぼえている。赤ん坊みたいに抱かれて、バス・ルームのドアとダイニング・キッチンのドアを、通りぬけるのがわかった。ベッドにおろされて、タオルをはぎとられると、麻耶子は期待の目をひらいた。目の前に黒い丸があって、赤い文字が浮かんでいる。デジタル腕時計の文字盤らしいが、赤く浮いているのは、数字ではない。

I LOVE YOU.

喉のおくで、麻耶子は笑った。すると、赤い文字が変って、

LET'S FUCK.

声をあげて、麻耶子は笑った。笑いながら、低く叫んだ。

「オウ・イエス。ファック・ミイ。ファック・ミイ・ハード」

腕時計を、サイド・テーブルにおく音はしたが、男はのしかかって来ない。麻耶子の腹に、

両手をあてただけだった。じれったくて、相手をひきよせようとしたとたん、全身が荒波に押しあげられた。思わずシーツを、両手でつかんだ。大波はなんども、男の手の動きにつれて、襲いかかってきた。薄暗くはあっても、寝室は闇ではない。セミダブルのベッドの上で、両足を大きくひらいて、ひどく恥ずかしい恰好をしていることに、麻耶子は気づいた。しかし、かまってはいられなかった。両足のあいだから、すばらしいソフト・クリームが噴きだしているのに、この男はなぜ、口をつけてくれないのだろう。黙ってはいられなくなって、それを要求した。これまで、口にしたことのない生な言葉が、くちびるをついて、次つぎに飛びだした。それでも、慶吉は応じてくれない。いつの間にか、手もひっこんでいた。それなのに、麻耶子の全身はわななないて、濡れた尻がベッドにはずんだ。

「ああ、だめ。もう四度目よ。まだおわらない。早く——早く押しこんで」

焦点のさだまらない目に、慶吉の顔が見えた。顔が近づくと、裸の胸板も見えた。男のにおいがのしかかって、腿にかたいものが触れると、反射的にそれをつかんだ。抵抗がありそうだったが、麻耶子のからだは、それをずるっと呑みこんだ。

「ああ、入った。すてき」

なんてことを、口走っているんだろう、と思ったとたん、火山の爆発が起った。興奮が背すじを駈けのぼって、後頭部から噴出した。一瞬、気が遠くなった。なにか大声で叫んだようだったが、頭がしびれて、わからない。涙があふれて、目も見えない。男はまだ、出ていかなかった。いやにゆっくり、動いている。その動きに、ゆすられていると、手足が離れて、思いおもいの方向に、ただよっていくようだった。手が足が、遠くの壁にふれた。そのとき、からだのなかで、男の奔(はし)るのがわかった。熱い脈がうつにつれて、離れた手足が、ぐいぐいと飛びついてきた。

「妊娠した。きっと妊娠した」

目をつぶったまま、つぶやくと、男はしずかに離れながら、

「そうかな。そんなことはないはずだが……」

麻耶子は腹ばいになって、まだ涙のあふれる目を、シーツに押しつけた。

「なにをいっているんだろう、あたし」

声がふるえて、慶吉に聞えたかどうか、わからなかったけれど、喋りつづけた。

「よかった、というつもりだったのに……とっても、よかった」

返事はなかった。息づかいがおさまると、からだにタオルを巻いて、麻耶子はバス・ルームに駈けこんだ。ざっとシャワーをあびて、服をきて出てくると、慶吉はシャツすがたで、キッチン・テーブルに、食器をならべていた。けだるい微笑を浮かべることしか、麻耶子はできなかった。食事がはじまっても、不自然な沈黙がつづいた。

「麻耶子さん、どうした？　わたしの料理は、まずすぎるかね。説明どおりに、やったつもりなんだが……」

と、慶吉に眉をひそめられて、黙ってはいられなかった。麻耶子は思いきって、笑顔をつくりながら、

「まずいわけじゃないの。すこし疲れただけ。あんな強烈なの、久しぶりだったから」

「ここで休ませてあげられると、いいんだがね。そろそろ、わたしは帰らなきゃならない。あまり遅くなると、女房がうるさいんだ。骨董に目のきく友だちに、壺を見てもらうという口実で、出かけてきたもので」

「大変ね。またあえるかしら」

「ここへ来てくれれば、あえるよ。電話を教えてもらえると、いいんだが……」

「お風呂がないくらいのアパートだから、電話もひいてないの。あいたくなったら、こっちから連絡する」

「なるべく、早くあいたいな。それじゃあ、タクシイで送っていこう」

食器をキッチンのシンクにつけると、慶吉はジャンパーに手を通した。右の二の腕の袖に、ハーリ・デイヴィッドスンのシンボルの白頭の鷲が、朱いろの翼をひろげている。背なかには大きく、白と朱の楯がたのエンブレムが、縫いつけてある。それを着ると、こめかみに白髪の目立つ横顔が、元気そうに見えた。ちょっぴり、麻耶子は後悔した。電話はあるのだが、すぐ教えては、安っぽく見られそうなので、嘘をついたからだ。

「壺を持ってかえるんなら、あたしが運ぶわね、タクシイまで」

風呂敷づつみは、食器棚のすみに、のせてあった。麻耶子は立っていって、結び目に手をかけた。四角いつつみは、ここまで持ってきたときよりも、軽くなっているようだった。けれども、片手にさげて、ふってみると、かたかたと小さな音がした。壺が入っていることは、入っているらしい。すると、軽いと思ったのは、やはり気のせいなのだろう。

「行きましょうか、小野寺さん」

高杉とラヴ・ホテルを出るときには、こんな調子で、ものをいったことがない。それに気づいて、麻耶子は赤面した。

第四章　遠吠(とおぼ)えとバイク

1

東京の陽気は、なんども冬にもどったり、春らしさを増したりした。きのうからは、どうやら落着いたらしく、今夜は革ジャンパーが蒸暑いほどだったが、慶吉は胸のあたりに、冷えびえしたものを感じていた。おとといの夜ふけに、ケイから電話があったからだ。王子駅で都電をおりて、マンションにむかって歩きだしながら、慶吉はそれを思い出していた。

シャッターをおろした店のなかで、仕事に熱中していると、わきにおいた腕時計が、かすかな音を立てたのだった。ケイにもらったデジタル時計だ。アラーム機能があるとは知らなかったし、セットしたおぼえもなかった。思わず腰を浮かしたとたん、電話のベルが鳴った。受話器をとりあげると、潮騒のような音がしてから、

「ケイキチ、聞えますか。ケイキチ、聞えますか……」

「ええ」

「壺はもう、とうに届いたでしょう？」

「ええ」

「指示した通りに、やってくれましたね？」

「ええ」

「どうしました？　なんだか、元気がないようですね」

「ええ、まあ」

「近くに、奥さんがいるのですか」

「ええ」

嘘だった。妻はそのとき、もう二階で眠っていた。彫りかけの印材を見つめて、慶吉はくちびるを歪めた。およそ五センチメートル角の蔵書印で、注文主はエロティックな本の収集家なのだろう。寝そべった四人の裸女が、四角い枠になっていて、なかに三行、開好亭（かいこうてい）蔵書印、という文字がならんでいる。三人目のヌードを、彫りかけたところで、文字にはまだ、手をつけていない。

「それなら、またあとで、電話しましょう。あなたが用意してくれた家のありかを、いってもらえないと、困りますから」

ケイの声は、かすかに笑っているようだった。慶吉は咳ばらいをしてから、

「いまどこに、いるんです？」

「ホノルルに、きまっているでしょう」

「このくらいの声で、聞えますか。書きとれますか」

と、慶吉は声をひそめた。くちびるはますます、嫌悪感に歪んでいた。油虫が出てこなければいいな、と願った。ケイの声を聞きながら、すばやく油虫をとらえて、口に入れることになったりしたら、みじめすぎる。

「いいですよ。よく聞えます」

「王子というところでして……」

慶吉は苦いものを吐きだすように、マンションのところ番地を告げた。

「わかりました。それでは、あさっての晩、そこであいましょう。約束のものを、わすれないように」

「場所がわかりますか」

「大丈夫です。空港まで、迎えにきてくれというような、無理はいいません」

こんどはほんとうに、軽い笑いをひびかせて、ケイは電話を切った。その笑い声が、いまも耳にひびいているようで、慶吉は顔をしかめながら、王子の駅前を歩いている。水谷麻耶子のところへは、大塚駅のちかくの公衆電話で、連絡をとっておいた。あの数日後に、麻耶子は店へやってきて、出来あいの認印をひとつ、買っていった。笑顔も見せずに帰っていったが、ふたつ折りにした紙幣のあいだに、電話番号を書いた小さな紙片が、はさんであった。

「あいつがまだ来ていなかったら、あの子にもう一度、電話をするか」

マンションのエレヴェーターのなかで、慶吉は声にだして、つぶやいた。急につごうが悪くなってね、といいたかった。五階でおりて、ドアの錠をあけてみると、部屋のなかは暗く、むっと空気がこもっていた。換気のために、窓をあけながら、

「これじゃあ、まるで誘拐の共犯だ。レンフィールドか。その役わりをつとめなかったら、おれはどうなるんだろう。殺されるんだろうか……」

駅のまわりのネオンサインや、ビルディングの窓あかりのあいだに、高架線路を走っていく電車の灯が、きらきら見えた。それらの光に、季節感はない。だが、空にある月はさすがに、春らしくうるんでいる。月が出ていることに、慶吉はいままで、気づかなかった。溶けかけたレモン・ドロップみたいに、やわらかな色の月を眺めていると、映画のシーンが頭に浮かんできた。慶吉は苦笑しながら、

「ケイは蝙蝠になって、飛んでくるのかな」

そう考えると、気持がいくらか、軽くなった。ばかばかしく、思えたからだ。ワイキキの映画館であったあの男娼は、風変りな冗談を実行して、楽しもうとしているだけなのかも知れない。金を貯めたので、東京にしばらく、住んでみたい、というだけなのかも知れない。

「吸血鬼なんて化けものが、現実に存在するはずはないものな」

声に出していうと、慶吉は窓をしめた。夜の街の騒音が消えて、新しい壁のいろが、どうも落着かない。キッチンへいって、水を飲んだ。グラスを洗いかごに伏せたとき、ドアのブザーが鳴った。麻耶子にちがいない、と思って、慶吉はドアをあけた。

「やっぱり、あんたか」

声といっしょに、男が押しいってきた。その剣幕に、慶吉は一瞬、とまどった。けれども、すぐに高杉という苗字を、思い出した。名前はたしか、三郎だ。靴をぬぎちらして、高杉はあがりこむと、くちびるをひんまげて、

「いくら待ったって、麻耶子はこないぞ」

せきこむような笑い声が、慶吉の耳もとでひびいた。

「なんのことです、いったい。乱暴じゃありませんか、あなた、ひとの部屋へずかずかあがりこんだりして」

懸命にうろたえを隠して、慶吉が相手を押しかえすと、高杉は襟に手をのばしながら、

「しらばっくれるなよ。麻耶子はこない、といったんだ。あとをつけてきて、下のエレヴェーターでつかまえて、追いかえした。あんたが待ちくたびれちゃ、かわいそうだ、と思ってね。知らせにきてやったんだ」

「苦しいから、はなしてくれ。誤解だよ。高杉さんだったな。なんで腹を立てているのか、わたしにはわからないんだが……」

「わからないだって、ばかにするなよ。いい年をしやがって、麻耶子をなんど、ここへひっぱりこんだんだ?」

「この手をまず、はなしてくれ。そんなにのぼせていたんじゃあ、話にならない」

慶吉は若者の手をふりほどいて、キッチン・テーブルの椅子に、よろよろと腰をおろした。

「高杉さん、やたらに腹を立てているが……」

「あたり前だ。ひとの女を――」

「あんたと麻耶子さんは、結婚しているのかね」

「そりゃあ、まだそんな話にはなっていないが、麻耶子はおれの女だ」

と、高杉はいいながら、結びめに指をさしこんで、ネクタイをゆるめた。慶吉は優勢をとりもどそうとして、

「まるで、やくざだな。そんないいかたをするから、麻耶子さんにきらわれるんだ」

「なんだと……」

「このあいだの晩だって、そうじゃないか。ろくに確かめもしないで、わたしを殴りつけた。おかげで、頬に傷ができて、そりゃあ、もうなおったから、あやまれ、とはいわないがね。麻耶子さんがかわりに、あやまってくれた。おわびに、といって、ここに荷物をはこんでくれたよ。今夜も、片づける手つだいをしてくれる、というんだ。それだけのことさ」

「ごまかす気かよ。麻耶子があんたに、惚れていると思うのか」

「そんなことは、問題外でしょう」

「見やがれ。自信がないんだ」

「それも、問題外だね。問題は麻耶子さんが、自分からすすんで、ここへ来た、ということだろうよ」

「嘘をつけ。それなら、おれが追いついて、帰れといっても、帰らないはずだぜ」

「きみが子どもみたいに、ドアのそとで、ひと晩じゅう泣きわめくといけない、と思ったんじゃないかな。だから、いちおう帰ったんだろう」

と、慶吉がいったとき、ドアをたたく音がした。

「ほら、心配になって、戻ってきたにちがいないよ、麻耶子さんが」

おびえたような顔をして、高杉はドアのほうを見た。ドアをたたく音が、いやに大きかったからだろう。慶吉は走りよって、ドアをあけた。とたんに、突風が吹きいった。ほんとうに、風の音が聞えた、と思った。けれど、風ではなかった。人間だった。黒いすがたが、ダイニング・キッチンに飛びこんできたのだ。その動きは、高杉を見すえて、一瞬とまった。

黒いダブルのスーツをきたケイだった。映画に出てくるドラキュラみたいに、黒いマントを羽織って現れるか、と思っていたが、そんなことはなかった。けれど、長い髪をなでつけて、黒いスーツをきたケイのすがたは、やはり現代ばなれがしていた。あっけにとられて、高杉は立ちすくんでいる。ケイは飛びかかって、高杉のネクタイを、片手でひきほどいた。のしかかって、両腕をつかむと、ベッド・ルームに走りよった。高杉は声も立てず、さからいもしないで、人形のように抱えられた。ケイは片足で、ドアを蹴りあげると、ベッド・ルームに飛びこんだ。その動きは、影だけの獣みたいだった。

慶吉の心臓は、喉もとへ、跳ねだしそうだった。膝がふるえて、立っていられない。キッチン・テーブルにつかまって、息をととのえてから、おそるおそるベッド・ルームに近づいた。ドアがまちにすがって、暗い部屋をのぞいてみると、ケイと高杉はベッドの上で、ひとかたまりになっていた。ケイの顔は、高杉の頬に押しあてられて、見えなかった。高杉の顔だけが、ぼんやり見えた。目を見ひらいて、口をあけて、まるで驚愕のあまり、硬直して、死んでいるようだった。

ケイの背なかが波うって、あわただしく飢えをみたしている黒猫の背を、思わせた。ドアがまちにつかまって、慶吉はふるえながら、目をそらすことができなかった。一時間、いや、二時間もたったような気がした。

高杉の首すじから、ケイが顔を起した。首をねじって、こちらをむいたケイの顔を、慶吉は一生、わすれられないに違いない。不透明に白い顔に、目だけが光っていた。もうひとつ、目立つところがあった。くちびるだった。赤いくちびるだった。血の赤さなのだろうが、もっと異様に、もっと邪悪に、もっと恐しく、慶吉の目にしみついた。生の蠟に似た白い顔は、まるで死んでいるようだったが、目とくちびるだけは生きていた。その顔が、ぐいとこちらをむいたとき、慶吉には自分を見たのだとは、思えなかった。獲物を見ている、という感じだった。無表情なのに、目とくちびるは、人類すべてを、嘲笑っているようだった。首がこちらをむいた瞬間、まっ赤なくちびるのはしから、血がひとすじ、顎へつたわった。

「こんな、こんなばかな!」

慶吉は口のなかで、ひとりごとをいいながら、よろよろとキッチン・テーブルにもどった。目で見たことが、信じられなかった。こうなるのだろう、とわかっていて、その通りのことが起ったのに――それも、目の前で起ったのに、信じられなかった。テーブルが、かたかたと鳴った。すがりつくような気持で、慶吉が両手をついているテーブルが、両足のふるえといっしょに、細かく動いているのだった。

「どうしました、ケイキチ」

うしろの声にふりかえると、ベッド・ルームから、ケイが出てきた。くちびるの血は、ぬぐわれていた。顔にも表情があって、おだやかな微笑に見えたけれども、慶吉のふるえは、とまらなかった。ショックだけではなくて、室内の温度がさがっていたからだ。

「あの――あの男、死んだんですか」

やっとの思いで、慶吉が聞くと、ケイは首をふって、

「ちょっと、貧血を起しただけです。じきに気がつくでしょう」

「どうするんです、あの男?」

「いまなら、なんでもいうことを聞きますよ。ケイキチがそうしたかったら、ベッド・ルームをつかっても、かまいません。ぼくは気にしないから」

「そんな気にはなれませんよ、男を相手に」

といってから、ホノルルのケイのアパートメントでのことを思い出して、慶吉は言葉をつけたした。

「あんな男じゃあ、という意味ですが、もちろん」

「それなら、つれて帰ってください」

ケイはもう、高杉には興味をうしなったようだった。きらきらした目で、ダイニング・キッチンを見まわしながら、

「なかなか、いいアパートメントですね。棺はどこ？」

「奥の部屋です。でも、やはり長持にしました。寝棺をはこびこんだりすると、怪しまれますから」

慶吉は短い廊下をさきに立って、奥の部屋のドアをあけた。あかりをつけると、なにも家具のない小さな部屋に、黒い長持がひとつ。

「これで、よかったでしょうか」

長持のそばに膝をついて、慶吉が蓋をあけると、ケイは近づいてきて、なかに敷きつめてある土を見おろした。園芸用の土を入れた上に、ホノルルから、とどいた壺に入っていた土が、

薄く敷いてある。わずかな量だったのに、土はとても重かった。壺のなかに入って、生きのびていたのだろうか。瘠せてはいるが、大きな蜘蛛が一匹、土の上をおずおずと、長い脚をそばだてて、歩いていた。そっと手をのばして、その蜘蛛をすくいとると、慶吉は口へほうりこんだ。無意識に、手が動いたのだった。うまかったが、吐きだそうとした。吐きだすことは、出来なかった。ケイは微笑しながら、手をのばして、長持の土に、白く長い指さきをふれた。

「ありがとう。満足です。いつ帰っても、もういいですよ。用があれば、こちらから電話します。さもなければ、腕時計をつかって、連絡します。いつも、していてください」

「わかりました。あの……」

口ごもりながら、慶吉はベッド・ルームのほうを、ふりかえった。ケイは長持に、蓋をしながら、

「なんです?」

「あの男は、すぐなるんでしょうか――つまり、その、あれに……」

「はっきりいって、いいんですよ、なんでも」

「あの男、すぐ吸血鬼になるんでしょうか」

思いきって、慶吉が聞くと、ケイは爽やかな声で笑った。さっき廊下から飛びこんできて、高杉におおいかぶさったときの荒あらしさは、まったく消えていた。

「映画や小説は、ぼくらのことを、正確にはつたえていないんですよ。そのほうがいいんです

が、あれくらいの血がなくなっただけで、死にはしない。死ななければ、ぼくらのようにはなりません」

2

高杉三郎は、自分の足で歩いてはいたが、意識はないみたいだった。その腕をつかんで、慶吉はエレヴェーターをおりると、玄関ホールへつれだした。マンションをでると、近づいてくる影があって、

「大丈夫だったのね、小野寺さん」

麻耶子だった。春らしいスーツをきて、大ぶりのショールダー・バッグを、右肩にかけている。声に応じて、高杉の顔が動いたが、なにもいわなかった。

「部屋へいってみようか、とも思ったんだけど、騒ぎを大きくしちゃあ、まずいでしょう？　だから、そのへんに隠れて、待っていたの。気が気じゃなかった」

「心配かけたね。高杉さんを送っていこう、と思うんだが、うちはどこだろう」

「巣鴨の駅のちかくだけれど、どうしたの、このひと？」

「歩きながら、説明するよ」

麻耶子のすがたを、ケイに見られたくなかった。慶吉は高杉をひっぱって、表通りに出てい

きながら、

「悪いことをしてしまったよ。わたしを殴ろうとして、高杉君、ころんでしまったんだ」

「まったく、乱暴なんだから」

と、麻耶子は舌うちして、

「ひどく打ったのかしら、頭でも……」

「いや、そんな心配はないんだ。気をうしなったりはしなかったんだが、肩を打ったらしくてね。痛みどめだとだまして、鎮静剤を飲ました。それが、ききすぎたらしい。この通り、ぼやっとしてしまったんだ」

辻つまがあわないような気もしたが、いってしまったものは、しかたがない。

「大丈夫なんだ、麻耶子さん。薬が切れれば、もと通りになる。うちへつれていこう。ちょっとタクシイを、あんた、呼んできてくれないか」

「うん、わかった。わかりました」

高杉の無表情な顔を、じっと見つめてから、麻耶子は身をひるがえして、走りだした。大通りにでると、月はますます甘くうるんで、空には薄雲がひろがりはじめていた。タクシイがきて、高杉をまんなかに、三人はのりこんだ。麻耶子が行きさきをつげて、タクシイが走りだすと、半ばおろした窓から、さわやかな風が吹きこんだ。スピードがあがると、風はつめたくなって、それが顔にあたったのか、高杉は急に目を見ひらいた。

「どうしたんだ、ぼくは」

寝ぼけたような声が、高杉の口をもれた。麻耶子は眉をよせて、

「うちへ帰るのよ」

「いまは話しかけないほうが、いいんじゃないかな。ゆっくり寝かせることだ」

と、慶吉はいいながら、高杉の腕をたたいた。若者はうなずいて、目をとじた。

「よくきく薬ね。さっきの剣幕とは、大ちがい」

と、麻耶子は微笑した。慶吉は窓をしめてから、座席によりかかって、

「思い出させないで、もらいたいよ。あなたがたをおろしたら、わたしはこの車で、うちへ帰ることにしよう」

「介抱役をおっつけるんですか、わたしに」

「悪いが、時間がないんだ。めんどうなことは、ないはずだから、お願いするよ」

わき道へ入ると、ぐっとネオンがすくないせいか、車内も暗くなった。窓のそとを見ると、なにか動くものがある。スナック・バーらしいドアがならんで、色ガラスをもれる灯りに、黒いすがたが、はっきり見えた。大きな犬が走っているのだった。はっとして、慶吉は窓ガラスに、顔をよせた。もうなにも見えなかったが、気のせいとは思えなかった。たしかに大きな黒い犬が、四本の脚を前後にのばして、タクシイを追いぬくように、走っていたのだ。

大きな犬を散歩につれだした飼いぬしが、人通りのないのに安心して、引綱をはなしただけ

のことかも知れない。元気のありあまった犬は、とうぜん走りだすだろう。慶吉は納得しようとしたが、目のかがやきが気になった。黒犬の目が一瞬、青い炎のように光ったのを、見たと思ったからだ。

駒込中学校のちかくのマンションの前で、麻耶子と高杉をおろすと、慶吉はそのまま、タクシイを大塚にむかわせた。商店街の入口でおりたが、まっすぐ帰る気がしない。店のまえを通りこして、スナックのドアを押した。うしろさがりに、ソフト帽をかぶった客が、カウンターの奥にいるだけで、店内はがらんとしていた。慶吉が戸口でためらうと、その客が手まねきした。時計屋の海野だった。隣りへいってみると、ソフト帽に見えたのは、セピアいろのストロー・ハットだった。慶吉はストゥールに尻をのせて、水わりを注文してから、

「どうしたの、その帽子?」

「別に、どうってこともないよ。気を変えることだってあらあね、たまには」

「ベレをかぶっているだけで、年よりに見えるって、若い女性にいわれたんですよ、ゆうべ、ここで」

と、カウンターのなかで、マスターが微笑した。三つ年上の時計屋は苦笑しながら、

「年よりなんだから、年よりに見られたって、かまわないがね。そういわれると、ベレをかぶったひとを、見かけないから……」

「稀少価値で見られるならいいが、年で見られちゃあ、かなわないってわけですか」

「いじめるね、今夜の小野寺さんは——虫のいどころが、悪いのかな。そういえば、顔いろも悪い。店にすわっているのは、見かけたから、寝こんでいたはずはないが、ここでは一週間ばかり、あっていないね。どこか、具合が悪いんじゃない？」

「そんなことは、ありませんよ。ちょっと、忙しかっただけです」

「一説によると、河岸をかえたともいうね。駅のむこうで、若い美人といっしょのところを、見たものがある。小野寺さんも、どうして、すみにおけない」

「へんなことを、吹聴しないでください、海野さん」

「吹聴したりはしないが、真相は聞きたいな」

「弁解に聞えるでしょうが、それはお客ですよ、たぶん。いつだったか、おぼえていないけれど、駅のむこうで、注文した実印ができているかどうか、聞かれたことがある」

「聞くんじゃあ、なかったな。真相というのは、つまらないものだ」

海野が肩をすくめたとき、遠くで妙な声がした。慶吉は腰を浮かして、

「犬じゃないかな、いまの声」

「なにも聞えなかったが……」

「そうですか。犬の遠吠えみたいに、聞えたんだけど」

ふたりは、耳をすました。時計屋のあるじは首をふって、

「なにも聞えないじゃないか。そういえば、いつかやたらに、犬が鳴いたことがあったね」

「ありました。大きな犬らしかったが……」

「その後、鳴かないな。そんなに遠くから、犬がくるはずは、ないんだがね」

「ドラキュラが化けて、女をさがしにきたのかな」

なかば意識的に、慶吉が口をすべらすと、マスターが笑いながら、

「犬じゃなくて、狼でしょう、ドラキュラなら——狼がいないから、映画じゃ犬で間にあわせているけど、本物は本物に化けますよ、きっと」

もっともだ、と慶吉は思った。そのとき、救急車の警笛が聞えた。パトロール・カーの警笛も聞えた。音は大きくなって、近くでとまったようだった。三人が顔を見あわせていると、ドアがあいて、薬局の若主人が入ってきた。

「おどろきましたよ」

「なにがあったね」

時計屋が聞くと、若主人は息をのんでから、

「電車の線路のそばで、若い女が刺されたらしいんです。血を流して、倒れていたから、刺されたんだろう、と思うんだが、ぶっそうな話ですね。まだ夜なかってわけでもないのに……」

「倒れているのを、見てきたんですか」

と、マスターが声をかけた。薬局の若主人は腰をおろしながら、

「ああ、妙な声がしたんで、裏から出てみたんだ」

「さっき小野寺さんが、犬と間違えたのは、その声じゃありませんかね」
「ここまで聞えたのかい、マスター。そんなに大きな声じゃ、なかったがな」
と、薬局の若主人は首をかしげた。

3

義妹を店番にして、晩めしを食いおわると、慶吉は二階にあがった。腕時計が、急につめたく感じられたからだ。アラームが鳴って、ケイからなにか、いってくるのかも知れない。妻のいるところで、メッセージをうけたくなかった。あかりをつけて、机の前にすわると、腕時計を見た。文字盤は、ただ黒いだけだった。アラームも、鳴りださなかった。ほっとして、慶吉は立ちあがろうとした。そのとたんに、頭のなかで、なにかがはじけた。

ケイキチ
ケイキチケイキチ
ケイキチ
ケイキチケイキチ
ケイキチ
ケイキチケイキチ

ケ ケ ケ ケ ケ ケ ケ ケ

イ イ イ イ イ イ イ イ イ イ イ イ

キ キ キ キ キ キ キ キ キ キ キ

チ チ チ チ チ チ チ チ

ワ ワ ワ ワ ワ ワ ワ ワ ワ ワ ワ ワ

カ カ カ カ カ カ カ カ カ

リ リ リ リ リ リ リ リ リ

マ マ マ マ マ マ マ マ マ マ マ マ

ス ス ス ス ス ス ス ス ス

カ カ カ カ カ カ カ カ カ カ

「待ってください。待ってください」

と、慶吉はさけんだ。

「よくわからない。頭が痛くなるばかりです」

目がくらんだ。白い闇のなかに、無数の文字がおどった。

「すこし待ってください。落着かしてください」

白い闇のなかに、文字はおどりつづけた。

オ
オ ジ
キ カオ
オチツキナサイケイキチ ン ヨ
コ ナハ ワ ナ ワ
エ ガ ナ カ カ
ヲ イ ン ス リ リ
ダ マ イ ジ ギ マ マ
オクサンニキカレタラコマルデシヨウ デ デ シ シ
ズ ヒ シ モ マ タ タ
ト ト ヨ カ カ ツ ネ
モ リ ウ マ マ テ
ワ ツ ワ イイ
カ レ ナ マ
リ キテクダサイ イ スセ
マ ヨン
イイデスカケイキチ

「よくわからないんです。どこにいるんです、ケイ」

慶吉が小声でいうと、ケイの想念はいくらか、はっきりして、

「カンガエルダケデ、コチラニハワカリマス。アナタガ、サガシテクレタアパートメントニ、イマスヨ、ワタシハ」

「だれかつれてこい、というんですか、そこへ」

「ソウデス。オンナガイイ。ワカイオンナヲ、ツレテキナサイ。オカシイデスネ」

「なにがです?」

「ダレカノカンガエガ、ジャマヲシテイルヨウデス。ソノセイデ、ハッキリ、ツタワラナイノデショウ。マッテオイデナサイ」

頭のなかの声が遠のくと、耳鳴りがした。慶吉はうずくまって、両耳を押えた。

「こんどは、だいじょうぶでしょう。ケイキチ、わかりますね」

「さっきよりは、よくわかります。しかし、今夜すぐに、女をつれてこい、といっても、無理ですよ」

「どうして?」

「判こ屋というのは、このごろ景気が悪いんです。店をあけて、出あるいてばかりは、いられません。女房もうるさいし……」

「ばかな。あなたには、ちからをあたえたはずですよ。けいきがわるい、というのは、どうい

うことですか」

「それは、つまり、客があまり来ない、ということです。客がなければ、お金が入ってこないわけです。たのまれたものを、きちんとつくらないと、客はへるばかりです」

「なるほど、そういうことまでは、かんがえませんでした。なんとか、しましょう。あんしんして、こんや、つれてきてください」

「おととい、わたしのあとを、追いかけてきませんでしたか、あなたは」

「なんのはなしでしょう。わかりませんね」

「おとといの夜、この近くで、若い女のひとが襲われたんです。わたしがここへ、帰ってきて間もなくでした。刃物で刺された、というんですが……」

「わたしはそんな、やばんなことはしませんよ。はものなんか、つかいません」

「ですから、刃物ではなくて、あなたが……」

ばかな　ばかな　あなたはいわれたことを　していればいいのですすす

頭のなかの声が、急にみだれた。はげしい頭痛が起って、慶吉は畳にのめった。

「わかった。わかった。いわれた通りにする」

頭を両手でかかえて、慶吉はうめいた。

「どうしたの、大きな声をだして」

階段口で、妻の声がした。慶吉はあわてて、

「いや、なんでもない。棚のものをとろうとして、すべって、ころんだんだ」

「机にのったんでしょう。不精をするからよ、踏み台を持ってくればいいのに」

「あたった。踏み台は、どこにある。持ってきてくれないか」

妻の言葉を利用して、慶吉はごまかした。

4

慶吉が店をでたときには、八時半をまわっていた。仕事が遅れているので、妻の手前、外出しにくかったのだ。ワード・プロセッサーや、簡便なプリンターが普及して、はがき印刷の注文は、すくなくなっている。町の小さな判こ屋は、苦しいのだ。慶吉の技術が知られていて、実印や雅印の注文が多いから、なんとかなっているのだが、約束よりも、だいぶ遅れているのだった。しかし、ケイのいうことを聞かなかったら、どんなことになるか、わからない。

六本木あたりへいけば、ふらふらしている娘が、いくらでも見つかるだろう。だが、それを王子まで、つれていかなければならない。どれだけの力が、あたえられているのか、わからないから、あまり遠くへは、行かないほうがよさそうだ。山の手線の電車にのって、慶吉は上野

にでた。駅のまわりを歩いてみたが、商店はあらかた、一日のあきないをおえて、シャッターをしめている。店をあけているのは、雑貨の安売り屋でなければ、喫茶店、食いもの屋だ。人は大勢あるいていて、若い女もむろんいたけれど、みんなつれがある。なかには五、六人、女ばかりつながって、歩道をふさいで来るものもある。はっと気づいて、慶吉は駅にもどった。

「おれはしろうとだな、こういうことには」

と、苦笑しながら、新幹線の改札口へいった。女ひとりを探すなら、電車をおりてくるところがいい。それも、遠距離のほうが、いいだろう。ひとが出てくるのを、眺めていると、ボストン・バッグをさげた女が、目についた。黒のスーツを着て、品のある顔立ちだが、三十を越しているかも知れない。人妻であることは、間違いなさそうだ。目的のある足どりで、さっさと歩いていく。間をおいて、また女がひとりで、出てきた。背は高いが、顔は幼い。せいぜい十七、八というところだろう。やたらにワッペンを縫いつけたジャンパーの腕をまくって、ズックの大きなバッグを、肩にかけている。改札口をでると、明るい通路を見まわしながら、立ちどまった。慶吉はなにげなく近づいて、女の顔を見つめた。すると、たちまち、なにをいえばいいのかわかった。

「間違ったら、あやまりますが、本田芳枝（ほんだよしえ）さんじゃありませんか。わたし、村岡（むらおか）さんにたのまれて、迎えにきたんですが……」

耳もとで、せりふをつけられたように、言葉がでてきた。慶吉が笑いかけると、若い女は目

をまるくして、

「村岡って、卓二さんにたのまれたの？」

「そうです。まだ仕事が残っていて、出られないんです。それで、わたしが代りにね。さあ、急ぎましょう。村岡さんが、待っている」

うながすと、芳枝というらしい女は、怪しまずについてきた。駅前のタクシイをひろって、行きさきを王子とつげたとき、慶吉の胸はどきどきした。女が怪訝な顔をして、

「新宿じゃなかった？」

と、聞いたので、動悸はいっそう、激しくなった。馴れないことは、するものではない、と思いながら、慶吉はごまかした。

「新宿のほうには、今夜はだれもいないんですよ。王子の事務所のほうに、仕事がありましてね。卓二さんも、そっちにいるんです」

女は納得したらしく、走りすぎる夜景を眺めていた。王子につくと、マンションからは離れたところで、車をおりた。

「どこかこのへんを、入るんです。まだ一、二度しか来ていないんで、よくわからないんだが……ああ、ここですよ。ほら、あのマンションの五階です」

「すてきなマンションね」

と、ショールダー・バッグをゆすりあげて、芳枝は走りだした。玄関を入って、エレヴェー

ターで五階までいくと、ケイの部屋のドアがあいていた。

「ここだよ」

女の背を押して、慶吉は部屋へ入った。芳枝の背なかが、とつぜん硬ばった。ダイニング・キッチンに、ケイはいなかった。だれも、いなかった。だが、だれかがいて、なにか恐しいことか、滑稽なことをしているみたいに、女は立ちすくんだのだった。両手をにぎりしめて、すこし前かがみになっている。顔をのぞいてみると、やや口をあけて、両眼を大きく、見ひらいていた。いったい、なにを見ているのだろう。からだが小きざみにふるえだして、頬に血のいろが浮いた。

慶吉には、なにも見えない。女の肩から、ショールダー・バッグが落ちた。鼻孔がひろがって、口もとがふるえている。目はますます大きくなって、目蓋から飛びだしそうだった。大丈夫か、と慶吉は声をかけようとした。なにが見えるのか、聞きたかった。だが、声が出ない。手のとどくところにいるのに、女とのあいだが、真空になったようだった。がたんと大きな音がして、慶吉はドアのそとに立っていた。実際に、音がしたわけではなかった。けれど、ドアのそとにいたのは、事実だった。ドアはしまっていた。女はいったい、どうなるのだろう。ノブに手をかけると、錠がおりていた。ポケットには、鍵がある。それを取りだそうとすると、からだには衝撃がないのに、慶吉はつきとばされて、エレヴェーターの前にいた。無意識に、下りのボタンを押していた。ドアがあいて、慶吉はエレヴェーターのなかにいた。

恐しかった。非常に、恐しかった。マンションの玄関をでる足に、力が入らない。よろめきながら、慶吉はふりかえって、五階の窓をあおいだ。どの窓にも、あかりがついている。夜ふけの町を、ひとりで歩いていて、他人の家の窓あかりを見ると、いつもそこには、幸福があるように思えたものだ。しかし、いまはそこに、なにか不愉快なものがあった。わけもなく足を早めて、慶吉は大通りにでると、電話ボックスをさがした。最初に目についたボックスに入って、麻耶子の番号を押した。しばらくベルが鳴りつづけてから、受話器がはずれて、低い声が聞えた。

「もしもし」

「水谷さんだね。わたしだ。小野寺だ。あって、話したいことがある」

「ええ。すぐ王子へいきます」

麻耶子の返事は、待っていたようだった。

「いや、あそこは、つかえないんだ。友だちが来たもので……」

「残念ね。じゃあ、どこにします?」

「どこにしようか」

「わたしのところへ来たら?」

「かまわないかね。三、四十分でいかれると思うが……」

慶吉が電話を切って、ボックスをでると、ちょうど空車のタクシイがきた。大塚駅のそばの空蟬橋まで、三十分もかからなかった。そこまできて、麻耶子のアパートを知らないのを、慶吉は思い出した。タクシイをおりて、また公衆電話をさがした。ベルがいくら鳴っても、麻耶子は出なかった。あわてて買物にでも、行ったのだろうか。アパートらしい建物をさがして、慶吉はあたりを歩きまわった。それらしい家があって、二階のはじの窓があいていた。麻耶子の顔が、のぞいている。慶吉をみとめると、手をふって、窓をしめた。

「わたしも、あわてものだ。ここを知らないのに、飛んできてね。いましがた、電話したんだが……」

二階のはじの部屋に入ると、慶吉は苦笑した。Tシャツにジーンズの麻耶子は、

「出なかったの。高杉さんだったら、困ると思って」

と、顔をしかめた。ふたりとも、立ったままだった。

「高杉さん……あのひとの具合はどう?」

「大丈夫なんじゃ、ないかしら。きのう会社から、電話があったけど――」

ぎこちなく、麻耶子は言葉を切った。慶吉が手をのばすと、マリン・ブルーのTシャツにふれた。というよりも、その下の乳房にふれた。麻耶子は倒れかかるように、両手をのばした。慶吉も両手をのばして、Tシャツの上から、乳房をつかんだ。麻耶子が相手の上衣(うわぎ)をぬがせると、慶吉はTシャツの下に、両手をさしこんだ。男のスポーツ・シャツのボタンを、麻耶子もはずした。あっという間に、ふたりは上半身、裸になって、畳に倒れていた。

「ここでいいか」

呻くように慶吉が聞くと、麻耶子も呻くように答えた。

「どこでもいい。待っていたの。待っていたのよ」

「わたしもだ」

「早くぬいで……早くぬがして……」

「ドアに鍵は……?」

「だれが来たっていい。だれに見られても、かまわない」

といったものの、麻耶子は立ちあがって、ドアの掛金をかけた。ジーンズとパンティを、いっしょくたにぬぎながら、麻耶子は慶吉にすがりついた。口をひらいたが、声はでない。裸の乳房をすりつけながら、慶吉の股間に手をのばして、麻耶子は畳にすわりこんだ。その上半身を、乱暴に抱きすくめると、慶吉は膝に女をすくいあげた。麻耶子は目をすえて、のしかかってくると、年増おんなみたいに、自分の手で、堅いものを押しこんだ。くちびるから、長い息をもらして、からだを激しく動かしはじめた。

5

「あんまり凄いんで、怖いくらい。小野寺さんとつきあっていると、わたし、きっと淫乱になってしまう。なったって、かまわないけど……」

花模様のコットン・パンティだけをつけて、麻耶子は冷蔵庫の前へいくと、両手にひとつずつ、缶ビールをとりだした。ひとつを、慶吉にわたしながら、

「どうかしているな、わたし。なにか話があるって、電話でいっていたわね。なんなの、話というのは」

「なんだったろう。わすれてしまった」

「わたしがあんまり、暴れたから？」

「わたしがあんまり、夢中になったからだろう」

慶吉はひと口、ビールを飲んだ。冷たいビールが、喉をくだっていくと、気持が落着いてきて、本田芳枝のことが思い出された。あの娘はいったい、なにを見たのだろう。あの顔つきから察するに、ひどく醜(みにく)いか、恐しいものだったに違いない。麻耶子には、見せたくなかった。ぜったいに、見せたくない。

「あしたになれば、思い出すだろう。きみにあう口実だったかも知れないしね」

「口実なんか、いらないのに」

麻耶子は隣りに腰をおろして、慶吉に肩をぶつけた。裸の肩は、あたたかかった。

「とにかく、今夜は帰るよ。あんまり、ゆっくり出来ないんだ。また電話する」

「それじゃあ、ベルを三回、鳴らしてから、いっぺん切って、また……」

といいかけて、麻耶子はビールをひと口、飲んでから、

「いいわ。そんな合図をきめるなんて、くだらない。高杉さんとだって、ちゃんと話さなけりゃあ、いけないものね。逃げていることは、ないんだ」

「そっちから、電話してくれてもいいよ」

「かまわないの？」

麻耶子の顔が、ふたつになった。眉のあたりには、心配そうに皺がよって、口もとには反対に、うれしげな笑いが浮かんだのだ。慶吉は肩をすくめて、

「若い女のお客さんだって、いるからね。実印をたのまれていて、なかなか出来ない、ということにでもするか。残念ながら、わたしのほうには、口実が必要だからね」

いやみなことをいっている、と考えながら、慶吉はビールを飲みほすと、帰りじたくにかかった。ドアをあけようとすると、まだパンティひとつの裸のまま、麻耶子は立って、慶吉の顔を見つめた。なにかいうのか、と思ったが、かすかに微笑しただけだった。

おもてに出ると、二階の窓はふりかえらずに、思いきりよく慶吉は歩いた。空は曇って、道は暗い。大通りのほうから、バイクの疾駆するひびきが、けたたましく聞えた。それに追われるように、慶吉は足を早めた。大塚駅のプラットフォームをあおぐと、人影がひとつ、青白い光をあびていた。黒い長身の影が、ケイのように見えた。はっとして見なおすと、人影はなかった。柱かなにかを、見あやまったらしい。慶吉は舌うちしながら、ガードをくぐって、わが

家へむかった。わきの出入口から、なかに入ると、茶の間にテレビの音がしている。

「いま帰ったよ」

障子に声をかけると、妻は低く聞きかえした。

「おかえりなさい。すぐ寝るの？」

ひらべったい声で、あまり機嫌のよくないのがわかる。慶吉は障子もあけずに、店へでていきながら、

「いや、すこし仕事をする。だいぶ遅れているのがあるから……」

「飲んできたんじゃないの、お酒」

と、久乃の声が追いかけてきた。慶吉は店のあかりをつけて、

「もう醒めたよ、すこし飲んだだけだから」

「どこへ行ってきたんです？」

と、妻は茶の間をでてきて、うしろに立った。慶吉は仕事机にむかいながら、

「ええ？　ああ、上野までいってきた。浦野君がよくいくスナックがあるんだが、うろおぼえで、だいぶ探してしまったよ」

浦野というのは、学生のころの友だちで、御徒町に住んでいる。いまでも、ときどきあっているから、名前をだしても、不自然ではないのだった。

「浦野に電話しようかとも思ったが、呼びだすと、長くなるからね。はじめての店で、ちょっ

と飲んできた」

「あたし、先に寝ますけど、あなたも無理をしないほうがいいわよ」

「うん、くたびれたら、すぐに寝るさ。お茶を入れてくれないかな、寝るまえに」

スタンド・ランプをつけて、慶吉はやりかけの仕事にかがみこんだ。

バイクが遠くで、うなり声をあげている。犬の遠吠えのように、それが聞えた。大きな湯呑に、久乃が茶を入れてきて、仕事机のはしにおいた。

「ああ、ありがとう。バイクがうるさいな。このごろ、あんまり聞かなかったが、きょうは土曜日でもないだろう」

慶吉が顔をしかめると、妻はこともなげに、

「ゆうべも、聞えましたよ。もっと遅かったようだけど」

「そうだったかね。寝てからだとすると、目がさめるほどじゃなかったんだな、きっと」

「ええ、あなたはいびきをかいていたわ」

「お前ほどじゃあ、ないだろう?」

慶吉が笑い声をあげると、妻も低く笑った。どうしてだか、機嫌が直ったらしい。バイクのうなりが、また聞えた。

第五章　ビールと裸体

1

「ごめんください」

という声に、慶吉は顔をあげた。客のすがたは、薄黒い影になっている。あわてて、天井のあかりをつけると、店へ入ってきたのは、高杉三郎だった。はっとして、慶吉は息をのんだ。

しかし、高杉は無表情に近づいて、

「あの、印鑑をつくってもらいたいんですが……」

まるで、初対面みたいな言葉だった。

「実印ですか」

慶吉が聞くと、高杉は店のなかを、ぼんやりと見まわしてから、

「実印じゃないな。雅印というんですか。伯父(おじ)にたのまれたんです。伯父は書家でね。筆で字

を書くんです。それに捺(お)すやつを、つくってもらいたいんですが……」

小学生のつかいのように、高杉の説明はぎこちない。どういうつもりか、はかりかねて、慶吉は眉をひそめた。

「わかりました。でも、いまは仕事をひきうけすぎて、余裕がないんですよ」

「弱ったな。伯父は金沢(かなざわ)に、住んでいるんです。こないだ、このお店のことを、電話で話したら、『そのひとのことは、聞いている。ぜひ頼んでくれ』といわれてね。金まで、送ってきたんです。安うけあいをしてしまって、だめでしたじゃあ、ぼくの信用、まるつぶれです」

と、分厚い封筒を、高杉はガラス・ケースの上において、

「お願いしますよ。日にちは、いくらかかってもいい。とにかく、引きうけてください。百万円、入っています」

「印材は、お持ちなんですか」

「いんざいって？」

「雅印を彫る材料ですよ、象牙とか、石とか……」

「ああ、そうか。おまかせします」

「そういわれても、困りますよ。やはり一度、おじさまという方に、お目にかかって、お話をうかがわないとね」

「伯父はぐあいが悪くて、東京には出てこないんです。印材は適当に、えらんでください。安

ものじゃあ困るけど、上等なものでなくったって、いいんです」

といってから、高杉は声をひそめて、

「どうせ二、三年しか、つかえないんだから、儲(もう)けてください」

「そういわれたって、あなた……」

「伯父は、八十五なんですよ。ええっと、こういう字を、彫ってください」

封筒のわきに、高杉はメモ用紙をおいた。へたな字で、雪中居(せっちゅうきょ)、と書いてある。この男がいいかげんに、考えたものにちがいない。

「そのうちに、電話します。来年になったって、かまいません。お願いします」

軽く頭をさげて、高杉は出ていった。慶吉はあわてて、封筒を尻ポケットに押しこんで、

「久乃、ちょっと店番をたのむ」

妻に声をかけて、高杉のあとを追った。商店街はあかるく、見知った顔がならんでいる。高杉に追いついても、うかつに声はかけられない。都電の線路が近づいてから、

「金沢のひとじゃなくて、王子のひとに頼まれたんだろう」

と、話しかけた。高杉はふりかえって、

「なんのことです?」

「どんなふうに、連絡があったんだ」

「わかりませんね」

ぼんやりした表情で、高杉は答えた。ほんとうに、わからないのかも知れない。

「それなら、それでもいいが、いまの金の領収書はいらないのか。金沢のおじさんとやらの住所も、教えないつもりかね」

「あなたを、信用しますよ。連絡は、ぼくがとるから、かまいません。よろしく、お願いします、小野寺さん」

にやっと笑うと、また頭をさげて、高杉は歩きだした。これはやはり、

「景気が悪いから、そんなに自由には、外出できないんです」

と、慶吉がいったのへのケイの対応だった。そうだとすると、高杉三郎がどこに住み、どこにつとめているか、ケイは知っている、ということになる。タクシイの窓から見えた黒いものは、犬だか狼だかわからないが、やはりケイの変身だったにちがいない。

慶吉は身ぶるいした。麻耶子がいっしょだったのを、ケイに見られたかも知れない、ということに、気がついたからだ。茫然と立ちすくんでいるうちに、宵のひとごみにまぎれて、高杉は見えなくなっていた。慶吉は気をとりなおして、店にもどった。

「あなた、どこへ行っていたの？　いきなり飛びだしたりして」

ショウ・ケースのむこうで、妻が声をとがらした。

「うん、すっとんきょうな客がきてね。仕事を強引に、引きうけさせられた」

慶吉が苦笑すると、久乃は顔をしかめて、

「いいんですか、こんなに催促があるのに」

「そんなに催促なんか、うけちゃいないよ」

「だって、電話がくると、あなた、あやまってばかりいるでしょう？」

「あやまっていれば、無難だからさ。そんなに、遅れているわけじゃない」

「引きうけすぎるのよ」

「仕事をしなけりゃあ、食えないだろう。いまの客だって、前金につられて、引きうけてしまったんだ。百万、おいていったんだからな、なにしろ」

「まさか……百万なんて大金を？」

「嘘じゃないよ。この通りだ」

尻ポケットから封筒をぬいて、慶吉は札束をとりだしてみせた。妻は目をまるくして、

「贋札(にせさつ)じゃあ、ないでしょうね」

「頭を働かせろよ。品物を持っていくときならともかく、前金を贋札ではらうやつは、いないだろう」

「どういうことよ」

「贋札なんてのは、それっきり顔をあわせずにすむときに、つかうもんだ。品物をとりにくるまでに、贋札とわかったら、なんにもならないじゃないか」

「ああ、そうか。じゃあ、大丈夫ね。でも、前金が入ったからって、遊んで歩かないでくださ

いよ。仕事が遅れるばかりだから——百万やそこらのお金で、暮しが楽になるわけじゃあ、ないんですから」

いいすてて、妻は奥へ入っていった。慶吉もあとにつづきながら、

「わけのわからないことをいうね、今夜は——おなじ百万が、さっきは大金で、こんどは楽にはならない金か」

「どうせ、頭の働かない女ですから」

「なにを、ぷりぷりしているんだ。稼ぐのはたいへんな額だが、つかうのは簡単だって意味ぐらい、わからなかあないさ」

「それだけ、わかるひとなんだから、近所でおかしな真似はしないでくださいね。一日じゅうすわりこんで、働いているんだから、遊んで歩くなとは、いいませんけれど……」

「奥歯にもののはさまったような、妙ないいかたはするなよ。もういい。これは、あした、銀行へ入れておいてくれ」

紙幣の封筒を投げだして、慶吉は店にもどると、仕事机の前にすわった。久乃は返事もしない。近所のゴシップ好きの細君から、先夜、時計屋の海野がいっていたようなことを、吹きこまれたのだろう。慶吉はタバコに火をつけて、彫りかけの実印をにらみつけた。麻耶子のことが気になって、顔を見にいきたくなった。高杉は巣鴨に帰らずに、空蟬橋のむこうのアパートにいったのかも知れない。本田芳枝という女のことも、気にかかった。

「どうしたかな？」

声にだしてつぶやくと、奥からも声があって、

「なにが、どうしたんです、あなた」

「いや、大したことじゃない。いまの客がおいていったメモが、どこかへ行っちまったんだ」

慶吉がごまかすと、妻がつめたく、

「わたしはなにも、棄てたりしませんからね」

「見つからなくても、かまやしない。書いてあったことは、おぼえているからね。ああ、あった。ポケットの底にあったよ。封筒といっしょに、押しこんだんだな」

「いつでも、その調子。探さないうちに、さわぐんだから……ハワイの波奈江に、生活費を送らなきゃあいけないけど、出しておいていいんですか、このお金から」

「ああ、いいとも」

電話のベルが鳴った。久乃は耳をすましているらしい。ケイか麻耶子からだったら、どう応対しよう、とためらったが、受話器をとってみると、まちがい電話だった。

2

あくる日は、雨になった。薄鼠いろの雨雲は、ところどころ明るく日ざしを透かして、雨は

しゃらしゃらと、金属的な音を立てていた。傘をささずに、歩きたいような雨だった。だが、慶吉は王子の駅をでると、持っている傘をひろげた。

ゆうべの客のための印材を、探してくるという口実で、うちを出たのが、午後二時ごろだった。大塚駅のそばで、麻耶子のところへ電話をしてみたが、応答がなかった。学校へいっているのだろう。それで、王子のマンションへ、行ってみることにした。ケイは昼間は、長持のなかで、眠っているにちがいない。だから、怖いことはなかった。

駅前のひろい道路を、横ぎっていく人たちが、色さまざまの傘を揺らしている。慶吉もそれにつづいて、道をわたった。マンションの玄関を入って、五階へあがると、ケイの部屋の隣りのドアがあいた。グリーンのタンクトップに、キュロット・スカートの若い女が、グリーンの傘をかかえて、出てきた。傘は柄もグリーンで、胡瓜のかたちをしている。しかし、顔は青くなかった。つやつやとピンクにかがやいて、かわいらしい。たぶん十七、八だろう。こんな生のいい娘が、隣りにいることを、ケイは知っているのだろうか、と慶吉は思いながら、ポケットの鍵をとりだした。娘はエレヴェーターの前で、こちらを見ている。視線があうと、うろたえたように、にこりと会釈をした。傘の柄の胡瓜を、片手に握っているのが、妙にエロティックに見えた。

会釈を返して、慶吉はドアをあけた。室内には、曇り日のせいか、あかりがついている。居間に入っていったが、だれもいない。テーブルの上に、ポテト・ティップスの袋が、口をあけていた。けれど、床は汚れていない。ケイが毎日、掃除をしているのだろうか。そのすがたを想像したら、おかしくなって、慶吉はくすくす笑った。おかげで、気持が落着いて、寝室へ近づくと、ドアをあけた。そこには、あかりはついていなかったが、ベッドのシーツが、ひとのかたちに盛りあがっている。壁のスウィッチに、手を銜わせて、あかりをつけると、枕の上に長い髪が見えた。

「起してすみませんが……」

声をかけると、髪の毛が持ちあがって、女の顔が現れた。本田芳枝だった。化粧をしていない顔が、びっくりした狸（たぬき）みたいに見えた。裸で寝ていて、汗で肌が光っている。乳房を隠そうともしないで、芳枝は目を見はっていた。皺になったシーツの上に、ほかには犬も、猫もいない。むっとするような空気が、寝室にこもっている。

「わたしをおぼえていない？」

慶吉が聞くと、芳枝は首をかしげた。目をしばたたいて、大きなあくびをしてから、

「ちょっと待ってね。まだ目がさめないの」

「それじゃあ、リヴィング・ルームで待っているよ」

居間にもどって、慶吉が椅子に腰をおろすと、しばらくしてから、芳枝が出てきた。裸のままで、黒ぐろとした秘毛が、汗で渦を巻いている。両手をあげて、大きくのびをしながら、籐（とう）椅子にすわった。

「タオルぐらい、巻いたらどうだい」

慶吉が苦笑すると、芳枝はまだ、ぼんやりとした表情で、

「大丈夫、籐椅子なら、汗のしみはつかないもの」

「わたしの知ったことじゃないな。勝手にしてくれ。どう、思い出したかね、わたしを」

「どこかで、あったみたい。どこだったかしら」

「そのうち、思い出すさ。あれから、ずっとここにいるの？」

「あれからって、いつから」

「まあ、いい。ここの掃除をしたり、めしをつくったりしているらしいな」

「まだ目がさめない。おじさん、ビールのむ？」

「どうでもいいよ」

「じゃあ、飲むね」

女は立ちあがって、キッチンへ入ると、缶ビールを一本ずつ、両手に持ってもどってきた。一本をさしだして、前に立つと、左の太腿の内がわに、穴のような傷がふたつ、小さくついているのが見えた。慶吉はビールをうけとりながら、

「ちょっと、口をあいてごらん」

芳枝はすなおに、片膝をつくと、大きく口をひらいた。襲ってくる口臭に、顔をしかめながら、のぞきこんでみると、どの歯もべつに尖ってはいない。慶吉は安心して、ほかの口をひら

くと、ぐっと冷たいビールを飲んだ。もとの籐椅子にもどって、芳枝もビールをあおった。うがいでもするみたいに、ごぼごぼ音をさせてから、ぐっと飲みくだすと、目がさめたらしい。にやっと笑って、

「飲んじゃったら、セックスする？」

「遠慮しておくよ。雨がふっているが、昼間だぜ」

「ベランダへ出て、雨に濡れながら、するのはどう？　あたしは手すりにつかまって、雨のなかに顔をだすから、おじさんはうしろから、つっこむの」

「やっぱり、遠慮するよ。そんなの、したことがあるのかい」

「ないから、してみたいんじゃない」

「わたしはやったことがあるから、二度とごめんだ」

「どうだった？」

「むこうのマンションに、お婆さんがいてね。こっちを見ていて、卒倒したよ。そのまま、死んじまった」

「嘘ばっかり」

といってから、芳枝はけらけら笑った。慶吉もにやにやしながら、

「ここには、どんなやつが来る？」

「ここに？　だれも来ないよ。みんな、どこへ行ったのかしらね」

「みんなって、だれのことだ」

「最初の晩、ここにいたひとたちよ。すごかったじゃない。十人以上、いたんじゃないかな。みんな裸で、やりまくっていたんだもん、あたし、びっくりしちゃった」

「すごいな。そりゃあ、おどろいたろう」

「おどろくなんてもんじゃないよ。たまげたね」

芳枝はビールを飲みほすと、缶をテーブルにおいて、両膝をかかえこんだ。

「血が頭にのぼって、かあっとするし、足はがくがく、ふるえてくるしさ。口はからからに乾いて、声もでないのに、ここは濡れてくるし……」

と、両膝をひらいて、下腹に片手をあてて、

「ねえ、ほんとうに、したくないの？」

「ああ、ほんとうだ。最初の晩、その連中は、ずっとここにいたのかい」

「すぐ帰ったみたいだね、よくおぼえていないんだけど」

幻影だから、おぼえていられるはずはない。しかし、そんなことだったのか、と思うと、ケイに対する恐怖心が、いくらか薄れた。慶吉は微笑をつくりながら、

「でも、ひとりだけは、残ったろう」

「だれのこと？」

「髪の長い色の白い男だよ」

「わかった。ケイのことでしょう」

「うん、そうだ」

「あのひとは、ここにいるんだよ。帰るはず、ないじゃない」

「そりゃあ、そうだがね。次の日から、だれも来ていないのかい」

「だれも来ない」

「嘘をつけ」

「嘘じゃないよ。だれか来たかなあ。あたし、ものおぼえが悪いからね。来たかも知れないけど、思い出せないな」

「いい子だ。思い出してくれないか。ほかの女がきたんじゃないか、と思うんだが……」

「ほかの女は、こなかったね。それは、ぜったいだよ」

「男がきたのか。思い出してくれよ」

慶吉がねばると、両手にかかえた両膝に、芳枝は顎をのせながら、

「いま思い出そうとしているんだけど……」

そのとき、玄関のチャイムが鳴った。芳枝は顔をあげて、

「このまま出ていっちゃ、いけないかな」

「なにか着るものはないのか。ないはずはないな」

「めんどうくさい。おじさん、出てくれない？」

「そんなことはいわずに、なにか着なさい」

慶吉がまじめな顔をすると、芳枝はちょっと舌をだして、寝室に走りこんだ。

3

雨はまだ、さらさらとふっていた。けれど、ところどころ雲が切れて、日の光をもらしている。それを仰ぎながら、

「狐の嫁入りか」

と、慶吉はつぶやいた。この近くには、むかし装束榎という大樹があって、関八州の狐が大晦日に、狐火をもやして集ったという。いまでも切株が残っていて、装束榎稲荷という神社になっている。だから、狐の嫁入りの雨がふるには、東京じゅうで、いちばんふさわしい場所だろう。高杉三郎は傘をかたむけて、

「なんですか」

「知らないかな。日がさしながら、雨がふるのを、狐の嫁入りというじゃないか」

「そういやあ、おふくろがそんなことを、いっていたようにも思うけど……」

「時代遅れのいいかたには、違いないがね」

と、慶吉は苦笑して、装束榎の話はしないことにした。もっとほかに、しなければならない

話がある。

　本田芳枝が、裸の上に裾の長いTシャツを着て、玄関へ出ていくと、立っていたのは、高杉だったのだ。慶吉はバス・ルームに隠れて、声だけを聞いた。

「これを渡してください、ケイさんに」

「なあに、これ？」

「渡してくれれば、わかります」

「待ってよ。とにかく、入ってちょうだい。あとで怒られると、いやだもの」

「怒られませんよ、ちゃんと渡してくれれば」

「お金じゃない？　すっごく、たくさんある。これ、貰っておいていいの？」

「あなたにあげるんじゃ、ありませんよ」

「わかっているわよ。あのひとに、ちゃんと渡すから、大丈夫」

「お願いします」

「すぐ帰ること、ないでしょう？　御苦労さま。ねえ、あなたと前にあったこと、なかったっけ。ここでかな。よそでかな」

「さあ、よくおぼえていませんが……」

「セックスしない？　そしたら、思い出すかも知れないよ」

「そうですね」

「そうしようよ。さあ、こっちへ来て」

寝室のドアが、あく音がした。高杉の手をひっぱって、芳枝はベッドへいったらしい。慶吉が舌うちして、バス・ルームを出ると、寝室からは、

「早くぬぎなさいよ。裸を見ても、感じないわけじゃあ、ないんでしょう?」

と、笑いのまじった声が聞えた。慶吉は部屋をぬけだして、エレヴェーターで一階へおりると、マンションの外で、高杉を待つことにした。電柱のかげで、タバコを三本すっただけで、若者のすがたは、横丁に出てきた。芳枝は満足しなかったろう、と思って、苦笑しながら、慶吉はあとをつけた。相手が往来にでたところで、声をかけたのだった。

「それじゃあ、ぼくは急ぎますから……」

狐の嫁入りの話がすむと、高杉は頭をさげた。

「つとめ先へもどるのかね、いまから」

と、慶吉は聞いた。相手は肩をすくめて、

「いいえ。きょうは会社は、やすみました」

「だったら、急ぐことはないだろう。すこし歩こうじゃないか」

「歩いてもいいですが……」

「高杉さん、いったい、なにがあったんだ。このあいだは、そんなに聞きわけがよくなかったぜ。わすれたのか」

「なんのことだか、わかりませんが……」

「さっきのことなら、おぼえているだろう」

「女のことですか」

「金のことさ。いくら持ってきた？」

駅前の大通りを横ぎって、ガードをくぐると、ふたりは飛鳥山のほうへ、坂道をのぼっていった。また雲がひろがって、日ざしは薄れていたけれど、雨はやんでいた。傘をつぼめて、慶吉は質問をくりかえした。

「いくら、持ってきたんだ、高杉さん」

「たしか、三百万です」

「だれに頼まれた」

「わすれました。たぶん、ケイさんでしょう」

「どこから、持ってきた？　そのくらいは、おぼえているだろう」

「会社からでしょう。たぶん」

「会社って、あんたのつとめ先か」

「どうも、そうらしい」

「なにをいっているんだ。はっきりしなきゃ、だめじゃないか」

「だめですね、たしかに——だんだん、だめになってくる」

「はっきりしなくなるのかい、頭が」

「そうですね。もうすこし、ものおぼえがいいはずですが……」

「きみ、恋人はいるの？」

麻耶子の名は、あげなかった。慶吉はさきに立って、飛鳥山公園に入っていった。樹木のみどりが、雨に濡れて、あざやかだった。高杉は道ばたの花を、傘でつつきながら、

「いない、と思います。このあいだ、だれか女のひとが、会社へ電話してきましたがね。あれは、だれだったんだろう」

ほっとして、慶吉は微笑した。この問題から、麻耶子は遠ざけておきたい。

「さっきの女じゃないのか、高杉さん」

「違いますね。あの女を、知っているんですか」

「よく知らないんだが……」

「おかしな女ですよ。長いTシャツを着ていましたが、下にはパンティもなにも、はいていないんです。いくら鍵のかかるマンションのなかだって、非常識ですよね」

「非常識だね。ほかになにか、おぼえていることはない？　どうして、わたしのところや、さっきのマンションに、来るようになったかってことで」

「犬をおぼえているな。いつだったか、つとめから帰ってきたら、犬がいたんです。ぼくはあまり、犬は好きじゃないもんで……」

「どんな犬だった?」

「黒い犬でしたね。たいして、大きくはなかった。ああ、思い出しました。部屋へ入ったら、ひとがいたんです。顔なんかは、よくおぼえていないんですが、なにか頼まれました」

「わたしのところと、あのマンションに、金をとどけるのを、頼まれたんだろう」

「そうかも知れません」

ふたりは小道をでて、ひろい場所へ入ろうとしていた。その前を、さっと横ぎったものがある。犬だった。大きな黒い犬だった。ぎょっとして、慶吉は立ちどまった。ふたりのほうを見むきもしないで、犬はどこかへ走りさった。先夜、タクシイから見た犬にくらべると、小さいような気もした。散歩につれてきた飼いぬしが、鎖をはずしてやったのだろうか。

4

王子駅の前で、高杉とわかれて、慶吉は近くの喫茶店へ入った。商店街をひかえて、午後の喫茶店は、繁昌(はんじょう)していた。客の大半は、家庭の主婦らしい。晩めしのしたくにかかる前に、顔見知りがつれ立って、時間つぶしのお喋りをしているのだろう。のんびりした日常のひと場面だ。そうした世界から、はじきだされた気分で、慶吉はすみのテーブルに、紅茶をすすっていた。出入口のそばには、電話室があって、アール・デコふうの格子窓に、ひとは見えない。

慶吉は立ちあがって、電話室へ入ると、うちへまず電話をした。

「どうも気にいったのが、見つからなくてね。もうすこし、歩いてみるよ。そんなに遅くはならないと思うが、めしは外で食うから」

妻がなにかいいださないうちに、電話を切って、こんどは麻耶子のところへかけた。まだ帰っていないとみえて、むなしくベルが鳴るばかりだった。喫茶店をでると、西の空の雨雲が赤黒くそまって、気の早いネオンサインがともりはじめていた。しかし、ケイはまだ起きてはいないだろう。そば屋を見つけて、慶吉はのれんをくぐった。空腹というほどではないので、笊を一枚くって、夕刊を読みながら、そば湯をゆっくり飲んだ。

おもてに出たときには、すっかり夜になっていた。マンションへいって、五階の部屋のドアをあけると、居間からケイが顔をだした。皮膚は青白いが、目は明るくかがやいて、薄いくちびるが微笑している。

「慶吉、どうしました。こちらへいらっしゃい」

「ちょっと、ついでがあったものですから……あの女は?」

居間に通りながら、慶吉が聞くと、紫のガウンを着たケイは、肩をすくめて、

「出ていきましたよ。もう帰ってこないかも知れません。なにか用がありましたか」

「なにも、ありません。あの子がいるなら、話のしようを考えなけりゃいけない、と思っただけです」

「なんの話です？」

「ゆうべのお金のことです。すみませんでした」

「あれだけでも、いくらか役に立ちますか」

「そりゃあ、もう……ただ、ああいうかたちで貰ったんでは、あまり自由はききません」

「どういうかたちか、知らないんですよ、わたしは」

「仕事の前金、ということで、受けとったんです。それでもいいんですが、今後も前金ということだと、仕事をしなけりゃいけない。出かけられなくなるばかりです」

「ははは、いろいろ条件をつけますね。それじゃあ、ここへ取りにいらっしゃい」

くちびるを歪めて、ケイは立ちあがった。寝室へ入っていったが、すぐに戻ってきて、テーブルの上に、札束を投げだした。紙の帯がかけてあって、百万円の束だった。

「今夜は、これをお持ちなさい」

「きのう貰ったばかりですから、けっこうです」

「まあ、いいでしょう。あって困る、というものでは、ないはずです。二、三日うちに、また取りにおいでなさい。そのときに、だれか、つれてきてくださいよ。やはり、若い女性がいいですね」

「どうして、わたしをつかうんです？　あなたは自分ひとりで、なんだって、出来るんじゃありませんか」

「機嫌が悪いようですね、今夜は——高杉という男のことですか」

「あなたは犬に化けて、あの男のところへ行ったでしょう」

テーブルに身をのりだしてから、慶吉は後悔した。相手を怒らしたら、なにをされるか、わからない、と思ったからだ。けれど、ケイはにやりとして、

「犬はきらいです。きらいなものの話は、よしましょう。慶吉、あなたには、世話になりました。あなたのおかげで、ハワイから逃げだせたのです。だから、あなたを苦しめたくはない。仲よくやりましょう」

「ケイ、あなたは東京で、なにをしようとしているのです」

「東京は平和です。わたしも平和に、暮したいだけです」

「でも、まわりは平和でなくなるんじゃあ、ないでしょうか」

思いきって、慶吉が反駁（はんばく）すると、ケイはまじめな顔つきになって、

「そう思うなら、もっと人をつれてくることですね、慶吉、思い出してください。一度や二度では、わたしと同じようにはならない、といったでしょう？」

「一度か二度で帰してやれば、あなたの同類はふえない、ということですか」

「昼間つれてきて、慶吉がさきに楽しんでも、かまいませんよ」

と、ケイは寝室へ顎をしゃくって、

「わたしが出てこないうちに、あなたが帰っても、大丈夫です」

「わかりました。でも、わたしはそれほど、女好きじゃあないんです」

「男もそれほど、好きではないようですね。愛しているんでしょう、奥さんを」

口もとは笑っていたが、ケイの目はつめたかった。

「そういうこととは、違うんです」

と、慶吉はうつむいた。顔をあげると、ケイはいなかった。

玄関のドアがあく音がして、女が入ってきた。グリーンのタンクトップの娘で、胡瓜の柄の傘を持っている。その肩を抱くようにして、ケイがなにか囁きかけていた。

「いけませんよ。それは、隣りの娘です」

慶吉が声をかけると、ケイはうなずいて、

「大丈夫ですよ。あなたはもう、お帰りなさい」

卓上の札束が、慶吉の胸に飛びついてきた。それを両手にうけたときには、慶吉は廊下に押しだされていた。吹きとばされたようなショックが、腹や足にあった。ふるえている慶吉の目の前で、ドアがしまった。

第六章　長持（ながもち）とバス・ルーム

1

山の手線を池袋でおりて、東口の大通りをわたると、麻耶子がうしろから、ついてきた。慶吉はふりかえりもしないで、サンシャイン・ビルのほうへ、歩きつづけた。しばらくして、ふりかえると、慶吉は歩調をゆるめて、

「すまなかった。近所の口うるさいのが、おなじ電車にのっていて、池袋でおりたらしい。きみのほうも、急用だろうとは、わかっていたんだが……」

ケイのところへ、つれていく女を探しに、午後早くうちをでた。大塚駅まできたところで、偶然、麻耶子にあったのだった。駈けよってこようとするのを、目で制して、いままで知らぬ顔をしていたのだ。

「急用といえば急用だけど、もう間にあわないんだから、どうでもいいのかな」

と、麻耶子はうしろで、声をひそめて、

「高杉さんが、自殺したんです」

「なんだって？」

慶吉は立ちどまって、むきなおった。黒っぽいスーツの肩を、麻耶子はすくめて、

「夕刊にでるんじゃないかしら。テレビのニュースでは、やるかどうか――はっきり自殺とわかっているし……」

「どうして、自殺したんだろう」

「会社のお金を盗んだの。そんなばかな真似、なぜしたのかしらね。おひるごろ、高杉さんの同僚で、わたしを知っているひとが、電話してくれたんです」

「どんなふうに、死んだのかな」

「マンションの近所の公園で、首をつったんですって」

自殺ではない、と慶吉は思った。自分で死んだのかも知れないが、自殺ではないだろう。しばらくのあいだ、慶吉は口がきけなかった。

「ポケットに遺書があって、事情がわかったらしいのね。電話もかけてこなくなったから、いい塩梅(あんばい)のような、心配のような気持でいたんだけど……」

と、麻耶子はつづけて、

「その同僚のひと、わたしがなにか、知っていやしないかと思って、電話してきたらしいわ。

わたしがびっくりしたもので、同情したような調子になってね。警察に聞かれても、自分はあなたのことは、黙っているからって……」

「いまから、高杉さんのところへ、行くつもりかい。巣鴨だったかな」

慶吉はやっと、口をきく気になった。麻耶子は首をふって、

「行きません。刑事でもいて、なにか聞かれると、いやだもの。薄情かしら」

「行かないほうが、いいだろうな、そりゃあ」

あたりを見まわすと、鼻のさきにそそり立つサンシャイン・ビルが、慶吉の目を圧した。そちらにむかって、歩きだしてから、

「ほかにどこか、行くところだったのか、麻耶さん」

「どこにも——あなたにあって、高杉さんのことを、話そうと思っただけ」

「時間はある？　話したいことがあるんだ」

「いいわよ。でも、近所の口うるさいのがって、さっきいったわね。これっきりにしようなんて話なら、ぜったいにいや」

「そんなことじゃない。ついてきてくれ」

慶吉は足を早めて、サンシャイン・ビルに達すると、ホテルの玄関を入った。ツイン・ルームをとって、エレヴェーターにのると、ほかに客がいなかったせいか、

「ちゃんとしたホテルの部屋に入るの、久しぶりだな。いやだ。そういったからって、ラヴ・

ホテルなら、しょっちゅう行っている、という意味じゃないのよ」

と、麻耶子は笑った。かすかな上昇音とともに、空気が稀薄になるような気がして、慶吉はエレヴェーターのなかを見まわした。

「高速のエレヴェーターってのは、なんとなく気持が悪いね」

「でも、動きはじめてすぐに、からだがふわっと、浮くような気がするところは、あたし、好きよ」

エレヴェーターはとまって、ドアがあいた。真昼のホテルの廊下は、ひっそりとして、ひと足さきに、夕暮がおとずれたようだった。部屋に入って、二重のカーテンを一枚ひらくと、レースのカーテン越しに、真昼がもどってきた。麻耶子はショールダー・バッグを、ベッドに投げだして、ゆかたを取りあげながら、

「さきにシャワーをあびるわね」

「いいとも」

「小野寺さん、急に元気がなくなったみたい。やっぱり、いい話じゃないのね」

麻耶子は返事を聞かずに、バス・ルームに入った。慶吉は窓ぎわにいって、椅子に腰をおろすと、カーテン越しに空を見あげた。高杉の死を聞いたとたん、麻耶子が心配になって、なにもかも知らせよう、という気になったのだけれど、まだ迷いがある。日の光のあふれた空に、まばらな雲の浮かんでいるのを、慶吉は見つめていた。

「あら、ゆかたに着がえないの？」

麻耶子がもうバス・ルームから出てきて、クロズィットのドアをあけながら、声をかけてきた。慶吉が返事をためらっていると、ゆかたすがたの麻耶子は、着ていたものをクロズィットに片づけて、歩みよってきた。

「それとも、話がさき？」

「そうだね。シャワーをあびてくるか、わたしも」

と、慶吉は立ちあがった。バス・ルームに入って、鏡の前で服をぬぐと、王子のマンションで、はじめて麻耶子の裸を見たときが、思い出された。やはり話そう、と心をきめて、バス・タブのなかに立つと、熱い湯をあびた。ゆかたを着て、バス・ルームを出ると、麻耶子はベッドに腰をおろしていた。

「話というのは、高杉君のことなんだ」

と、慶吉はさっきの椅子にかけて、ななめに麻耶子とむかいあいながら、

「現場を見たわけじゃないが、自殺じゃない。殺されたに、きまっている」

「どうして？」

麻耶子は目を見はった。慶吉は顔をしかめて、

「会社の金を、なぜ横領したか、知っているんだよ」

「だから、どうして？」

「いま話すが、信じられないだろうと思う。でも、信じてくれないと、困るんだ。どこから話したらいいか、わからないんだが……」

「信じるから、話してよ、早く」

「駅のそばのスナックで、はじめてあった晩のことを、おぼえている?」

「おぼえている。ドラキュラが、きっかけだった」

「それなんだ。ドラキュラを信じるかい」

「どういうこと?」

「わたしは、レンフィールドなんだよ。レンフィールドにされてしまったんだ」

「もっと、わかりやすく話してよ」

「王子のマンションにいる男は、吸血鬼なんだ。だから、あすこに近づいちゃいけない」

ホノルルで、ケイにあったときのことから、慶吉は話しはじめた。意気ごみとは裏腹に、だんだん力が入らなくなった。いかにも、そらぞらしい気がして、慶吉はあせった。

2

「とにかく、そういうわけだ。ばかばかしい、と思うだろうな。わたしにも、信じられない。だけど、高杉君はケイに殺されたんだよ。間違いない」

話しおわって、慶吉は口もとをゆがめた。麻耶子は目を見はったまま、

「信じられないわ。でも、信じなければ、いけないんでしょうね」

「おかしなことに、捲きこんですまない。だが、王子のマンションには、近づかないでくれ。わたしにも、近づかないほうがいい」

「いやよ、そんなの」

と、麻耶子はすりよった。ゆかたの前がひろがって、ほてった肌がのぞいた。ゆかたの下には、パンティもつけていないのが、あたり前のことのように、目に入る。麻耶子はベッドをおりて、慶吉の膝に手をかけた。

「ケイというひとは怖いけど、あなたにあわないのはいや」

「すぐわすれるさ。いまも話したように、あんたは、わたしが好きなわけじゃない。わたしにケイが与えた力に、まどわされているだけだよ」

「そんなこと、嘘よ。あたし、小野寺さんが好きなの」

「そう思っているだけだ」

「ほんとうに、好きなの。あなたが欲しい」

ゆかたがぬげかかるのもかまわずに、麻耶子はすがりついた。やわらかい乳房を押しつけられて、ケイの話は慶吉にも、そらぞらしく思われてきた。暖かいふくらみが、乳首をかたくして、すりつけられると、慶吉は麻耶子を抱きあげた。

「ああ、小野寺さん……」

ベッドに横たえられて、麻耶子はなにかいったけれど、意味をなさなかった。ゆかたをぬぎすてると、慶吉は相手におおいかぶさった。やさしく期待をたかめる手間は、かけなかった。もう興奮している麻耶子のからだに、いきなり侵入して、動きはじめた。ほんとうの自分ではない。ケイのくれた力だ、ということを、わからせるつもりだった。しかし、麻耶子に、そんなことを考える余裕は、なさそうだった。慶吉が激しく動きつづけるつもりだった。慶吉がリズムをたもちつづけると、両足を思いきり高くひらいて、ばねの利いた腰で応じながら、猥雑な声をあげる。慶吉がリズムをたもちつづけると、とちゅうでなんども反りかえった。ゆかたの片袖にだけ通した腕を、慶吉の首にからみつけて、なかば起きあがりながら、

「またいく。またいく。ああ、だんだん凄くなる」

「もうよそうか」

「いや。いやよ。いや。腰がぬけてもいいから……」

声は乱れて、かすれていた。慶吉がつづけると、麻耶子はやがて、歯を食いしばって、手足を投げだした。からだは汗にまみれて、ふるえていた。そのまわりに、無意識につかんで、ひきよせたシーツが、波模様をえがいている。そっと麻耶子からぬけだすと、慶吉はあおむけになって、天井を見あげた。

この娘を、おれはどう思っているのだろう、と慶吉は考えた。ケイにわたすつもりで、最初

は近づいたのだ。けれども、すぐに惜しくなった。なぜ惜しくなったのか。これまでに、慶吉は遊んだことが、ないわけではない。しかし、家庭に波風を立てたくなかったから、相手は商売人ばかりだった。家庭がなにより、大切だったからではない。波風が立ったときに、対処するのが、億劫だったのだ。まして、麻耶子はふつうの娘だから、妻に知られた場合は、うるさいことになるに違いない。

「だから、早く縁を切ったほうがいいんだ。惚れたわけじゃない。若いから、ちょっと夢中になっただけじゃないか」

　麻耶子の息づかいを聞きながら、慶吉は胸のなかで、自分にいいきかせた。だが、首を曲げて、小鼻に汗をかいた女の横顔を見ると、感情がわいてくる。ケイにわたしたくはない。高杉からも、奪いとったのだ。だが、このまま、麻耶子に気持をかたむけて、いいのだろうか。

「かまうものか。いざとなったら、店を女房にわたして、うちを出りゃあ、いいんだ」

と、思うけれども、そうなったときは、麻耶子のほうから、離れていくかも知れない。大きな息をついて、慶吉は目をとじた。さすがに疲れて、眠ったらしい。目をひらくと、麻耶子がいなかった。慶吉が起きあがって、ゆかたを着ていると、バス・ルームから、麻耶子がでてきた。タオルを腰に巻いて、ゆかたを丸めたのを片手に、ベッドにくると、

「ゆかたのお尻のところが、すっかり濡れているの。恥ずかしくなっちゃった。裸になって、タオルを敷いておけば、よかったわね」

「わたしのせいだろう。あせって、あんたを押したおしたからね」

「あなたのせいじゃない。自分が悪いの。しょうがないわね、恥ずかしがったって」

麻耶子は苦笑して、丸めたゆかたを、床においた。慶吉は椅子に移って、

「いや、やっぱり、わたしがいけないんだ。あんな話をしておきながら……」

「ケイのこと？」

「そうさ。ほかになにがある」

「あれは、ほんとうなの？」

「そうとも」

「だったら、闘えばいいじゃない。ドラキュラを倒すのよ」

「そんなことをいったって、わたしはレンフィールドにされたんだよ」

「それじゃあ、高杉さんも、ほんとうに死んだわけじゃないのね」

「吸血鬼に殺されたんだ」

「だから、死んだんじゃなくて、高杉さんも、吸血鬼になるんでしょう？」

「首をつって死んだのなら、大丈夫だ。ケイの話では、血を吸いつくすと、吸血鬼になるんだそうだ」

「ほんとうかしら」

「ほんとうだろう。吸血鬼をふやすと、自分のことも、世間に知れる。だから、吸いつくさな

いで、放してやるんだ、といっていた。それには、もっと餌食をつれてこい、というわけだがね。高杉君も、血を吸われたのは、一度か二度らしい。それくらいなら、自然に回復するんだそうだ」

「ほんとうなら、好都合ね。ケイだけ、やっつければ、いいわけでしょう？」

「しかし、レンフィールドになにができる。逆らえば、殺されるだけだろう」

「ただのレンフィールドじゃないのよ、あなたは」

と、麻耶子は身をのりだして、

「ドラキュラをよく、知っているレンフィールドじゃない。それは、強みだと思うな」

「身のほどを、知っているだけさ」

「そうじゃない。相手の弱みを、知っているのよ。そうでしょう。柩はどこにあるか、小野寺さん、知っている？　故郷の土を入れた柩」

「棺桶じゃない。長持だ。いつか、あんたに壺を持ってもらったね。あれはハワイから、送ってきたもので、なかに土が入っていたんだ」

「それじゃあ、王子のマンションにあるのね、長持は——あのときに、故郷の土を持っていって、あなたが長持に入れたわけ」

「そうだ。長持はあの近所で探して、わたしが買った」

「あのマンションの鍵、持っているんでしょう？」

「いまも持っている」

と、クロズィットのほうへ、慶吉は顎をしゃくった。ほっとしたように、麻耶子は微笑しながら、

「ケイは昼間は、長持のなかで、動けないのよ。レンフィールド・オノデラは、その心臓に杭を打ちこめば、吸血鬼は死ぬことを、知っているんじゃないの。怖がることなんか、ちっともない、と思うな」

「そういえば、そうだ」

「ただちょっと気になるのは、あなた、カソリック？　キリスト教の信者かしら」

「おやじの墓は、寺にあるよ。お彼岸におまいりにいくのも、よくわすれるくらいでね。宗教心は、ないほうだ」

「あたしもそう。そうすると、杭を打っても、だめかも知れないわね。敬虔な信者でないと、たしかうまく行かないの。映画で見たことだから、あてにならないけど、いちおう理屈にあっているでしょう」

と、麻耶子は眉をひそめた。慶吉もうなずいて、

「十字架をつきつけても、効きめはなさそうな気がするな、わたしも」

「いいえ、もっと簡単な方法がある。そうよ。わけないいんだ。昼間、長持をヴェランダにはこびだして、蓋をとればいいんじゃない？　そうでしょう。お日さまにあてるのよ」

「日にあてると、灰になるんだったな、吸血鬼は」

「太陽の光は、信仰心とは関係ないわ。いまから行っても、やっつけられるわよ。レンフィールドの逆襲なんて、ドラキュラものの新しいテーマね。行きましょう、小野寺さん」

元気よく、麻耶子は立ちあがると、バス・タオルを投げだして、クロズィットへむかった。白桃のような尻が、きびきびと動いて、若さの前に、怖いものはなさそうだった。

3

王子の駅ビルから、午前ちゅうの明るい光のなかに出ると、もう麻耶子がきていて、走りよってきた。ミリタリイ・ルックの半袖シャツに、ジーンズの身軽なすがたで、ショールダー・バッグを肩にしている。それを慶吉の鼻さきにつきつけて、

「臭うかしら」

「なにが……」

慶吉が聞きかえすと、麻耶子は声をひそめて、

「念のために、大蒜(にんにく)を用意してきたの。銀の十字架も、借りてきた。あたしは不信心だけど、お友だちにクリスチャンがいるの。そのひとが、寝室の壁にかけている十字架だから、多少は効果があるんじゃないか、と思って……」

きのう、サンシャイン・シティのホテルで、すぐに王子へ行こう、と麻耶子はいったが、慶吉は反対した。空にはまばらな雲があって、黄昏が早くきそうだったからだ。

「雨がふったら、どうしようか、と思って、ゆうべ、てるてる坊主をつくったの、あたし」

と、麻耶子はにこにこして、

「こんないいお天気になったのは、そのおかげよ」

「まるで、遠足みたいだな」

慶吉が苦笑すると、麻耶子は肩をすくめて、

「あすこへ行くまでは、デートのつもりなの。もっと距離があれば、いいのにね」

腕を組まれて、慶吉はためらった。ひと目が気になったからだが、これから、なにが起るかわからない。ふたりとも、死ぬかも知れない。そう思って、さしこまれた腕を、腋の下でしめつけると、慶吉は横断歩道をわたった。

「ちょっと、考えたんだがね。あんた、やっぱり来ないほうが、いいんじゃないかな。このへんの喫茶店で、待っていたほうが……」

横断歩道をわたりきったところで、慶吉はつぶやいた。

「いや。いやよ。絶対にいや。いっしょに行く」

首をふると、麻耶子はさきに立って、横丁に曲った。しかたなく、慶吉は足を早めて、マンションの前までくると、空をあおいだ。せまい空には、日ざしがきらめいている。安心して、

マンションの玄関を入った。エレヴェーターで、五階にあがって、ケイの部屋に入った。

「窓をあけよう。日光を入れるんだ」

「そのほうが、いいわ」

ふたりは、窓をあけてまわった。よどんでいた空気が、さわやかになった室内を、麻耶子は見まわして、くすりと笑った。

「どうした、水谷さん」

「お部屋がきれいだから、おかしくなったの」

「どうして？」

「だって、吸血鬼がお掃除をしているところを、想像してごらんなさいよ」

「うん、笑えるような相手なんだ。長持をあけよう」

奥の部屋には、黒い長持がおいてあるだけで、あいかわらず家具はなかった。

「あちらの部屋にはこんで、ヴェランダのそばで、あけたほうが、よさそうだね」

「ええ、そうしましょう」

長持の短いほうの二側面には、それぞれ把手(とって)がついている。慶吉はうしろ手に、把手をつかんで、先に立った。麻耶子はあとになって、把手をつかんで、歩きだしながら、

「あんがい、軽いのね」

「痩せた男だから……」

ヴェランダのアルミサッシをあけはなった部屋に、ふたりは長持をはこんで、日ざしのなかにおいた。慶吉が蓋に手をかけると、麻耶子は声をひそめて、

「ヴェランダに出したほうが、いいんじゃないかしら」

「これだけ日光があれば、大丈夫だろう。ほかのビルから見られると、まずいよ。灰になりだしてからなら、見られたってかまやあしないが……」

「灰が飛びちるおそれはないわね、風はないから」

「飛びちったって、かまやしないさ」

声が喉にひっかかって、出ていかないような気がした。慶吉がせわしなく、咳ばらいをすると、麻耶子もふるえる声で、

「そうね。あっちこっちへ、遠く飛ばされれば、それでもいいんだ。あけましょう」

「あけよう」

ふたりは、顔を見あわせた。

強い日の光が、長持の蓋をつやめかしている。

ふたりは、うなずきあった。

慶吉が蓋に手をかけると、麻耶子もそれにならった。

もう一度、うなずきあってから、ふたりは同時に、蓋を持ちあげた。

「手前におくんだ、蓋は」

「ええ、わかっている」

ふたりは一気に蓋をとると、あとずさりした。蓋をひっくり返して、絨緞の上においた。

慶吉の口から、低い声がもれた。恐るおそる、麻耶子も長持をのぞきこんだ。

長持のなかには、なにもなかった。

なにもなかった、なにも。

もちろん、黒い土はあった。土はあって、日光を急激に吸っていた。

けれど、ケイの白い顔もない。黒い服もない。蜘蛛いっぴき、いなかった。

小さな叫びをあげて、麻耶子は部屋を走りでた。バス・ルームのドアが、あく音がした。

そうだ。風呂場はまだ、見ていない。ケイはそこに、隠れているのかも知れない。危険だ、と気づくと同時に、慶吉はバス・ルームに走った。麻耶子の悲鳴が聞えた。あけはなしたドアに、慶吉は首をつっこんだ。洗面所の床に、麻耶子がすわりこんで、両手で口を押えていた。

水の音がしている。慶吉は風呂場をのぞいた。

タブのなかに、人間のからだがあった。ケイではない。女だった。裸の女だった。両足をすこし曲げて、タブのなかに、すわりこんでいる。低いフックにセットしたシャワー・ノズルから、水がほとばしって、その白い裸身を洗っていた。うなだれているので、はっきり顔は見えない。だが、慶吉には、だれだかわかる。

本田芳枝だった。芳枝のからだには、無数の傷がついていた。大きな傷ではない。剃刀(かみそり)で切ったか、するどい牙（きば）で引きさいたような、短い傷だった。傷はかすかに口をひらいて、肉のいろを見せている。血はシャワーで、洗いながされたのだろう。タブの底も、汚れていない。股間に水がたまって、したたかな黒い繁みが、かすかに動いている。女のもっとも女らしい部分だけが、まだ生きていて、懸命に呼吸をしているようだった。

ふるえる手をのばして、慶吉はシャワーをとめた。水音が絶えると、麻耶子は口から、両手をはなして、

「だれ？　このひと、だれ？　だれなの」

「あとで話す。ここから、逃げだそう。そうだ。長持をもとのところへ……」

麻耶子の肩に両手をかけて、慶吉はかかえ起した。

4

電車が上野駅につくまで、ふたりは黙っていた。目をとじると、傷だらけの本田芳枝が、すぐ前に見える。からだじゅうに、小さな口がひらいて、なにかを訴えているような傷だった。上野でおりても、慶吉はなにもいわなかった。駅舎の地下道をでて、喫茶店をさがした。正午が近いせいか、最初にみつけた店は、あらかたテーブルがふさがっていた。

稲荷町（いなりちょう）のほうへ歩いていくと、小ぎれいな喫茶店があった。テーブルの間隔もひろく、客

もまばらだった。そこへ入って、すみのテーブルにむかいあうと、ごくりと喉を動かしてから、麻耶子は小声でいった。

「ヴァンパイアじゃないんじゃない、ケイは」

「ヴァンパ——ああ、わかった。でも、どうして？」

慶吉も小声で聞くと、麻耶子は眉をひそめて、

「バス・ルームに、鏡があったでしょう。最初にあそこで、バスをつかったときから、あったのをおぼえている。そのまま、さっきもあったわ」

「ああ、あった」

「ヴァンパイアは、鏡をきらうのよ、うつらないから」

注文したコーヒーを、ウェイトレスがはこんできたので、ふたりは黙りこんだ。しばらくして、慶吉は首をかしげながら、

「平気なのかも知れないよ、ケイは」

「いまは、どこにいるのかしら」

「わからない」

「ヴァンパイアじゃないのよ、やっぱり」

と、麻耶子は小声に力をこめて、

「あの女のひとは、だれなの？」

「本田芳枝という名前しか、知らないんだ」

「あの傷……」

「むごいことをするよ、まったく」

「あれを見たって、ドラキュラでないのは、わかるじゃない」

「あんなやりかたはしないかな、ドラキュラなら」

と、つぶやいてから、慶吉は思い出して、

「ケイがいっていたよ、小説や映画のおかげで、助かっているって」

「そうね。あたしたちの持っている情報は、いい加減なものなんでしょうね。でも、ぜんぶがぜんぶ、間違いとは思えないの。シャワーが出しっぱなしになっていたのは、血を洗いながすためよ、ぜったいに」

「そりゃあ、そうだろう」

「ヴァンパイアが、そんなもったいないことをする?」

無意識にきまっているが、麻耶子のいいかたには、ユーモアがあった。ブラック・ユーモアというやつかも知れない。慶吉はくちびるを歪めて、

「ヴァンパイアでないにしても、ふつうの人間じゃないよ。怪物だ」

「怪物みたいな人間なんじゃない? つまり、殺人鬼。それなら、ヴァンパイアよりは、闘いやすいでしょう。用心しなきゃ、いけないにしても」

「そう考えれば、いくらか元気がでるね。しかし、あの声があるから……」

「声って――ああ、頭のなかに聞える声？」

「うん、きのう話したろう」

「一種のテレパシーかしら。ゆうべあたり、聞えたの？」

「いや、聞えない。そういえば、このところ、聞えないね。高杉さんの始末やなにかで、忙しかったからかな」

「それ、逆に利用はできない？　ケイがどこにいるか、それでわかるといいんだけれど」

「無理だろう。ためしてみたこともないが……」

「もう一度、王子にもどってみましょうよ。さっきはショックだったから、やみくもに飛びだしてきてしまったけど、あのまんま放っては、おけないいんじゃないかな。あのマンション、どんな名前で借りているの？」

「わたしの名だ」

「だったら、なおさら」

と、麻耶子はいっそう声をひそめて、

「ケイが消えて、あれが腐ったときのことを、考えてごらんなさいな。臭いでわかって、管理人が発見したら、まっさきに疑われちゃう」

「よし、戻ってみよう。あんたはこのまま、うちへ帰りなさい。あとで、電話するから」

「またそれをいう。だめ、だめ」

断乎と首をふってから、麻耶子はコーヒー・カップを口にはこんだ。

5

エレヴェーターのドアがあくと、慶吉は恐るおそる廊下をうかがった。さっきはあまり気にしなかったが、なんども出入りするところを、ひとに見られたくはない。五階の廊下には、さいわいだれもいなかった。麻耶子をうながして、廊下を急ぐと、ドアをあけた。

「こんどは、怖がらないからね」

と、ぎこちない笑顔になって、麻耶子はバス・ルームに入っていったが、たちまち低い叫びを発した。すぐうしろから、慶吉はのぞきこんだ。バス・タブは、からっぽだった。

「帰ってきたんだ、ケイが」

麻耶子の腕をつかんで、慶吉はバス・ルームを出ると、ドアのほうへ押しやって、

「いいか、わたしが大声をあげたら、逃げるんだ。わかったな」

きびしく小声でいってから、奥の部屋へ入っていった。長持はあった。勇気をふるって、蓋を持ちあげた。なかには、土があるばかり。ベッド・ルームにも、だれもいない。

「いないよ。どうしたんだろう」

戸口にもどって、慶吉がつげると、麻耶子は眉をよせた。

「声も聞えないの？」

「聞えないが……」

「やってみてよ」

「どうやったら、いいんだろう」

「あたし、離れている。そっちにすわって、精神を集中してみて」

いわれた通り、リヴィング・ルームの椅子にかけて、慶吉は目をとじた。傷だらけの芳枝のすがたが、目蓋のうらに浮かんだ。だが、ケイの声は聞えない。思いついて、目をひらくと、腕時計のスウィッチを押した。数字は消えた。けれども、文字盤はただ黒く、I LOVE YOU の文字は、浮かびあがらない。しばらくして、数字にもどった。

「これが、手品のたねだったのかな」

つぶやいて、腕時計のベルトをといた。テーブルの上においたとたん、
ケイキチ　ケイキチ　ケイケイケイ……

頭がわれそうだった。だが、その声はすぐに弱って、聞えなくなった。慶吉はまた、腕時計を手首に巻きつけながら、

「だめだ。集中力がないらしいよ、わたしは」

「あたしがいるのがわかって、警戒しているのかしら」

と、麻耶子がささやく。慶吉はうなずいて、

「そうかも知れない。いつかも、女房が起きているときに、連絡があって、波長が乱れるとかいっていた」

「とにかく、これでいよいよ、ケイは吸血鬼らしくなくなってきたわね」

「ここには死体がないんだから、わたしも疑われる心配は、なくなったわけだ」

「だけど、こんな真っ昼間に、どうやって運びだしたのかしら、死体を」

ばらばらに、切断したのかも知れない、と思ったが、口にするのは、ためらわれた。ところが、麻耶子はこともなげに、

「やっぱり、ばらばらにしたのかな」

「そうかも知れない。わけがわからなくなった。帰ろう」

「どうして？」

「吸血鬼でないとすると、作戦を立てなおさなけりゃ、いけないじゃないか」

「そんなに怖い相手なの、ケイって——あってみたいな」

「冗談じゃない。さっきの女みたいに、傷だらけになって、死にたいのか」

「油断しなけりゃ、大丈夫よ。ケイが戻ってくるのを、ここで待ちましょう。ベッド・ルーム

が、つかえるじゃない」

「ばかなことをいうな」

そんなつもりはなかったのに、感情が激して、手が動いていた。一瞬に氷の張るような音がして、麻耶子の頰が、慶吉の手のかたちに、白くなった。と思うと、見るみる赤くなった。麻耶子は目を見はって、茫然としていたが、いきなり慶吉にむしゃぶりついて、

「ごめん。ごめんなさい。いっしょにいたいの。外へでて、わかれたら、もうあえないような気がして、あたし、あたし……」

「そんなことはないさ。絶対に、そんなことはない」

慶吉はしっかりと、麻耶子を抱きしめて、ささやいた。

第七章　アイスクリームと水着

1

カーテンのむこうに、月の光があるはずだが、室内には入ってこない。暗闇のなかに、ベッドの上の女のからだが、ミント・アイスクリームのような匂いを、漂わしている。慶吉は床にうずくまって、腕時計の赤い数字を見つめていた。すると、突然、蛇みたいにうねって、言葉が押しよせてきた。

たのですかケイキチいつもとようすが

ちがいますねケイキチだいじょうぶで

「なんでもありません。すこし疲れているだけです」

すかケイキチいやつかれているだけ

ではないひどくどうようしていますね

「あなたこそ、いつもと違う。どうしたんです？」

返事は奇妙なパターンで、慶吉のこころに入ってきた。

ワカリマセンナニカニ
ス　　　　　　　　ボ
デ　　　　　　　　ウ
レ　　　　　　　　ガ
ダ　　　　　　　　イ
ハ　　　　　　　　サ
ナ　　　　　　　　レ
ン　　　　　　　　テ
オ　　　　　　　　イ
ルイニコソスデウヨル

「ケイ、どこにいるんです？　よく聞きとれないんですが、だれかに妨害されている、そこにいる女はだれだ、といったんでしょうか」

しばらくたって、返事があった。

「ソウデス。ソウイイマシタ。ソノオンナハ、ダレデスカ」

「知りません。名前はわかっていますが、あなたには、どうでもいいことでしょう。若くて、美しい女を探すのに、時間がなかったこともあって、あせったんですよ。動揺しているとすれば、そのせいでしょう。やっと用事で、浅草(あさくさ)までいったので、この女を見つけたんです」

嘘ではなかった。ただ浅草へいくまでを、省略しただけだった。鶯谷のラヴ・ホテルへ入って、夕方までを麻耶子とすごした。それを、話すわけにはいかない。駅のそばで、麻耶子とわかれて、タクシイで言問(こととい)通りを、走ったのだった。

「早くきてください、ケイ。女はいま、はんぶん眠ったような状態ですが、意識がいつ、はっきりするかも知れない」

「ゴクロウデシタ、ケイキチ。モウカえっても、いいですよ」

ケイの言葉は、だんだん鮮明になった。慶吉は勇気をふるって、

「ここにいては、いけませんか」

「どうしてです?」

「ケイがその、この女にですね。なにかするところを、見たいんです」

「どうして?」

言葉はいよいよ明瞭になって、感情も読みとれた。ケイは微笑しているらしい。

「ケイのすることを、理解したいからですよ。この女は、ここへつれてきただけで、わたしは

なにもしていません」

「なにも、遠慮することはないのに」

「遠慮じゃない。礼儀です。ものには、順序というものがある。早くきてください」

「なるほどね」

笑いをふくんで、ケイの声が聞えたと思うと、ヴェランダのカーテンがゆれた。まさか、アルミサッシのガラスを突きやぶって、飛びこんでくることはないだろう、と思ったが、ドアのほうへ、慶吉はあとじさった。

レースと厚地のものと、カーテンは二重になっている。もぞもぞと、それが揺れて、ひとのかたちに膨らんだ。アルミサッシのあく音はしなかった。それなのにガラスとカーテンのあいだに、ひとが立っているかたちになったのだ。カーテンが左右にひらくと、黒いシルエットになって、ケイが入ってきた。

あとにはレースのカーテンが、繊細な模様を、月の光に浮かびあがらせている。掛布をはいだベッドに、服のまま横たわった女にも、月光はおよんだ。黒服のケイは、ベッドのわきに立って、女の顔をのぞきこんだ。

「なるほど若い、なるほど美しい。御苦労でした、ケイキチ」

うなずきながら、慶吉は立ちあがって、ドアに背をつけた。

「見ていなさい、ケイキチ」

ケイの顔に、異様な笑いが浮かんだ。

反抗するには、相手をもっと、知らなければならない。

ケイのすることを、見きわめなければいけない。そう思って、慶吉は踏みとどまっている。

けれども、ケイの笑いの凄じさは、その決心をにぶらすに足るものだった。

本来、笑うはずのない動物——たとえば、蝙蝠の顔が、なにかの拍子に、歪んで見える。それが、笑いに見えたような感じだった。

2

慶吉から女へ、ケイは視線を移すと、両手をあげた。その手が、女の衣裳にかかったと思うと、黒っぽいスーツが、紙のように裂けた。指の長い白い手が、猛獣の前脚みたいに、はげしく動いて、下着がちぎれ飛んだ。布の裂ける音が、なぜか金属的にひびいた。

裸にされて、女は目をひらいた。ケイの顔を見て、女は上半身を起そうとする。

ケイは黙って、相手の目を見すえた。白い顔は、能面のように無表情だが、目だけに炎が燃えている。そのまま、上半身をかたむけると、女はもとのように、ベッドに頭をつけた。ケイは白い手を、女の乳房にあてて、ゆっくり手のひらで、円をえがいた。女の顔に、血の色がさして、

「だれなの？　だれなのよ、あなたは」

と、うめきに似た声をあげた。ケイは答えずに、女の上で、両の手を動かした。右手が喉をさすり、左手が左の乳房をなでつづける。左手が脇腹におりていくと、右手は右の乳房をまさぐる。右手が下腹におりていくと、左手は腰骨をつかむ。

「なにをするの？　なにをしてくれるのよ。なんでもいいから、早くして……」

と、女はうめいて、両足をひらいた。その両足のあいだに、右手の指二本を、ケイは突きたてる。女のからだは、さざ波のように、動きはじめた。前よりも激しく声をあげたが、意味をうしなって、うめきにますます近づいていく。

ケイの左手は腰骨をさすり、太腿をなで、また乳房へ匍いあがっていった。いつの間にか、右手は細く長く、槍のようになっていた。細くなった手は、長く長くのびて、黒いしげみにわけいった。女の声が高まって、切れぎれの悲鳴になった。ケイの右手は、長く細くなって、女のなかに、どこまでも入っていく。

慶吉は気分が悪くなって、目をそらそうとした。だが、見ないではいられなかった。

あおむけにピンでとめられた蛙みたいに、女はいっぱいに両足をひらいている。左の乳房の上に、ケイはあいかわらず左手をおいていた。右手はもう、肘まで隠れている。その手が動くと、女は声をあげて、腹を波うたせた。皮膚と骨のあいだで、蛇がうごめいているような、異様な波うちかただった。やっとの思いで、蛇はすすんでいくらしい。腹の波うちかたは、一定しなかった。

女は顔をそらして、大きくうめいた。それきり、声はでなくなった。口をひらいたまま、右に左に、からだを動かした。ケイは左手を乳房にあてて、その動きを押えているようだった。前かがみになって、顔は女の胸に近づいている。右腕に筋肉が浮いて、力のこもるのがわかった。女はいっそう顔をそらして、さらに大きく口をひらいた。

その口から、なにかが出ようとしている。蜘蛛か、と慶吉は思った。細く曲った長い脚が、思いおもいにうごめいていた。どの脚も、血にまみれている。女の喉にこもって、さかりのついた猫に似た声が、起ると同時に、蜘蛛は口から飛びだした。

蜘蛛ではなかった。うごめくものは、細く長い指だった。血にまみれて、ケイの右手が、女の口から、出てきたのだった。手には臓腑が、血に濡れてのっていた。骸骨の手みたいに、細く長く折れまがった指は、臓腑をつかんで、さらにのびた。

ドアに背をつけて、慶吉はふるえていた。恐しかったが、見ないではいられなかった。女性器に没して、口から出てきた右手は、宙をさぐって、ケイの顔に臓腑を押しつけた。ケイがそれに嚙みつくと、くちびるから、血が糸をひいた。五本の指は、赤い蜘蛛の脚のように、もそもそと動いて、血のかたまりを、ケイの口へ押しこんだ。歯を血にそめて、臓腑を嚙みしめながら、ケイは慶吉を見かえった。

嘲笑しているとも、命令しているとも、とれる目つきだった。慶吉はふらふらと、ベッドに近よった。女は両手も両足もひらいて、蛙そのままの恰好だった。汗の光る上半身をそりかえらせて、目だけが左右に動いていた。ケイを見たり、慶吉を見たり、しきりに、なにかを訴えている。下半身の黒いしげみは、血をしたたらせて、ケイの右腕を呑みこんでいた。ケイが臓腑を食いつくすあいだ、女の口からでた右手は、血だらけの指を、曲げたりのばしたり、無意味にうごめいていた。かがめていた上半身を起すと、ケイは左手で乳房を押して、五本の指をつぼめながら、右手をひきぬきはじめた。無言の悲鳴をあげて、女は顔を左右にふった。ケイは眉をひそめながら、右腕に力をこめた。筋肉がもりあがって、女の口のなかに、つぼめた指が隠れた。

女の喉がふくらんで、つぶれた喇叭(らっぱ)のような音がもれた。下腹のしげみから、ケイの肘がでた。ケイはベッドの裾に位置を変えて、左手で女の腿をつかむと、右腕を一気にぬいた。女の喉から、悲痛な叫びがほとばしった。からだが跳ねあがって、ベッドに落ちたときには、横にねじられていた。

ベッドの裾から、ケイは離れると、かたわらの棚のタオルをとって、血に汚れた右手をぬぐった。細くなった右手は、左手の倍ぐらい、長くなっている。どす黒くなったタオルを、屑かごに投げこんで、ケイは右手をゆっくりふった。その手は、くねくね飴(あめ)のようにゆれて、しだいに太く、ちぢんでいった。女はうつろな目をして、かすかに肩で呼吸している。横をむいた顔に、苦痛の表情が浮かんで、咳こむと同時に、くちびるから血があふれた。ケイは飛びつくと、女のくちびるに、口を押しつけた。

慶吉はベッドの裾に、片手をついて、足のふるえをこらえていた。女の喉が、ぐびぐびと動いている。血を吐きつづけているらしい。ケイが口を吸いながら、首すじをかかえ起すと、女は両手ですがりついて、上半身を持ちあげた。慶吉の目の前で、女は両足をひらいて、片膝を曲げた。立てた膝が、左右にふるえている。慶吉の両膝もふるえて、上体を起していることができない。目のさきで、黒いしげみがひろがって、クリトリスが、小鬼の一本角みたいに、ふくれあがった。その下に、かすかに血を噴いて、紅い門がひらいている。

江戸の画家が、女陰を顔に見立てて、幽霊や姫だるまの絵をかいているのを、慶吉は見たことがある。ぼぼ女、ぼぼ達磨という名がついていた。あれは、リアリズムだったのだ。あの画家たちは、こんなふうにのぞきこんで、写生したのだろうか、と思ったら、おかしくなった。それで、気をとりなおすことができて、慶吉は視線をあげた。

ケイは女から手をはなして、立ちあがった。くちびるから、血がひとすじ垂れて、白い顔が、ものすごい。こちらを見た目が、なぜか悲しげだった。

「あなたのものです。この女、いい状態になっていますよ」

「いただきます」

滑稽な返事だ、と思ったが、笑えなかった。重いものを引きずるような足どりで、ケイは寝室をでていった。慶吉は服をぬぎかけて、ためらっていた。女がとつぜん、上半身を起した。

血の気のうせた顔に、奇妙な笑いが浮いている。おそろしく淫(みだ)らな言葉を、ささやきかけているような笑顔だった。慶吉は裸になって、ベッドにあがった。

女は慶吉にしがみつくと、そのまま倒れた。後頭部のベッドにあたる音が、はっきり聞えたほどだった。はっとして、慶吉は起きようとしたが、女の手足がからみついて、動けない。四本の手足は、革紐のように強く、慶吉をとらえていた。それでいて、女の下半身は、微妙に蠕動(ぜんどう)して、慶吉の生(なま)おえのものを嚥(の)みこんだ。うめき声を思わずあげると、慶吉は力をこめながら、はずそうとした。だが、身動きはできなかった。

女の全身が、大きな虫のように、うごめいた。一時間も、二時間も、しごかれつづけた気持で、慶吉はうめいた。食虫植物の筒状の口に、吸いこまれて、絞(しぼ)られつづけている。そんな気がして、だんだん意識がうすれてきた。ついに放射したときには、頭が吹っとんだか、と思った。女のからだから、不意にまったく力がぬけて、両手がだらりとベッドに落ちた。なかば口をあけて、女の顔は死んだように見えた。狼狽して、腿のつけ根に指をあてると、激しい脈があった。ぼぼ達磨とむきあうと、苦しげに顔をしかめて、白い泡をふいていた。

3

「あの女、ほっておいて、大丈夫ですか。脈はうっているが、目をあけない」

居間にもどって、慶吉が聞いた。ゆったり椅子にかけて、ケイは天井を見あげていた。

「あんなことで、死にはしません。いまに満足した顔で、出てきます。ケイキチは、どうでした。よかったですか」

「おどろきました。あんな女とつきあっていたら、死んでしまいますよ」

「死ぬことを、今夜は気にしているようですね。なにか、あったのですか」

「言葉のあやです。疲れたんでしょう」

「すぐ回復しますよ、あなたも」

「あの女、どうします？」

「帰してやりましょう。どうやら、両親といっしょに、暮しているらしい。帰らないと、親が心配する」

「聞きたいことがあるんですが、かまいませんか」

「かまいませんよ。なんです？」

「本田芳枝という女のことです。いないようですが、どうしました」

「あのひとも、帰してやりました」

ケイの答えは、いとも自然だった。これ以上、突っこんで聞いたものかどうか、慶吉は迷った。話題を変えることにして、

「隣りの娘は、どうしました？」

「あれですか。そのうちに思い出して、たずねてくるでしょう。しかし、日本の女性も、なかなかのものですね。隣りの娘、まるで子どものような顔をしていたが、もうたくさん男を知っているようです」

「おどろいたな。ほんとうですか」

「四、五人では、きかないでしょう。中絶もしています。そのくせ、よろこびを知らないらしい。だから、また来るでしょう。そのときは、呼んであげましょうか」

「どちらでも……」

「ああいう幼いのは、きらいですか」

と、ケイが微笑したときだった。女が裸のまま、寝室から出てきた。

「あんたたち、ふたりがかりで、やったのね」

目がぎらぎら光って、頬には血のいろがさしている。慶吉は安心した。女はテーブルに手をついて、ふたりのあいだに、顔をつきだした。

「麻薬かなんか、つかったんじゃないでしょうね」

「気分が悪いですか。なにも、つかわなかったんだが……」

ケイがいうと、女はにやりとして、

「気分はすっきり。それじゃ、睡眠薬でしょう。まあ、いいや。すばらしいセックスだったから、ゆるしてあげる。でも、服をなんとかしてよ。着ようとしたら、やぶけていたよ」

「裸で帰したりはしませんよ。そちらがバス・ルームですから、シャワーをあびていらっしゃい。そのあいだに、着るものを用意しておきます」

と、ケイは立ちあがった。女はうなずいて、

「ゆっくり、あびさせてもらうわよ。まだふらふらしている。あんまりよすぎて、腰がぬけるか、と思った。ふたりとも、すごいタフネスで、テクニシャンね」

「テクニシャンなのは、この人ですよ」

ケイが笑顔で、慶吉を指さすと、女は目をまるくして、

「ほんとう？　信じられないけどね」

「嘘だと思ったら、あとでもう一度、ためしてごらんなさい」

「こんど挑戦してみる。今夜は早く帰るっていって、出てきたのよ」

女は廊下へでていった。ケイも寝室へ入っていった。慶吉はひとり残されて、ため息をついた。やはり、ケイはふつうの人間ではない。映画で見たドラキュラのような、吸血鬼ではないにしても、人間の血をこのむ魔物には、ちがいなさそうだ。

4

空には月が沈みかかって、血のまじったような色をしている。空蟬橋を通りこして、アパー

トの前へくると、麻耶子の部屋の窓には、あかりがついていた。玄関を入るのを、慶吉はしばらく、ためらっていた。さっきの女の血のにおいが、まだ残っていそうで、気になったのだ。しかし、早く話しておいたほうがいい。

慶吉はアパートへ入って、麻耶子の部屋のドアをノックした。ドアは細めにあいて、いったんしまってから、入れるほどにあいた。おどろいたことに、麻耶子はマリン・ブルーの水着すがたで、にこにこ笑っていた。しかも、ハイレグの水着で、ゆたかな腰を誇っている。

「すごい恰好だね」

「あきれた？　海へいくつもりで、これ、買ったんだけど、行かれそうもなくてね。来年になって、肥ったりしていたら、まったくの無駄でしょう？　せめて着るだけ、着ておこうと思って……」

「よく似あうよ。しかし、ひと前にそれで出るのは、感心しないな」

「ほかのひとだったら、上になにか着るわよ、もちろん」

麻耶子は冷蔵庫から、缶ビールを二本だしてきて、一本を慶吉にわたした。扇風機を首ふりにしてから、あぐらをかいて、ビールの口をあける。あぐらの腿のつけ根に、毛がのぞいた。慶吉もビールの缶をあけながら、

「危険なものが、のぞいているよ」

「そうね」

と、麻耶子は股間を見おろして、

「こういうのを着るときには、剃らなきゃだめらしいわ。あとで、剃らしてあげましょうか」

「そういうことをいわれても、元気はでないよ」

「たしかめてきたの？」

と、麻耶子は厳粛な顔になった。慶吉も渋い顔をして、

「やっぱり、ケイは普通じゃなかった。一種の吸血鬼だろうね」

「どんなふうに？」

「話したくないな。聞きたくない、といいだすよ、あんたも」

「でも、聞かないと、信じられない」

「わたしのことまで、不愉快になると思うよ」

「ならない。ぜったいにならないから、聞かせて」

「わたし自身、不愉快なんだ。しかし、話すべきなんだろうね」

口ごもりながら、慶吉は話しはじめた。麻耶子はビールを飲むのもわすれて、頬を硬ばらせながら、聞いていた。慶吉は話しおわると、水着の女性から目をそらして、ビールを飲んだ。麻耶子も黙って、缶に口をつけた。扇風機のかすかな音だけが、室内に流れていた。ビールを飲みおわって、麻耶子は缶をわきにおくと、両膝をかかえた。膝に顎をのせて、ゆっくり息をついた。全裸ですわっているように、慶吉には見えた。けれど、なにも感じなかった。

「信じられない。でも、信じなけりゃあ、いけないんでしょうね。怖いな。どうしたら、いいのかしら」

しばらくしてから、麻耶子はかすれた声をだした。慶吉は顔をしかめて、

「わからない。なんとかしなけりゃ、いけないことは、たしかだが……」

「昼間、どうしているのか、うまく聞けた？」

「聞けなかったよ、女が出てきてしまったんでね」

「どうしたら、聞きだせるかな」

「昼間きて、長持をあけてみた、というわけにも、いかないからね。そうそう、出あるいてもいられないから、尾行もできないし……」

「いいわ。あたしが尾行する」

「ばかをいえ。きょうのあれを見たら、そんなことがさせられるものか。昼間も動きまわれるとしたら、あんな危険な男はないよ。話さなけりゃ、よかった。いまの話を聞いて、本気で尾行する気でいるとしたら、あんた、よっぽど鈍いんだ」

「怒らないでよ。目をつけられないように、尾行できるんじゃないか、と思っただけなんだから——どうしたらいいの、それじゃあ」

「しかたがない。もうすこしレンフィールドの役をつとめて、やつの弱点をさぐりだす。それしか、方法はないだろう」

「そうかも知れないわね。でも、気をつけてよ」

「気をつけてはいるが、相手は化けものだ。あんたも、気をつけてくれ。そんな恰好をするのも、よくないよ」

「あなたが来るだろうと思ったから、見てもらいたかったの。それだけだから、安心して」

「人間だけじゃないよ。大きな犬がうろついていたら、気をつけなけりゃあ……」

といってから、慶吉は膝をたたいて、

「そうだ。ケイは昼間は、犬になっているのかも知れない」

「そうだとすれば、退治しやすいわね。大きくたって、犬は犬ですもの。ことに昼間は、人間でいられないとすると、いろいろ手がありそうじゃない？」

「甘く見ないほうがいいが、その点は確かめる価値があるな」

「あせらないでね。反逆しようとしているなんて、気づかれたら、大変だもの」

「気をつけるさ。わたしは、勇気のある人間じゃない。あんたがいなけりゃ、あきらめて、あいつのいいなりになっているところだ」

慶吉は立ちあがって、窓に近づいた。麻耶子もそばへよってきて、

「どうしたの？」

「離れていてくれ。そろそろ帰ろうと思うんだが、いまの話じゃないけど、犬でもいると、いやだからね」

窓をすこしあけて、戸外をのぞいた。暗い街路に、動くものはない。あまり背の高くないビルが近くにあって、窓のいくつかに、灯を見せているだけだった。

「大丈夫そうだ」

窓をしめて、慶吉が戸口にいこうとすると、ハイレグの水着が大股に歩みよってきて、

「どうしても、帰るの？」

慶吉は返事をしないで、麻耶子を見つめた。マリン・ブルーの水着の胸を、大きく波うたせながら、麻耶子は立ちつくしている。慶吉は首をふって、

「水着の女性ってのは、いいものだね。しかし、午前ちゅうから出ているんで、きょうは帰らなけりゃ……」

「じゃあ、帰らないうちに服をきるわね、安心させるために」

麻耶子はうしろむきになって、窮屈そうに水着をぬぎはじめた。肌がむきだしになっていくのを、目の前にしても、なにも感じなかった。

「目をとじているよ。あの女を思い出して、気持が悪くなってくる」

「よっぽど、ひどかったのね。はしたない真似はやめる。帰ってもいい。昼間、抱かれていたんだから、我慢しなくちゃね。もう目をあけても、大丈夫よ」

「あの女、なにもおぼえていないようだったが、夢にでも見るんじゃないか、と思うと、落着かなくてね」

「ほかの女の話は、もうやめて……」

「ああ、やめよう」

目をひらくと、Tシャツにジーンズの麻耶子が、悲しげな顔をしていた。

5

「あなた、どこへ行っていたんです、いま時分まで」

小野寺印房の看板の下を入ると、薄暗い店に、妻がすわっていた。慶吉は顔をしかめて、

「だいぶ、遅くなってしまった。それからそれへと、用ができてね」

「ここにだって、用はあるんですよ。あっちこっちから、電話があって、なんと返事をしたらいいのか、わかりゃしない」

「わからない、といっておけば、いいじゃないか」

「いっておきましたよ、わかりませんって」

「それでいい。あした、わたしが電話をする。相手の名は、聞いておいたんだろう」

「聞いておいたのもあるし、わすれたのもあるし……」

「しかたがないさ。だいじな用なら、むこうから電話してくるだろう」

慶吉が靴をぬぐと、久乃はようやく立ちあがったが、奥へいこうとはしない。

「お店をしめてくださいよ、あなた」

「ああ、そうか。疲れているんで、気がつかなかった」

「自分の店をわすれるほど、疲れたんですか。そんなに大事な用が、あったんですか」

「そんな意味じゃないよ」

慶吉は靴をはきなおして、店のシャッターをおろした。あかりを消して、奥へあがると、梯子段の下で、

「おれはもう、すぐに寝るよ」

「お茶を入れたんですけどね」

「そうか。じゃあ、もらおう」

「晩御飯はすんだんでしょう?」

「ああ、すんだ」

座卓の前にすわって、慶吉が湯呑をとりあげると、妻も自分の茶碗を手にとりながら、

「疲れているなら、しょうがありませんけどね。電話のなかには、だいぶきびしい催促も、あったんですよ」

「それほど、ほったらかしにしているのは、ないんだがな」

「このあいだ、前金をおいていったひとじゃ、ないかしら」

「電話があったのか」

「あのひとじゃないか、と思うだけ。はっきり、名前をいわないの。ただ印材は見つかったかって、いっていたから……」

「そんなことをいうのは、あの客ぐらいだな。印材さがしまで、引きうけている客は、ほかにいないからね」

妻のうそに、意地悪をしてやりたくなって、慶吉は顔をしかめた。

「若い声だったのかい？」

「ええ」

「とすると、幽霊だぞ」

「どうして……」

「あの若い男は、死んだんだ」

「嘘おっしゃい」

「嘘じゃない。そのことで、一日つぶしてしまったんだ。適当なのが見つからないから、電話をかけたら、年よりがでた。ほんとうの印の注文ぬしでね。あの男のおじさんだか、おじいさんだかだ。死んだというんで、うちへいってみたよ。失礼だと思って、はっきり聞かなかったが、事故か自殺らしいな」

「ほんとうなの、あなた」

「ああ、お線香をあげてきた」

「そうすると、あの前金、返さなけりゃいけないの」

「いや、あらためて、お年よりから、引きうけてきた。しかし、電話がかかったとすると、いやだな。あの男の思いが、残っているのかも知れない」

「嚇かさないでよ。わたしの思いちがいね、きっと」

「それなら、いいんだが……夜なかに、ふらっと入ってきたりすると、かなわないぞ」

「嚇かさないでって、いっているでしょう。太田垣先生からも、催促があったのよ」

太田垣というのは書家で、だいじな客だった。湯呑をおいて、慶吉は立ちあがった。

「そりゃあ、大変だ。先生からの催促じゃあ、疲れたなんていっていられないな」

「いまから仕事をするの、あなた」

「うん、もうひと息だから」

「疲れてやって、しくじったら、そのほうが大変でしょう」

「そんな腕じゃないつもりだが、あぶなそうだったら、すぐやめるよ」

慶吉は店にでて、机にすわると、ライトをつけた。疲れた、といっているうちに、ほんとうに疲れた気がしてきたが、仕事机にむかうと、しゃきっとした。

第八章　死体とナイフ

1

不機嫌を音符にしたような足音を立てて、妻が梯子段をのぼっていくのを聞きながら、慶吉は仕事をはじめて、遅くまで熱中した。ケイのことも、麻耶子のことも、わすれていられた。あくる日も、一日じゅう店にすわっていると、書家の太田垣から、電話があった。

「きのうは留守にしまして、申しわけありません。すっかり遅くなって……」

慶吉がわびると、相手は鷹揚(おうよう)に、

「いやいや、催促のつもりで、かけたんじゃないんだ。わたしの弟子が、あなたにぜひ、お願いしたい、というんでね」

「そうでしたか。先生のはあと一時間もすれば、できあがりますんでね。夕方にでも、お届けにあがろう、と思っていたんです。もちろん、御都合をうかがって」

「そりゃあ、ありがたいが、夜にしてくれないかな。八時ごろだと、好都合だ。そのひとも、呼んでおくから」

「時間は八時でけっこうですが、お弟子さんのほうは、ちょっと——勝手をいって、申しわけないんですが、このところ、すこし引きうけすぎましてね」

「そりゃあ、察しがついているよ。しかし、なんとかしてやってくれないか。とにかく、呼んでおくから」

といって、太田垣は電話を切った。書家の家は、本郷の西片にある。父親も高名な書家で、そのひとが建てた大きな屋敷だ。

「西片町だから、意味があるんでね。調べたわけじゃあないが、むかしは大名屋敷や、寺の塀がならんでいて、町屋は片側町だったんだろう。西の片町だから、西片町さ。西片じゃあ、なんの意味もない。引越したいんだが、家には愛着があるしね」

というのが口ぐせで、太田垣はいやみな男だった。それでも、だいじな客にはちがいない。そこへ行くといえば、妻も疑わないだろう。

慶吉は最後のしあげをして、晩めしのあと、店をでた。タクシイで植物園の通りから、菊坂をのぼって、西片の太田垣邸についた。弟子というのは、二十五、六の女だった。ちょっと古風な顔立ちで、良家の子女という言葉が、着物をきているような美人だった。けっきょく雅号の印をひきうけることになって、慶吉が書家の屋敷をでたのは、九時半だった。

遅すぎて、怪しまれるか、とも思ったけれど、王子のマンションにいってみることにした。

ひっそりした西片の屋敷町をでて、東京大学の通りにでると、車の往来はさかんだが、ひとはあまり歩いていない。タクシイをひろって、王子へむかった。時間が逆行したみたいに、駅前の大通りには、ひとが大勢いる。それを見おろして、明るく灯火をきらめかしている建物のひとつに、得体の知れない怪物がいるなぞと、だれが思うだろう。

マンションの五階へいって、ケイの部屋をあけると、居間にはあかりがついていた。だが、物音はしない。慶吉はベッド・ルームに近づいて、耳をすました。やはり、なにも聞えない。ドアをあけたが、部屋は暗く、ひとけはなかった。

「ケイ、どこにいます?」

返事はなかった。慶吉はドアをしめて、暗いなかに、ひざまずいた。腕時計のスウィッチを押すと、数字が消えて、I LOVE YOU という文字がでた。

「ケイ、返事をしてくれませんか」

慶吉は目をとじて、頭をかかえた。

ケケケケケ

イイイイイ

キキキキキ

チチチチチ

ワワワワワ
カカカカカ
リリリリリ
ママママ
ススススス
「よくわかりません。どうしたんです、ケイ」
カカカカカ
タタタタタ
スススすす
けけけけけ
ててててて
くくくくく
だだだだだ
ささささささ
いいいいい
「助けろ、というんですか、ケイ」
これほど、意外な呼びかけはなかった。

あなたのいうことがよくきこえないあ
なな　なな　あ
た　た　た　た　なな　な
の　の　の　の　た　た
い　い　い　い　の　の
う　う　う　う　い　い
こ　こ　こ　こ　う　う
と　と　と　と　こ　こ
が　が　が　と　と
よ　よ　よ　よ　が　が
く　く　く　く　よ　よ
き　き　き　き　く　く
こ　こ　こ　こ　き　き
え　え　え　え　こ　こ
な　な　な　な　え　え
いい　いい　な　な
あなたのいうことがよくきこえないい　い

「どこにいるんです、ケイ」

ここここここここここここ
ここここここここここここ
でででででででででででで
すすすすすすすすすすすす
わわわわわわわわわわわ
かかかかかかかかかかか
りりりりりりりりりりり
ままままままままままま
せせせせせせせせせせせふふふふふふふ
んんんんんんんんんんんるるるるるるる
かかかかかかかかかかかさささささささ
ととととととと
のののののののの
つつつつつつつ
ちちちちちちち

「ふるさとのつち？　故郷の土ということですか、ケイ」

そうですふるさとのつちつちつちつち

そうですふるさとのつちつちつちつち

そうですふるさとのつちつちつちつち

そうですふるさとのつちつちつちつち

そうですふるさとのつちつちつちつち

そうですふるさとのつちつちつちつち

「そうか。長持だ」
慶吉は奥の部屋へいって、あかりをつけた。
天井の蛍光ランプ。
黒い長持。
それだけの部屋だ。
「このなかですね、ケイ」
すでうそ
すでうそ
すでうそ
すでうそ
すでうそ
すでうそ
すでうそ
すでうそ
すでうそ
すでうそ
すでうそ
すでうそ

「あけますよ。いいですか」

長持の蓋に、慶吉は手をかけた。

蓋をあけたとたん、慶吉は目を見はった。

長持のなかには、女がいた。女は裸で、目をとじていた。裸のからだは、傷だらけだった。

女は本田芳枝だった。芳枝なら、死んでいるはずだった。だが、目をとじていても、傷だらけの裸でも、死んでいるようには見えなかった。

恐るおそる手をのばして、女にさわってみた。肌はかすかに、ぬくもりを持っていた。慶吉は女をかかえ起した。裸の女の下には、黒い土があるだけだった。

「見えない。見えませんよ、ケイ」

「ここ
です。

ここに
います」

言葉のパターンではなく、声にちかく聞えたけれど、まだ不安定だった。

「ここに、いるんですね。どうすれば、いいんです?」

「刃物を
てきてっ持
くださ い。

フイナンチッキ
でいい」

「待ってください。よくわからない。キッチンナイフを持ってこい、というんですか」

裸の女の右の乳房の上にある傷が、くちびるのようにひらいて、そうだ、といったようだった。慶吉は台所へいって、庖丁（ほうちょう）を持ってきた。

「キッチンナイフで、なにをするんです?」

「けさをらはのなんおのこ。このおんなのはらをさけ。けさをらはのなんおのこ。この女の腹を裂け。この女のこの女のこの女のこの女の……」

「腹を裂けって、庖丁で切りさくんですか」

「そう早くそう早くそう早く」

女のからだで、ここの傷がひらき、あちらの傷がひらき、せき立てているようだった。慶吉は庖丁を、さか手に持ちかえた。だが、腹につきさす勇気は、なかなか出ない。

「ハヤクシロ。ハヤクシナイト、タイヘンナコトニナルゾ」

激しい声にせかされて、慶吉は庖丁をふりおろした。皮膚はかたく、刃さきが腹に消えただけだった。血はでなかった。古びたチーズに、ナイフを立てたような感じだった。

「ハヤクサケ。ハヤクシロ。ナイフヲヒクンダ」

言葉のひとつひとつが、頭のなかで、ぱちぱちはじけた。慶吉は力をこめて、女の下腹へ、庖丁をひきおろした。

「ソレデイイ。ナイフヲトレ。ヌクンダ」

小さな傷のなかに、縦長の大きな傷ができた。庖丁慶吉はあとへさがった。庖丁の刃には、血はついていない。あぶらっ気が、ついているだけだった。

小さな傷が、大きな傷が、ぞわぞわと動いた。それぞれになにかを、訴えているみたいにも見える。けれど、なにも聞えない。そのかわり、なにかが出てくるようだった。内がわから、傷口を押しひろげて、ずるっずるっとなにかが出てくる。目には見えない。だが、出てくるのは、その動きにつれて、女の裸の皮膚が乾いて、皺になって、ちぢんでいくのでわかる。

ふくらんだ紙の袋から、空気を吸いだしていくみたいだった。そこから出ていくのは、どんなものなのだろう。ぬらぬらした縄のようなものなのか、傷という傷から、ずるずると出ていくらしい。女は平たくなり、かさかさになり、皺になり、くしゃくしゃになっていく。長持のなかの黒い土の上で、皺だらけの紙のようになっていく。下腹がへこむと、陰毛が逆立って、いくらげの脚みたいに動いていたが、それも枯れて、倒れていく。顔も皺になって、鼻が低くなり、頬がへこみ、髪の毛が揺れうごき、眉が逆立つと、どんよりした目が、目蓋から押しだされて、盛りあがった。

背すじが引きつれるような恐怖に、慶吉は逃げだしたくなった。しかし、逃げるわけにはいかない。ケイのことを、すべて知らなければならない。手足に力を入れて、見えないものを、慶吉は見つめた。

もう人間とは見えないものから、ぬけだしたなにかは、だんだん集って、もつれあって、一体になっていくらしい。無数の蛇がからまりあって、塔をつくっていくのに似た動きが、目の前で行われているようだった。見えもしないし、音が聞えるわけでもないが、それがわかるのだった。身ぶるいしながら、慶吉は目を見はった。

とつぜん、青ざめた顔のケイが、長持のむこうに立っていた。

2

ちぢんで、皺くちゃになった女に、にがにがしげに目をくれると、ケイは長持に蓋をして、その上に腰をおろした。

「どうしたんです、ケイ」

と、慶吉は声をかけた。

返事はなかった。ケイは肩を落して、長持に腰かけたまま、ゆっくり息をついている。

「大丈夫ですか」

まだ返事はない。じろりと冷たい目で、こちらを見た。

「水でも持ってきましょうか」

「ひとりですか、ケイキチ」

めんくらって、慶吉は首をかしげた。

「ひとりで、ここに来たのですか、ケイキチ」

「すみません。仕事の帰りだったもので、女はつれてこられなかったんです。あなたの都合を聞いてから……」

「そうじゃない。つれがあるか、と聞いただけです。女とはかぎらない」

「ですから、ひとりです」

「そんなはずはない」

「いえ、ひとりです。ほんとうですよ」

「つけられたのかも知れない。出てみなさい、ケイキチ」

ケイは立ちあがって、戸口を指さした。

慶吉はふらふらと、ドアのほうへ出ていった。

ドアをあけて、廊下をのぞくと、妻のすがたがあった。慶吉は狼狽して、ドアをしめようとした。妻の久乃は、走りよってきた。慶吉は手をふって、来るな、と合図をした。ドアをしめたが、激しい力で、押しあけられた。慶吉は妻を突きもどしながら、

「だめだ。帰ってくれ」

「なにが、だめなのよ。やっぱり、こんなところに……」

「誤解だよ。これは仕事なんだ」

「ぬけぬけと、そんなことを――太田垣先生のところを出て、まっすぐここへ来るのを……」

「ずっと尾けていたのか、お前」

「女はどこにいるんです」

妻は慶吉を押しのけて、居間へ入った。そこに、ケイが立っていた。青白い顔に、微笑を浮かべて、腕を組んでいる。久乃は当惑して、立ちすくんだ。

「このひと、あなたの奥さん？」

妻の肩越しに、ケイは聞いた。慶吉がうなずくと、声をださずに、ケイは笑って、

「これは、気がつかなかった。呼びかけが、うまくいかなかったのも、当然だね」

「どなたなの、このひとは」

ふりかえって、妻が聞いた。慶吉は答えられない。返事のしようがなかった。

「黙って、帰ってくれないか」

と、妻の肩に手をかけた。その手をふりはらって、久乃は前にでた。

「どなたか知りませんが、このひとの女は——」

ケイはあとにさがって、異様な表情を浮かべた。まわりの空気が、硬ばったようだった。それが一瞬のことで、久乃のからだは、ふっ飛んだ。壁にぶつかって、くなっと折れまがると、動かなくなった。慶吉はあわてて、走りよった。

「しっかりしろ、久乃」

抱きおこして、首すじにふれると、脈はあった。死んではいない。しかし、目はうつろだっ

た。慶吉は妻をかかえて、ケイをあおいだ。

「なにをしたんです、女房に」

「つれてかえりなさい。早くつれてかえれ。ここにおいてはいけない」

ケイの声は、針のようだった。

「しっかりしろ。立てるか」

と、慶吉は妻をひきおこした。妻は立ちあがったが、手にも足にも、力が入らないらしい。

それでも、引きずると、足を動かした。酔っぱらいを介抱するように、慶吉は妻をかかえて、
廊下にでると、エレヴェーターにむかった。

「しっかりしてくれ。おれのいうことがわかるか、久乃」

耳もとでささやくと、妻はかすかにうなずいた。一階へおりて、玄関をでると、妻はいくら
か、足どりがたしかになった。

「大丈夫だな。安心したよ。おどろいたろう」

返事はなかった。目を見ると、まだうつろだった。ふりかえったが、マンションの前には、
だれもいない。ケイがいるかと思ったのだが、黒い犬のすがたもなかった。往来にでて、タク
シイをひろうと、妻を助けのせてから、

「大塚まで、たのむ」

と、運転手に命じた。妻はおとなしく、運転手の後頭部を見つめている。

「大丈夫そうだな。いい気になって飲むから、こんなことになるんだよ」

運転手に聞かせるために、慶吉は小声でいったが、無表情な横顔を見ていると、だんだん腹が立ってきた。ケイにはまだ、聞きたいことが、たくさんあった。秘密を聞きだすには、絶好のチャンスだった。くだらない焼きもちで、そのチャンスをつぶされた、と思うと、ゆるせなかった。慶吉は舌うちして、

「まったく、ひとの気も知らないで……」

運転手がバックミラーを見て、にやりと笑ったらしかった。

大塚へつくと、店の前でタクシイをおりた。わきの露地から、妻を家へかかえこんだ。茶の間につれこんで、手をはなすと、妻はごろりと横になった。あかりをつけて、顔をのぞくと、目はあいているが、表情はない。鼻さきで、手をふってみると、目は動いた。胸に耳をあてると、鼓動が聞える。

「おれがわかるか」

声をかけると、また目が動いた。しかし、口はひらかない。

「どこか痛むのか。目をつぶってみろ」

ゆっくり、妻は目をとじた。

「あけてみろ。目をあけるんだ」

ゆっくりと、目がひらいた。

「よし、どこか痛かったら、目をつぶれ」

目はひらいたままで、慶吉を見あげている。

「よかった。痛いところは、ないんだな。気分はどうだ。悪かったら、目をつぶるんだ」

目はとじなかった。

「いいか。おれのせいじゃないぞ。くだらない真似をして、おれの計画を台なしにしたんだ。わかったな。わかったら、目をつぶれ」

妻は目をとじて、そのままひらかなかった。あわれになって、慶吉は肩をたたいた。

「もういいよ。目をあけてもいい。もう寝るか」

いったんひらいた目が、ふたたびとじた。慶吉は苦笑して、

「しかし、二階へかついでは、いかれないぞ。ここで寝るか。待ってろ。いま蒲団を持ってくるから」

梯子段をなんどか、あがりおりして、夜具や枕をおろしてきた。寝巻に着かえさせるのは、たいへんだろう、と思ったが、妻はいわれた通り、立ったりすわったりした。大きな人形を、動かしているような気持だった。蒲団に横たわらせたとき、電話が鳴った。店へでて、受話器をとると、ケイの声がした。

「奥さんは、どうしました」

「寝かしましたよ。いったい、なにをしてくれたんです、女房に」

「邪魔ができないようにしたんです。死んではいない。死んだほうがよければ、そうしてもいいが……」

かすかな笑いが、受話器にひびいた。慶吉はむっとして、

「ばかなことを、いわないでください」

「だから、生かしてある。しかし、皮肉でした。ようやく選んだ日本人が、あなたです。そのそばに、妨害者がいたとはね。一瞬、しめた、と思ったんだが……」

「どうしてです？」

「いまにわかります。とにかく、あなたもこれで、自由にでられる。あした、だれかをつれてきてください」

「家内の看病をしなけりゃいけません。あしたは、どうも……」

「ひとりでおいておいても、大丈夫ですよ、奥さんは」

「そうはいきません。店の手つだいの手前もある。医者に見せるぐらいはしないと……」

「見せればいい。なにもわからないがね。夕方までには、すむでしょう」

「とにかく、あしたまで、様子を見ます。できるだけ、希望にそうようにはしますが、だめでも怒らないでくださいよ」

返事は聞かずに、慶吉は電話を切った。

「待っています。あさって、日がのぼるまでは、夜ですから」

耳もとで、まだケイの声が聞えた。鳥肌が立って、暗い店のなかを、慶吉は見まわした。だれもいない。近くにきているのか、と思った。

「どこにいるんです、ケイ」

「アパートメントに、きまっているでしょう」

「王子のですか」

「オージでしたね、ここは」

「電話を切っても話せるなら、声をださなくても、いいんですか」

「声をだしたほうが、いいでしょう。黙っていると、あなたはいろいろなことを、いちどに考える。今夜のわたしは、疲れているんでね」

「さっきは家内がそばにいたから、本田芳枝のなかから、出られなかったんですか」

「あまり聞きたがるものでは、ありませんよ」

声が鱗粉（りんぷん）になって、散っていくように、なにも聞えなくなった。

3

茶の間にもどってみると、妻はおだやかな顔をして、眠っていた。あかりを消して、店におりると、仕事机のライトをつけた。仕事をする気は起らないが、二階へあがって、ねる気にもならない。タバコに火をつけて、考えこんでいると、また電話が鳴った。受話器をとると、麻耶子の声がした。

「やっとかかった。どうしたの?」

「どうしたのって……」

「さっきから、いくらかけても、つながらなかった。さあさあ風が吹いているような、おかしな音がして」

「ケイと話をしていたせいだ、きっと」

「さっきまで、近くにいたのよ。タクシイから、おりるところを見たんだけど、奥さん、どうしたの? ひょっとして、ケイに与えたの」

「まさか――わたしのあとを、つけていたんだ、やきもちを焼いて」

と、声をひそめながら、慶吉は奥を見かえった。なんの物音もしない。安心して、話をつづけた。本田芳枝のからだが、長持のなかにあって、ケイがそこから、出てきたことを告げるのは、勇気がいった。なんども絶句しながら、慶吉が話しおわると、麻耶子のため息が聞えた。

しばらくして、かすれた声が、

「気持が悪い。でも、ケイにも天敵がいたのね」

「てんてき?」

「かなわない相手」

「ああ、その天敵か。そうはいえないだろう。あっさり、やられてしまったんだから——別なかたちで、わかったのなら、なんとかなったかも知れないが……」

「奥さん、ぜんぜん意識がないの？」

「いまは、寝ているんだ。さっきのケイの話の様子じゃ、あしたになっても、人形どうぜんらしい。こっちのいうことは、どうやらわかるようだがね」

「なんとか、ならないかしら」

「あした、医者に見せてみる」

「ケイって、なんなのだろう。吸血鬼というより食屍鬼ね、いまの話を聞くと」

「吸血鬼も、あんたがいまいったなんとかも、人間が考えた化けものだ。ほんとうの化けものは、そんな人間の考えに、縛られやしないだろう。たぶん当人にも、説明がつかないさ。ああいう怪物なんだ、ケイは」

「そうね。そうなんだ。なんだかわかれば、化けものじゃない。わからないから、怖いのね。わからないから、始末に悪いのね。どうしたら、いいと思う？」

「わからないが、覚悟をきめなきゃいけないんだろうな。あした、家内を医者につれていってから、覚悟をきめるよ。もう遅いから、おやすみ」

「覚悟をきめるって、勝手にひとりで、なにかしないでね。おやすみなさい」

灰皿のなかで、タバコが長い灰になっていた。慶吉は受話器をおくと、新しいタバコに火をつけて、天井を見あげた。蜘蛛がいっぴき、天井のすみを匍っている。食欲をおぼえて、立ちあがった。椅子にのって、手をのばしかけて、

「ばかな」

と、つぶやいた。手がとまった。慶吉は椅子からおりて、両手をにぎりしめると、大きく息をついた。しばらくしてから、また天井を見あげた。蜘蛛はまだいたけれど、食欲は起らなかった。ケイに勝ったような気がして、にやっとすると、タバコをもみ消した。

ライトのスウィッチを切って、慶吉は茶の間をのぞいてから、二階へあがった。あかりをつけて、窓をあけた。ななめに往来を見ると、スナックのドアがあいて、だれか出てきた。ベレをかぶった男で、時計屋の海野らしい。若い女になにかいわれて、帽子を替えたものの、落着かなくて、かぶり馴れたベレにもどったのだろう。

「人間のすることなら、見ただけでも、想像がつくんだがな」

と、慶吉はつぶやいた。

第九章　スープと血

1

「ほんとうに、大丈夫なんですか」

　義理の妹は、久乃の顔を見ながら、眉をひそめた。

「なんなら、そばについていてあげても、いいんですよ」

「ありがたいが、その必要はないだろう。けさよりは、ずっとよくなっている。なあ、お前、大丈夫だな」

　慶吉が声をかけると、妻は無表情にうなずいた。二階の奥の部屋に、夜具を敷いて、その上に妻はすわっている。死んだ弟の嫁は、義理の兄と姉の顔を、交互に見ながら、

「お医者にもわからないなんて、いやですね。こっちのいうことは、聞えているのに、どうして声がでないのかしら」

「しばらく様子を見て、よくならないようだったら、先生に大病院を紹介してもらうよ。しかし、神経科にいくなんてことになると、かなわないな。久乃、お前だって、いやだろう」

妻は首を横にふった。慶吉は微笑して、

「そんなところへは、つれていかないから、安心しなさい。寝ていたほうが、楽じゃないか」

妻はうなずいて、横になった。慶吉はタオルケットをかけてやって、さっき取りつけたばかりのブザーのスウィッチを、枕の横においた。

「わたしは下で、仕事をしているからね。用があったら、これを押しなさい。でも、なるべく自分でやったほうがいい。お手洗いでもなんでも、行きたくなったら、自分でいく。そのほうが、早くよくなるって、お医者さまもいったろう」

妻はうなずいて、目をとじた。

「それじゃ、姉さん、あしたまた、なるべく早くきますからね。お大事にね」

義理の妹がいうと、久乃はゆっくり、目をあいた。うなずいてから、また目をとじる。義妹のあとから、慶吉は梯子段をおりた。

「どこか神経が、麻痺（まひ）しちゃったんでしょうね」

と、義妹はため息をついて、

「なぜ、そんなことになったのかしら」

「わからないな。けさ起きたら、あんなになっていたんだ。はっきり医者はいわなかったが、老人性痴呆の一種かも知れないよ」

「姉さんはまだ、そんな年じゃないでしょう」

「四十五ぐらいで、起ることもあるそうだ。まあ、手がかからないだけ、いいとしなくちゃ。御苦労さま」

慶吉が話を切りあげると、義理の妹はわきの戸口から、帰っていった。慶吉は店にでて、あかりをつけると、電話機に手をのばした。きょう一日、シャッターをおろして、店は臨時休業にしてあった。麻耶子のところに、電話をするつもりだったが、思いなおして、受話器から手をはなした。そのとたん、頭にジグザグのパターンが入ってきた。

「奥さんはだいぶぐあいがいいようですねケイキチ」

「まだ口はきかないし、目も動かしませんよ。命令すれば、手足は動かしますがね」

「それならひとりでおいてもだいじょぶでしょう」

「妨害がまだあって、なおってきた、と思ったんですか」

「そ で あ た な に い に い

う す な の か は り く だいぶらくになってきたが……」

「家内が寝こんだからでしょう。しかし、手つだいが帰ったばかりだから、まだすぐには出られませんよ」

「宵の口だから、かまいません。待っています」

「あと一時間ほどで、出られると思います。それから、女を探すんです。二時間、見ておいてください」

「まあ、しかたがないでしょう」

「男ではだめなんですか。なぜ女でなければ、いけないんです？」

「わたしが男だから」

ケイの笑顔が目に浮かんで、心がくじけそうだった。

「最初は男でも、よかったじゃありませんか」

「最初から小うるさいと、あなたがいやがると思ってね」

「どんな女性がおのぞみです、今夜は」

「背の高い肉づきのいい女が、いいですね。むろん、美しくなければいけない」

「外人でもいいんですか」

「いけません、日本人でなければ」

「わかりました。女性ボディ・ビルダーでも探して、つれていきましょう」

「待って
い
ま
す
よ、ケイキチ。
待
っ
て
い
ま
す
よ、ケイキチ。
ケ
イ
キ
チ
ケ
イ
キ
チ」

ふたたびパターンが乱れて、ケイの言葉は消えていった。

「久乃が起きて、おれを呼ぼうとしているのか」

と、慶吉は立ちあがって、二階へ急いだ。だが、妻はかすかな寝息を聞かして、じっとしている。小皺の目立つ顔は青ざめて、蠟人形のように見えた。

2

エレヴェーターを五階でおりると、慶吉はまっすぐ、ケイの待つ部屋にむかった。ひとりきりで、女はつれていない。ポケットの鍵をだして、ゆっくりドアをあけると、深呼吸をして、なかに入った。

居間の椅子に、ケイは腰をおろしていた。やつれたような顔をしていたが、目はぎらぎら光っている。むかいあって、慶吉は椅子にすわると、腹に力を入れた。

「ケイ、女はつれてきませんでした。聞きたいことが、あるんです。納得がいったら、女を探しにいってもいい」

「いやにあらたまって、なにを聞きたいんです?」

ものうげに、ケイは微笑した。慶吉は相手の視線をさけながら、

「あなたはいったい、なんなのです? 人間じゃないのは、わかっているが……」

「すこし変っているかも知れないが、いまは人間ですよ」

「わたしをなぜ、えらんだのです。せめて、それだけでも、聞かせてください」

「あなたが、日本人だからです。日本人で、すなおな性格だから」

「つまり、あつかいやすかったわけですか。なぜ日本人を、えらんだのです?」

「わたしは、日本にこなければならなかった。だから、日本人の力を借りたんです。あなたには、すなおな性格だけでなく、あるものがあった。言葉ではいえないあるものがね。あのワイキキのはずれの映画館で、あなたのうしろにすわったとき、このひとだ、と思った」

「あるものってのは、こういうことを信じやすいとか、テレパシイが通じやすいとか、そういったことですか」

「違います。霊能力があるとか、ないとか、そんなことは、どうでもいいんだ。どうしても説明しろ、というのなら、あなたはわたしに似ている、とでもいうしかない」

「わたしの不運、ということですか。ひとりで飛行機にのって、来られたんだ。わたしの協力がなくても、よかったんじゃないですか。日本語はうまいし……」

「あなたが、教えてくれたんです。それに、飛行機で運ばれたにはちがいないが、わたしはひとりで来たわけじゃない。ホノルルで送りだしてくれたひと――ケイの友だちのマフーです。日本でうけとってくれるひと――あなたです。ふたりの協力が、必要だった。わたしはね、ケイキチ、あの壺に入って、日本にきたのです。土なぞには、なんの意味もない」

と、あっけにとられている慶吉に、ケイは笑いかけて、

「わたしには、どうしても、あわなければならない女性がいる。探してきなさい」

「どんな女なんです？」

「わかりません。どんな顔をしているか……」

「それじゃあ、探しようがない」

「あなたなら、探せるんです。だから、わたしはケイキチをえらんだ。行きなさい」

ケイは立ちあがって、戸口のほうを指さした。

そのとき、チャイムが鳴った。

慶吉が立っていって、ドアをあけると、水谷麻耶子がいた。

麻耶子はむきな顔つきで、慶吉を押しのけると、居間へ入っていった。立ったままのケイにむかって、にっこりと笑顔を見せると、麻耶子は大きな声で、

「こんばんは。小野寺さんに、呼ばれてきました。でも、コール・ガールじゃないわよ。おなじようなものかも知れないけど、プロじゃありませんからね」

3

なにもいわずに、ケイは立っていた。目がきらきら光って、大きくなった。西洋式の廻転花火みたいに、目の光は渦（うず）まきながら、からだの外まで、ひろがっていった。爛爛（らんらん）とかがやく目だけが、そこにあるようだった。ふたつの大きな目のむこうで、なにか音がした。声かも知れ

なかったが、どこの国の言葉とも、わからなかった。金属のリボンが、いくすじも触れあい、からまりあって、音を立てているみたいだった。

麻耶子は茫然として、しゃらしゃら渦まく光と音を、ブルゾンとデニム・パンツの全身に、うけとめていた。顔が硬ばって、その下から、異様な表情が、浮かびあがった。おどろきと怒りが、ひとつの顔で、場所をとりあっているのだった。

「知らないわよ。なんのことだか、わからない」

と、麻耶子の声がとがって、

「ええ、わたし、ハワイにいたことがあるけどね。もうかなり前の話よ」

声か音か、しゃらしゃらいうひびきの意味が、麻耶子にはわかるらしい。

「どうした。ケイの正体が、わかるのか。この化けものを、知っているのか」

と、慶吉は叫んだ。麻耶子の返事よりさきに、ケイの声が聞えた。

「この女のことを、なぜ隠していたのです？　ぼんやりしていないで、その女を押えなさい」

「隠していたわけじゃない。もういやだ。あんたのいうことなんぞ、聞くものか」

「ケイキチ、その女を押えなさい」

「聞いちゃだめ。わたしこの男、知らないんだから」

麻耶子の声がしたが、その顔は見えなかった。いや、麻耶子もケイも、そこにいるのはわかるのだが、霞（かすみ）におおわれて、ぼやけているのだった。こわれかかったテレヴィジョン・セットのように、どこか別の世界の影像が、重なりあって見えるのだ。その影像は、まったく意味をなさなかった。でたらめの線が、からまりあって、うごめいているだけだった。二重の影像のなかから、ケイの声がひびいた。

「ケイキチ、女を押えなさい」

「いやだ」

といったつもりだが、声にはならなかったらしい。慶吉の手は、足はじりじりと動いて、麻耶子のほうに、近づいていった。手がのびて、麻耶子の腕にふれた。慶吉は片手で、女の腕をつかむと、もういっぽうの手を、首すじにのばした。

「押えなさい。殺してもいいぞ。息のたえる前に、ひっぱりだしてやる」

ケイの声は遠くなったり、近くなったりした。慶吉はなんとか、両手をおろそうとした。けれど、意思に反して、両手は女の首にかかって、力をこめた。

麻耶子の口から、悲痛な叫びがもれた。はっとして、慶吉は力をゆるめた。

「ケイキチ、押えて」

声といっしょに、ケイの片手がのびた。叫ぶために、大きくひらいた麻耶子の口に、細長いケイの手が、ずるっと入った。慶吉は見ていられない。目をとじて、両手をはなそうとした。だが、はなそうとすればするほど、逆に力がこもって、両手は女の首をしめつける。目をひらくと、ケイの片手は肘まで、麻耶子の口にもぐりこんでいた。もういっぽうの手が、女のブルゾンを、はぎとった。慶吉の両手は、いよいよ力がこもって、女のからだを持ちあげた。ケイの片手が、デニムのパンツをひきさげる。Tシャツの胸を、口から入った片手が、ふくらまして、乳房が三つあるように見えた。いつかの女とは逆に、ケイの手はやがて、麻耶子の下腹から、出てくるのだろう。

そんなすがたは、見たくない。女の首から、手を離さなければ、いけない。そう思っても、からだは自由にならなかった。床に落ちたブルゾンが、急に飛びあがった。蝙蝠のように、両袖を動かして、舞いあがると、慶吉にからみついた。やわらかいブルゾンが、とてつもない力を持っていた。慶吉は押しのけられて、壁ぎわまで吹っとんだ。背なかを打って、床に尻もちをつきながら、

「しめた」

と、慶吉は思った。ケイの首が、ぎりっとまわって、

「ケイキチ、こちらへ来なさい」

声が手になったみたいに、慶吉は両足をひっぱられた。手をのばして、慶吉はドアのノブをつかんだ。呼ばれても、行くものか。ノブをつかんで、ひきずられる下半身を、慶吉はひきとめた。ブルゾンが胸にかぶさってきて、力を貸してくれた。デニムのパンツも、ずるずると寄ってきて、慶吉の足に巻きついた。二本の足がひろがって、慶吉の両足をいっしょくたに、縛りあげる。ブルゾンは袖をひろげて、慶吉をドアに押しつけた。ひきよせようとする力と、押

しつける力とで、片手にノブをつかんだ慶吉のからだは、床から持ちあがったり、落ちたりした。見えない手で、つかまれた足首は、しびれはじめた。

ケイは首だけねじむけて、ぎらつく目で、こちらを見ながら、女の口に手をさしこみつづけた。その二の腕をつかんで、Tシャツとパンティだけの麻耶子は、壁に足をかけた。壁を踏んで、のぼっていきながら、その踏む力をつかって、麻耶子は口から、ケイの手を押しだしていった。壁から天井を踏んで、麻耶子が逆さになると、Tシャツが垂れさがって、乳房がのぞいた。ケイの手はもう口から出て、手首を麻耶子につかまれている。もういっぽうの手で、ケイがつかみかかると、麻耶子のたれさがった髪が、その手首にからみついた。

「ケイキチ、この女を殺せ。後悔するぞ、殺さないと」

ケイの声が腕になって、慶吉をひきよせた。ブルゾンの袖が、慶吉の耳をふさいだ。ケイの口が動くのは見えたが、声は聞えなくなった。頭のなかに、

ケ　コ　ケ　ト　ケ　ヲ　ト

イロ　ノイ　コイ　イナ　コロセイ　コロセ

サキ　キオ　ナウ　ゾ　ンキ　ロナ　ウ

ナ　チ　ンサ　カル　オ　チ　サセ　カ　ゾ

イ　ロナ　スイ　コロセ　イ　ル

ト　コ　ヲ　コロセ　ス

ひどく乱れたパターンが、稲妻のようにひらめいたけれど、長くはつづかなかった。見あげると、男と女は二匹の蜥蜴(とかげ)みたいに、天井を匍いまわって、争っていた。天井はひどく高く、男女のすがたは、小さく見えた。

黒い男と白い女は、からまりあって、黒白の縄のようにも見えた。縄は天井から垂れて、無数の紐にわかれて、その一本一本が、争うように見えた。天井じゅうが、生きた紐になって、からみあいながら、争っている。そのなかに、吸いこまれて、消化されそうな気がして、慶吉はドアのノブにしがみついた。自分のいるところが、床なのか、天井なのか、はっきりしない。わけのわからないものが、部屋じゅうにひろがって、もぞもぞうごめきながら、憎みあい、愛しあい、ののしりあい、笑いあっている。なにもないような気もするし、二重三重にかさなったものが、あたりに充満しているような気もした。自分が五、六人になって、あちらこちらから、無数の触手を持った未知の生物を、観察しているようでもあった。

このわけのわからないものを、このまま見つづけたら、発狂するにちがいない、と思った。いや、すでに狂っているから、こんなものが見えるのかも知れない。

どんなものが？

どんなものが見える？

見ろ、見ろ、もう狂っているのなら、恐れることはない。

椅子もテーブルも、部屋のすみで、ひっくり返っていた。麻耶子は髪をみだして、床にうずくまっている。Tシャツはずたずたに裂けて、汗まみれの首や肩から、垂れさがっていた。目はうるみ、口もとはふるえて、激しいセックスのあとの麻耶子を、慶吉は思い出した。ケイもむかいあって、床にうずくまっている。青ざめた顔に、小皺がきざまれて、にわかに年をとったようだ。目は血走って、床についた両手が、ふるえていた。ふたりは、互いに隙をねらう猛獣のように、睨みあっているのだった。

慶吉は疲れはてて、壁によりかかっていた。自分をひきよせる力が、いまのケイにないことは、わかっていた。麻耶子も、慶吉を放念したらしい。デニム・パンツもブルゾンも、ただの衣服になって、床に落ちている。なにもかも、おわったようにも見えた。しかし、慶吉にはわかっていた。最後の凄絶な闘いが、はじまろうとしているのだった。

4

古い狛犬のように、ケイは両手をついて、きっと頭をあげた。そのすがたが二重になり、三重になり、四重になり、五重になって、ずいずいと前にのびていく。ひとりのケイが五人の、六人の、七人のケイになって、重なりあった像がキャタピラーのように、うごめきうねって、麻耶子に襲いかかった。

麻耶子も床に横ずわりして、両手をついていたけれど、重なりあったケイのすがたが、中華街の祭の蛇おどりの蛇のように、その上におおいかぶさると、たちまち曖昧になった。ぐらぐら揺れて、見えなくなった、といったほうが、いいかも知れない。しかし、まだそこにいるはずだった。ひとつながりのケイは、曖昧なすがたに襲いかかって、無数の手で抱きしめた。

寝室のドアがあいて、麻耶子がでてきた。裂けたTシャツに、乳房をのぞかせて、パンティの腰をふりながら、寝室から出てくると、麻耶子はにこりと慶吉に笑いかけた。そのまま歩いて、むこうの壁に入っていった。バス・ルームにつづくドアから、麻耶子がでてきた。裂けたTシャツを、ひらひらさせて、慶吉のわきを通ると、壁のなかに消えた。玄関へでる短い廊下から、麻耶子が入ってきた。慶吉に笑顔をむけて、寝室へ入っていく。ドアはとじていたが、それを通りぬけて。

気がつくと、ケイはひとりに戻って、倒れていた。いつぞやの本田芳枝のように、顔は皺だらけになって、目だけが飛びでていた。黒い服の胸もひらたくなって、踏みつぶした紙ぶくろのようだった。麻耶子があちこちから、部屋へ出入りしたのは、ケイがこうなるところを、慶吉に見せたくなかったからだろう。

ケイは抜けがらになったけれど、そこから出てきたものは、部屋にただよっていた。空気の流れみたいに、麻耶子をもとめて、動きまわっている。ガラスの針がふれあうような、微妙な音を立てているのは、なにかを訴えているのか。

「あきらめろ、ケイ。あのひとは、ここにはいない」

と、慶吉は声をかけてみた。それが聞えたのか、ケイのからだが、かすかに波うった。けれど、返事はない。ケイは紙屑というより、絵の具をしぼりつくしたチューブだった。からのチューブは反りかえって、かすかに動くこともある。だが、吐きだした絵の具を、吸いこむことはない。

音を立てる流れは、部屋のなかをめぐるうちに、しだいに濃くなって、ひとつのかたちを、つくりはじめた。そのとき、寝室のドアがあいて、麻耶子がでてきた。ケイの洋服簞笥(だんす)から、出したのだろう。ホワイト・シャツを袖まくりで着て、裾から裸の足を、長くのばしていた。濃くなった流れは、ひとつのかたちになって、麻耶子に近づいた。そのかたちは、慶吉がこれまでに見たどこの人間にも、どこの動物にも、似ていなかった。植物にも、似ていない。しいていえば、蜘蛛の巣に似ていた。雨あがりの戸外にかかった蜘蛛の巣。やぶれかかった不規則な多角形の連続に、水滴がやどって、きらきらかがやいている。きらきら光るのは、無数の目かも知れないし、触角の一種かも知れない。そういう変なものが、のびちぢみして、しゃらしゃら音を立てながら、麻耶子に近づいたのだ。

ホワイト・シャツの腕をくんで、麻耶子は平然としている。妙なものは、その全身におおいかぶさった。目か触角かわからないものが、無数のかがやきを増して、麻耶子を押しつつみ、おおい隠した。顔が、胸が、手が見えなくなった。慶吉はふるえながら、立ちあがって、きらめくものに、飛びかかろうとした。だが、それより早く、麻耶子の全身が光りはじめた。おおいかぶさったものよりも、強い光だった。押しつつんだものを、銀とするなら、こちらは黄金だった。それも、燃えさかる炎の中心を、凝視したときのような黄金いろだ。

麻耶子の顔が、からだが、黄金にかがやくと、おおいかぶさったものは、異様な音をしだいに弱めて、ついには無数の光が消えた。麻耶子のかがやきが、ひときわ増したので、消えたことがわかった、というべきだろうか。かがやきの強さに、慶吉は目がくらんだ。目をあけているつもりでも、なにも見えない。頭のなかも、からっぽだった。

「慶吉さん、おわったのよ。しっかりして……」

冷たいタオルを、顔に押しあてられて、慶吉はわれに返った。麻耶子が前にいて、濡れたタオルをさしだしている。

「おわったって、なにが」

「ケイをやっつけたの」

麻耶子はまだホワイト・シャツだけを着て、片膝をついていた。裾のあいだに、裸の腿がのぞいて、慶吉をほっとさせた。日常の時間が、まわりにあって、男と女がいる。だが、部屋のすみを見ると、しぼりつくしたチューブの恰好で、ケイが倒れていた。

「あれは、なんだったんだ?」

「さあ、わからない。あたしがハワイにいたときを、知っているというんだけど……」

「ケイはわたしのことを、自分と似ているから、協力者にえらんだ、といっていた。わたし以上に、きみは似ていたんだろう。ゆうべも、わたしを尾けていたのかい、きみは」

「尾けていたわけじゃないの。この下の横丁で、ケイの出入りを見はっていたのよ。あなたが入っていくのも、奥さんが入っていくのも、あたし、見ていた。ふたりいっしょに出てきたから、声はかけなかったけれど」

「それじゃあ、女房はきみと間違えられたんだ。いままでも、だれかが妨害している、とケイがいったときには、きみが近くにいるか、きみがわたしのことを考えていたんだろう」

といってから、慶吉はケイの残骸（ざんがい）にあごをしゃくって、

「生きかえったりしないかい、あれは」

「大丈夫のはずよ。あれは、中身をだしたあとの紙ぶくろみたいなものね。焼却炉で、始末すればいいの」

「中身はどうなった？　すごい光で、目がみえなくなって、わからなかったんだ」

「あたしにも、よくわからないけど、燃えつきたんじゃない？」

「わたしは、なんの役にも立たなかったね」

と、くちびるを歪めながら、慶吉は腰をあげて、

「それどころか、きみを絞めころしかねなかった。せめて、あと始末はひきうけたいが、今夜は疲れた。あしたってことにして、帰ろうか」

「どこへ帰るの、慶吉さん」

よりそった麻耶子のからだは、なやましく匂った。慶吉は立ちあがりながら、

「店に帰るよ、病人がいるから」

「大塚駅まで、いっしょに帰りましょうか。だけど、シャワーをあびてからでも、いいでしょう？　アパートへ戻ってから、銭湯へいくのは、めんどうくさいもの。あたし、汗だらけ。あせって、セックスしたあとみたい。慶吉さんも、いっしょに入らない？」

「いや、そのあいだに、あれを始末してくる。ここの地下には、焼却炉があるはずだ」

慶吉がケイを指さすと、麻耶子はホワイト・シャツをぬぎながら、

「疲れているんじゃなかったの？　あしたでも大丈夫よ、あと始末は」

シャツの下は、白いパンティだけの裸だった。パンティも濡れて、おぼろに黒いしげみが見えた。汚れたガラス窓から、雨の庭の葉のしげった立木を、眺めるようだった。

「早いほうがいい。シャワーは、ひとりであびなさい」

紙ぶくろを探して、慶吉はケイのそばに、ひざまずいた。ひしゃげたケイのからだを、折畳もうとすると、顔の部分が動いて、なにか喋ったみたいだった。

「後悔するぞ。この女を殺さないと、後悔するぞ」

ケイの最後の言葉が、頭に浮かんだ。洗濯物のようにまるめたケイの残骸を、紙ぶくろに入れると、慶吉は部屋をでた。エレヴェーターを待ちながら、慶吉は腕時計に気がついた。

黒い文字盤があるだけで、赤い数字は浮いていない。スウィッチを押しても、変化はなかった。数字も文字も、なにも浮かんでこなかった。この時計も、死んだのだろう。慶吉は手首から、時計をはずすと、紙ぶくろのなかに、投げこんだ。

5

五階にもどると、麻耶子はバス・タオルを巻いた裸で、居間の椅子にかけていた。あたたまった肩や腿が、巴旦杏のように、つややかだった。なにも持たずに、慶吉が入ってきたのを見ると、麻耶子はにこりとして、

「すんだのね？」

「ああ、すんだ。ひどい臭いがするんじゃないか、と心配したけれど、大したことはなかったよ。しめった新聞紙を、燃やしたようなものだった」

慶吉が顔をしかめると、麻耶子はなぐさめるように、

「気にすることはないわよ、あれは人間じゃないんだから」

「わかっている。だから、平気で火葬にしてきたんだ」

「ちょっと、考えたんだけどさ。あたし、ここへ越してきちゃあ、いけないかしら」

「ここへ？」

「高い権利金や礼金をはらって、借りたんでしょう？　もったいないじゃない。ここなら、隣りに気がねもないし、便利だしね。大丈夫よ。来春、卒業したら、あたし、うんと働くから、あなたにあまり迷惑はかけない」

「そうさなあ」

「考えることは、ないんじゃない？」

「ケイは正式の手つづきを踏んで、日本へ入ったわけじゃないからな。存在しないんだから、いなくなっても、問題にはなるまい。聞いてみて、おどろいたんだが、ケイは壺に入って、わたしのところに送られてきたんだそうだ」

「最初にここへきたとき、持ってあげた壺？」

「そうだったね。きみが持ってくれたんだ」

といってから、はっとして、慶吉は聞いた。

「あのとき、風呂敷づつみを持っていて、なにも感じなかった？」

「感じるって、なにを」

「ケイのなかにいたものを、きみは知っていたらしい。だから、壺を持ったときに、なにかかんじたんじゃないか、と思うんだが……」

「いやだ。あんな人類の敵みたいな化けもの、あたしが知っているわけ、ないでしょう」

人類の敵？　そうだろうか、と慶吉は考えた。吸血鬼のように、ふるまいはしたが、ケイは仲間をふやしたわけではないらしい。高杉三郎が死んでいるが、ケイに殺されたのかどうか、ほんとうのところは、わからない。この目でみたのは、本田芳枝だけだ。それも、死体だったのかどうか。芳枝の生体から、ケイがつくりあげた複製のようなものかも知れない。慶吉の前で、手足を動かし、ものをいっていたケイが、すでにホノルルのマフーのひとりの複製——人間ふうに暮すための服、といったものだったのだから。

ケイのなかにいたものが、どんな生命体だったのかは、わからない。遠くへ逃げていった雌を、ひたすら探しまわった雄に、すぎないのかも知れない。高杉や芳枝を殺したとしても、それは人間が牛や豚や鳥を殺して食い、蟻を踏みつぶし、蚊をたたきつぶすのと、おなじ行為だったのかも知れない。

「ねえ、なにを見ているの?」

「きみの顔を、見ているんだ」

この女のなかに、ケイが命がけで追いもとめた雌が、いるのだろうか。後悔するぞ、とケイはいった。あの異形な生命体の雌は、雄よりも邪悪な存在なのかも知れない。もし、そうだとすれば……

「あたしの顔を見ながら、なにを考えているのよ」

「あててごらん」

そうだとすれば、逃げだすわけにはいかない。ドラキュラにえらばれて、レンフィールドにされた身としては、この雌の実態を、見とどけるしかないだろう。麻耶子はいま、自分のなかにいるものを、どこまで自覚しているのか。

「あたしとおなじことを、慶吉さん、考えているんじゃない?」

「そうらしいね」

「すてき」

麻耶子は立ちあがると、タオルを床に落してから、片手をのばして、慶吉の手をとった。寝室にみちびかれていきながら、ケイが自分にあたえた力は、そのまま残っているのだろうか、と慶吉は思った。

「時間を気にしないでいられるって、すばらしいわね」

「しかし、わたしは気にしないわけにはいかないよ。いまこんなことはいいたくないが、植物人間みたいな家内が、うちにいる」

「でも、ケイが死んだんだから、奥さん、もと通りになるんじゃない?」

「もと通りになっているとしたら、なおさら早く帰らないとね。そうだとすると、ほかにも気がかりなことがある。きみにも、関係のあることだ」

「なんなの、いったい」

「わたしに魅力があるとすれば、その魅力はケイがくれたものらしい。家内がなおっているとすると、わたしのパワーは消えているだろう」

「あたしはいま、この瞬間にも、セックス・アピールを感じるわよ。そういう力は、いちど身についたら、あなた次第でつづくんじゃないかな。早くためしてみましょうよ」

麻耶子はベッドにあがって、淫らなポーズをとった。慶吉は服をぬぎながら、自分に反応が起るのを待った。待ちながら、やがて恐怖の記憶がうすれれば、けっきょく中年すぎの浮気というだけの事実が、残るのではないか、と思った。女房をもらうのも、親のすすめだった。浮気の相手も、ケイの命令でさがした女だ。だらしのない話で、レンフィールドにされても、しかたがないのかも知れない、と慶吉は苦笑した。

だが、レンフィールドにだって、意地はある。この女のなかに、なにがいようと、おとなしくさせてやる。苦笑をひっこめると、慶吉は女の足をつかんで、ベッドに跳ねあがった。ぐいと両足をひろげられて、麻耶子は笑いをひびかせながら、

「痛いわよ。どうしたの、そんなに乱暴になって……」

「闘いのつづき、という気分なんだ」

慶吉はふるい立って、ベッドに正坐すると、両腿の上に、麻耶子をかかえあげた。

はだか川心中

石ころ道が土ぼこりをあげて、際限もなくつづいている。両がわは、段段畠になったり、雑木林になったりした。鳥居が赤茶けた古い神社もあって、不にあいに大きな狛犬が、鳩のように胸を張っていた。たまに商店らしい家もあったけれど、低いトタン屋根の下に、泥と埃で白くなった雨戸を、とざしている。まだ日がくれたわけではないので、だれも住んでいないみたいに見えた。

「道を間違えたんじゃないの？　フラ・ダンサーの絵看板の出ているドライヴインのところを曲ってから、もう二時間ちかく走ってるわよ。お尻が痛くなっちゃった」

女がくちびるを歪めると、自分もいらだってきていることを、さとられまいとして、男は元気よくハンドルを握りなおした。

「書いてもらった地図のとおり、来たんだぜ。さっきの神社だって、ちゃんと出ている。時間の点では、きっと掛値をしたんだよ、ぼくらを尻ごみさせないように」

「お百姓さんがきたわ。とにかく、ここはまだ、生きた人間のすんでる世界らしいわね」

あざけるようにいってから、女はタバコを口に挟んで、ライターのスイッチを押した。前方から歩いてきたのは、頰かむりのしようで、男と知れる。大きな籠をしょって、異様な影をつくっていた。

「聞いてみようか?」

男は車をとめて、窓をあけた。土と草のにおいが、たちまち忍びこんできた。

「すみません。温泉はまだ遠いんでしょうか? この道で、いいんでしょうねえ?」

声をかけると、頬かむりの百姓は、とぼんと立ちどまった。厚い目蓋(まぶた)の下で、小さな膿(う)んだような目が、当惑している。車のなかの若い男女を、まじまじ眺(なが)めているうちに、年齢の見さだめにくい茶渋いろの顔が、奇妙な表情を浮かべた。

「閑静な温泉があるって、聞いてきたんですよ。宿屋が三軒あって——二年まえの話だから、増えてるかも知れないけれど、近いんでしょう、もう?」

重ねて聞くと、百姓は急に首をふって、大股(おおまた)に歩きだした。男があわてて、

「ねえ、ちょっと!」

声を高めても、立ちどまりもしない。ふりかえりもしない。逃げるように、百姓は歩みさった。男が舌(した)うちをして、車を走りださせると、女はサイドミラーのなかの籠のおばけに、タバコの煙をあびせてから、

「なあに、あれ!」

「口がきけないのかな? 立ちどまったんだから、耳は聞えるんだろうが……」

「都会の人間に、反感を持ってるのよ、きっと」

女は顔をしかめた。腹が立ったせいばかりではない。車がいちだんと、石ころ道にはずみだしたからだ。道の勾配が、にわかに急になったためだった。のぼりつめると、目の下のくぼ地に、家が数軒かたまっているのが、ミニアチャー・セットみたいに見えた。瓦屋根のあいだに、湯気が白くあがっている。

「あすこだよ。地図は間違っちゃあ、いなかったんだ」

男は車をとめて、苦笑しながら、不規則な屋根のつらなりを、ゆびさした。女も急に元気づいて、

「ほんと！　俗っぽくなくて、よさそうじゃない？」

「さっきのやつも、意地がわるいな。もうひと息だっていってくれりゃあ、勇気百倍したのに」

男は笑いながら、車をくだり坂にすべらせた。友だちがすすめてくれたのは、いちばん手前の旅館だった。古びた木造建築の前に、車をとめると、金文字のあせたガラス戸をあけて、番頭らしい男が玄関から、小走りに出てきた。

「二、三日、厄介になりたいんだけどね。部屋、ある？」

男が車からおりると、とつぜんに番頭は立ちすくんだ。つづいて、女が車からおりた。ふたりを見くらべた番頭の顔から、愛想笑いがひっこんで、さっきの頰かむりの百姓と、よく似た表情が浮かんだ。と思うと、あとずさりして、急に身をひるがえした。男と女は、あっけにと

られながら、番頭のあとを追った。うすぐらい玄関を入ると、女中らしい女が、番頭といっしょに、土間に立っている。黒光りした板の間には、大きな柱時計を背に、この宿の主人らしい老人が、立っていた。女中の顔にも、主人の顔にも、妙な表情が浮かんでいる。

「ぼくたち、泊めてもらいたいんですがね」

番頭も、女中も、主人も、男の顔を見つめるばかりだった。柱時計の振子の音が、いやに耳についた。

「ねえ、お部屋、あるんでしょう？」

女が声をとがらすと、主人はようやくに重い口をひらいて、

「へえ。それがそのう……お気の毒ですけれども」

「泊めてもらえないのかい？　部屋があいてないの？」

男が聞くと、主人はためらいがちにうなずいて、

「へえ。なにしろ、そのう……つかえる部屋が、すくないもんでしてねえ」

「じゃあ、しかたがない」

「申しわけのねえこって」

皺だらけの顔を、主人は伏せた。能面が見る角度で表情がかわるように、皺の波が笑っているみたいだった。男は女をうながして、玄関を出ると、車はそこにおいたまま、もう一軒の宿屋のほうへ、歩きだした。小川があって、古い木の橋がかかっている。両はしをつかんでねじ

ったように、橋板がゆがんで、低い欄干はところどころ欠けていた。その上に、丹前をきた貧相な男がしゃがんで、橋の下を見つめている。川の水は、夕日をあびて、ねっとりと光っていた。ふと思いついて、女は丹前すがたに声をかけた。

「失礼ですけど、ここの宿屋に泊っていらっしゃるの？」

「ああ、あそこ」

丹前の右手がさししめしたのは、ふたりが断られてきたばかりの旅館だった。

「あすこ、満員なの？」

女が聞くと、丹前の男は青黒い顔をちらっとあげて、

「満員？　笑わしちゃいけない。ぼくひとりだよ、客は――こんな不便なところに、季節はずれにくるやつがあるもんか。しかし、きみたち、あそこには泊らないほうがいいな。雨もりがするし、縁がわには穴があいているし、食いものはまずいときている」

「でも、あなたは泊ってるんでしょう？」

「ぼくは、運命を甘受するたちでね。この橋が落ちかかっていることにだって、文句はいわない。これは、由緒ある橋だそうだよ。去年、ここで無理心中があったらしい。ぼくが泊っている宿屋に、そのとき泊っていた東京の男が、つれの女を殺して、自殺したんだ。男の死体は、あの木の枝にぶらさがっていたそうでね」

丹前の男は立ちあがって、岸をゆびさした。綱をかけてぶらさがるには、あまり頼もしくな

さそうな木が一本、傾きかかって、ひょろりと立っている。

「女の死体は川のなか、この橋ぐいに、ひっかかっていたんだとさ。すばらしい美人で、おまけに、すっ裸だったそうだ。喉をえぐられた上に、下腹を切りさかれて、腸がはみだしていたというから、すさまじい。しかし、水に洗われていたわけだから、凄愴な美しさがあったんじゃないかな。まっ赤な水が流れてきて、下流じゃおどろいたろう。こんな川でも、あたか川という、どんな字を書くのか知らないが、もったいぶった名がついている。それが、心中があって以来、はだか川と呼ばれているそうだ。そういう場所へ、ぼくがきたというのも、因縁だな」

「その女のひとか、男のひとと、お知りあいなの？」

「知らない。名前も知りゃあしない。聞いたかも知れないけれど、わすれちまった。なんの関係もないから、おもしろいんだ。それとも、おもしろくない、といいますか？　いうのは、もちろん勝手です。しかし、ぼくの楽しみをうばう権利はないはずだ。第一、失礼でしょう」

丹前の男は、しゃちこばって頭をさげると、不機嫌に歩みさった。瘠せたからだには、大きすぎる丹前のうしろすがたを、女は見おくって、

「変なひと！」

「ああいうのを泊めて、ぼくらを断るんだから、あの旅館のおやじ、かわっているんだよ、そうとう」

男は顔をしかめながら、二軒めの宿屋にむかって、歩きだした。一軒めより大きいけれど、改築して、間がないらしい。薄みどりのモルタルが、いやに安っぽく見える。玄関を入ったとたんに、だれかが突拍子もない声をあげた。十七、八の女中が、両手で口をおさえて、立ちすくんでいる。その声を聞いて、女主人らしいのが、帳場から出てきた。わきの売店にならんでいる土産(みやげ)ものの鬚(ひげ)だるまみたいに、ふとった中年女だった。これも、ふたりの顔を見ると、ぽかんと口をあけた。ようやく男にも、女にも、みんなの表情の意味がわかった。丹前の男をのぞいて、だれもかれもが、脅えているらしい。

「あの……」

男がいいかけると、女主人は青ざめた顔の前で、大きく手をふった。

「だめです。部屋はありません。満員なんです。帰ってください」

「しかし……」

「お願いです。帰ってください。お泊めできないんです」

女主人の声は、ふるえていた。あきらめて、おもてへ出てから、ふたりは顔を見あわせた。

「ここのひとたち、みんな頭がおかしいんじゃないかしら」

「まったく、わけがわからない。とにかく、旅館はもう一軒あるはずだ。そこへいってみよう」

三軒めの宿屋は、いちばん小さくて、いちばん汚かった。玄関のガラス戸には、稲妻がたに、ひびが入っていた。小さな桜の花のかたちに切った紙が、いくつも貼りつけてある。その前に、頭の禿げた大男が立っていて、ふたりが近づくと、眉のあいだに百円硬貨が挟めそうな立皺をよせた。

「泊めることはできねえよ。帰ってもらいてえな」

なにもいわないうちに断られて、男もさすがに、むっとした。

「どうしてですか？　部屋はあいてるんでしょう？　季節はずれだから、すいてるはずだ。そう聞いてきたんです」

「ああ、部屋はあいてる。でも、おめえさまがたは、泊められねえ」

「どうして？」

「おめえさまがたが、わけは知っているだろうに」

「知らないから、聞いてるんです。さっぱり、わけがわからない。ぼくらは伝染病の保菌者でもないいし、警察に追われてる凶悪犯でもないんですよ。単なるアベックです。自分で強調するのも、へんなものですけどね。荷物を持っていないのを、心配してるのかも知れないけれど、車できたんだ。車はむこうに、おいてあるんです」

「そんなことは、なんの関係もねえ」

「じゃあ、なぜ泊めてくれないのよ」

女が聞くと、禿げあたまは、筋肉の盛りあがった肩をゆすって、

「しらばっくれることはなかろうに」

「失礼だなあ。そんなことをいわれてまで、泊りたくはないがねえ。いよいよ、わけを聞かないうちは、帰れないな。いったい、ぼくらがなにをしたっていうんです？」

男がつめよると、禿げあたまは急に目をそらして、

「そんならいうが、おめえさまがた、去年ここで、無理心中をしたではねえか。あんな大さわぎは、はじめてだった。それからあと、はだか川に夜ふけに裸のおなごが浮いてるとか、日がくれると台所の庖丁が一丁たりなくなるとか、ろくでもねえ噂が立ってよ。近在の客が、めっきり減っちまった。おかげで、わしらは大迷惑だ」

「しかし、そりゃあ……」

「わしら、おめえさまがたの顔は、生涯わすれねえよ。また心中しようというんだろうが？」

「冗談じゃない。ここへ来たのは、ふたりとも、はじめてですよ。そりゃあ、他人の空似だ」

「ごまかしても、だめだがな。おめえさまの服にも、見おぼえがある。そっちのおなご衆のわきっ腹に、ほくろがあることだって、わしゃあ、ちゃあんと知っとるんだ」

「じゃあ、ぼくらが幽霊だっていうんですか？」

「幽霊ならば、なんとでもなる。神主さんを呼んでくるとか、お坊さんを呼んでくるとか……盛大に供養でもすりゃあ、新聞が書いてくれて、ものずきな客がくるかも知んねえ。だから、幽霊ならばなんとでもなる。おめえさまがたは当人だけに、しまつにわりい」

「当人って、そんな！」

「二十四時間ぶっとおし、わしらで見張ってるわけにもいくめえ？　目を離しゃあ、また血みどろの無理心中だ」

「でも、ぼくらは喧嘩なんかしちゃいませんよ。仲がいいから、こうやって来てるんだ。無理心中なんて、そんな……」

「この前だって、あのさわぎの日までは、仲がよかった。毎日、手をつないで、散歩していたろうが」

「そのひとたちと、ぼくらとは……」

「ねえ、帰りましょう」

女が男の袖をひいた。男はくちびるを歪めて、

「だけど、こんなわけのわからない……」

「いいから、帰りましょうよ」

女はもう、歩きだしていた。男もしかたなく、あとにつづいた。いつの間にか、あちらこちらに、ひとが立っている。さっきまでは、まったく人影のなかった道に、たくさんのひとが立って、こちらを見まもっているのだった。脅えている、と思ったのは間違いで、遠慮がちに自分たちを非難しているらしい。

「気味が悪いわ。早くここから、出ましょうよ」

「まったく、なんてこったろう！」

男は舌うちして、車のほうに足を早めた。血のような夕日のなかに、こちらを見ては耳うちしあっている人びとのすがたが、ものの怪みたいに見えた。男は車に入りこんで、エンジンをかけてから、女をかえりみた。

「どうする、これから？」

「国道にもどって、モテルでもさがしてよ。もういや、温泉場なんて」

「やつら、気狂いだ」

「でも、あたしのわき腹には、ほくろがあるわ」

「まぐれあたりさ。どっちのわき腹のどのへんって、はっきりいったわけじゃないだろう？ 腹にあるとか、背なかにあるとかっていえば、あたる率は高いぐらい、ちょっと考えただけでもわかるじゃないか」

「そりゃあ、そうだけれど……」

女はそれきり口をつぐんで、男がいくら気分をひき立てようとしても、笑顔を見せなかった。男も不機嫌になって、夜のなかに車をとばした。その晩は、けばけばしいネオンをつけたモテルを見つけて、そこに泊ったが、天井を鏡ばりにしたベッドの上でも、女は口かずがすくなかった。あくる日、ふたりは東京へもどってきた。自分のアパートへ送ってもらうとちゅう、車のなかで、とつぜん女がいいだした。

「もう、これっきりにしない？」

「これっきりって、なにをだよ」

「ふたりのあいだをよ」

男は腹を立てたが、女はかたくなに心をもどさなかった。半年後に、女は親戚のすすめで、べつの男と結婚した。相手はごく平凡な男で、ふたりの暮しは不幸ではないけれども、幸福でもなくつづいている。機械みたいに毎日を送っている女の耳に、前の男の恵まれた生活のうわさが、ときおり入ってくる。すると、女は思うのだった。あのとき決心していなかったら、いまごろ、ふたりは山の温泉宿で、無理心中をしていたにちがいない。あたしは裸で、あたか川の橋ぐいに、ひっかかっているだろう、と。

寸断されたあとがき

この作品は、十四枚のショート・ショートとして、昭和四十四年七月号の「ハヤカワ・ミステリ・マガジン」に『温泉宿』という題で発表した。単行本に収録するのは、今回がはじめてだが、雑誌が出るとすぐ、切りぬきに手を加えておいた。それくらい気に入っている作品で、こんど新しく原稿用紙に書きなおしたら、十八枚になった。推敲すれば短くなるのが、ほんとうだろうけれど、二十年の余も小説を書いているくせに、私は与えられた枚数から、考えたストーリイがはみだしやすい、という悪いくせがある。それだけサーヴィス精神が旺盛なんだ、とおのれを慰めているけれど、読みかえせばやはり、せせっこましさが気になってしょうがない。そこで、ほんらい必要なはずの描写や、説明不足の部分をつけたしていくから、どうしても長くなってしまうのだ。

テーマは予知現象もののヴァリエーションで、読者に恐怖を感じさせることよりも、奇妙な違和感をあたえるのを、目的としている。いわゆる、奇妙な味の小説、ということになるだろう。無理心中のふたりとの酷似は、単なる偶然の一致であって、温泉場のひとたちのそれに対する異常な反応を、主人公の女が、男とわかれる口実につかった、と解釈できなくもないところが、みそになっている。そう解釈すると、温泉場のひとたちの反応が異常すぎるし、それを強いて、あまりの相似に怖くなったのだ、と考えると、影響されてしまう女の心の動きが、奇妙なものに思えてくる。そんなふうに、どの一点を基準にして、常識をあてはめても、かならずどこかが、はみだすように構成していったわけで、三軒めの宿屋の主人の「幽霊ならば、なんとでもなる」というひとことが、この作品のかなめだろう。初出の題名を棄てて、『はだか川心中』という俗っぽいものに変えたのは、作品のアクセントになっているブラック・ユーモアを、そこにまで及ぼしたかったからだ。

ハルピュイア

1　少年

とざした窓のそとには、雨気をふくんだ夜の闇につつまれて、桐の花のむらさきが濃い。十七歳の少年は、左手をポケットにつっこんで、部屋のなかを歩きまわっていた。右手の指には、アルミニウムの太い筒を、あぶなっかしく挟んでいる。万年筆のケースに流用しているチューブだけれども、もとは葉巻が入っていた。シェイクスピア悲劇の題を、スペイン読みした名がついていて、自決した三島由紀夫が生前、愛用していたということを、新聞で見たおぼえがある。いま階下の父の指のあいだでは、そのロメオ・イ・フィリエタの一本が、高価な灰になりつつあるはずだ。少年がまねをしているように、父は左手をポケットにつっこんで、トルコ絨緞の幾何学模様の上を、歩きまわっているにちがいない。母はその前で、指の長い両手を大島紬の膝において、心配そうに長椅子にすわっているだろう。

「いったい、どういうつもりなのかね、秀夫は？」

アルミニウムの筒を葉巻に見立てて、灰を落すしぐさをしながら、少年は太い声でいってみる。いや、こんな苛立ちがわかる調子で、父は口をひらかないだろう。歩きまわる足どりだけに、内心の怒りをうかがわせて、おだやかにたずねるにちがいない。

「ぜんぜん知らなかったのかい、きみは？」

ロメオ・イ・フィリエタの先で、ドアのほうをさししめすと、母もそちらへ視線をむけることだろう。ドアはたぶんあいていて、廊下の額が、なかば見えるにちがいない。きょうの午後まで、それはフランスの中堅画家の風景画だった。いまは、父親の肖像画になっている。居間で苦い顔をしている現在の父ではない。四年まえに死んだ少年のほんとうの父親だ。

「ええ、わたしがお芝居を見に出かけたあとで、掛けかえたのでしょう」

と、母親はうなずくはずだ。出かけるとき、猫眼石の指輪をしていたから、いまもそれが左手に、蜂蜜いろにかがやいているのを、無意識に右手で、まわしているかも知れない。感情をおさえているときの、それが母の癖なのだ。次に父は、なんというだろう。

「しろうとのかいた絵じゃないな。まさか、きみが金を出してやったんじゃないだろうね？　額縁だけだって、そうとうするよ、あれは」

父の口調をまねてみてから、少年は顔をしかめた。これは、まずい。たとえ腹では思っても、金のことを口には出さないだろう。

「だれがかいたのかな？　諸口氏を知っている絵かきに、秀夫がたのんだのなら、ぼくらの耳にも入るはずだが……」

このほうが、あたっていそうだ。父は少年のほんとうの父親の名を、どうしてもいわなければならないときには、氏をつける。いまの小牧秀夫より、諸口秀夫という名のほうが、少年はずっと好きだけれども、諸口氏という呼びかたは、きらいだった。それを聞くと、鬚のそりあとの青い笑顔のかわりに、薄墨いろの墓石が、目に浮かんでくる。

「写真を見せたんじゃないでしょうか。うちには一枚もありませんけれど、妹のところからでも借りだして――あまり、うまくかけていませんもの」

と、母がいったとしたなら、ほめてやっていい。写真は、母かたの叔母の家にあったものだ。ただし、借りたのではない。従姉をだまして、アルバムから、盗んだのだった。

「写真がたった一枚じゃ、かきにくいわ。自信のある絵は、できないわよ」

と、天音もこぼした。それで、生きているように見えなくてもかまわないからと、紫いろのガウンすがたを、かいてもらったのだ。好きだった薔薇の花でかこんで、下のほうに、白い布をまとった女が、泣きふしているように頼んだ。それが母のつもりだったが、出来あがってみると、薔薇はみんな萎れているみたいだし、白衣の女は蠟燭になっていた。画面の右下に、ゴンドラがたの金の燭台がある。その上で熔けかかっている蠟燭が、炎の冠をいただいて、項垂れた女の立ちすがたになっているのだ。しかも、垂乳の裸のように見えて、それを母とは思いたくなかった。ただで肖像画をかいてもらうために、ずいぶんモデルにもなってやった。いっしょに寝てもやったのに、あの女もそうとう強情で、注文どおりに直してはくれなかった。おやじがオペラの大ファンで、娘がプリマ・ドンナになるように、天音という、風変りな名をつけたのだそうだ。けれど、ベッドでは、棒でつつかれた豚のような声をだす。母もいまの父に抱かれると、あんな声をだすのだろうか。

「でも、顔が似ているところは、さすがだよ。だれが見たって、諸口氏だ」

あわてて頭をふって、本棚の上の人形に、少年は話しかけた。口の大きな漫画ふうの怪物が、ピンクのスポーツ・カーを運転しているプラスティック・モデルで、とうに興味をうしなっている証拠には、厚く埃をかぶっている。ただ小学校六年生のとき、父にあらかた手つだってもらって、彩色にまでこぎつけたものなので、棄てることができないのだ。

「それにさ。蠟燭の火でゆがんだおやじの影が、うしろへ小牧氏がしのびよってるみたいに、見えるところもいいじゃないか。彼、そこまでは勘ぐらないだろうけどよ」

緑いろの顔に血走った目が片方だけ、コーヒー茶碗みたいに大きい怪物に話しかけていると、自分の顔も悪意にゆがんで、青すじ立ってくるような気がした。階下では、まだ肖像画のことを、夫婦で問題にしているのだろうか。アルミニウムの筒を、机の上にころがして、少年はドアに歩みよった。そっと廊下をのぞいたとたんに、階段をあがってくるスリッパの音が聞えた。ひと飛びで机にもどると、トランジスタ・ラジオのスイッチを入れて、高校二年の少年は、英語の問題集をひろげた。ノックが聞えないふりをしていると、ドアがあいて、母親が入ってきた。想像とちがって、もう不断着にきかえている。銀盆に紅茶茶碗をのせたすがたを、少年はちらっと見かえっただけで、

「子どもの部屋だからって、ノックぐらいしてもいいと思うがな」

「したのよ。ラジオのせいで、聞えなかったんじゃないかしら。お紅茶を入れてきたの」

いつもとかわりなく、母の声はやさしかった。少年は忙しく辞書をくるふりをしながら、

「そのへんに、おいてってよ。砂糖ふたつ入れといて」

「お話もあるの。あの絵のことだけれど」

「あの絵って？」

「亡くなったお父さまの絵のこと。どうしたの、あれ？」

「知りあいの絵かきに、かいてもらったんだ。いけなかった？」

「いけなくはないけれど、どこかほかのところへ、掛けられないものかしら」

「どうしてさ」

少年は椅子をまわして、母親の顔を正視した。母は窓ぎわの小さなテーブルの上に、ウェッジウッド焼の茶碗をおきながら、

「あの絵、ちょっと、その——気味がわるいようなところがあるでしょう？　返すわけにはいかないんでしょうけれど……」

「金のことなら、迷惑はかけないよ。お父さんがなんかいったの？」

少年は小皺のうごきひとつも、見のがすまいとしていたが、母の表情は微笑をたたえて、しごく平静だった。

「なにも、おっしゃらないわよ。でも、あそこでは、お客さまがいらしたときに、目にふれるでしょう？　ここに掛けるわけには、いかないかしら」

「だめ。あれだけの額をかけるには、本棚かステレオか、なにか動かさなきゃならないもの。そんな手間、かけている暇ないよ。母さん、気がねしてるのかい?」

机の上の、大きなベルがふたつついた小さな目ざまし時計に、少年は目をそらしながら、一気に聞いた。大きな数字が、白くひしめきあっている黒い文字盤は、十一時三十五分をしめしている。

「そんなことは、ありませんよ」

静かにいいながら、母親は息子のベッドへ腰をおろした。四十ちかいのに、小学校の参観日にひそかに誇りに思ったころの母と、ちっとも違っていないみたいに見える。少年は急に、さっきの言葉をとりけしたくなった。けれども、口をひらかないうちに、母親が妙に力のこもった調子で、

「でもね。あなたはとにかく、わたしには、亡くなったお父さまを、わすれる義務があると思うの」

2　画家

色褪せたカーテンがひいてあるので、アトリエのなかは、薄暗い。それでなくとも、そとには陰気に、雨がふりつづいている。蒸暑い空気を、毛布といっしょにはねのけると、北里天音

は、床に敷いたマットから裸の腕をのばして、タバコをさぐりとった。ヴォーグの虹いろの紙函(かみばこ)から、淡いブルーの巻紙の一本をえらびとって、くたびれたジッポのオイル・ライターを鳴らす。すると、眠っていると思った秀夫が、目をとじたまま、

「もう一枚、絵をかいてくれないかな」

「このあいだの、燃やされちゃったんでしょう?」

灰皿がわりの蟹(かに)の缶詰のあいたのを、腹ばいになってひきよせながら、天音は聞きかえした。秀夫は目をひらかずに、首だけふって、

「あるよ。場所はかえたけどね。階段をあがりきったところに、ちゃんとかかってる。こんどは、風景画をかいてもらいたいんだ」

「また、いやがらせ? そんなにいまのお父さまが憎いの、秀夫?」

「おやじを殺したやつだもの」

「だって、ほんとのお父さまがお亡くなりになったの、事故じゃないっていう証拠は、なにもないんでしょう?」

「証拠がありゃあ、四年間もほうっておくもんか」

秀夫は目をひらいて、煤(すす)けた天井(てんじょう)をにらみつけた。まだ幼さを残した顔とは不つりあいなほど、たくましい裸の胸が、大きく上下するのを、天音は横目で見ながら、

「いまのお父さまの別荘で、お亡くなりになった——ただそれだけで疑うのは、おかしいんじ

やないかしら」

「別荘のちかくの、崖（がけ）から落ちて死んだんだ。小牧に突きおとされたんだよ。その崖を、絵にしてくれないかな」

どうでもいいような口調のときに、かえって熱心さがこもっていることを、この半年ばかりのつきあいで、天音は気づいていた。

「いまのお父さま、とってもあんたにやさしそうじゃない。欲しいものは、なんでも買ってくれるでしょう？」

「変なやつさ、あいつは——ひとなみにゴルフもやるし、以前は鉄砲うちもやったけど、ほんとの趣味はなんだと思う？　デパートの台所用品売場を、ひとりで見てあるくことなんだぜ。妙なものを、買ってくるよ。魚の骨を切るドイツ製の鋏（はさみ）だとか、バタを小さな薔薇の花のかたちにまるめる機械だとか、サンドウィッチを挟んで焼くトースター、四角いフライパンがふたつ合わさってるみたいなやつだとか……」

「そういうひとだって、いるわよ。食い道楽なんじゃないの？　美食家ってのは、食べるだけじゃ気がすまなくなって、自分でつくりたくなるものらしいから」

「あんたには、わからないよ。変なひとの仲間だもの」

天音は父親も洋画家だったそうで、ふた親に死にわかれてからは、母屋（おもや）をどこかの会社の寮に貸して、ひとり別棟のアトリエに住んでいる。ひどく気ままな暮しぶりで、亀裂（きれつ）の走ったたいっぽうの壁ぎわには、古ぼけたベッドの上にも、まわりの板敷にも、豪華な輸入ものの画集が、おきちらしてあった。ガラス扉のついた紫檀の本箱には、古いのや、新しいのや、厚いのや、薄いのや、日本じゅうの電話帳のコレクションがつまっている。そのくせ電話機は、アメリカ海兵隊の迷彩服みたいに、絵の具で汚れた仕事着にくるんで、ベッドの下に押しこんであるのだから、わけがわからない。

僧院にあるような、やたらに細長いテーブルの上には、革表紙の金箔の黝ずんだドイツ語の大きな聖書がのっていて、いつか秀夫がなにげなくひらいたら、すっ裸の男と女のもつれあった写真が、カラー、モノクロームとりまぜて、なん枚も挟んであった。その隣りには、観賞用ではなく、棍棒がわりの護身用だという、飴いろにつやの出た肘折こけしの逸品が、にょっきりと立っている。そのまた隣りには、亜墨利加渡来、とんがり頭の福の神として、明治のすえにもてはやされたビリケンさまのブロンズ像が、骨董価値を主張していた。最初のボーイ・フレンドで、いまでもときたま抱いて寝る片目のとれたテディ熊と、見事なドールトン赤の奔馬の置物がならんでいるかと思えば、ケロッグのコーン・フレークスに入っていた景品の、木槌や、モンキイ・レンチや、鶴嘴や、電気ドリルや、五徳ナイフや、ペンキ刷毛や、ねじまわしを、コミカルに鳥に見立てた小さなプラスティック人形が、そのまわりにちらばっている。見立てものが好きだとみえて、ジョーゼッペ・アールチムボールディの魚があつまって人間の横顔になっている『水の寓意』の複製が、猫があつまって髑髏になった衣裳の『野晒悟助』

の一勇斎国芳えがく錦絵（にしきえ）とならんで、大きなステレオ・セットの上の壁に、それぞれ額におさまっていた。

　駅前のスナックで知りあって、モデルになってくれと、いわれた秀夫が、はじめてアトリエにつれてこられたとき、まず目についたのは、天音が自分で模写したという、ギュスタヴ・モローの『貴婦人と一角獣』で、それはドアを入って正面の壁に、いまでもかかっている。その隣りに貼（は）りつけてある白い布をまとったローマの若者の、茶いろいコンテのデッサンが、秀夫をモデルにした最初の作品だ。下に立てかけてあるキャンバスには、荒海のなかの小さな岩に腰かけて、手にした砂時計を見つめている全裸の美少年が、テンペラでかいてある。この二枚めの絵のために、古代寺院を思わせる大きな鉄製のガス・ストーヴをひきよせて、スプリングのゆるんだベッドに腰かけていたとき、秀夫は天音のからだを知ったのだった。ステレオのスピーカーからは、リヒャルト・ワーグナーの『トリスタンとイゾルデ』が、鳴りひびいていた。洗いざらしのジーンズに、チョコレートの宣伝材料の、漫画のかいてある臙脂（えんじ）のTシャツなんぞを、臆面もなく着ていると、老けて見える女学生みたいだったが、若くても二十五、六にはなっているのだろう。結婚の経験はないようだが、おなじ年ごろの少女の不器用なセックスしか知らない秀夫に、天音は老練な愛撫をほどこした。けれど、ワーグナーとはずれたリズムで、スプリングの軋（きし）む音が気になって、さかりのついた猫の群れの、一匹になったみたいな思いがした。小道具につかっていた大きな砂時計の砂が落ちきって、『トリスタンとイゾルデ』も空（から）

まわりをはじめてから、秀夫は汗ばんだ裸身を起すと、いったものだ。

「こんどからは、床にマットを敷いて、しようよ」

小牧則義を苦しめてやるために、天音を利用するつもりが、最初からあったわけではない。家へ帰るのがいやなときに、金がなくても、時間をつぶせる場所として、利用したのだ。アトリエは荒れた庭にかこまれて、幽霊屋敷のおもむきがあったけれども、天音の父が蒐集したオペラのレコードのほかに、新しいロックやジャズも揃っていた。

「あたしのかわっているのは、旦那さまを持つ気がないところだけよ。お腹、すかない？」

天音は裸のままマットから匍いだして、一年じゅう堂々と出しっぱなしになっているガス・ストーヴの上に、心張棒のようなフランスパンがのせてあるのを、ひきずりおろした。

「耳んとこを、すこしくれよ。そんなにかわっていないなんて主張は、他人にゃ通用しないね」

手をのばせばとどくところに、祖父の遺愛の品だという、榧のすばらしい碁盤がおいてある。ブルガリアン刺繍のクッションをのせて、いまはストゥールがわりになっているが、その上に、銃身が赤い金魚のかたちをしたブリキの水鉄砲がおいてあるのを、秀夫はとりあげて、天音の乳房を狙うまねをしながら、

「あんた、分裂だよ。この家のなかを見ただけだって、それがわからあ」

「そういう大人っぽい口をきくと、すてきよ、秀夫」

天音は笑いながら、古風なストーヴによりかかって、デザイナー用の大きなカッターで削ぎおとしたパンのはじを、抛ってよこした。

「マーマレードとバタの壺が、どっかそのへんに、ころがってると思うけど」

「なにもつけないほうが、うまいんだ。別荘の絵、かいてくれるのかよ。おれ、こんどの日曜にいくつもりなんだ」

「よっぽど、すばらしい父親だったのね、諸口氏は」

「氏はやめてくれよ」

「ごめんなさい。でもねえ、秀夫、小牧さんに嫉妬しているだけじゃないかって、考えてみたことはない？　ほんとはお母さまを奪られて、悲しいんだって」

「あいつは、小牧氏でいいんだ。ちがうね。小さいころから、おふくろは嫌いだった」

「ふつう、父親を好きになるのは、女の子だけどね」

「じゃあ、ぼくも変なんだろう。変なのと変なのが、ひとつ家んなかにいるから、反撥するんだ」

「秀夫をモデルにして、こんどハムレットをかこうかしら。道化師ヨリックの髑髏を持って、立ってるところがいいかな」

「よしてくれ。おやじの敵討なんて、時代おくれだっていいたいんだろう？　あんただって、時代おくれの絵ばっかり、かいてるじゃないか。だから、ちっとも売れないんだ」

パレットがわりにつかっていて、色さまざまな絵の具が、リリーフ・マップのように高く低く、盛りあがっている丸テーブルの下に、頭蓋骨がひとつ、ジャック・ダニェルズの黒ラベルの罎(びん)によりかかっている。よく出来た石膏(せっこう)細工で、側頭部に蟋蟀(こおろぎ)がいっぴき、天音の手で微細にかきこんであるのを、にらみつけながら、秀夫は口をとがらした。天音は床にあぐらをかいて、アルペン・ホルンみたいに、フランスパンをかじりながら、

「売れないのは、自信がないせいよ。自分の絵はキャンバスのまんま、隅っこに重ねておいて、ひとさまの絵を壁にかけておくのが、その証拠ね」

「でも、おやじの肖像は、うまかったじゃないか。いつか、ぼくをモデルに、若い牧羊神をかきたいなんて、いってたろう？　別荘の近くに、バックに持ってこいの森があるぜ」

「お天気だったら、いってもいいわ。そのかわり、いま、あたしの命令を聞く？」

天音はパンの棒を投げだして、秀夫のそばに匍いよった。女にしては毛深い腕に、秀夫は手をかけながら、

「どんな命令さ」

「犬になるの、秀夫が」

「犬になるって？」

「犬になって、くんくんいいながら、あたしのからだを舐(な)めるの」

「いやだよ、おれ」

「じゃあ、あたしも犬になる。ふたりで、犬になりましょう」

天音は、なかなか上手に、犬の鳴声をまねしてみせてから、

「犬になったほうがいいのよ、秀夫は——犬は父親がどこへいってしまおうが、死んでしまおうが、気にしないもの」

また仔犬の甘えた声をまねしながら、天音は秀夫の鳩尾（みぞおち）に、くちびるをつけた。栗いろに染めた長い髪が、コッカー・スパニエルの滑稽（こっけい）な耳みたいに、下腹をくすぐる。起きあがろうとしたが、ふたつの膝に、たちまち頭を挟まれて、秀夫は動けなくなった。聖書のページから落ちた写真の一枚の、いまの自分と相似の姿勢をとっている男のからだつきが、小牧則義と似ていたのを、秀夫は思いだした。その腹の上で、頬をすぼめていた女の横顔は、母とは似ても似つかない。けれども、いま頭のなかでは、母のように思えた。自分をこの世へ送りだしたのとおなじ、蓁々（しんしん）と影の渦（うず）まく部分が下降してくるのを、憎悪をこめて睨（ね）めあげながら、秀夫は考えた。そうだ、影だ。影をつけよう。

3 別荘

「最後に、影をつけてくれないかな。崖ぜんたいに、大きな影が落ちてるんだ。人間が落ちていくようにも、鳥が飛んでいるようにも見える影が」

生鮭いろのシャツのボタンをはめながら、本物の青い空をいただいて、赤黒くそそり立っている崖を、秀夫は見あげた。幹のゆがんだ森のなかを、けものの脚を持った裸の少年が走っているスケッチに、天音はまだキャステルの2Bで手を入れながら、

「お坊ちゃまは、勝手なことをいうわ。崖の上に別荘が見えるようにかけっていったって、実際には見えないんじゃないの」

「その木だって、そんなにねじくれちゃいないじゃないか。デフォルマシオン？　それで頼むよ」

ブルージーンズをはきながら、秀夫の笑顔は無邪気だった。大きなスケッチブックをとじて、パンタロンの足を、のぼりの小道にすすめながら、天音は梅雨あけのまぶしい空をあおいだ。まだ昼まえの高地には、鳥の声が仕掛花火みたいに、つぎつぎと炸裂している。秀夫は崖のましたへくると、ポケットからビニール袋をだして、しゃがみこんだ。

「なにしてるのよ？」

天音が気づいて、ふりかえると、秀夫は土を手でかきよせて、ビニール袋にさらいこみながら、

「おやじの死体は、このへんに倒れていたんだ、たしか……」

「この崖の絵を家にかけて、小牧氏にどんな反応があると思うの？　約束したんだから、かいてはあげるけど、無駄じゃないかしらね」

「こないだの肖像画だって、無駄じゃなかった」

「小牧氏がお父さまを殺した犯人としてもよ。こんなことで、証拠がつかめる?」

「わからないさ。おれ、親類へあずけられるかも知れないな」

「病院へ、入れられるかも知れないわ、最悪の場合」

天音が眉をひそめると、秀夫はとがった鼻をいどむようにあげて、

「そんなことしたら、反撃してやる。小牧はおやじの古い友だちだけど、交際はしばらく絶えていたんだ。小牧の奥さんが死んでから、またつきあいはじめたってのは、おふくろを狙った証拠だろ?」

「そんなこと、証拠にはならないわよ」

「小牧が鉄砲うちをやめて、猟銃を処分したのは、おやじが死んだ直後だそうだぜ。気がとがめたのさ。これだって、証拠になる」

「でも、お父さまは射たれたり、殴られたりして、あすこから落ちたんじゃないでしょう?」

あちこちに岩の突きでた崖を、天音が見あげると、土でふくらんだビニール袋をぶらさげて、秀夫は歩きだしながら、

「おやじが崖っぷちに立っているときに、狙いをはずして射って、足を踏みはずさせたのかも知れない。銃を突きつけるだけだって、そのくらいのことは出来るしね」

「あんまり、確実な方法じゃないけどな。落ちて死ぬとは、限らないんだから」

「そのかわり、万一の場合、いいぬけができるだろう？　鳥を射ったんだとか、ふざけただけだとかさ——弾（たま）はこめてなかったかも知れないな。推理小説の好きな友だちがいってたけど、おなじ人殺しでも、ナイフで刺したのと、鋏で刺したのとじゃあ、罪の重さがちがってくるんだってよ。確実なのをねらえば、それだけ殺意があったことになる。小牧は利口だから、もっと人殺しの道具らしくないものを、つかったかも知れないよ。おやじは蜘蛛（くも）がきらいだったから、そいつで嚇（おど）かしたかな？」

崖の下の小道は大きく迂回（うかい）して、別荘のおもてに通じている。招き屋根の山小屋ふうな建物のわきに、天音のクーペが日の光をあびて、青林檎（あおりんご）いろにかがやいていた。

「秀夫はそのとき、ここにいたの？」

「いなかったんだ。ぼくは、週末に呼ばれてた。月曜が中学の開校記念日で、二日つづけて休めたんで——おやじが死んだのは、金曜日だよ」

「十三日のじゃないでしょうね？」

ドアに手をかけながら、天音がからかうように聞くと、秀夫は返事をそらして、

「裏へまわって、ここをスケッチするんじゃないの？」

「それはあと。なかで服をぬいでくるの。あなたもよ。日のいっぱいあたった草の上で、秀夫に抱かれてみたいの」

「分裂の上に、色狂いなんだな。いまごろだって、近くの別荘に、ひとがきてるかも知れない

ぜ。散歩にでもきて、のぞかれるよ」

「裏庭のほうなら、どこからも見えないじゃない」

「草の上っていったって、裸じゃ痛いし、けっきょく泥だらけになっちまうよ」

「お風呂をわかせばいいわ」

「水はここらじゃ、貴重品だよ。風呂をわかしてたら、帰りが遅くなるし……」

「そんなことといってると、絵をかいてあげないから」

スケッチブックをドアのなかに抛りこんで、天音は笑いながら、もうサマー・スウェーターをたくしあげていた。色盲の縞馬(しまうま)の自画像みたいな柄(がら)の下に、蒼白(あおじろ)い素肌が面積をひろげて、あまり豊かでない乳房がのぞくと、秀夫は舌(した)うちして、

「女って嫌いだよ、これだから」

「あたしも、女は嫌い。男に生れて、秀夫を抱きたかったわ」

サマー・スウェーターのなかで、天音の声は狡猾(こうかつ)な仔猫のように聞こえた。

4 父親

昼間の長椅子に、上衣(うわぎ)とネクタイを投げだしてから、小牧則義は台所の物音に気づいて、ダイニング・ルームへいってみた。秀夫がこちらに、草いろのTシャツの背をむけて、セロリを

不器用にきざんでいる。サンドウィッチ・トースターをひらいたそばに、木村屋のパンのかたまりと、レバ・ソーセージと茹卵(ゆでたまご)をのせた皿がならんでいた。

「お手つだいさんは、いないのかい？」

則義が聞くと、秀夫は背なかを堅(かた)くして、

「母さんに頼まれて、どこかへおつかいにいったよ」

「お母さんは叔母さんのところへ、出かけたんじゃなかったのか。急用があって出かけるとか、会社へ電話をかけてきたが……」

「出かけたよ。出かける前に、いいつけていったんだ。ほかになにか用？」

「べつに用じゃないが……」

と、則義はとがった鼻を人さし指でなでて、しばらくためらってから、

「廊下の絵を、また掛けかえたね？」

「風景画なら、いいっていったでしょう？」

「うん、まあな――しかし、あれはうちの別荘だろう」

「そう、別荘のうらの崖」

あたためた庖丁(ほうちょう)で、パンを厚く切りながら、秀夫は背なかでうなずいた。

「絵かきさんをつれていったのか？」

「うん。ぼく、友だちをつれていくって、いったつもりだけど」

「そりゃあ、いいんだ。ただ大きな影をかいたのは、絵かきさん、どういうつもりだったのかな？」

「鳥の影に見えない？」

「なるほど、鳥の影か」

「ひとが落ちていくとこみたいにも見えるけど……」

秀夫は茹卵を輪切りにしながら、ふりむかずにいった。則義はくちびるを噛(か)んで、その背なかを見つめていた。

「秀夫」

「なに？」

「困ったことだが、どうも……お前に話さなければいけないようだ」

「なんの話？」

「まあ、こっちへきて、掛けないか」

「忙しいから、ここで聞くよ」

秀夫は両面にバタを塗ったパンをトースターにのせて、セロリと茹卵とレバ・ソーセージをならべている。則義はキッチンのほうに歩みよって、ガス台のはじに、ビニール袋がのっているのに気がついた。粉末状の茶いろいものが、半分ばかりつまっている。

「肉桂(シナモン)かい、それは？」

「いやだな。食べられやしないよ。土さ。崖の下の土」

秀夫はもう一枚、バタを塗ったパンをのせて、ぐいっとトースターをとじると、長い柄を二本いっしょにして、片手でつかんだ。目をそらした則義の耳に、ガスのつく音が、異様に聞えた。

「秀夫、その——崖から落ちたお父さんのことなんだが……」

「お父さんのことなら、聞きたいな」

「実は……あれは事故じゃなかったんだよ」

「ぼくも、そうだと思ってた」

サンドウィッチの焼ける匂いが、香ばしく漂いはじめた。則義は食器棚のはじを片手でつかんで、プラスティック・タイルの床を見つめながら、言葉をえらんだ。

「秀夫、こちらをむいて、聞いてくれ。お父さんは、実は自殺なすったんだ」

「嘘だ」

秀夫の肩がふるえて、つかんでいるトースターが、大きな音を立てた。

「ほんとうだ。自殺なすったんだよ。その理由を、話さなくちゃいけないのだろうが、とてもいえない。しかし、このごろのお前の様子を見ると、いわなくてはならないようだ」

「いわなくたって、知ってる。父さんは、自殺したんじゃない。殺されたんだ。おじさん、あんたに猟銃でおどされて、崖から落ちたんだろう」

「秀夫、なんという——なんということをいうんだ」

「知ってるよ。猟銃を処分したのは、気がとがめたからだ。そうだろう、おじさん？」

秀夫はむきなおって、ひきつったような顔を見せた。声がふるえて、右手が庖丁にのびた。

凶器らしい凶器はいけない。右手は宙に迷った。

「違う。銃を処分したのは、お母さんが混乱して、自殺する危険があったからだ」

則義は床にひざまずいて、息子の左手を両手でつかんだ。涙が一時にわいてきた。

「ゆるしてくれ、秀夫」

「やっぱり、そうか。母さんも知ってたんだ。畜生！　畜生！」

秀夫の絶叫と同時に、則義は頭に熱い一撃をおぼえて、気が遠くなった。秀夫はそりかえって、サンドウィッチ・トースターをふりあげ、ふりおろしつづけた。細長い柄のさきに、パンを挟むところが、四角くついている鋳物(いもの)のトースターは、大きな蠅たたきみたいに見えた。秀夫の片手にすがったまま、崩おれた則義は、頭をつぶされた蠅のように見えた。熔けたバタのにおいと、鮮血のにおいが混って、鼻をついた。

背後に声を聞いて、秀夫はふりかえった。車の掃除をすませたところらしいお抱え運転手が、勝手口のドアをあけて、立ちすくんでいる。主人のまっ赤になったホワイト・シャツの背なかを見て、脅えた声をあげたきり、手足の動くのをわすれてしまったらしい。秀夫はトースターを投げだして、則義の手をふりはらうと、廊下へ走った。レース編みのように手のこんだ金網細工の衝立が、玄関のあがり口に立ててある。そのスペイン製の繊細なスクリーンを押したおして、玄関の大きなドアを体あたりであけると、門へむかった。頭はからっぽで、なにも考えられない。追いかけられているにちがいない、という意識だけがあった。靴下しかはいていない足に、道路の小砂利が痛いのも、感じなかった。西日のまぶしい屋敷町で、女中とすれちがったのも、気がつかなかった。つかまりたくない。つかまりたくない。その思いだけで、走りつづけた。つかまれば、刑事にしらべられる。父のことも、母のことも、他人には話したくなかった。私鉄の線路を見おろすのぼり坂を、前のめりに走りつめると、跨線橋の上で、たたらを踏んで立ちどまった。電車の近づく音が聞える。次の瞬間、秀夫は線路を見さだめて、錆びた手すりに足をかけていた。

5 母親

「一日一日が、とっても早くたちますわ。もう、かれこれ半年ですものね。すぐにもさしあげたかったのですけれど、気がとがめたのでしょうか。なかなか、手がつけられませんでしたの」

午後四時半だったが、小牧の家の応接間には、すでにシャンデリアがついている。天音は革張の椅子から、壁に立てかけた大きなキャンバスを指さした。

「秀夫がモデルですのね」

悲しげな微笑を浮かべて、小牧由布子は絵を見つめた。ゆがんだ枝のさしかわす森のなかで、けものの脚をした裸の少年が、跳びはねている。黄褐色の樹木はことごとく、盛りをすぎた女体とも見えた。金いろの月の光をあびて、片手を宙にのばして跳躍しながら、こちらをふりかえっている若い牧羊神の顔は、死んだ少年にそっくりだった。

「例の二枚の絵をかいたのが、わたくしだということ、ご存じですわね。奥さま？」

天音も微笑をたたえた顔で、しとやかに聞いた。由布子はうなずいて、

「警察にいろいろ聞かれて、さぞご迷惑だったでしょう」

「いいえ、いわば自業自得ですもの――それよりも、あんまり大きな問題にならなくて、けっこうでしたわ」

「わたくしも、ほっといたしました。それでも、そとへ出てあるけるようになったのは、ほんの最近ですの」

由布子は長い指で、紅茶茶碗をとりあげた。黒っぽい蚊絣の袖に、腕の白さが目立った。藍地に白くキュピッドを浮かしたウェッジウッド焼に、天音も指をかけながら、

「ご主人の生命保険にクレームがついたとか……世間って、想像をたくましくするものですわね」

「よくご存じ。わたくしが息子をそそのかしでもしたように、調査員が考えたらしいんですの。

腹が立ちましたわ」

ふたりの女は、しばらく無言で、静かに紅茶をすすっていた。天音が茶碗をテーブルにもどすと、ドレープト・ネックラインの服の内がわで、メキシカン・オパールのネックレスが、複雑な光を放った。由布子はまたキャンバスに視線をやって、

「この絵、ほんとうにいただいて、よろしいんですの？」

「自分の作品ですけれども、見ていると、つらくなりますの。秀夫さんを死なしたのは、わたくしの責任のような気がして……」

天音はゆっくりと首をふってから、わずかに声を高めて、

「それにしても、秀夫さん、ほんとにお父さまそっくりでしたわ」

「そうでしょうか。わたくしのほうに似たと、よくいわれましたけれど」

由布子が首をかしげると、天音は椅子のわきから、手ずれのしたモロッコ革の紙ばさみをとりあげながら、

「いいえ、お父さま似でしてよ。絵かきの目は、たしかですわ。横顔をくらべてみると、よくわかりますの。わたくし、お父さまにお目にかかる機会はありませんでしたけれど、写真で想像して、かいてみました」

膝の上で、葡萄酒（ぶどうしゅ）いろの紙ばさみをひろげると、スケッチを二枚、ならべて立ててみせた。

一瞬、由布子の微笑が凍りついた。

「ほら、そっくりでしょう？」

丹念に書きこんだ鉛筆のプロフィールは、ひとつは秀夫のものだった。もうひとつは、小牧則義のものだった。

「でも、その主人の顔、おあいになっていないだけに、失礼ですけれど、あまり似ていませんわ」

由布子はたちまち、微笑を浮かべなおした。その顔を凝視(ぎょうし)していた天音も、同時に微笑を浮かべなおして、

「そうでしょうか。ご主人の会社のかたにご覧に入れたら、そっくりだ、とおっしゃってくださいましてよ。もちろん、こちらの一枚だけをご覧に入れて、それ以上は、なんの話もいたしませんでしたけれど」

「それ以上の話、とおっしゃると……？」

「たとえば、諸口さんが自殺をなすった理由は、前の晩に秀夫さんのほんとうの父親がだれか、気づかれたからだ、というようなこと」

「それだけのことで、自殺しますかしら。諸口は男らしくて、あきらめもいいほうでしたわ」

「諸口さんは事業にゆきづまって、小牧さんに援助をたのんでいらしたんでしょう？　そういうときに、そういうことを知ったら、男らしくて、あきらめのいい方ほど、決着をつけたくなるものじゃございません？」

「どうしてご存じなのでしょう、そういうことを?」

「半分は刑事さんのまねをして、ほうぼう聞いて歩きましたの。あとの半分は、想像ですわ」

「でも、ご存じなら、隠しません。生命保険のことも、半分だけご存じのようですわね。クレームがつきかけて、うまくいきましたのも、そのためでした。血液型で、事情を証明できたんですの。子どもをそそのかして、実の親を殺させるなんて、人間にできることではありませんもの」

「ハルピュイアなら、できますわ」

スケッチをしまって、アール・ヌヴォーふうのKのかしら文字が、表紙に入った紙ばさみをとじながら、天音がこともなげにいうと、由布子は聞きかえした。

「ハルピュイアって?」

「ギリシア神話に出てくる怪物ですの。顔は美しい女、胸も女で乳房が大きくもりあがって、からだは鷲(わし)、するどい獅子(しし)の爪をしていて、狙ったえものは、確実にひきさいてしまうんです。食べるものを奪って、ひとを滅したりもしますのよ」

「恐しいこと」

「奥さまを鳥に見立てると、そのハルピュイアね」

いどむようにいいながらも、天音は微笑していた。由布子もこんどは、自信をひそめた微笑を、凍りつかせはしなかった。

「まあ、どういうことでしょう？」

「秀夫さんの話から、わたくし、いろいろ察しておりますの。諸口さんが亡くなって、四年もたってから、秀夫さんが新しい父親を疑いだしたのは、なぜだろう？　そばでヒントをあたえたものが、あるんじゃないかしらとか……」

「中学生のころと、高校生になってからでは、考えがちがってくるものですわ。あなた、お子さんがいらっしゃらないから、おわかりにならないかも知れませんわね。いちばん、むずかしい年ごろなんです」

「わかりますわ。わたくし、高校生をいくたりも知ってますの。はんぶん大人で、はんぶん子ども、なんでも、聞かしてくれましてね。あなたに結婚指輪をいじる癖が、おありのことなんかも……精神分析の本で、読んだことがあるんですけれども、結婚生活に不満があると、そんな癖が出るんですって——もちろん、初歩的な解説書しか読みませんから、どういうこともないんでしょうが……」

「わたくしが小牧に不満があって、秀夫を誘導した、とおっしゃるの？」

「このおうちで、秀夫さんはいわば、不発弾が土台の下に、埋まっているようなものだったでしょう。小牧さんも、かなり神経質になっておいでのようでしたもの。あぶない感じの高校生を見ると、わたくし、話しかけたくなりますのよ」

「そう。それで、息子はお知りあいになったのね。でも、あなた、絵をかいていらっしゃるより、小説家におなりになったほうがいいわ」

「やはり、売れない小説ばかり書いていることに、なるんじゃないのかしら。秀夫さんのほんとの父親がだれか、諸口さんに気づかせたのは、あんがい奥さまじゃないかなんて、ばかげたことを考えるんですもの」

「お話としては、そうしたほうが、おもしろいわね」

「もっとも、お話を思いつくだけでなくて、さっきも申しあげたように、実地調査もしますのよ。水曜日の晩、ごいっしょだった若い男のかた、浦川さんとおっしゃるのね。奥さま、なかなか趣味がおよろしいわ。けれど、お気をつけにならないと、ああいうのは、手が切れなくなりましてよ。奥さまはいま豊かだし、鷲のつばさと獅子の爪を持っていらっしゃるから、平気でしょうけれど」

「あなたのように、もっと若い子をおもちゃにしたほうが、いいかしら」

「そうともいえませんけれど」

「それで?」

「それだけですわ」

「わたくし、かなり気の長いほうなのよ」

「わたくしも」

ふたりの女は、微笑をたたえて、睨みあっていた。しばらくして、天音が口をひらいた。

「タバコを吸っても、よろしいかしら」

「ええ、どうぞ」

海豹（あざらし）の胎児（はらご）のハンドバッグを、膝の上でひらいて、天音はヴォーグの函をとりだすと、五色の巻紙のうちから、ピンクの一本をえらびとった。由布子はボヘミアン・グラスの灰皿を押しやりながら、

「あなた、おもちゃがお好きなようね」

「ええ、むだなことにばかり、お金をつかって、あばら家に住んでますわ」

「この絵、ゆずっていただくことにしようかしら」

由布子がキャンバスを目でさししめすと、天音はきっぱり首をふって、

「いいえ、さしあげます。ただ――」

「ただ？」

「これをご縁に、ときどきお邪魔にあがりますわ。秀夫さんの印象が強烈だったものですから、遊び相手をさがす気がしないんです。でも、ひとりでいると、淋しいでしょう？」

「それはそうね」

「日本じゅうの電話帳をあつめてるものですから、遠いところの知らないひとに電話して、気狂いと間違えられたりしてますの。わたくし、淋しがりやで、臆病なんです。夜ねるときには、棍棒がわりのこけしと、アンモニア水を入れた水鉄砲を、枕もとにおいたりして」

「ほんとうかしら。ほんとだとしたら、スリルを楽しんでいらっしゃるのじゃない？」

「そうかも知れませんわ。なんだか、ここが自分の家のような気がしますの。秀夫さんから、いろいろうかがったせいかしら」

「北里さん、とおっしゃったわね。考えたことがおあり？　あなたは共犯者みたいなものなのよ」

由布子の声には、氷のようなひびきがあった。金口のヴォーグの煙を吐きだしてから、爽やかに天音はいった。

「ですから、仲よくするのが当然だ、と思うの。わたくし、ひとりっ子だったでしょう？　小さいころから、お姉さまが欲しかったわ。家も近いことだし……こういう童話を、お読みになったことがないかしら。あるところに、古い大きなお屋敷があって、年をとった女のひとがふたり、住んでいました。白髪の美しいふたりの女は、たずねてくるひともない屋敷のなかで、いつまでも仲よく、にこにこと睨みあって、楽しげに罵りあって、静かに暮しておりました」

由布子は黙って聞いていたが、微笑を浮かべたまま、すらっと立ちあがった。天音は平然と椅子に背をあずけて、

「あら、お怒りになったの？」

「もう遅いから、晩ご飯をあがっていらっしゃい。すぐ間にあうかどうか、お台所を見てくるわ」

ドアを出ていこうとする由布子の背に、天音は華やいだ声をかけた。

「毒を入れてもよろしくてよ、お姉さま。いちどで死ぬほどにはお入れにならないでしょうから」

寸断されたあとがき

本書〔『十七人目の死神』〕にあつめられた作品のなかでは、これがいちばん新しい。「週刊小説」第十六号、昭和四十七年五月二十六日号に、『人面の鷲』という題で発表した。超自然現象のあらわれない恐怖小説だけれども、『父子像』とおなじように、年少者のぶきみさを主題にしたもの、と見せかけたところが、作品のみそになっている。構成の上では、少年のオブセッションになっている事件の現場の別荘を中心に、四人の主要人物を、前後の章でひとりひとり書いていくことにした。最後の章のどんでん返しでは、ゆするほうの動機も、ゆすられるほうの動機も、読者の想像にゆだねる手法をとった。この場面に奇妙なうすきみ悪さを、読者が感じてくだすったとしたら、この作品は成功といえるだろう。

発想はギュスタヴ・モローの画集にあって、オイディプス王とスフィンクスの油彩や、女頭のキマイラのデッサンを眺めているうちに、エディプス・コンプレックスを連想して、母親にあやつられて、父親を殺す少年の物語を思いついた。そういうギリシア神話のアレンジメントであることを暗示するため、母親を女面鷲身獅子爪の怪物になぞらえようとしたが、かんじんの名前が思い出せないうちに、雑誌のしめきりが迫った。表紙に題名を刷りこむというので、わかりやすく『人面の鷲』としておいて、本文では英語名のハーピーをつかうことにした。ハーピーでは間がぬけていて、題名にはならないけれど、あとでギリシア名はハルピュイアだとわかったので、ここでは題をそれにあらため、ついでに本文にもそうとう手を加えた。

風見鶏

切りぬき文字のNとEとSとOとを、先端につけた十字の上で、風見鶏(ウェザー・コック)が身じろぎしている。黒い鉄板から生れた平べったい雄鶏(おんどり)は、ヨーロッパの古い教会の屋根から、運ばれてきたような手のこんだかたちで、誇らしげに尾羽をそびやかしていた。西がOになっているところを見ると、イタリアか、スペインか、フランスで製(つく)られたものなのだろう。それをのせたスペイン瓦(がわら)の屋根の手前は、寺の墓地だ。風雨に頽(くず)れかけた三界万霊塔(さんがいばんれいとう)が、ぬっと頭をもたげている。卵塔場(らんとうば)のむこうは低くなっていて、釉瓦(ゆうが)の家は、斜面に建っているらしい。風見の鶏(とり)と五輪の塔とは、ほとんどおなじ高さにあって、東西の宗教文化を競っているかのようだった。そう見ると、背景の空を染めた夕日のいろは、地獄の業火(ごうか)を思わせる。

「とうとう見つけた」

一郎(いちろう)は崖(がけ)の上に立って、身じろぎしている影絵の鶏を見つめながら、喉(のど)のおくでつぶやいた。六十五日めに、ついに探しあてたのだ。風見鶏と三界万霊塔がならんでいる、という不思議な光景を、やっとのことで、見つけたのだ。

「きみの言葉を信じて、よかった。やっぱり、ほんとのことをいってたんだね、きみは」

一郎は胸のうちで、夜ごとの女に呼びかけた。探してみる気になるまでに、かなりの日かずがあったから、最初の電話がかかってきたのは、かれこれ三月ちかくも前だったろう。ベルが鳴りだしたとき、一郎はもう寝床に入っていた。岩波文庫の『白鯨』の上巻を、枕のわきに落して、うとうとしかけたところだった。自分の電話だったら、起きあがらなかったにちがいない。けれども、そうではなかったし、そこが自分の家でも、自分の部屋でもなかったのだ。一郎は薄い蒲団から、不承ぶしょうに匍いだして、四畳半のすみの畳に、じかにおいてある電話機に手をのばした。

「谷田製作所ですが――」

相手はなにもいわなかった。切れたわけではない。息づかいらしいものが、かすかに聞えている。目ざまし時計を見ると、十一時二十分だった。眉をひそめながら、一郎はくりかえした。

「もしもし、谷田製作所ですが――」

それでも、相手はなにもいわない。

「もしもし、谷田製作所です。ご用がないなら、切りますよ……いいですか？　もしもし、ほんとうに切りますよ……」

はっきり目がさめて、腹が立ってくるのを我慢しながら、一郎が念を押すと、

「あの……」

女の低い声だった。

「もしもし、谷田製作所ですが、ぼくは宿直員なんです。夜だけしかいないもので、仕事のこ

とはよくわかりません。あしたでは、いけないんでしょうか？」

「あの……どなたでもいいんです」

女はまだ若いらしい。すこし舌がもつれているようだった。

「伝言するだけでよければ、うかがいますが――でも、ほんとにぼくじゃあ、わかりませんよ」

「いいんです。お願いします。あたしを助けてください」

女は急に早口になった。めんくらって、一郎は聞きかえした。

「助けるって、なにを？」

「ここから、出してください。お願いです。閉じこめられているんです。そとへ出たいんです」

「出たいのに、出られないんですか――あなた、どこにいるんです？」

「お部屋のなか――」

「鍵でもこわれたんですか。それなら大きな声で、おとなりを呼ぶとかなんとか……」

「できません、そんなこと」

女の声は、せつなげだった。一郎はトイレットかバス・ルームに、とじこめられた若い女のネグリジェすがたを、なまなましく思い浮かべた。大金持ちの家ならば、そういう場所にも、電話がひいてあるかも知れない。けれど、見も知らぬ他人を夜ふけに呼びおこして、救いをもとめるのは不自然だ。

「大声あげるのがいやだったら、警察か消防署に、電話すればいいじゃないですか」

「だめなんです」

「どうして?」

「だれも、信用してくれないの。あたし、ここに閉じこめられているんです。いまに殺されるかも知れません」

やっぱり、いたずらだ、と一郎は思った。不景気なバーのホステスかなにかが、行きあたりばったりにダイアルして、退屈をしのいでいるにちがいない。

「なんだか、よくわかりませんけどね。ぼくじゃ、お役に立ちそうもない。知っている人に、たのみなさい」

「いないんです。だれも知らないの、あたし」

「いい加減にしてくださいよ。おやすみ」

いたずらだとしても、谷田製作所を知っているだれか、という可能性はある。弱電気関係で、それも、もちろん下請の小さな町工場だ。常やといの宿直員なぞいらないのに、そういう名目で、寝場所を提供してくれているのは、経営者の好意だった。それも、ごく遠い親戚というだけで、はかってくれた親切だから、電話の応対ひとつにも、気をつかわなければいけない。声がとがらないように注意しながら、一郎は電話を切った。朝の八時をすぎれば、ちかくの住居から、経営者と住みこみの従業員がやってくる。八時半ごろからは、通いの従業員たちが顔をだす。それまでには、支度をととのえて、出かけなければならない。寝不足は、昼間の仕事にさしつかえる。あわてて寝床にもぐりこんだが、また電話が鳴りそうな気がして、しばらくのあいだは、眠れなかった。

けれども、あくる朝、目ざまし時計に嚇しおこされたときには、妙な女のことなぞわすれていた。教育図書の出版販売会社に、一郎はつとめている。町の本屋に委託して売るのではなくて、セールスマンが直接、学校や家庭に、売りこみにまわるシステムだ。一郎は外勤社員で、担当は一般家庭だった。競争会社が多い上に、おくれて発足して、規模も小さいから、セールスは楽ではない。会社へもどって、報告書そのほか、めんどうな書類しごとをすますと、たいがい六時をすぎてしまう。それから九時ごろまで、時間をつぶして、谷田製作所へ帰るのだ。時間つぶしも、毎日となると、苦業だった。むだな金はつかえないから、古本屋を探しあるいて、安い文庫本を買ったり、それを喫茶店へ持ちこんで、なん時間もねばったり、パチンコ屋で慎重に台をえらんで、タバコを稼いだり、寝床に入るときには、くたびれきっている。すると、また電話に起こされた。ゆうべの女を思いだしたのは、受話器を耳にあててからだ。時計を見ると、午後十一時十四分。

「もしもし、谷田製作――」

「ゆうべの方ね？」

女の声は、今夜は最初から、はずんでいた。一郎はつい皮肉な調子になって、

「ゆうべのひとですね。まだ出られないんですか。よっぽど不器用なんだな」

「お願い。助けてください」

「助けてもらいたいのは、こっちですよ。からかって、あとであんたが笑おうがなにしようが、ぼくはあんたを知らないんだから、かまわない。こっちは平気です。でも、ぼくは朝が早い。つかれてるんです。つきあえませんよ。もっと暇のあるひとにかけたら、どうなんです？」

「待って！　お願いだから、切らないでください。聞くだけでいいから、聞いて——あたし、この家に閉じこめられているんです」

女は真実、おびえているらしい。その早口につりこまれて、一郎は聞いた。

「この家って、どこです？」

「わかりません。二階です。二階の廊下に、電話があるんです。いま女のひとが、お風呂へ入っているから……」

「女のひとって？」

「あたしを見張っているひと。からだの大きな女のひとです。いつもいまごろ、下のお風呂に入るの。三十分ぐらい、出てこないんです。だから、いまなら電話をかけられるんだけど……」

「どうして、ここの電話がわかったんです。谷田製作所の電話番号が？」

「いつも、でたらめにまわすんです。きのうもそう。きょうはそれをおぼえていて……」

「記憶力はいいんだな。あんたの名前は？」

「わからないんです」

「わからない？　名前がわからなくて、家がどこにあるかわからなくて——じゃあ、なぜ閉じこめられているかは？　それは、わかっているんですか」

「わかりません」

　この女、頭がおかしいのかも知れない。一郎はだしぬけに聞いてみた。

「三かける六はいくつ？」

「十八。でも、どうして——」

「五百七十三たす九百五十四は？」

　出まかせにあげた数字を、一郎が頭のなかで加算しおわったとき、女も答えていた。

「千五百二十七」

「ここがどこだか、わかる？」

「ここって？」

「あんたやぼくが、住んでいるところさ」

「東京でしょう？　なぜ、そんなことを聞くの？　あたし、子どもじゃないのよ」

　女の声は、喉に豆電球がともったみたいに華やいで、甘くかわいらしく聞えた。

「子どもじゃないって、いくつなんです？」

「さあ……わからないの」

「けっきょく、なんにもわからないのか。それじゃあ、閉じこめられてる、ということは、どうしてわかるの？」

「だって、外へ出してくれないんですもの。女のひとが、ときどき窓をあけてくれるのよ、日にあたるようにって。そうすると、ひとが歩いてるのが、見えることがあるわ。男のひとも、女のひとも、服を着てる。見張りの女のひとも、服を着てる。でも、あたしは着ていないから、外へは出られないんですって」

「きみはその……つまり、裸なのかい、いつも？」

「ええ、裸なの」

 こともなげに、女は答えた。にぎっている受話器の両はじが、急に黒人女性の乳房のように見えだして、一郎は絶句した。つばを飲みこんだのが、聞えたのかも知れない。女は怪訝そうな声で、

「もしもし、どうかしたの？」

「いや、どうもしないよ」

一郎はあわてて、話題をかえた。

「窓からは、なにが見える？　ひとが歩いているほかにだよ」

「お墓が見えるわ。お墓がたくさん」

「ふざけちゃいけない。あの世から電話してる、というんじゃないだろうね?」

「ほんとに、お墓があるのよ。石の塔も見えるわ。四角な石の上に、まるい石がのっていて、その上が三角で——」

「五輪の塔だな」

「そのとなりに、青い屋根が見えるの。屋根の上に、鳥がいるわ」

「どうも変だな、きみのいうことは」

「生きてる鳥じゃないのよ。ウェッテルハーン」

「その、なんとかハーンてのは——?」

一郎が聞きかえしたとたん、女は息をのむような喉声をあげて、電話を切ってしまった。なんとかハーン。たしか、ウェッテルハーンだ。ドイツ語らしい。学生のころに少しかじって、まだコンサイスの独和だけは持っている。それを引いてみると、Wetterhahn 風信機、風見のおんどり、と出ていた。スレートかトタンの青い屋根の上に、風見鶏がついているのだろう。しかし、そのとなりに、五輪の塔が建っているなんて、考えられない。やっぱり、でたらめをいっているのだ。舌うちをして、一郎は寝床にもぐりこんだ。あくる朝は、頭が重かった。ズボンの寝おしも、あまりうまくいっていなかった。その晩は、十一時五分にベルが鳴った。しばらく考えてから、逆にからかってやる気で、一郎は受話器をとりあげた。けれども、なにも

いわないさきに、女はシャボン玉みたいな吐息を、かわいく聞かせて、

「よかった。出てくれないかと思ったの」

「出るには、出たがね。どう考えても、きみを助けることは、できそうもないな」

「考えてくれただけでも、ありがたいわ。こんなに話相手になってくれたひと、あなたが初めてですもの。いままでのひとは、いたずらだと思って怒ったり、あたしを病人扱いしたり――そんなことは百とお番にいえって、どなられたこともあった。いわれた通りにしてみたけれど、怖くてなにもいえなかったわ」

「どうして?」

「だって、怒ってるみたいな声で、いろいろ聞くんですもの」

「やさしく聞けば、なんでも答えてくれるわけか。そうだろうな。ドイツ語を解するほどのレディなんだから」

「ドイツ語って?」

「ゆうべ風見鶏のことを、ウェッテルハーンっていったじゃないか」

「そうだったかしら。ウェッテルハーンって、ドイツ語なの?」

「まあ、いいよ。きみは裸かい、今夜も」

「ええ、裸」

「お乳は大きいほう、小さいほう?」

「わからないわ。ふたつあって、ふくらんでるけど」

「おかしいな。お乳は三つあるはずだぜ」

「そうなの？　あたし、変っているんで、外に出してもらえないのかしら。だけど、見張りの女のひとも、お乳はふたつっきりよ、あたしのより大きいけれど」

「顔はまるいほう？　それとも、細長い？　きみの顔のことだがね」

「まるいほうかしら。細長くはないし、見張りみたいに四角くもないから」

「楕円形だろう、卵のようなかたちの」

「あら、卵はまんまるで、黄色いじゃない？　平べったくて、細長いときもあるけど……あたしの顔は白いわよ。目がふたつあって、鼻はひとつ。口もひとつで、耳はふたつ——ああ、鼻の穴もふたつだわ」

「目玉焼やオムレツにした卵しか知らないらしいな、きみは。髪の毛は長いの？　編んでるとか、ちぢれてるとか……」

「ちぢれてはいないわよ。ああ、待って——ちぢれてる。ちぢれてる。おなかの下に、菱がたに生えてるのは」

一郎は、どきりとした。しかし、女は平気でつづけて、

「頭の毛はね、ほうっておけば、長くなるんだけれど、見張りの女のひとが、バリカンで刈ってくれるの」

「すると、きみは丸坊主にされているのか。髪の毛のいろはなにいろ？」

「黒よ。頭のも、おなかの下のも」

「電話は二階の廊下に、あるっていったね？　裸で寒くない？」

「寒くないわ。廊下に絨毯が敷いてあるの。部屋のなかにもよ」

「電話だけどね。ダイアルのまんなかに、番号を書いた紙が貼ってない？　その電話の番号が」

「貼ってないわ。電話は四角い台の上にのってるの。台のわきにスイッチがあって、それを手前に倒すと、つかえるようになるんだけれど」

「下と切りかえられるようになってるんだな、きっと。階段はどうなってる？　裸で丸坊主にされてたんじゃ、恥ずかしいかも知れないけど、ほんとに逃げだしたいのなら、なんとかなるんじゃないかな。下におりてみるとか、窓からぬけだすとか……」

「だめなの。階段の下には戸があって、あたしじゃあかないんですもの。窓もそうなのよ」

いたずらとも思えなくなってきたが、事情はいっこうに呑みこめなかった。なおも聞きだしてみると、二階には洋風の部屋が、ふたつあるだけらしい。赤っぽい絨毯が、どちらの部屋にも敷きつめてあって、ベッドはおろか、家具らしいものは、なにひとつないようだ。ということは、病院ではないのだろう。名前もわからない。年齢もわからない。二階に軟禁されている理由も、わからないというのだから、逆行性健忘症の患者で、自宅療養をしているとも考えられる。だが、そうだとすると、裸にした上、頭を坊主刈にまでしておく必要はなさそうだ。

次の日は、夜が十一時をすぎるのが、待ちどおしかった。けれど、十二時になっても、電話のベルは鳴りださない。待ちくたびれて、午前二時ごろ、一郎は眠った。あくる日、寝不足の重いあたまを肩にのせて、私鉄沿線の商店街を歩いていると、目のさきに風見鶏があった。あんてぃっく・しょっぷ・なにがし、とガラス扉に浮かした舶来古道具屋の軒に、淡いピンクに塗りたくられた平たい雄鶏が、長い睫毛(まつげ)にアイシャドウ、リアリスティックにえがかれた目を、見ひらいていたのだ。男色家(ソドマイト)のように、その目にひかれて、一郎がガラス扉を押すと、背の高いブルージーンズの娘が、がらくたのあいだから、にきびだらけの顔で立ちあがった。

「あのウェッテ——風見鶏は、売りものですか?」

一郎が聞くと、娘はちょっと首をかしげて、

「ウェザー・コックですか。お望みなら、ご相談に応じられると思います。でも、兄がいないと、お値段がわからないんですけど」

切り口上の返事に、かえってほっとして、一郎はまわれ右をしながら、

「そうですか。ありがとう。また来ます」

風見鶏を売っている店がある。風見鶏をつけている家も、実際にあるかも知れない。いつもより早く、谷田製作所に帰ると、一郎は電話を待った。けれども、ベルは鳴らなかった。一郎は、腹を立てた。あくる晩は電話機を毛布でくるんで、早ばやと蒲団にもぐりこんだが、十二

時までは眠れなかった。翌晩も、おなじことをした。十一時五分に、毛布の下でベルが鳴った。一郎は飛びおきて、毛布をひろげた。

「ごめんなさい。ずっと女のひとがそばにいて、かけられなかったの」

おずおずした声を聞くと、一郎は心配でたまらなくなった。

「気づかれたのかい、毎晩、ぼくに電話していることを?」

「そうじゃないの。お風呂がこわれたんですって――ねえ、怒ってる?」

「怒っていたけど、もういいんだ。きみ……きみはほんとうに、そこから逃げだしたいのかい?」

「ええ」

「このあいだ、窓から風見鶏――ウェッテルハーンと墓地が見える、といったね?」

「ええ」

「それで、考えたんだけどね。ぼくはセールスマンで、ほうぼう歩きまわるのが、商売なんだ」

「セールスマンて?」

「よその家を一軒、一軒たずねてまわって、ものを売る商売さ」

「なにを売るの?」

「学習図鑑とか――動物や花の絵が、いっぱいかいてある本やなんかを、売るんだけどね」

「動物の絵のある本なら、あたしも持ってるわ。ツェーブラにベールにギラフに……」

「ツェーブラって、縞馬だったかな。ドイツ語はもう、けっこうだよ。だから、ぼくは毎日、あっちこっちを歩きまわってる。根気よく探せば、風見鶏と五輪の塔が見つかるだろう、と思うんだ。きみはぼくのところに電話するとき、ダイアルをなんど廻す？」

「ああ、数のかいてある穴ね。ちょっと待って――一回、二回、三回……七回だわ」

「とすると、その家は都内二十三区のうちにあるはずだ。だったら、きっと見つかるよ。風見鶏と五輪の塔がならんで見えるところで、うしろを振りかえれば、きみのいる部屋の窓があるってわけだ」

「すぐ見つけて。ほんとに見つけてね」

女の声が燦くと、一郎も思わず力をこめて、

「かならず見つけるよ」

「いいことがあるわ。赤い紙があるの。まっ赤な紙。それを大きな星のかたちに切って、あたし、窓に貼っておくわ。いくつも、いくつも」

「そりゃあ、いい考えだ。きみは頭がいいんだな」

一郎がほめると、女はうれしげに、星がきらめくような笑い声を、小さくあげた。あくる日から、仕事はそっちのけにして、一郎は風見鶏をさがし歩いた。受持地区を歩きつくすと、ほかの地区へ足をのばした。電話は毎晩、かかさずに鳴った。女の声は、一郎を信じきって、明

るかった。セールスのやりかたや、街で見たことを、根ほり葉ほり聞きたがって、楽しげだった。二十分から、長くても四十分の会話は、一郎の生きがいになった。仕事の成績は、さっぱりあがらなくなったけれども、気にもしなかった。そして、六十五日めに、とうとう見つけたのだった、風見鶏と三界万霊塔がならんでいる風景を。

山の手の住宅街によくあるような、それは崖の上の道だった。石塀をめぐらした閑雅な屋敷のあいだを、長い石段の坂道が、稲妻形にくだっている。くだるほどに、左右の家のかまえは落ちて、坂の下は商店街になっているらしい。坂のとちゅうの右がわに、小さな寺の古ぼけた門があった。低い土塀のむこうが、やがて卵塔場になって、頽れかけた三界万霊塔が見えたとたん、一郎は息がとまりそうになった。塔のむこうにスペイン瓦の屋根が沈んで、血を噴いたような空をバックに、風見鶏が羽ばたいている。

喉を突きやぶりかねない心臓を、胸に手をあてて押しもどしながら、一郎は坂道の左がわを見た。なん軒かの平屋のむこうに、モルタル塗の二階屋が、首を出している。二階には、曇ガラスのはまった窓がひとつ。一郎は膝をはずませて、平屋のあいだの露地を急いだ。項が痛いほど仰むいた目が、曇ガラスの窓の斑点をみとめたとたん、感動の涙でかすんだ。斑点はひとつ、ふたつ、三つ、四つ、ガラスの内がわに貼りつけた赤い大きな星形だった。

「見つけた！　とうとう見つけた！」

二階屋をかこんだ高いブロック塀の門の前に、一郎は立った。板張の扉がしまっていて、門には表札も出ていない。それでも、ブザーのプッシュ・ボタンはついていた。しかし、いくら押しても、反応はなかった。家のなかで、ブザーが鳴っているかどうか、耳をすましてもわからなかった。ブロック塀について、脇へまわってみると、勝手口の木戸があった。けれど、横猿のつまみは動かないし、押しても叩いても、あかなかった。

くねった露地を折れて、くだって、一郎はひとまず商店街に出た。角にタバコ屋があったので、たずねてみると、住んでいるひとの姓さえも、知らなかった。米屋を見つけて聞いてみると、さすがに姓は知っていたが、それも鈴木というありふれた苗字で、大がらな中年女がひとりで住んでいるらしい、という話だった。米を配達したことはあるが、中年女が門まで出てきてうけとるので、屋内の様子はぜんぜん知らない、と主人がいった。商取引のとき以外は、道ですれちがっても、口をきかないのはもちろん、会釈さえしない、と米屋のおかみさんは、おもしろくなさそうだった。

「もう間違いないぞ」

一郎は交番をさがして、歩きだした。巡査が相手にしてくれなければ、所轄署へでも、警視庁へでも、ゆくつもりだった。ふと気がつくと、しおたれた服に、膝のたるみかけたズボンの老けだちの小男が、わきをならんで歩いている。商店のガラス戸にうつった一郎自身だった。さがしあてた交番の横手の窓には、およそ人好きのしない悪相な男の顔が、のぞいていた。それも、一郎自身だった。一郎がためらっていると、机のむこうから、巡査が問いかけ顔に立っ

てきた。一郎はちょっと頭をさげてから、

「いちばん近い駅へいく道を、教えてくれませんか。国電でも、私鉄でもいいんですけれど」

その晩、電話がかかってくると、一郎は元気よくいった。

「きょうも、だめだった。でも、きっと見つかるよ。いつか、かならず見つけてみせる」

「あたし、我慢して待ってるわ。きっと見つかるわね」

女の声も、はずんでいた。

「そうだ、見つかるとも。希望をすてちゃいけない。いつかきっと、記憶といっしょに、幸福ももどってくる、と信じるんだよ」

「ええ、信じるわ」

「ぼくがついてる。ぼくが毎日、懸命にさがしてるんだ。東京はひろいといったって、限度がある。きっと見つけてみせるよ」

電話では、たのもしい青年の声に聞えたに違いない。一郎はそう思いながら、頭のなかの美しい女の像に、ほほえみかけた。あしたの晩も、電話はかかってくるだろう。あさっての晩も、しあさっての晩も、電話はかかってくるだろう。それを生きがいに、あすからはまたセールスに精を出そう。首を曲げて、受話器を肩にはさむと、夕方、あのモルタル塗の二階屋のところ番地を書きとめたページを、手帳からやぶりとった。自分ながら頼もしげに聞える声で、送話口に話しかけながら、一郎は裂きとったページを、小さく小さくコンフェッティのようにちぎっていた。

寸断されたあとがき

この作品は、本書〔『十七人目の死神』〕におさめた十一篇のなかで、いちばん複雑な歴史を持っている。昭和四十一年の三月二十七日から、翌年の三月二十日にかけて、「サンケイ・スポーツ」新聞の日曜版に、私はショート・ショートを連載した。『異論派(いろは)かるた』という総題で、第一回がいの字の頭につく題名、第二回がろの字の頭につく題名、最後は京の字のつく題名、といったぐあいの四十八回、一回が原稿用紙七枚半の読切連載だった。七月十日が十五回めのよにあたって、『夜の声』というのを書いたのが、この作品の原型なのだ。

間もなく、当時「SFマガジン」の編集長だった福島正実氏から、『SFエロチック・ミステリ』というアンソロジイを、秋田書店で出すので、自信のある近作の三十枚くらいのものを見せてくれないか、といってきた。ショート・ショートでは、SFも書いていたが、短篇、長篇では冒険小説に熱中していたときなので、三十枚くらいの自信作なぞ、ありはしない。ただ『夜の声』が、気になっていた。ということは、内容は気に入っているのだが、書ききれなかったように思えて、心のしこりになっていたのだ。そこで、いい幸いに、書きあらためることにした。

ショート・ショートの筋を立てるとき、私はいつも、書こうと思えば三十枚ぐらいにはなる話を考える。ひとつ前の『ハルピュイア』にしても、「週刊小説」にのせたときの枚数が四十枚だが、最初は十二枚のショート・ショートに書くつもりで、組立てたものなのだ。ノヴェルを一本の大木にたとえれば、そこからひと枝、切りとったものがショート・ストーリイで、その枝の切り口を見せたものがショート・ショートだ、と私は考えている。だから、『夜の声』もサブ・プロットをつけくわえたりはせずに、ディテールを書きこんでいくだけで、三十枚になった。題も『電話の中の宇宙人』と変えて、七枚半の原型は以後、単行本には入れないで、棄てさることにした。

ところが、その年の十月末に、秋田書店から『SFエロチック・ミステリ』が刊行されてみると、また落着かなくなった。こんどは長すぎて、隙間風が入るような気がする。ふつう怪奇小説は、正常な心理の人間が、異様な超自然状態にまきこまれて、動揺したあげく、敗北するか、脱出するかの過程をえがくものだけれど、この作品では主人公の心理が飛躍することで、異常さを超越してしまう。いわば陽の狂気を、陰の狂気でねじふせてしまう話なので、そこを書きこなすことが、私の技術ではできなかったのだろう。しかし、あきらめて棄ててしまうのも、残念だった。

なぜなら、このプロットは、私の好きな落語から、紡ぎだしてきたものだからだ。三代目三遊亭金馬と三代目桂三木助、このふたりの故人がよく手がけた話に、「化物づかい」というのがある。人づかいが荒くて、召使に逃げられたご隠居が、引越先に出てきた化物をこきつかうので、正体の狸が音をあげる話だ。たぶん臆病なせいだろうが、私は経験をいきなり小説に仕組めなくて、絵画や神話、民話や古典、俗談のたぐいに、触媒をもとめる性癖がある。江戸の黄表紙や落語から、いくつも推理小説をつくっているので、「化物づかい」もなんとかならないか、と考えた。いちばん簡単に抽出できるのは、幽霊を逆に人間が悩ます、というパターンだけれど、これにはオスカア・ワイルドに、『カンタヴィルの幽霊』という傑作があって、歯が立ちそうにもない。

カンタヴィル館という空屋敷に長年、祟っている幽霊が、久しぶりにひとが住むので、喜びいさんで出てみると、そこを借りたのがアメリカ人の実業家、腕白ざかりの息子、娘がいて、ちっとも怖がらない。床に呪いの鮮血を現してみせても、あるじの商売が強力しみぬき剤の製造販売なので、それをつかって少年少女があっさり拭消してしまう、といったありさまに、幽霊が嘆きかなしむ物語だ。ハリウッドが千九百四十四年に、時代を第二次大戦ちゅうに移して、幽霊をチャールズ・ロートン、少女をマーガレット・オブライエンで、映画にしたことがあるけれど、原作に遠くおよばなかった。その轍を踏むことはないし、おまけに調べてみると、「化物づかい」は古典落語ではなくて、大正になって出来たものらしい。となると、ワイルドが『カンタヴィルの幽霊』を、雑誌に発表したのが、千八百八十七年、短篇集『アーサー・サヴィル卿の罪』におさめたのが、千八百九十一年、明治二十年、二十四年だから、学者が読んで落語家に教えたか、好事家が自身で脚色したか、あんがい「化物づかい」は『カンタヴィルの幽霊』の翻案ということも、ありうるだろう。

この線は避けたほうがよさそうだし、私なら幽霊がほんとに出てくれば、やっぱり怖い。かたちがなくて声だけでも、やはり怖いだろう。でも、その声が、出てもふしぎのないところから出た場合は、と考えだして、まず声だけのテレヴィジョンを思いついた。あるチャンネルだけ、画像が出なくなって、妙な会話が聞える、という設定だが、いっこうに頭のなかで発展してくれない。そこでラジオ、電話と移していくうちに、後者なら、わけのわからない不気味さが出せる、と思った。声の出るところは電話、ときめると、主人公のリアクションもまとまってきた。夜ごとに電話をかけてくる声を、ただ不気味なものにしたのでは、平凡だろう。現実とも非現実ともつかず、奇妙な明るさがあることにして、それにひきこまれていく男は、暗い内気な性格にした。つまり、ふつうの怪談とは、陰と陽とを逆にして、それだけで、ショート・ショートは書けたのだけれども、ショート・ストーリイとなると、ディテールが必要になってくる。

主人公のほうは現実的に、生活を裏づけていくだけでいいが、電話の声のほうは、現実のものか、非現実のものか、作者にもきめられない。それだけに、ありそうもない幽霊を、ありそうに書くよりも、むずかしかった。ということは、うまくいけばユニークな作品ができあがるわけなので、この機会に、もういちど手を入れてみた。こんどは二十七枚になって、『SFエロチック・ミステリ』にのせた三十枚よりは、よくなっていると思う。しかし、七枚半の原型とくらべると、いまの私には、判定がつかない。そこで、いつもなら、書きなおしをした場合は、前のかたちを棄ててしまうのだが、今回だけは『夜の声』を、ほかの『異論派かるた』四十七話とともに、近ぢか講談社から出すショート・ショート集に入れて、残しておくことにした。興味をお持ちのかたは、読みくらべてみていただきたい。

〔角川文庫版のための補注〕近ぢか講談社から出すショート・ショート集、というのは、『夢幻地獄四十八景』のタイトルで、昭和四十七年九月に出版され、現在は同社の新書版、ロマン・ブックスの一冊として、再刊されている。なおこの『風見鶏』と、前の『ハルピュイア』および『はだか川心中』は、昭和五十一年六月に読売新聞社から出した『都筑道夫自選短篇傑作集』にも、収録されている。

夜の声

「信じてください。ほんとうなんです。あたしを助けて」

細くきれいで悲しげな、若い女の声だった。午後十一時すぎ、おそくも三十分までに、電話はかならずかかってくる。毎晩、毎晩、かかってくる。

いたずらだろう、と最初は思った。不景気なバーの女かなにかが、行きあたりばったりにダイアルして、退屈をしのいでいるのだろう、と。

「そういって、だれも相手にしてくれないの。おねがいですから、聞くだけ聞いて」

女は小さな家のなかに、軟禁されている、というのだ。自分がだれで、なぜ閉じこめられているのか、思いだせない。身のまわりの世話は、冷酷な顔つきの中年女がしてくれるが、なにを聞いても教えてくれない。その女が午後十一時すぎに、小一時間かかって風呂に入る。窓もあかないし、玄関もあかないから、逃げられはしないが、そのあいだに電話をつかうことはできる。手あたりしだいにダイアルして、出た相手に救いをもとめるのだが、だれも真剣に聞いてはくれない。

「だったら、一一〇番にたのめばいいじゃないか。きみが自分のいるとこを知らなくても、電話を逆探知してくれるよ」

そういって、彼も相手にしなかった。昼間は教育図書の外交員、夜は町工場の宿直をかけもちして、疲れている身だ。

「ねえ、きみ、いい加減にしてくれよ。警察が信じてくれないからって、いったい、ぼくにどうしろっていうんだ」

「あなたは口をきいてくださるわ。なんでもいいから、話してきかせて」

彼は毎晩、女と話をするようになった。口べたで、セールスマンとしては優秀でないこと。

この工場の主人は遠い親類で、宿直員という名目で、部屋を提供してくれていること——自分の話をしつくすと、町で見たり聞いたりしたことを話した。

「どうせ毎日、出あるいてるんだ。窓からなにか、見えるといったね?」

「石の塔が見えるわ。小さな五重の塔。それから、風見鶏というの? ブリキのにわとりが、青い屋根の上に立ってるのが見えるけど……」

「それをたよりに、きみが閉じこめられてる場所を、さがしてみよう」

いつの間にか、彼は女のことばを信じこんでいた。女の身の上は、常識をはずれたものだったが、話しぶりからは嘘をついているとも、気狂いだとも思えない。彼が元気づけると、若い声は明るくなって、時には短く笑うまでになった。

口べたの彼も、電話では気がるに話ができるのだ。昼間は石の小さな五重の塔と風見鶏を探しあるいて、夜は女からの電話をまつのが、彼の生活になった。

「きっと見つかるよ。きみはダイアルを七回しか、まわさない。だから、都内二十三区のなかに、きみの閉じこめられている家があるってことは、間違いないんだ。きっと見つけて、助けにいくよ」

「窓ガラスに、赤い紙をはっておくわ。早く見つけてね」

ひと月たち、ふた月たった。六十八日めの夕方、彼は崖の上の道を歩いていた。目の下に倉庫のような家がある。小さな窓に、赤い紙がはってあった。ふりかえると、寺の墓地だった。石の塔が目だっていて、そのむこうに、青い屋根とブリキの雄鶏が、夕日に赤くそまっていた。

「とうとう、見つけた。見つけたんだ！」

胸をはずませながら、彼は崖下におりた。陰気な家の玄関には、表札もでていない。思いきって、ブザーをおした。ふだんはひけ目に感じている人相のわるさも、こういうときには刑事くさく見えて、役に立つかも知れない。そう思って、気をひき立てていたが、ブザーの返事は、なにもなかった。いよいよ、あやしい。彼の思いうかべている美しいひとが、ここに軟禁されていることは、もう間違いなかった。

周囲で様子をきいてみると、つめたい顔つきの中年女がひとりで住んでいて、近所づきあいもしない、ということだった。彼は交番をさがして、歩きだした。巡査が相手にしてくれなければ、警視庁へでもどこへでも、いく気だった。

けれども、交番の前に立って、窓ガラスにうつった自分のすがたを見つめたとたん、彼はためらった。人ずきのしない貧相な小男の顔を——自分の顔を見つめながら、彼はおずおずと巡査にいった。

「いちばん近い国電の駅を、教えてくれませんか?」

その晩、電話がかかってくると、彼は明るい声でいった。

「きっと見つかるよ。希望をすてちゃいけない。いつかきっと、記憶といっしょに、幸福ももどってくる、と信じるんだよ。ぼくがついているじゃないか。ぼくが毎日、探してるんだからね」

電話では、たのもしい青年の声に聞えたに違いない。彼はそう思いながら、頭のなかの美しい女の像に、ほほえみかけた。

人形の家

入りにくい店だったが、見事なドアと軒灯が目について、通りすぎることが出来なくなった。ドアは大きな鏡板を二枚、太い枠でかこんだもので、紫ばんだ黒い木肌が、重おもしく美しい。上の鏡板に、青銅のノッカーがとりつけてあって、それが日本の鬼瓦にも、中国の獅子にも見える。だが、やはり西洋の悪魔なのだろう。赤ん坊の顔ほどもあって、牙をむいた口から、長くたれた舌が、いまは招牌に改造されていた。先太りの楕円形の舌に、和洋骨董、という四文字が、彫りこんであるのだ。

軒灯はドアの上にあって、まんまるい鉄の籠のなかに、曇りガラスの円筒が入っている。籠はつる草の細かい模様になっていて、ガラス筒のなかの電球は、なに色かわからないけれど、灯りがともったら、いっそう精緻に見えるだろう。

ショウ・ウインドウはなかった。肌の粗い白壁に、小さな窓があるだけで、それも濃い色ガラスがはまっているから、なかは窺けない。けれど、ドアには、つい手をかけたくなるようなハンドルが、ついている。胸をそらした青銅の人魚で、うしろへはねあげた尾びれと、波うつ髪とで、ドアにとりつけてあった。その豊麗に乳房を誇示した胴をつかんで、ドアをあけると、真昼の街から、たちまち黄昏の国へ、迷いこんだような気がした。

窓の色ガラスに濾（こ）された光が、思いのほかにがらんとした店内を、赤葡萄酒（ぶどうしゅ）いろに沈ませているのだった。壁にかかった二、三の額だけが、間接照明をあびて、ほのかに明るい。

まず目についたのは、三枚つづきの錦絵（にしきえ）をおさめた額で、グロテスクな図柄（ずがら）から、江戸末期のものと思われる。巨大な俎板（まないた）の上に、緋（ひ）の湯もじを乱した裸女が、無残にしばりつけられていて、それを無数の猿（さる）が見まもっている図だ。俎板を前に、出刃をかまえて、錦の帽子（もうす）、錦の袈裟（けさ）、破戒の大和尚（だいおしょう）の体（てい）でいるのは、白毛の大狒々（おおひひ）だった。背景は軒かたぶいた荒寺で、右手の藪畳（やぶだたみ）から、一人（いちにん）の武士が、この光景をうかがっている。黒の紋服に白だすき、白鉢巻（はちまき）に手裏剣（しゅりけん）を三本さして、大刀の欛（つか）に手をかけているところを見ると、これは岩見重太郎の狒々退治なのだろう。

となりの額は、莨（たばこ）いろに紙のくすんだ銅版画で、スカラムッシュとパンチネラといったと思うが、鼻のとがった半仮面、長い剣を腰にさした道化師と、ふくらんだスカートの女の絵だった。もうひとつの大きな額には、三十年代の仏蘭西（ふらんす）映画、ピエル・ブランシャールがラスコーリニコフをやった「罪と罰（クリム・エ・シャテイマン）」のポスターが、すみずみ破れて、おさまっている。

浮世絵の絵師の名前を読みとろうとして、壁に歩みよったとき、ふいに天井の電灯がついて、店のすみから、人影が立ちあがった。奥の部屋へ通じるドアのわきに、古風な巻きあげ蓋（ぶた）の事務机がすえてあって、店の主人が、その前の椅子（いす）にかけていたのだ。

「これは、失礼いたしました。年のせいか、つい居ねむりをしておりまして」

と、てれくさそうに、主人は一礼した。なるほど、髪はまっ白だが、きれいに剃(あた)った長めの顔は、色つやがいい。グレイのズボン、グレイのチョッキにホワイト・シャツで、ちょいと猫(ねこ)背(ぜ)の長身は、これで緑のセルロイドの目庇(まびさし)でもかぶっていたら、かつての米国映画に出てくるヴェテラン新聞記者というところだ。さしずめ役者は、ウォルター・ヒューストンだろう。

「どんなものを、お探しでしょうか？　これなぞは、お珍しいかと思いますが」

事務机の上から、金ぶちの鼻めがねをつまみあげると、それがさほど気障(きざ)でもなく鼻梁(びりょう)にとまって、主人は店の中央にすえた大理石のテーブルに、歩みよった。そこにはただひとつ、高さ十五センチメートルほどの人形の家(ドールズ・ハウス)が、のっている。主人はそれを、大事そうに両手で持ちあげると、

「よく出来ておりますでしょう。ちょっと、窓をのぞいてごらんなさいまし」

青い西班牙(スペイン)瓦に白い漆喰壁(しっくいかべ)、植民地ふうの凝った平屋が、芝生をえがいた台座にのっていて、飾り格子(ごうし)でおおった窓をのぞいてみると、なかには広間がことこまかに出来ていた。

「いかがです？」

と、台座からつきでた金属のハンドルを、主人は指さきで、まわしはじめた。すると、オルゴールが鳴りだして、広間の中央に立っている男女の人形が、くるりくるりと踊りだした。ドアのわきにはグランドファーザー・クロック、炉棚(ろだな)の上には陸軍士官の正装の油絵、壁に押しつけた半月形のテーブルの上に、古い蓄音機が朝顔ラッパをのばして、室内のありさまは、実

にていねいに細工してある。半月テーブルの前の椅子には、踊っている男が外したもの、というつもりだろう。細いサーベルまで、立てかけてあった。

「よく出来てるなあ。いくらです。これは?」

私が聞くと、主人はオルゴールをまわす手をとめずに、クラヴサンを思わせる音をさせつづけながら、

「はい、十五万という値を、つけさせていただいておりますが」

安くても二、三万円するだろう、とは思っていたが、よく見ると、台座のほかはボール紙と針金の細工で、手彩色には違いないけれども、平手でたたけば、つぶれてしまいそうだ。十五万円は、高すぎる。

「ちょっと、手が出ないな。珍品は珍品だけど」

「これだけの細工をする職人は、もうおりませんもので、やはりお値段のほうも……まだ奥にいろいろございます。どうぞ、ご覧くださいまし」

人形の家を、大理石の上におくと、主人はドアをひらいた。本物らしい西洋甲冑が、奥の壁ぎわに立っているのに誘われて、私がそこへ踏みこむと、主人は背後で、

「もうひとつ先の部屋にも、これは大分がらくたになりますが、並べてございますんで、ご自由にご覧ください。わたくし、こちらにおりますから——間もなく、約束したお客さまが、お見えになるころですので」

「ああ、ありがとう」

そちらは、ところ狭しという感じで、大きなガラス戸棚のなかに、ドレスデン陶器のつややかな人形や、金ぶち色ガラスのワイン・グラス、血脈のような模様が美しい石の印材、切子ガラスの灰皿、赤絵の水滴、翼をたたんだ蝙蝠のかたちの鉄の柱花挿、そうかと思うと、時代のついた伏見人形の天神さまなんぞが、薄暗い照明に浮びあがっていた。

反対がわの壁には、黒光りする朝鮮簞笥の上に、和書をおさめる桐の本箱、無数の小さな引出しがある大きな薬簞笥の上に銭函、といったぐあいに道具類がならんでいる。もうひとつ先の部屋への戸口をはさんで、左がわに西洋甲冑が立っていて、右がわにはスペイン製だろう、レースのような華麗な模様を、針金で編みだした三つ折の衝立が、折畳んだまま立てかけてあった。

戸口にはドアはなくて、玉すだれがさがっている。色とりどりのガラス玉が、消えかけた虹のように、仄かに光っていた。前かがみに、それをくぐると、ガラス玉がぶつかりあって、微妙なひびきを立てた。

たしかにそこは、がらくた置場のおもむきがあって、飴いろにつやの出たこけし、素焼に手彩色したメキシコの風俗人形、古びた今戸焼の福助、鋳物に彩色したアメリカの消防馬車、といったものが、棚にならんでいる。倉のわきに米俵をつんだかたちの土製の貯金函は、俵のすそに張子の鼠が一匹いる。土蔵の屋根のスリットから、硬貨を入れるにしたがって、小さな白鼠は、戸前のほうに動いていくらしい。

棚の上の壁には、かなり保存のいい江戸ふうの奴凧や、ロンドンの古い街路標識、仁丹や中将湯の古いブリキ看板などが、かかげてある。この由緒ある城下町の昔の領主は、江戸屋敷の居間に、ぎやまんの障子をはめて、朱びいどろの盃で、雪見の酒もりをしたという話を、私は思いだした。

そんな殿様のいた町ならば、こうした古道具屋があっても、不思議はないかも知れない。微笑しながら、棚にあった箱根細工の秘密箱をとりあげて、寄木の板を動かしていると、さらに奥へ通じるらしい半びらきのドアのむこうで、音楽がかすかに聞えた。

どこかで、聞いたような旋律だった。ガラス玉のすだれ越しに、おもての部屋をうかがうと、あけはなしたドアのむこうを、主人のすがたが横ぎるのが見えた。こちらを気にしている様子は、ぜんぜんない。

ドアが半びらきになった小さな戸口を、私はくぐって、さらに奥の部屋へ入った。せまい部屋で、アメリカ西部の酒場にでもあったような大きな真鍮の痰壺や、ひと抱え以上もある青銅の獅嚙火鉢、古い水車の軸をくりぬいてつくった火鉢などが、床においてあるだけだった。

部屋の奥には、まだドアがあって、音楽はそのむこうから、聞えてくるらしい。ドアというより、くぐり戸といいたいくらい、小さかったけれども、腰をかがめてそれをくぐって、私は次の部屋へ入った。

部屋はいっそう狭く、窓もなければ、道具もおいてない。天井もまた一段と、低くなったようだった。ただ楽の音だけが、ますます大きく聞えていた。照明もなくて、前の部屋のあかりだけが頼りだったが、小さな穴があるのはわかった。

頭をさげて、戸口を入ると、梯子段（はしごだん）の下の納戸（なんど）みたいな狭い場所で、いつの間にか、うしろの戸がしまっていた。前方にかすかな光があって、音楽がいよいよ甘く、なつかしく聞えた。だが、天井に頭がつかえて、立ってはいられない。

後退しようにも、うしろの戸があかないので、私は四つん匍（ば）いになって、前へすすんだ。すぐに狭くるしい感じがなくなって、頭が頑丈（がんじょう）な板にあたった。と思うと、ドアがひらいて、私は明るい広間に立っていた。かたわらの壁ぎわで、大きなグランドファーザー・クロックが、ゆっくり振子をふっている。広間のまんなかでは、若い男女が音楽にあわせて、優雅に踊っていた。

その音楽は、むこうの壁ぎわに、押しつけてある半月形のテーブルの上で、銀の朝顔のようにラッパをひらいている蓄音機から、流れだしているのだった。薪（まき）は組んであるが、火はついていない煖炉（だんろ）の上には、正装の軍人をえがいた油絵の額。私は思わず、立ちすくんだ。

これは、人形の家の内部だった。

私は人形の家のなかに、導かれてしまったのだ。部屋をひとつ通過するごとに、天井が低く、狭くなっていったことの意味が、ようやくに飲みこめた。私の誘われていきかたは、予想されたよりも早すぎて、からだの縮みぐあいが、部屋の小さくなりぐあいに、追いつかなかったのだろう。

音楽に聞きおぼえがあったのも当然で、さっき耳にしたばかりの、オルゴールの旋律だったのだ。私の両足は、わなわなと慄(ふる)えだした。そのとき、男に抱かれた女のからだが、くるりと廻(まわ)って、こちらをむいた。

眉(まゆ)の濃い情熱的な顔が、私を見ると、急にゆがんで、女は恐怖のさけびをあげた。男もステップのとちゅうで、私のほうを振りむいた。鼻下に美しい髭(ひげ)をたくわえた若わかしい顔に、激しいおどろきが走った。

「とうとう来たのか!」

と、しぼりだすような声で、男は口走りながら、女を背にかばって、私のほうに向きなおった。

「そんなことはしないでも、よかったはずなのに、わたしたち夫婦は、こんな遠い島にまで、身をひいたのだぞ。なのに……なのに、貴様はまだ妻を思いきらぬというのか!」

血を吐くような声だった。私は大きく手をふって、

「待ってくれ! ぼくはなにも……」

「もういい。私も覚悟をした。結着をつけよう」

いったと思うと、男は半月テーブルに走りよって、椅子に立てかけてあったサーベルをつか

んだ。すらりと引きぬいて、鞘を投げすてながら、こちらを睨んだ形相は、完全にかわっていた。

「あなた！」

女が金切り声をあげて、私たちのあいだに、立ちふさがった。

「やめてください。あたし、このひとにお願いしてみます」

「無駄だ。そいつに人間らしい血が、流れていると思うのか！」

サーベルを低くかまえて、男がさけんだ。人形になってしまったとすれば、たしかにもう、人間の血は流れていないのかも知れない。複雑な気持で、私は女のうしろ姿ごしに、男を見つめた。

「でも、そんなもので争っては、いけません。あなたに怪我があっても、このひとに怪我があっても、あたしは堪えられない。落着いてくださいまし、あなた」

女がかきくどくと、男の眉がつりあがった。

「お前はまだ、この男の身を案じるのか、あれほどお前を苦しめた人非人の身を！」

「違います。このひとは、剣を持っていません。このひとを傷つければ、あなたの罪に――」

「卑怯者のことだ。ピストルでも、隠しもっているのに違いない。あぶないから、どいてくれ」

と、男はじりじり詰めよってくる。女は私のほうへ、あとじさって来ながら、

「いいえ、どきません。剣をおさめてください。このひとを、殺さないで！」

「やっぱり、そうか！　そうなのか！　わかった。お前もいっしょに、殺してやる」

男の声は、語尾がふるえた。女はくるりと向きをかえると、いきなり両手をひろげて、私の首にすがりついた。香料のにおいにむせながらも、私の胸はつめたくなった。

「どけ！　どかぬと、そいつとともに刺しつらぬくぞ！」

上ずった男の声に、私はあわてた。このままでは、殺される。私は力いっぱい、女のからだを振りはなした。女がわきへ倒れかかると、私もバランスを失って、あおむけに倒れた。

さいわい絨緞が厚かったから、後頭部の打撃はつよくなく、私は気絶しないですんだ。起きあがろうとするところへ、サーベルを斜め下方につきだして、男が飛びこんできた。刃の光が、目を灼くようだ。私は床をころげて、サーベルを避けながら、足をあげて、男の腿を蹴りあげた。

前のめりに、男が倒れる。私は起きあがって、その上に全身を投げかけた。けれど、若い軍人の身ごなしは、素早かった。倒れたまま一回転して、飛びかかる私の喉へ、片手をつきあげてきた。

私は息をつまらせながらも、男のサーベルを握った右手をつかんで、ねじあげた。荒い息をつきながら、ふたりは絨緞の上をころげまわって、揉みあい押しあい、どうやら立ちあがった。

男の手から、サーベルが落ちた。私は拳骨に力をこめて、男の顎をつきあげた。女の悲鳴があがる。私は夢中で、はっと気づいたときには、男の落したサーベルを、手につかんでいた。女は悲鳴をあげつづけた。悲鳴がとぎれると、針音が耳についた。音楽がとうにおわって、蓄音機の上では、レコードがむなしく廻りつづけているのだった。

男は床に、あおむけに倒れていた。純白の服の胸に、まっ赤なしみがひろがりつつあった。女はそのかたわらに、両膝をついて、両手で顔をおおっていた。ふるえる指のあいだから、悲鳴に近い泣声が、とぎれてはまた迸った。

私は茫然として、室内を見まわした。グランドファーザー・クロックは、鈍い金いろの振子をゆらしつづけている。銀の朝顔をもたげた蓄音機の上では、喪章のように黒いレコード盤が、音もなく廻りつづけて、ゼンマイがゆるんできたのだろう。静かにしずかに、とまろうとしている。炉棚の上では、豪華な額ぶちのなかから、白い口髭いかめしい将軍が、床の死骸を見おろしていた。

その面ざしを、若くした死骸の顔からは、いまやまったく生気が消えて、胸を染めた血は黄泉の国の地図を、大きくえがきだしている。女はひざまずいたまま、ふいに顔をあげた。

「あたしを殺してください。夫のそばで、あたしを刺して！」

冗談ではない。私は硬ばった指を一本一本、左手でひきはがして、サーベルを投げすてると、入ってきたドアに飛びついた。ありがたいことに、ドアはあいた。もつれる足を励まして、暗がりのなかを、私は急いだ。四つん匍いになる必要はなく、どの部屋もひろびろと、天井も高い。

ガラス玉のすだれをくぐって、ほっと私は足をとめた。ガラス戸棚にうつった私のすがたは、髪が乱れていた。ネクタイもゆるんでいた。額の冷汗をぬぐってから、身じまいをすまして、私は気を落着けながら、ひらいたままのドアを出た。

「いかがでございました?」

なにごともなかったような声がして、白髪の主人が、事務机から立ちあがった。

「お気にめす物がございましたでしょうか?」

「うん、まあね」

私は生返事をして、大理石のテーブルに歩みよると、そこにまだのっている人形の家を、両手でとりあげた。窓をのぞいてみると、紙の絨緞の上に、小さな小さな男の人形が、あおむけに倒れていた。表情はわからないが、胸は赤く染まっている。女はそばに膝をついて、もげた花のように、ドレスの裾をひろげていた。

オルゴールのハンドルに、指をかけてみたが、まるで廻らない。やはり私は、この家のなかで、ひとを殺してしまったのだ。正当防衛とはいえ、殺人は殺人だ。現場をそのままにして、帰るわけにはいかない。

「これを貰おうかな、やっぱり。箱はついているの?」

背をむけたまま、私がいうと、主人は手品みたいに、黒いボール箱をさしだした。私は主人

にのぞきこまれないように、自分で殺人現場を箱に押しこむと、蓋をかぶせて差しだして、

「贈りものじゃないから、包装は簡単でいいですよ。十五万円だったね？」

「恐れ入ります。領収書を、お書きいたしましょうか」

「いや、いらない。早くつつんでください、ちょっと急ぐんで——変ったものがたくさんあるんで、時間の約束があるのを、ついわすれちまった」

　財布をはたいて買った玩具を、旅行かばんの底にしまいこんで、私はその夜、東京へ帰った。自宅の明るい灯の下では、人形の家はいっそう貧弱に見えた。詐欺にかかったような気もしたが、窓をのぞきこんでみると、そこには不幸な夫が倒れていて、私の右手の指は、サーベルの欛に凍りついた感触を、まざまざと思いだすのだった。小さな小さな女のすがたを見ると、なんともいえない激情が、私の胸をつきあげるのだ。

　私はいまだに、人形の家を焼きすてられないでいる。

かくれんぼ

串にさしたソーセージから、ケチャップがしたたりそうになるのを持ちあつかって、草むらに首をのばすと、虫の声が聞えた。おかめ蟋蟀だろう。土のなかの小人が、黄金のぜんまいを神経質に巻いているような、かぼそく澄んだ切れ切れの声だ。彼は口のなかのソーセージを嚥みこんでから、

「虫が鳴いているよ。日が暮れると、もう秋なんだな」

と、彼女をふりかえった。競技用のグラウンドから、ひびいてくるオートバイの爆音で、その声は聞えなかったらしい。彼女はソーセージの串を手に、遠くでまわっている観覧車を眺めていた。色とりどりの小さな函をつるして、ゆっくり回転している大きな車輪は、ライトをまばゆくあびて、巨人族のための射撃の的みたいに見えた。彼はソーセージの串を屑かごに抛りこむと、かかえていた上衣に腕を通しながら、彼女に近づいて、

「あれに乗ってみようか」

「だめ、あたし、高所恐怖症なのよ。さっきの空中曲芸を見ていただけでも、ぞくぞくしてきたくらいですもの」

といって、彼女は肩をすくめた。いまはオートバイの曲乗りが始まっているグラウンドに、

さきほどまで彼らはいて、ドイツから来た女曲芸師のアトラクションを見ていたのだ。星までとどきそうな細いポールに、白のオペラ・ハットに白のタキシードで、女は身軽にのぼっていって、ゆれる頂上で優雅に踊った。踊りながら、服をぬいで、下にいる後見に投げおろすと、スパングルのきらめくレオタードに、白い手足をむきだして、高とびこみの姿勢をとった。

そのとき、隣りにすわった彼女に、二の腕を強くつかまれたのを、彼はおぼえている。投光機の光をあびて、宙に立った金髪、半裸の女のまわりに、羽虫が飛びかっているのが見えたのも、奇妙におぼえている。ドラムの連打がぴたりとやむと同時に、女はまっさかさまに飛びおりた。観客がどよめくと、いつの間にか、片足にロープが取りつけてあって、女のからだは地上二、三メートルのところで、大きく揺れているのだった。

「行きましょう。あたし、お腹がへったわ」

といって、彼女は隣りの椅子から、立ちあがったものだ。

「だから、とても観覧車には乗れないわ。メリーゴーランドになら、乗ってもいいけど——この木馬、どこかヨーロッパの遊園地にあったものなんでしょう、古風で、豪華で」

口のはたにケチャップのついた彼女の顔は、急に少女に返ったように、かわいらしく見えた。

「そうらしいね。確かあっちだ」

と、指さして、彼は歩きだした。彼女の手をとろうとしたが、気おくれがして、出来なかった。ふたりは射的場の前を通って、回転木馬のほうへ急いだ。夜間開園期間もおわりに近く、おまけにアトラクションに客をとられて、射的場の奥ではブリキの猛獣たちが、張りあいもなさそうに動いていた。

「きみ、退屈しているんじゃないだろうね。新宿へ出て、ぼくの行きつけのバーを案内したほうが、よかったんじゃないかな?」

と、小声で彼は聞いた。

「そんなこと、ないわよ。遊園地へくるのは久しぶりだから、楽しいわ。あら、イタリアの綿菓子ですって――ねえ、きれいじゃない」

彼女が指さすほうに、ボール紙のお城みたいな、三角屋根の屋台があって、ビニール袋に入った綿菓子が、いくつもぶらさがっていた。普通の綿菓子とちがって、紫や紅(あか)や黄いろがあって、それがパステル画の絵本の雲のように、ふんわりと柔らかい色調をならべていた。

「ほんとに、きれいだね。買おうか」

彼は屋台へ歩みよって、紫いろの綿菓子をひとつ買った。彼女が持つと、淡いピンクのワンピースに、よくうつった。

「あなたは?」

「甘いのは苦手でね、ぼくは」

「ほんとは、てれくさいんでしょう」

「そんなことは、ないさ。綿菓子を持って、木馬にのるってのは、さまになると思うんだけど、ぼくはねえ」

ふたりは回転木馬（カルゼル）の前にきて、立ちどまった。スピーカーから音楽が流れて、十九世紀ふうに飾りつけた木馬は、豪華にまわっていた。夜のことなので、子どもづれよりも、若い男女のふたりづれが多かった。そのひと組に目をとめて、彼は彼女にささやいた。

「あのふたり、四、五年たったら、三人でのりに来ようなんて、いっているのかも知れないね」

「そういうことは、乗ってから、あたしにいうために、とっておくものよ」

と、いたずらっぽく笑って、彼女は紫のコットン・キャンディに口をつけた。それから、急に思いついたように、

「ねえ、かくれんぼしない？　鬼になったほうが、木馬にのるの。まわっているあいだに、隠れるのよ。隠れる範囲を、この近くということにすれば、そんなに難しくはないでしょう？」

「うん、かくれんぼもいいけど、ぼくはふたりで並んで、木馬にのりたいな」

「どうして？　最後にふたりで、乗ればいいじゃない」

「そりゃあ、そうだけどね。実はぼく、かくれんぼは苦手なんだ」

「どうしてよ。子どものころに、かくれんぼをしたこと、ないの？」

「あるよ、もちろん。あるから、苦手なんだ。こんなことをいうと、笑われるかも知れないが、かくれんぼをしていて、ぼくが鬼になるとね、みんな、消えてしまうんだよ」

てれくさそうに、彼がいうと、彼女は怪訝な顔つきで、

「消えてしまうって？」

「隠れた子どもたちが、消えてしまうんだ。いくら探しても、いない。だれも、いなくなってしまうんだよ。みんな消えてしまうのさ」

「でも、この世のなかから、いなくなってしまうわけじゃないんでしょう？」

「はっきり、いわせないでくれよ。要するに、ぼくを仲間はずれにするために鬼にして、みんな家に帰ってしまうんだ。でも、ぼくにすれば、みんな消えてしまうのと、おなじでね。公園のなかとか、横丁とか、あきらめきれずに、いつまでも探したものだ。やっぱり帰ってしまったんだ、と思っても、ひょっとすると、だれか残ってくれているかも知れないし、名前を呼んで、たしかめるのは、癪だし……しまいに泣きながら、家へ帰った」

「だって、それは子どものときのことでしょう。ほんとうに消えてしまったわけじゃないんだし、そんな思い出をわすれるためにも、かくれんぼしましょ」

はしゃいだ調子で、彼女はいった。彼はあいまいに、うなずいた。それ以上、幼いころの話はしたくなかったが、ほんとうに消えてしまった子もいるのだ、ひとりだけ。

それが彼の記憶のなかの、最後のかくれんぼだった。小学生になって、もうかくれんぼなぞはしなくなっていたのだが、そのときだけは自分から、年下の子どもたちの仲間に入って、鬼になった。一年生の女の子が、そのなかにいたからだ。近所に引越してきて間のない少女で、

彼は毎朝の登校時間に、いっしょになるように家を出たものだった。

もう三年生になっていた彼は、往来（おうらい）から見える小さな空地のすみにしゃがんで、両手で顔をおおって、数をかぞえるのが、いささか気恥ずかしかった。そのために、しばらく不安をわすれていたが、探しはじめてみると、やはりだれも見つからなかった。坂道の両がわの露地を、しばらく探して、あきらめてしまった。急坂の上に立つと、足下の家の屋根屋根に夕日があたって、茜（あかね）いろの満潮（みちしお）が寄せてくるように見えた。

彼が生れた家のある坂の多い町を思い出すとき、そこにいつも夕日があたっているのは、この黄昏（たそがれ）の印象が、強く残っているせいに違いない。あくる朝、いつもの時間に家を出ても、とちゅうで一年生の少女とはいっしょにならなかった。やすみ時間の校庭でも、見かけなかった。それきり、二度と見かけなかった。帰りがけに、少女の家の前を通ってみたが、ひっそりとして、だれも住んでいないみたいだった。あくる日、両親が少女の家のことらしい噂（うわさ）をしているのが、彼の耳に入った。

「ほんとうかい？　いまどき夜逃げなんて、珍しいな。どんな夫婦なんだろう？」

と、父親がいっていたのだ。

「あなたの負け、鬼になるのよ。もうじき、木馬がとまるわ」

と、彼女がいっていた。片手に綿菓子を持って、片手を鋏（はさみ）のかたちにしていた。彼の手は、紙になっていた。回転木馬（カルーゼル）がとまった。彼が目にとめた若いふたりづれは、並んでのっていた二頭立ての馬車からおりて、笑いながら出てきた。女のジーンズをはいた細い腰に、男は片手をまわしていた。

「乗ったら、目をつぶるの。ずるしちゃ、だめよ」

といって、彼女は彼の背なかを押した。新しく乗る客は、すくなかった。男の子をつれた夫婦と、男ふたり女ふたりの高校生らしい四人づれ、それに彼だけだった。ピンクいろの一頭をえらんで、彼は鞍（くら）にまたがった。木の鬣（たてがみ）をなびかせて、なかなか表情に富んだ馬だったが、彼としては彼女といっしょに、扉に黄金の紋章をつけた無蓋（むがい）の馬車にのりたかった。

音楽がはじまって、回転木馬（カルゼル）はまわりだした。豪華な天蓋（てんがい）には、浮彫りの雲が渦（うず）を巻いていて、キュピッドが弓に矢をつがえたり、天使が喇叭（らっぱ）を吹いたりしながら、飛びまわっている。音楽はその天使の人形の喇叭から、聞えてくるように思われた。木馬がまわりだすと、彼女は柵（さく）の外で手をふってから、目をとじるように、身ぶりをした。

彼はいったん目をとじたが、かすかにひらいて、彼女の動きを追った。回転木馬（カルゼル）が一回転したときには、彼女のうしろ姿は遠くなっていた。紫いろのコットン・キャンディを、まだ片手に持っていて、それが妖精（ようせい）の焚松（たいまつ）のように見えた。その紫の光にみちびかれて、彼女は遠くへ去っていくのだ、二度とあえない遠いところへ。

この次の連休に、いまは名古屋にいる両親のところへ、一緒にいってくれないか、といったら、彼女は承知してくれた。それが、一週間まえのことで、まだ彼女にはキスさえしたことがないのを、彼は思い出した。木馬が二回転したときには、彼女は木かげに、見えなくなりかけていた。そのむこうには、植えこみの迷路があるはずだった。

彼は木馬から、おりたかった。けれど、ゆるやかな音楽につれて、木馬はまわりつづけていた。二、三頭まえの白馬には、彼といくらも年が違うようには見えない父親が、男の子といっしょに乗っている。その隣りの青い馬には、母親が乗って、男の子に笑いかけている。それらの人をおどろかして、動いている回転木馬（カルゼル）からおりることは、彼には出来なかった。

彼女のすがたは、もう植えこみに隠れて、見えなかった。彼は首をまげて、植えこみのほうを見ながら、ピンクの馬にゆられていた。早く音楽がおわり、木馬がとまればいい、と思った。聞いたことのある旋律（せんりつ）だが、この音楽はなんだったろう。彼はクラシック音楽も、ポピュラー音楽も、ろくに知らなかった。ダンスも出来なかった。会社の調査室のデスクで、統計をつくっている自分のすがたが、頭のなかで哀（あわ）れなものに見えた。

やっと木馬がとまると、彼は鞍からすべりおりた。足もとがふらついたが、踏みしめながら、木戸に急いだ。天蓋の庇（ひさし）の蔓草（つるくさ）模様のあいだで、黄金いろに塗った笑い顔の喜劇の面と、泣き顔の悲劇の面が、冷たく彼を見おろしていた。

柵の外に出ると、彼はまっすぐ植えこみの迷路にむかった。迷路の入口には、半獣神の石像が立って、彼を嘲笑（あざわら）っていた。外がわに水銀灯が立ってはいるが、植えこみは背よりも高く、足もとは暗い。離れたところで、虫の声がさかんだった。彼は片手をあげて、植えこみの小枝を、はじきながら歩いた。その音をときどき止めて、耳をすました。しのび笑いが聞えるのを、期待してのことだった。けれど、声は起らなかった。

闇雲（やみくも）に、彼は歩いた。植えこみの道は、なんども行きどまりになった。彼女は消えてしまったのだ。そう彼は確信していた。帰ってしまったのではない。逃げたのではない。かくれんぼをして、彼が鬼になったために、消えてしまったのだ。

彼はようやく、迷路をぬけだした。もとの回転木馬（カルゼル）の近くに出て、水銀灯の下に立つと、彼はあたりを見まわした。オートバイの曲乗りはとうにおわったらしく、エンジンのけたたましい音も聞えなくなっていた。観覧車のほうから、音楽が流れてくるだけだった。回転木馬（カルゼル）は、客がとだえて、とまっていた。馬車の扉の紋章や、馬の鞍の飾り模様や、天使の喇叭の金いろ銀いろが、照明をあびて、わびしく光っている。

丹念にみがいてきた靴が、土埃（つちぼこり）で白くなっているのに気づいて、彼はため息をついた。顔をあげると、回転木馬（カルゼル）の前に、少女がひとり立っていた。横顔に見おぼえがあって、彼は近づいた。瘠（や）せて、小柄で、短い前髪が額（ひたい）に斜めに垂（た）れている。年のわりに、思いつめたような目つきが陰気で、たしかにあの少女だった。かくれんぼで、ほんとうに消えてしまって、二度とあえなかったあの子。

「俊（とし）ちゃんだね。そうだろう？　俊ちゃんだよね」

肩に手をかけると、びくっとしたように顔をあげた。だが、彼が笑いかけると、安心したように笑顔になった。

「ぼくが鬼になってあげるよ」

といったときの、あの笑顔だった。

「もう鬼にはならないよ。でも、一緒には遊んであげる。ひとりで、淋しかったんだろう?」

といって、彼は少女の手をとった。少女はうなずいて、また笑顔になった。くちびるから、八重歯(やえば)がこぼれて、かわいらしかった。彼は少女の手をひいて、歩きだした。

「なにをして遊ぶ? 観覧車にのろうか。ほら、あれだよ。見えないかな。高く高くのぼっていくんだ」

彼が夜空を指さすと、少女はまたうなずいた。

「観覧車にしよう。観覧車なら、こないだみたいに、俊ちゃんが消えてしまう心配は、ないものね」

音楽が聞えるほうへ、小道を急いでいくと、うしろから、自分の名を呼ばれたような気がした。ふりむくと、知らない女のひとが、立っていた。淡いピンクのワンピースを着たその女は、あわてたように頭をさげた。

「すみません。間違えました。あんまりよく似(に)ていたものですから」

「いいんですよ、おねえさん」

はにかみながら、彼はいって、歩きだした。歩きながら、ふりかえってみると、ピンクのワンピースの女のひとは、まだ首をかしげて立っていた。

「おとなって、おかしいねえ、俊ちゃん」

と、彼は少女に笑いかけた。観覧車も、もう客はすくなかった。だから、彼と少女をのせた函は、ほとんど停らずに、夜空へあがっていった。彼は少女を立たせて、ガラス窓から下を見せてやった。それほど高く函があがらないうちに、妙な金切り声がしたように思ったが、彼は大して気にもとめなかった。少女の肩に両手をのせて、

「もっとのぼると、遊園地ぜんぶが見わたせるよ。外の道を、車がたくさん、走っているのも見える。ほら、あれがさっきの回転木馬だ」

いくたりもの人が、観覧車のほうへ走ってくるのが見えたけれど、それにも彼は気をとめなかった。函がおりはじめると、下の乗り場のまわりに、人があつまっていた。警官らしい制服すがたも、まじっていた。それに気づいて、少女がなにかいったが、よく聞きとれなかった。

「大丈夫だよ。なんでもないよ。ぼくがついているからね」

彼は少女を抱きよせて、函のなかで立ちあがった。函がプラットフォームにつくと、制服の男が近づいてきて、掛金をあけた。警官ではなくて、ガードマンらしかった。あつまっていた人たちが、函のほうへ近づいてきた。扉があくと、彼は少女を抱きあげて、プラットフォームへおりた。

「澄江じゃないわ！」

人びとのまん前で、目をつりあげていた女が、金切り声をあげた。

「服はおんなじだけど、澄江じゃない！　たしかにあの子に見えたんだけど――あの子はどこへ行ってしまったのよお」

　取りみだしている女の腕を、夫らしい男がつかんでいた。ガードマンが当惑げに、あとへさがった。彼は少女を抱いて、人びとが後退した前を、歩きだした。

「そうですよ。俊子ちゃんです。この子は、ぼくの俊子ですよ。怖くないよ、俊子ちゃん」

　少女の顔を胸で隠して、髪の毛をなでてやりながら、彼は大股に歩いた。背後にパトロールカーのサイレンが聞えたので、彼は笑いだした。だが、少女はサイレンにおびえたのか、彼の腕のなかでもがいた。胸から顔を離して、肩の上へのびあがりながら、金切り声をあげた。ママ！　と叫んだようだった。

「なんてことなの！　澄江よ。やっぱり澄江だわ。目がどうかしていたのかしら？」

　さっきの女の声が、背後で叫び立てた。押しよせてくる気配を感じて、彼は少女を抱えなおすと、ローラーコースターのほうへ走りだした。運転終了の札を出して、プラットフォームへのぼる階段に、係員がくさりを張りわたそうとしていた。その男を片手で突きとばして、彼は暗いプラットフォームへ駈けのぼった。背後の声は、もう耳に入らなかった。泣きだした少女の背をなでながら、彼はレールの脇板を踏んで、傾斜をのぼりはじめた。ローラーコースターのレールは、大きく弧をえがいて、星空にのぼっていた。

「大丈夫だよ、俊ちゃん」

下を向くと、人びとのあいだに、淡いピンクの服が目についた。白いハンカチを顔にあてて、こちらを見あげている。さっきの知らない女のひとのようだった。彼は泣きじゃくる少女を抱きしめて、元気よく傾斜をのぼりつづけた。

「だれにも、俊ちゃんを連れていかせやしないよ。この坂の上に、ぼくの家があるの、知ってるだろう？　お父さんとお母さんに話せば、きっと俊ちゃんを泊めてくれるよ、いつまでも」

古い映画館

「こんなところが、名所だというと、妙に思うだろうけどね。案内する相手がきみだから、ここは欠かせない名所になるんだ」

と、神保（じんぼ）は笑って、板を打ちつけた戸口に、顎（あご）をしゃくった。楕円（だえん）形のアーチになっている戸口には、古風な飾り模様がついていて、その一部分は醜（みにく）く漆喰（しっくい）が欠けおちていた。

「ここはついこのあいだまで、信用金庫の支店だったんだ。駅前に、新築の店があったろう？　あすこへ引越して、ここは空屋になったんだけれど、この建物、信用金庫にしちゃあ、変だと思わないか？」

神保にいわれて、私は数歩あとへさがりながら、古ぼけた洋風の前づらを眺（なが）めわたした。

「なんだか、映画館みたいな感じがするね。ただスティル写真を飾るウインドウが、ないけれども」

「なくても、ここは映画館だったんだよ、きみが感じた通り——十年にはまだならないかな、つぶれてから」

と、なつかしげに、神保は戸口の上のほうの漆喰模様を、ふりあおいだ。なかをのぞいてみなくても、木造建築の前がわに漆喰のファサードをつけて、洋風にした建物だということはわかる。

「それをそのまま、信用金庫がつかっていたわけか」

私が聞くと、神保はうなずいて、

「ああ、内部だけ改造してね」

「しかし、この古めかしさは十年、二十年のものじゃなさそうだね」

「スティル写真を飾るウインドウは、その窓の前、ここらあたりに別に建っていたよ。ガラスをはめた箱に、長い足をつけたようなやつがね。たしかに十年、二十年のものじゃない。ここは、ぼくが生れる前からあって、子どものころに、映画館になった。それまでは、芝居小屋だったんだ」

「とすると、なにか因縁ばなしがあるんだな？　ぼくを案内するには、欠かせない名所だっていうところをみると」

「うん、きみは怪談が好きだからね。芝居小屋には、よく怪談がつきまとうものだ。北海道だったか、九州だったか、ちゃんと花道にすっぽんがある劇場で、先代萩をやっていて、床下の場になった。仁木弾正が花道へせりあがってくる。すっぽんがあがりきっても、仁木のからだは止らない。宙のりみたいに、どんどんあがっていって、天井に吸いこまれてしまった。

それっきり、仁木に扮していた役者の行方が知れない、なんて話があるだろう？」

「ああ、それなら、読んだことがあるよ。たしか、徳川夢聲が書いていた」

「あいかわらず、ものおぼえがいいな。いまの話は、いつか東京で、きみから聞いたんだ。夢聲の小説だか、随筆だかで読んだっていっていたよ、きみは」

と、神保は笑った。学校の冬休みを利用して、東北の港町にひっこんでしまった旧友を、はじめて私はたずねたのだった。この前、東京へ用たしにきた神保とあってから、もう四、五年になるだろう。遠縁にあたる旧家で、最近に土蔵を整理したら、百鬼夜行（ひゃっきやぎょう）の絵巻が出てきた。見にこないか、という手紙をもらったのが、訪問のきっかけだった。東西の妖怪（ようかい）の比較研究を、くだいて書いて、この夏に出した本が評判よく、私は姉妹篇の執筆を依頼されていたところだった。

「手紙に書いた旧家ってのは、かなり山のなかなんだ。あした、車でつれてゆくよ。きょうは、この町の名所を案内しよう」

と、神保はいって、旅装をといたばかりの私を、町はずれにつれだしたのだ。軒の低い家並のあいだに、海が見えて、薄曇った冬空とおなじような色をしていたけれど、意外なくらい、あたたかな午後だった。

「この小屋に出た幽霊も、先代萩に関係があるのかも知れないんだがね」

と、神保は話をつづけて、

「御殿の場の千松（せんまつ）みたいな子どもが、ときどき舞台に現れるんだ。時代物、世話物、狂言に関係なく、千松みたいな恰好（かっこう）の子役が、舞台のすみに立っていたり、すわっていたりするんだぞうだよ。それが実に自然なんで、見物はあまり気がつかない。ただ役者がやりにくくて、困ったそうだ。そのうちに、新派がかかったときなんぞにも、出るようになって、噂になったらしい」

「とすると、先代萩の御殿をやっているときには、千松がふたりになっちまうわけだな。おもしろいね」

と、私はいったが、本当におもしろがっていたわけではない。子役が虐待されて、奈落で死んだというような因縁ばなしが、いずれ出てくるのだろうと、内心うんざりしていたのだ。けれども、神保の話は思いがけないほうに進んで、

「どうして、そんな幽霊が出るようになったのか、だれも知らない。そのくせ、ここが芝居小屋でなくなって、映画館になってからも、ときどき現れたらしくてね。どうやら、ぼくも見ているようなんだ」

「妙ないいかただね。つまり、あとになって、あれは幽霊じゃないか、とわかったわけだな」

「察しがいいね。ぼくの父は謹厳なひとだったから、おばけの話なんかしなかった。ところが、叔父が好きでねえ。ぼくが中学生のころ、この小屋の話も聞かされたもんだ。そのとき、思い出したんだけれど、ぼくは小学生のじぶんに、ここの便所で、七五三の衣裳をきた男の子にあったことがある。便所の入口ですれちがったんだが、考えてみると、七五三の季節じゃないんだ。正月でもなかったし……」

「おもしろいな。映画館になってからも、出ていたのだとすると、信用金庫になってからは、どうだったんだろう？」

今度はほんとうに、私も興味を持ちはじめていた。たとえば狸(たぬき)が化けた話なんぞは、時代とともに変化があって、電信ができれば、夜なかに電報配達にくる。鉄道が開通すれば、終列車が通ったあとで汽笛を聞かしたり、線路もないところに、夜汽車の灯りを見せたりする。そこへ行くと、幽霊のほうは、武家屋敷が学校になって、それが鉄筋コンクリートに改築されても、裃(かみしも)すがたで廊下にすわっていたりして、融通がきかない。そういう性質のちがいを、次の本では一、二章さいて、ユーモラスに論じてみるつもりだった。

「それがね。ぱったり噂がなくなっていたんだけれど、信用金庫が引越したあとで、見たものがあるんだ」

と、神保は顔をしかめた。私は板でおおった戸口に近づいて、内部をのぞいてみようとしながら、

「やっぱり、七五三の晴着みたいな、千松のような衣裳で、出てきたのかい？」

「なかを取りこわしにきた作業員が、見たといっているんだがね。袖(そで)の長い着物に、きんきらの袴(はかま)をはいていたそうだ。それが、どこから出てきたのかは、わからない。地下室へおりる階段の口へ、すうっと入っていくのを、ふたりばかりが見たといっている」

「それは夜？」

「いや、夕方だそうだ。まだ明るかったというから、いまごろかも知れない。ぼくが小学生のときに見たのは、まっ昼間だったよ」

「どこからも、のぞけそうもないね。なかを見られるといいんだが……」

「見たいんなら、横手から入れるよ。しかし、なんにもないぜ」

「なんにもなくても、雰囲気だけでも味わいたいな」

「実をいうと、ぼくの従兄（いとこ）のものなんだ、この建物は――だから、入ってもかまわないのさ。来たまえよ。こっちだ」

神保はさきに立って、となりの家とのあいだの狭い露地に入っていった。すぐに板戸があって、錠がおりているらしいが、神保はコートのポケットから鍵（かぎ）を出して、それをあけた。入ったところは、なんにもない小部屋で、板戸をしめると、薄暗かった。

「以前が映画館だから、なかはもっと暗いよ。しかし、このへんに懐中電灯があるはずだ」

神保の手にライトがついて、灰いろの床をてらした。私はその光の輪にみちびかれて、奥へすすんだ。折りたたみ式の椅子（いす）が二、三脚、床にならんでいるのを、ライトがとらえた。

「そこへ腰かけて、ちょいと待っていてくれないか。いま天井のあかりを、つけてくるから」

と、神保の声がうしろでした。

「ああ、たのむよ」

私が椅子にかけると、ライトは離れていって、やがて消えた。鼻さきまで、濃い闇（やみ）が押しよせてきた。闇は冷たく、埃のにおいがした。私は急に、不安になった。一秒間が一分間のように感じられた。

落着かなくなって、私が立ちあがろうとしたとき、むこうが四角く明るくなった。その四角のなかに、振袖と袴をつけた男の子のすがたが、色あざやかに浮びあがった。私は思わず、立ちすくんだ。だが、なんのことはない。正面の壁に、映画がうつりはじめたのだった。

男の子は千歳飴の袋をさげて、こちらに笑いかけていた。あいているほうの手を、カメラにむかって振りながら、歩きにくそうに歩いてくる。と思うと、おなじ男の子が洋服すがたで、公園のぶらんこにのっていた。

「どういうつもりのいたずらだい、これは?」

私が声をあげると、闇のなかに光っている映写機の目のむこうから、神保の返事が聞えた。

「おどかすつもりは、なかったんだよ。きのう、ここを借りて映写会をやって、そのままになっていたのを、思い出したもんでね。この子、だれだかわからないかい?」

「さあ、わからないな」

画面の子どもはさっきより幼くなって、三輪車をやっとこさ動かしていた。

「だれかに似ていると思わないか?」

神保にいわれて、私は画面に目をこらした。子どもはいま、砂浜を歩いていた。うしろには、夕日にかがやく海がひろがっている。まぶしそうな目をした顔が、大写しになった。だれかに

似ているような気がしたが、よくわからない。子どもの顔だけ、見てくれよ。私がうなり声をあげると、神保がうしろで、

「わからないかな。子どもの顔だけ、見てくれよ。バックの海のことは、考えに入れなくていいんだ」

「この土地の浜辺じゃないのかい?」

「ああ、そうだ」

「それじゃあ、きみの子どもかな」

「どうしてわかる?」

「だれかに似てると思ったら、きみに似ているんだよ」

「似ているかね。そうなんだ。この子は、ぼくの子どもだった」

「だった? だったというと、もしかして……」

「見ていれば、わかるよ」

神保の声の調子が、おかしくなった。画面では、男の子が飛びはねていた。はしゃいだ様子で、白い歯が笑顔に光っている。三輪車にのっていたときよりも、砂浜を歩いていたときよりも、成長した感じで、七五三の晴着すがたより、あとに撮ったものらしい。男の子は急に、なにかに気をとられたような顔になって、画面の左手へ走りだした。

カメラはそれを追って、男の子のうしろ姿をとらえた。と思うと、画面が大きくゆれた。撮影者がとつぜん、カメラを放りだしたような感じで、画面が流れたと思うと、壁が暗くなった。

映写機の音がやんで、闇が私の目ばかりでなく、耳にまで蓋(ふた)をしたように、静かになった。その奥から、神保の低い声が聞えた。

「あの子は、買いものから帰ってくる母親のすがたを見て、急に走りだした。八ミリで撮っていたのは、ぼくなんだけれど、なぜ画面が混乱したか、わかるかい？　カメラを手から、はなしたからだ。道路を横ぎろうとした息子にむかって、単車がつっこんできた。だから、ぼくは大声をあげて、走りだしたんだ。通りのむこうで、妻も悲鳴をあげた。どちらの声も、なんの助けにもならなかったがね」

「それじゃあ、あの子は……しかし、知らなかったな。きみが奥さんをもらって、子どもが出来ていたなんて」

「いまは子どももいないし、女房もいないよ」

「というと、奥さんはお子さんを助けようとして、そのときいっしょに？」

「いや、妻は子どもの葬式がすんでから、自殺したんだ」

「どうして、知らしてくれなかったんだよ。いったい、いつのことだったんだ、そりゃあ？」

「もう四年半になるかな」

「それじゃあ、この前、きみが東京にきて、ぼくをたずねてくれたころじゃないか」

「ああ、あれは妻の葬式がすんで、しばらくしてからだったな。あのとき、子どもと家内のことを、きみに話そうと思ってはいたんだがね。考えてみたら、結婚したことも、子どもが生れたことも、知らしていない。それで、なにもいわないことにしたんだ」

「つまらない遠慮をしたもんだな。いまになって、いいだすくらいなら、あのとき話してくれるべきだったよ。それにしても、灯りをつけてくれないかな」

闇はだんだん、息苦しくなってきていた。だが、神保はそっけない口調で、

「もうちょっと待ってくれ。まだ見せたいフィルムが、残っているんだ」

映写機が動きだして、光が壁にひろがった。さっきの男の子が、おむつでお尻をふくらまして、畳の上を匍っていた。匍っていくさきに、女のひとの膝があった。幼児がその膝に匍いあがって、カーディガンすがたの母親が、全身でうつった。ふくよかな顔立ちの、健康そうな美人だった。

「奥さんだね。待てよ、この顔には見おぼえがあるぞ」

と、私は口走った。画面の母親は、幼児をだいて立ちあがって、縁がわから庭へおりた。神保の声が、すこし尖った。

「見おぼえがある。そのていどかね」

「待ってくれ。いま思い出すよ。ほんとうに、見おぼえがあるんだ」

「じきに、いやでも思い出すさ。このころは元気になって、ふとっていたから、見ちがえたんだろう」

神保がいったとたん、テクニカラーの画面が、モノクロームの写真に変って、動かなくなっ

た。すこしうつむきかげんに、撮られることを、恥ずかしがっているような写真だった。私は思わず腰を浮かして、意味のない声をあげた。

「わかったろう、竹内(たけうち)」

と、神保の声が背なかをえぐった。私の膝は、とたんに力をうしなった。

「わかったよ、神保」

「どうして、きみに黙っていたか、そのわけもわかったろう」

「わかった。きみはこのひとと結婚したのか」

「そうだよ。きみが棄(す)てた女を、ぼくは妻にしたんだ。ひとりだけ、子どもが生れた。もうひとり、ほしかったけれど、生れなかった。ひとりっ子の写真を、もういちど、よく見てくれ」

モノクロームの写真は、男の子のカラー写真に変った。顔だけの大写しだった。

「ぼくに似ているといったが、いまでもそう思うかね」

「わからない」

「よく見てみろ」

男の子のカラー写真は、男のおとなのモノクローム写真に変った。私の写真だった。私の本の裏表紙につかった写真だった。それはまたすぐ、男の子のカラー写真に変った。私は全身の力がぬけるのを感じた。

「神保、この子は——この子は、ぼくの子だったのか」

「そうだ。きみの子だったんだよ」

男の子の写真に変って、画面から神保が私を指さしていた。神保の顔は、悲しげだった。

「きみの子だということは、最初からわかっていた。けれど、同時にぼくの子だった。ぼくは、そう思いこんでいた。ところが、やはりきみの子だったんだな。あの子が交通事故で死んで、そのあと、悲しみで正常心をうしなった妻が自殺して、はっきりした。妻は依然として、きみの子を愛していたんだ」

画面のなかで、私が立ちあがった。私の後頭部のむこうに、神保の悲しげな顔が見えがくれした。ぐったり椅子にかけたまま、私は私のうしろ姿と、神保の顔を見つめていた。

「なんだって、いまごろ、こんなことを知らせるんだ、ぼくに」

「ぼくが病気になって、気弱になったせいだろうな。健康で、仕事も順調で、生き生きしているきみが、うらやましい。だから、苦しめてやりたいんだ」

画面の神保は、くちびるを歪めて、うしろ姿の私をにらんでいた。画面の私は肩をふるわして、神保の胸ぐらをつかんだ。

「ぼくはたしかに、あの女と結婚しなかった。しかし、ほかのだれとも、結婚したわけじゃない。子どもが出来ているなんて、まるで知らなかった。そういう女といっしょになって、子どもを死なせたのは、きみの勝手だ。きみの責任じゃないか」

「そういう卑劣なことをいう男なんだ、きみは」

「だまれ！」

画面の私は、両手だけになっていた。その両手は、神保の喉にかかった。

「ぼくを殺す気だな、竹内。卑怯者のやりそうなことだ」

「うるさい！」

画面の両手は、神保の喉をしめあげた。それが、私の手であるはずはない。だれかにたのんで、演技させているのだろう。現に神保の苦しげなうめき声は、うしろの映写機のかげから、聞えてくる。それでも、私は憎悪をこめて、口走らずにいられなかった。

「だまらないと、殺すぞ」

「嘘つき。そんな勇気もないくせに、殺せるつもりか」

「きさまこそ、嘘つきだ。百鬼夜行絵巻が出たというのも、この映画館に幽霊が出るというのも、ぼくをさそいこむ口実だったんだろう。殺してやる。殺してやるとも！」

画面の私の手に、力がこもった。神保の顔から、目が飛びだしそうになった。紫いろのくちびるからは、どす黒い舌がはみだした。私が手をはなすと、神保のからだは、くなくなと床にくずおれた。私の手は、神保の肩をゆすった。ゆらりと首が傾いた。私はいつまでも、神保を見おろしていた。

壁が暗くなった。闇のなかで、私はふらふらと立ちあがった。天井の灯りが、薄暗くともった。ふりかえると、映写機をのせたテーブルのむこうに、青ざめた神保が立っていた。私はふるえあがった。この映画館に、幽霊が出るというのは、ほんとうだったのだ。いましがた殺したばかりの神保が、そこに立っている。神保は足をひきずって、近づいてきた。

「寄るな！　寄らないでくれ！」

私は悲鳴をあげて、あとじさった。

夢見術

女は華かな顔立ちで、まだ若いのに、老けて見られたがっているような身なりだった。実際は二十七、八で、年相応によそおっているのに、若く見えるということだったろう。古風な板扉をあけると、すぐ男を見つけて、雲のような絨緞（じゅうたん）をまっすぐ近づいてきた。

「すみません。お待ちになったでしょう？　とちゅうで車がつかえちゃって……」

銀座も京橋（きょうばし）にちかい裏通り、まあたらしいビルの地下室のバーで、カウンターのなかにバーテンがふたり外にボーイがひとり、女っ気のない店だ。土曜の晩の八時で、この閑散なのに、バーテンもボーイも、いっこう気にならないらしい。嘘（うそ）みたいにニコニコしてる。

「ぼくもいま来たばかりですよ。そっちへ行きましょうか」

男は水わりのグラスを持った手で、すみのテーブルを指さしながら、カウンターのスツールからおりた。女と同年配だろう。景気のいい会社の将来性のある社員らしく、隙（すき）のない身なりをしている。

「どうしたんです？　そんな大きなカバンを持って……まさか、家出してきたんじゃないでしょうね」

と、男は椅子（いす）にかけながら、笑顔でいった。さしむかいの椅子にかけた女が、わきにおいたカバンのことだ。牛皮をバックスキンふうに、やすり仕上げにした頑丈なバッグだった。

「これでもハンドバッグなの。ミラノに支社を出す話があって、父がいってきたでしょう、去年のすえ」

「ああ、もしかすると、ぼくはそこの勤務になるかも知れない。むかしイタリー語を勉強したことは事実なんだけど、使わないから、わすれてる。目下あわてて、おさらいですよ」

「そのときのおみやげなの。今年は大きいのが流行するんだそうだけれど、ちょっと持てあますわ、大女のあたしでも——その代り、このまま一泊旅行ができるくらい、なんでも入るのよ」

「ところで、なにか飲みますか？　それとも話があるという、その話をさきにする？」

「マティーニをたのんで……ここ、いいお店ね」

「ここなら、ご婦人も落着けるだろうと思って、選んだんです」

「あのひとも、ここへ来るの？」

「たしか二、三度いっしょに来たことがあったたな。話ってのは、旦那さまのこと？」

男の顔に一瞬、複雑な影が走った。女がそれに気づいたかどうかは、わからなかった。

「なにかご存じじゃあ、ないかしら？　ちょっと変なことがあったんだけれど……」

「どんなこと？」

「あなたしかいないのよ、こんな相談できるひと——両親をやたらに心配させるわけにもいかないし……でも、秘密はまもってね」

「あたり前だ。しかし、このごろ旦那さまとは、あまりつきあっていないんだよ。はっきりいえば、あなたのせいだ。ぼくの未練と嫉妬が、彼をあなたのもとへ早く帰したがらないんじゃないか――なんて推理を、あなたにされると、癪なもんでね」

「遅く帰ってくることも、ずいぶんあるわ。それにあのひと、あたしとあなたのことは知らないはずよ」

「声をひそめることはないでしょう？　具体的なことがあったわけじゃないんだ。ぼくのほうからの感情の放射があっただけで、しかも、あなたは放射能の影響をちっともうけなかったんだから」

「今夜のあなたって、意地悪みたい」

「かつてのあなたが、いくらか意地悪だったように、といったら怒る？　しかし、こんな会話は楽しいけれど、不健全だよ。とにかく、話を聞こうじゃないか」

「男同士って、わりになんでも話しあうものらしいけど、彼から聞いたことないかしら……？」

「なにをさ」

「はっきりいうには、ちょっと教養が邪魔をしてる感じなの」

と、女はむりに笑ってみせた。それを見て、男の顔に心配そうな表情が浮かんだ。女はマテイーニのグラスに唇をつけてから、

「つまり、彼にほかの女性がいるというような……」

「なるほど、世の細君族が後天的に身につける炯眼を、わずか半年で、あなたもそなえたわけか。なにか状況証拠でもつかんだの？」

「きのう、妙なことを口走ったのよ。ライターが見あたらなくてね。それを探しながら、ふいに『きっと、ゆうべ、きみといったレストランにわすれてきたんだよ』なんて……ところが、おとといの晩はあたし、いとこのところに遊びにいってたの。彼も帰りが遅くて、マンションのエレヴェーターで、偶然いっしょになったんだけれど」

「正直な話、ぼくはなんにも知らないな。だいいち、それっぱかりのことで……」

「いまのは最近の例をあげただけよ。クリスマスごろから徴候はあったの。あたしがダンヒルをプレゼントしたら、『二回も貰っちゃ、すまないな』って……」

「おなじものをかい？　それなら、ライターがふたつないと、話があわないじゃないか」

「そのときは冗談にされちゃったんだけど、それが、きのうの晩さがしてたライターなの。けさになってみたら、『傘立てのなかに落ちてたよ』といって、ちゃんと持っているじゃない。あれ、だれかに貰って、隠しておいたもうひとつのかも知れないわ」

「ほかにもなにか、妙なことがあったのかい？」

「もうひとつだけ。いつか八時ごろに帰ってきて、あたしの顔を見るなり、『早いねえ。きみの買物はすんでないようだったから、ぼくのほうが先に帰れるだろう、と思ってたんだが……』っていうの。まるで、どこかであたしに会って、また別べつに帰ってきたみたいでしょ？　でも、その日はあたし、どこへも出かけていないのよ。けさまでは、みんな冗談なんだと思ってたんだけど、考えだしたら気になって……」

「ぼくに電話したわけだね。でも、いまの話じゃあ、浮気の心配はないんじゃないかな。むしろ、神経症の心配をしたほうが――」

「健康状態は、とってもいいんですもの。ノイローゼらしいとこなんか、ぜんぜんないのよ。たまにそんな妙なことを、口走るだけで」

「すると、あなたは彼のあれを知らないんだね？」

「なんのことよ、それ」

「いやあ、顔いろを変えるようなことじゃないさ。妙は妙だが、特技といっていいだろう。学生のころからで、そりゃあもう、天才的なものだったらしい。らしい、というあいまいな表現しかできないのは、他人には確かめようのないことだからでね」

「はっきりいってよ。もう覚悟したから、なにを聞いても、おどろかないわ」

「彼は夢見術の大家なんだ」

「ゆめみじゅつ？」

「自由自在に夢を見る術さ。彼はそれをあみだした天才なんだよ」

「夢って……？」

「人間が夜ねてから見る夢さ。ラクダもムジナも、見るのかも知れないが、聞いてみたことがないから、わからない」

「そういえば、寝るのは好きなようだけれど……」

「そうでしょう。夢は起きてちゃ見られないから」

「どんなところでも、寝られるらしいわ」

「むかし、通学の電車でいっしょになったとき、『いま降りてった美人を主人公にして、短い夢を見るから、ちょっと失礼』なんていって、目をつぶることがありましたよ」

「だから、夢見術というわけね。どんな夢でも見られるのかしら？　思った通りのストーリイで――」

「登場人物と状況を設定して、あとはどう展開するか、そこまではわからないらしい。しかし、アブストラクトの夢でもなんでも、見られるそうだよ。もっとも、前衛の夢ってのは、おもしろくないらしいな。あんまり見ないようにしてるって、いってた」

「すると、さっきのあたしの話は……？」

「夢ですよ。しかも、あなたが主人公らしいから、安心していいんじゃないかな。彼はいつも仕事に熱心で、腹を立てるなんてこともないでしょう？」

「ええ、いいひとだわ」

「夢を自由に見て、不満を解消してるせいですよ。以前にも『あの教授、夢で殺してやる』なんてことが、よくありました。もっとも、殺すっていえば、あなたとの結婚式の前にあったとき、推理小説を読むせいかこのごろ夢が殺伐になって困る、とかいってたな」

「そういえば、ときどき、うなされてることがあったわ。それかしら？」

「きっとね。以前は――ほら、痴漢よけのベルってのが、あるでしょう？　携帯用の防犯ベル。手に握ってて、ひもを引っぱるとジリジリ鳴るやつね。あれを握って、寝たそうですよ。夢がいやな方向に発展しかけると、そのひもを引っぱって、目をさますわけだな」

「そんな器用なことができるの？」

「彼は夢だとわかってて、夢を見ているわけだもの。でも、展開のしかたが気にくわないからって、目をさますことはできないそうでね。刺激がないと、さめないんだな。それで、夢を見ながら、片手を動かすことができるように、修練したんだそうです」

「でも、そんなベルなんて、うちにはないわよ」

「棄てちゃったのかも知れない。夢見術の話を、あなたにしてないくらいだから」

「夢見術なんて、信じられないわ。ほんとのこと、いってよ。そんな話でごまかすところを見ると、あなた、ほんとのことを知ってるんでしょう？」

女は男の顔を見つめた。男は女の顔を見かえした。

「このまま一泊旅行にぐらい出られるといったね？」

女のわきにおいてある大きなハンドバッグに目をやりながら、男はいった。

「もし知っていて話してあげたら、彼への腹いせに、なにかやる気かい？」

「やるかも知れないわ」

「ぼくといっしょに旅に出る？」

男の声は、さりげなく低まっていた。女の顔はグラスを見つめたまま、しばらくは動かなかったが、やがて、ゆっくり縦に揺れかかった。

とたんに、けたたましくベルが鳴った。

比翼の鳥

雪崩連太郎幻視行

一

「比翼の鳥というのは、羽が片っぽしかなくて、目もひとつしかないんだな。だから、雌おす一緒でなければ、飛ぶことができない。それで、仲のいい男女のたとえに使われるんだ。というよりも、たとえるために、中国人が考えだした鳥だね。実在のものを例にしないで、架空のものをつくってしまうところが、おもしろいと思うんだけれど、この比翼の鳥は変っている。いっしょにすると、かならず悪いことが起る、というんだ」

北岡実は芝居がかりに、短い眉をひそめて見せた。

トラベル・マガジンは、旅行記事だけの雑誌ではない。連載小説も、一本だけのっている。それを書いているのが、SF作家の北岡実だった。

きょう私が編集者につれられて、北岡の住居をたずねたのは、トラベル・マガジンの編集長に、

「北岡さんが、きみにいいねたをくれるそうだよ。担当者が原稿をとりに行くから、ついてい

ってくれないか」

といわれたからだった。私は大して、期待してはいなかった。すばらしい材料なら、自分でつかうだろうからだ。はたして、北岡実の話は、あまり興味をひかなかった。

「ぼくは静岡県の浜松市の生れで、高校を出るまで、そこにいたんだ。小学校から高校まで、いっしょだった友だちに、鹿野弘三というのがいてね。そいつの家にあったんだよ、比翼の鳥の置物が」

「それは、なんで出来ているんです？」

と、編集者が聞いた。

「木彫さ。大きさは、これくらいでね」

と、新聞半ページぐらいの楕円形を、北岡は両手で宙にえがいて見せて、

「一対で飾っていたときには、雌雄をすこしずらして並べていたそうだから、もうちょっと大きく見えたろうな。矢口問哉という彫刻家の作品だ。やはり浜松の生れで、天才といわれた人物なんだが、あまり世間に知られていないのは、若死したせいだろうね。鹿野の父親が依頼して、銅婚式だったか、銀婚式だったか、とにかく結婚記念日のために、つくってもらったものなんだ」

「というと、戦争前のことですね？」

私が聞くと、SF作家はうなずいて、

「四十年前ぐらいだから、厳密にいえば戦争ちゅうだな。ところが、めでたいはずの比翼の鳥を、鹿野の家で飾るようになってから、悪いことばかり起るんだそうだ。まず作者の矢口問哉が死に、あとのくわしいことは、本人に聞いてもらいたいんだが、弘三の家でも凶事が重なった。それで、戦後は二羽を別べつに、置いておくようになってね。いまは雄のほうが鹿野弘三の家に、雌のほうは矢口問哉の縁者の家にある。こういう話なんだが、きみの連載記事につかえないかな」

「さあ、もう少しくわしくうかがわないと……」

私が言葉をにごすと、北岡は困ったような顔をして、

「実は最近、その雌雄ひとつがいが、一緒になるかも知れないんだ。それで、鹿野が電話をかけてきてね。ざっくばらんに話をすると、相談されて、行ってやりたいのは山やまなんだが、なかなか暇がない。ぼくじゃあ、空想的な解釈しか、できないだろうしね。だから、専門家にいってもらうようにしてやるって、もう受けあっちまったんだ」

そんなことだろう、と思っていたから、私は苦笑いを咳ばらいでごまかした。北岡は額に落ちかかる髪の毛を、片手ですきあげながら、

「なにしろ、兄貴をふたり、姉さんをふたり、鹿野は亡くしているんでね。かなり心配しているんだよ。材料が大したことはなくても、きみが脚色して書けば、おもしろくなるだろう。たのむから、行ってやってくれないか。紹介状も書いておいたから……」

こうなることは、編集長も承知の上だろう。私は紹介状をもらって帰って、あくる朝の新幹線にのった。浜松駅から電話をかけると、すぐに鹿野弘三が出た。

「ああ、雪崩先生ですか。きのう北岡君から電話があったものですから、ゆうべのうちにお見えになるかと思って、お待ちしていたんです」

「それはどうも。ゆうべは仕事があったものですから」

「いやいや、こっちが勝手に思いこんだだけですから、お気になさらずに——いまは駅にいらっしゃるんですか。では、すぐにお迎えをさしむけます。息子がテレビや雑誌で拝見して、先生のお顔を存じあげているそうですので」

冗談ではない。家じゅうあげて、先生あつかいされたのでは、半日と落着いていられないだろう。うんざりして、私は駅前で待っていたが、間もなく車を運転してきた青年は、先生とは呼ばなかった。

「雪崩さんですね。鹿野守男といいます。お乗りください」
二十四、五というところだろう。茶の背広に、きちんとネクタイをしめて、誠実そうな顔立ちの若者だった。
「ご迷惑じゃなかったんですか。ご都合をうかがうだけのために、ぼくはお電話したつもりだった。迎えにきていただくなんて……」

私が頭をさげると、守男はまだ幼さのうかがえる笑顔になって、

「いいんです。父にいいつけられたわけじゃなくて、ゆうべ、ぼくからいい出したことなんですよ、お迎えに行くというのは」

「それはどうも」

「実をいうと、雪崩さんが父とあう前に、ぜひお話ししておきたいことがあったんです」

私がすすめられて助手席にのると、守男は運転席に入って、ドアをしめながら、

「まっすぐ行くと、すぐついてしまうんで、ちょっと廻り道をさせていただきます」

「かまいませんよ。それで話というのは？」

「比翼の鳥のたたりなんて、なんの根拠もないことだと、父にいっていただきたいんです。お書きになったものを拝見すると、雪崩さんは合理主義者だと思うんですよ。だから、お願いするんですが、四十年も前に死んだ彫刻家の欲求不満が、いつまでも作品に残って、他人に影響をおよぼすなんて、信じたりはなさらないでしょう」

「そうでもありませんよ」

意地悪をするつもりはなかった。ただ青年の態度が、あまりにも健康そうで、確信にあふれているので、複雑な答えかたをしてみたくなったのだ。

「もちろん、彫刻に作者の気が残るなんてことは、あまり信じないほうですよ。でも、狂った天才のかいたグロテスクな絵なんか見ていると、妙な気持になってくるでしょう。すぐれた作品なら、そういう影響はあるはずですよ」

「でも、うちの比翼の鳥の場合は、なんにも知らないひとが見て、おかしな気持になるようなものじゃない。まともな彫刻なんですよ」

「しかし、あなたがたが見る場合は、違うでしょう。作者についての知識、というものがある。彫刻を見るたんびに、それを無意識に思い出すとすれば、やはり影響力を持っている、ということになるでしょう」

「お考えはよくわかるんですが、それならば片方だけでも、影響力があるはずでしょう。この場合は一対そろうと、たたるといわれているんです。現にぼくは毎日、片方を見ていますが、なんの影響もうけていませんよ」

と、守男は断言した。はたして、その通りだろうか、と私は思った。けれども、すなおにうなずいて、

「その点はまだ、なんともいえませんね。もっとくわしく、お話をうかがってから、考えてみます。もっとも、ぼくはレポーターであって、超自然現象の分析家じゃない。判断がつくかどうか、自信はありませんがね」

「比翼の鳥を彫った矢口問哉が、自殺したことはご存じでしょう?」

「若死したとは聞きましたが、自殺だったんですか」

「ええ、比翼の鳥を完成して間もなく、首をくくったんです。それも、五重の塔の最上階の欄干に縄をくくりつけて、屋根から飛びおりたんだそうです。つまり、発見されたときには、ち

ょうど四層目のところに、死体がぶらさがっていたわけですね」

「おかしな死にかたをしたものですな。五重の塔のてっぺんからなら、飛びおりただけでも、死ねるでしょう。それとも、小さな五重の塔だったんですか」

「いや、飛びおりただけで、死ねる高さですよ。そんな首のつりかたをしたわけは、父がお話しすると思います。話さなかったら、ぼくに聞いてください」

「そうしましょう」

「矢口問哉の縁者は、もうひとりしか残っていないんです。治子（はるこ）という女性です」

「その方が、めすの比翼の鳥を、保管しているんですね？」

「ええ。その矢口治子と来春、ぼくは結婚することになっているんです」

それで、比翼の鳥がまた、ひとつがいになるわけなのか、と納得して、私は守男がその問題に熱心なのを理解した。やはり、影響はうけていたのだ。

二

鹿野弘三は、いかにも地方都市の実業家といった感じの、恰幅（かっぷく）のいい人物だった。北岡実と幼な友達というのだから、五十そこそこのはずだが、もっと年上に見える。いや、北岡が若く見える、というべきだろうか。

「ご足労いただきまして、申しわけございません。ばかげた心配をしているように、お思いかも知れませんが、凶事をいろいろ体験しておりますので」

と、ていねいに頭をさげておいて、鹿野弘三は応接間のテーブルの上に、壁ぎわの飾り棚から、比翼の鳥をはこんできた。

だいたい、北岡がいった通りの大きさ、もっと堂堂として見えたのは、厚みがくわわっているせいだろう。羽が片方しかなく、目もひとつしかないので、かたちのとりかたがむずかしいはずだが、おす一羽でも完成した作品に見える。

しろうとの私の目にも、作者の矢口問哉が、そうとうな才能の持ちぬしであることは、はっきりわかった。よく見ると、のみの使いかたが力強く、荒っぽいといっていいくらいなのに、全体としては優美で、やさしさにあふれている。

「見事なものですな。雄めす一体になったら、飛び立つように見えるんじゃありませんか」

私がいうと、鹿野はうなずいて、

「私もときどき、雌雄ひとつがいにしてやりたい、と思うことがあります。そう思いながら、実行できないわけは、北岡君からお聞きになったと思いますが……」

「いや、アウトラインしか、聞いていないんです。これが出来たいきさつから、くわしくうかがったほうがいい、と思うんですが……」

「口べたですが、お話しましょう」

と、鹿野弘三はいって、しばらくテーブルの比翼の鳥を見つめてから、

「これは私どもの父親が、銀婚式を記念して、つくらしたものなんです。昭和の八年に、このあたりで、銀婚式を祝ったりしたんですから、父はかなりハイカラな人間だったわけです」

「そうでしょうね」

「作者の矢口問哉は当時、二十六歳だったそうです。東京にいて、帝展で賞をとったりして、天才といわれていたんですが、なにかの事情で、生れ故郷のここへ帰ってきて、市の外(はず)れにアトリエをひらいていたんです」

「先輩と大げんかをして、東京になんぞいられるかと、帰ってきたらしいですね。ゆうべ、現代美術にくわしい友人に電話して、聞いたんですが……」

「とにかく、癖のある人物だったようです。私は子どものころ、一度だけあって、かすかにおぼえているんですがね。写真で見る芥川龍之介に、どこか似(に)ていますよ」

「これを完成したあと、自殺してしまったそうですから、そのへんも似ていますな」

「正確にいうと、父の依頼した仕事を、全部おわらないうちに、死んでしまったんです。父はふた組、依頼したんです、比翼の鳥を」

「どうしてです、それは?」

「父には五人、子どもがいて、女、男、女、男、男という順で、最後の男というのが、私なんですがね。当時、いちばん上の姉が、もう結婚適齢期だったんです。だから、嫁に行くときに

持たしてやろうと、もうすこし小さいのを一対、依頼してあったんです。ところが、これが出来てくると、こんなものはいらない、と姉がいい出した」

「どうしてだかを、ご存じですか」

「いまから考えると、両親が知らないうちに、姉は矢口問哉とつきあっていたらしいんですね。ところが、癖のある人柄がいやになって、親のすすめる見合を承知したりしていたようなんです。その縁談がまとまって、古風な嫁入行列がここから出かけた日ですよ、矢口問哉が自殺したのは」

「首をくくって、五重の塔からぶらさがったそうですが、それじゃあ、もしかすると……」

その地方に、そういう風習があるかどうかは知らないが、私の頭に浮かんだのは、白無垢(しろむく)の裾(すそ)をたらして、馬上にゆられて行く花嫁御寮のすがただった。

行くての木立ちの上に、五重の塔がそびえている。その五層の欄干を越えて、身をおどらせる人影に、裃(かみしも)すがたの先達(せんだつ)が、あっと声をあげる。おどろいて、花嫁が顔をあげると、四層の屋根からぶらさがって、ゆれている人影が目に入る。はっきり顔は見えなくても、それがだれだか、花嫁御寮には察しがつく。

そういう状況だったとすれば、矢口問哉が五重の塔から、ぶらさがったのも、うなずけるのだ。私が言葉のすえを呑(の)みこむと、鹿野弘三は顔をしかめて、

「そうなんです。上の姉がとついだのは、浜北の旧家なんですがね。矢口が首をくくった五重

の塔というのは、そこへ行く道すじの、龍昇寺という寺の境内にあったんです。いや、もちろん、いまでもあるんですが……」

「すると、矢口問哉は失恋自殺、ということになるわけですね」

「アトリエには、姉によく似た女の首の原型が出来あがっていて、それに篦が突きさしてあったそうですから、失恋自殺といっていいかも知れません。でも、当時の姉の言葉では、いっしょに散歩なんかはしたし、アトリエにも遊びにいった。けれど、モデルになったことはないし、恋をうちあけられたおぼえもない。最初は天才にあこがれてつきあって、じきに人柄がいやになって遠ざかった。それだけのことだ、というんですがね」

「それが、この鳥にまつわる最初の凶事というわけですね？」

「二番目の凶事は、半年たたないうちに起りました。浜北にとついだ姉が、死んだんです。それも、なんだか妙な死にかたで、犬を散歩につれて出たまま、帰らなかったんですよ。とつぎさきの家のものが心配して、あちこち探したが、見つからない。そのうち、犬だけが鎖をひきずって、帰ってきた」

「大きな犬だったんですか、それは？」

「かなり大きな日本犬だったようです。それで、警察に届けて、なおも探していると、龍昇寺の境内で、死体が発見されたんです」

「まさか、五重の塔の下に、倒れていたんじゃないでしょうね」

「そうであったほうが、よかったのかも知れません。もっと早く問題になって、この鳥をなんとかしたでしょうから——でも、上の姉は墓地の外れに、倒れていたんです。さほど着衣も乱れておらず、どこといって傷もありませんでした」

「墓地というのは、五重の塔から、だいぶ離れていたわけですね？」

「ええ、そうです。けっきょく、心臓麻痺ということになりました。散歩のとちゅう、犬にひっぱられて、鎖を放してしまったので、懸命に追いかけた。あんまり走りすぎて、心臓麻痺を起したのだろう、というわけです」

「もともと、お弱かったんですか」

「そんなことはありません。健康優良児というわけでも、なかったようですが……三番目はひきつづいて起って、上の姉の葬式がすんだあと、私たちの母親が寝こんでしまったんです」

「お姉さまの死を、悲しまれたせいですか」

「そうです。そうです。寝こんでしまって、病名もさだまらないうちに、死んでしまいました。そのお通夜の席で、私たちの叔父、つまり父の弟が、最初にいいだしたんですよ、この比翼の鳥がいけないんじゃないか、ということを」

「なるほど、それだけのことがあれば、不吉に思うひとが出てきても、不思議はありませんね」

「しかし、父は合理主義者をもって任じる頑固者でしたから、一笑にふしたようです。すぐ上の兄に四度目の凶事が起るまでに、四年ばかりあいだがあったことは、父が気にしなかった理由でしょう」

「そのお兄さまは、どうなすったのです？」

「水泳にいって、溺れて死にました。小学校にあがる前から泳いでいて、自信があった兄なんです。ですから、こんどもお通夜の席で、叔父がこの鳥のことをいいだしたんです。さすがに父も、あまり強情は張りませんでした。といっても、処分したりはしないで、飾っておくのをやめたんです。箱におさめて、納戸にしまって、そのうちに戦争が激しくなったでしょう。私なんぞは、こんなものがあることを、すっかりわすれていましたよ」

と、鹿野弘三は苦笑してから、話をつづけて、

「その次の犠牲者は、下の姉です。いや、叔父を数えなければ、いけないのかも知れません。比翼の鳥をともかくも、ひと目にふれないようにすることに、成功したこの叔父は、間もなく交通事故で死んでしまったからです」

「亡くなられたんでしょう、下のお姉さまも？」

「ええ、そうです」

「どんなふうだったんですか」

「雨のなかを歩いて、肺炎を起したんです。このときは叔母さんが——交通事故で亡くなった叔父のつれあいですが、比翼の鳥のことをいいだしました。放っておくと、こんどは上の兄か、

私かということになるだろう、とまでいって」

「そのころだと、上のお兄さまは、兵隊にとられていたんじゃありませんか」

「そうです。ですから、いつ戦死するかわからない状況だったんです。私のほうは、小学生のころから、からだが弱くて、そのころは胸をわずらっていました。いまの私からは想像もつかないでしょうが、おかげで学徒出陣はまぬがれた代りに、いつ病死するかわからない状態だったんです」

「しかし、上のお兄さまが亡くなられたのは、戦死じゃなかったんじゃありませんか。亡くなられたことは、北岡さんからうかがいました。でも、あのころ戦死をなすったのなら、失礼だけれど、不思議とはいえないでしょう」

「ええ、戦争がおわって、家へ帰ってきてから、死んだんです。私が生きのびたのは、戦争のおかげかも知れません。大都会が空襲でやられるようになって、遅かれ早かれ、浜松も空襲か、艦砲射撃をうけるだろう、といわれていた。後者の被害が大きかったわけですが、それで家財を疎開させたなかに、これも入っていたんです」

と、鹿野は比翼の鳥を指さした。私は首をかしげて、

「そのおっしゃりかたから考えると、これを含めた家財をあずけた先で、なにか起ったような感じがしますが……」

「さすがに、勘がするどいですな。土蔵を借りて、家財をあずけた先の家で、息子さんが戦死

して、それはまあ、当時のことだから、これとは無関係かも知れないけれど、その息子さんの子どもも、まだ匍ってあるいていた男の子が、縁がわから落ちて、庭石で頭をうって、死んでいるんです。ほかにも当主の父親が、これも高齢のかただから、寿命かも知れないけれど、亡くなっている」

「上のお兄さまのことを、聞かしてください」

「戦争がおわって、兄は帰ってくるし、私も無事だったんで、父は安心したんでしょう。家も焼けずに、すみましたしね。それで、疎開した家財がもどってくると、また比翼の鳥を飾るようになったんです。ところが翌年、つまり昭和二十一年の夏のはじめに、上の兄は自殺してしまいました。まったくの原因不明、遺書もなかったんです。それには、さすがの父もまいったんですね。こんなものが祟るはずはないから――」

と、鹿野は比翼の鳥の頭を、片手をのばして撫でながら、

「処分するのは業腹だが、このままにしてもおけまい、矢口の家に責任をとってもらおう、といいだしたんです」

「なるほど、このお宅があなたとお父さまだけになって、はじめて比翼の鳥をわかれさせたんですか。いくら合理主義者でも、お父さま、心細くなったんですね」

「そうだと思います。矢口問哉の縁者は、甥御さんが残っていました。問哉のお兄さんの息子です。事情を話して、そのひとに雌のほうをあずけたのが、昭和二十一年の秋でしたね。父は

敗戦のショックで、働く気力をなくしていた上に、こいつの始末がついて、安心したんでしょうか。冬にならないうちに、床につくようになって、それでも数年は生きていました。死んだのが、昭和二十四年の春です」

「すると、あなたがひとり残されて、まだ二十代なのに、苦労なすったわけですね」

「そのかわり、すっかり健康になりましたよ。父の事業をひきついだといっても、若い私が全責任をおう必要はなかったんです。いい重役――というよりも、古風に番頭さんといいたいような、忠実なひとがいてくれましたんでね」

「それからこっち、比翼の鳥の悪影響は、なんにもなかったわけですか」

「私のほうには、なかったわけです。矢口問哉の甥夫婦には、女の子がふたりいたんですが、まず上の娘が病気で死に、しばらくしてから、夫婦があいついで死んで、いまでは治子という次女だけが残っている。母かたの親戚の家に厄介になっていますが、これは雌のほうの影響なのかも知れません。その家が龍昇寺の近くにあるのも、なんとなく気になるんですよ」

「雌雄がふたたび一体になるかも知れない、というのは、どういうことなんですか。つまり、ぼくの意見を聞きたいとおっしゃる理由ですが……」

と、しらばっくれて、私は聞いた。鹿野弘三は茶碗をとりあげて、ぬるくなった茶をゆっくりと飲んでから、

「駅までお迎えにあがった息子の守男が、実は治子という娘と、結婚することになったんです。

守男は長男で、私の仕事をつぐことになっているから、ここで一緒に暮すわけですよ。敷地がまだあいていますんで、あるいは離れを建てることになるかも知れませんが、とにかく一軒は一軒でしょう。治子は問哉と血のつながった最後のひとりだから、とうぜん雌鳥を持ってくる」

「なるほど、それで心配なすっているんですね。結婚そのものに、反対なすっているわけでは、ないんでしょう?」

「もちろんです。治子はいい娘で、妻も気に入っていますから」

「いまいる家に、雌鳥をおいてくるわけには行かないんですか」

「治子が不承知らしいんです。それに正直なところ、なにごとも起らないものなら、雌雄ひとつがいにしてやりたい、という気はあるんですよ、私にも」

「お子さんは、守男君おひとりですか」

「いや、守男の下に、ふたりおります。ことし東京の大学に入った娘と、ここの中学へ通っている息子と」

「守男君が結婚したら、マンションにでも住まわせるというわけには行かないんですか。そうすれば、雌雄が鹿野家にもどりながら、いっしょではないということになるでしょう」

「別居は家内が反対なんです。娘が東京へ行ってしまって、この上さびしくなっては、かなわないというんですね。おなじ市内なら、いいじゃないか、と申しますと、東京だって、その気になれば、ちょいとあいに行けるんだから、距離の問題じゃないんだ、といいまして……いや、困りました」

と、弘三は肩を落して、

「どんなものでしょう、雪崩先生。四十数年たってまで、こんな木で彫った鳥が、祟るものでしょうか」

三

龍昇寺の楼門は、小さかった。

灰汁(あく)あらいした直後みたいに、古びた白木のいろが鳩いろに沈んで、大人がひとり、やっと通れるくらいだった。左右の囲いのなかの仁王さまも、干しかためたように小さく、ひび割れている。その上に、唐ふうの櫓(やぐら)がのっていて、なかに太鼓がぶらさがっている。太鼓だけは、新しかった。楼門の左右はあいているので、なにも下をくぐることはないのだが、私は首をすくめて、通ってみた。

境内には立木がたくさんあって、常緑樹のあいだに、黄ばんだ葉を半ば落して、裸になりかかっている木が、あざやかに見えた。若いお坊さんが、竹ぼうきを手にして、落葉をはきあつめている。竹ぼうきを見るのは、何年ぶりだろう。

私は鹿野守男の案内で、雌の比翼の鳥を見に行くとちゅうだった。矢口治子は市内につとめているので、家にはいない。つとめ先に、守男が連絡をとって、世話になっている家に、私たちが行くことを電話してもらってあるのだった。つく時間は、ごく大ざっぱにしか、伝えていない。

それで、私は龍昇寺へ寄ってみる気になったのだ。守男の運転する車で、国道を走っているうちに、正面に見えだした五重の塔は、屋根の勾配が普通よりも急で、半びらきの傘みたいに見えた。お寺の塔というよりも、オベリスクを思わせる。

藁ぶき屋根の本堂からは、かなり離れて、五重の塔は立っていた。私は塔に歩みよりながら、守男にふりかえって、

「山門は中国ふうで、本堂は純日本ふう、五重の塔にはオベリスクのおもむきがあって、なんとなく西洋を感じさせる。この取りあわせは、おもしろいですね」

「たしかに、西洋の騎士が持っている槍みたいな感じもしますね。郷土史家のなかには、これは五重の塔に見せかけて、実は太陽を刺しつらぬこうとしている鉾を、かたどったものなんだ、というひともいるんです」

と、守男は微笑して、

「呪いの塔だ、というわけですよ」

「そりゃあまた、小説的な解釈だな。日輪というと、天皇家でしょう。南朝の貴族のひとりが、

この地に隠れて出家して、しかし、悟りきれずに、これを建てたとでもいうわけですか」

といってから、私は首をかしげて、

「ちょっと矛盾するかな。南朝の貴族たちなら、自分たちこそ日輪だと思うはずだから」

「だいいち、そんなに古いお寺じゃないんですよ。日輪は太閤秀吉だというんです、その郷土史家は——ほら、太陽がおなかへ入る夢を母親が見て、秀吉を生んだという伝説があるでしょう？　秀吉にほろぼされたこのあたりの豪族が、頭をまるめて世を棄てて、この寺に入った、というわけです。あとは雪崩さんの解釈どおりですよ」

「この五重の塔の上から、人間がぶらさがっていたら、目につくでしょうな」

と、私は塔を見あげた。

「死んだのが、天才といわれた芸術家ですからね。中央の新聞にも大きく出て、たいへんな騒ぎだったそうです。写真をとったひともいて、ぼくの家じゃあ見たくないから、探してもみませんがね。だれかまだ、持っているひとが、いるかも知れません」

「その写真が、新聞に出たわけじゃあないんでしょう？」

「当時はそういう生なましい写真は、新聞なんかには出せなかったんじゃありませんか。もちろん、死顔がはっきり見えるような、望遠レンズで撮った写真じゃない。ただ五重の塔から、首くくりがぶらさがっているってことが、わかるだけのものだそうですが……」

「それを肉眼で見た花嫁さんには、さぞかしショックだったでしょうねえ」

ため息をついて、私はあとへさがりながら、もう一度、五重の塔を見あげた。てっぺんの九輪は輪が小さめで、そのかわりに長くて、澄んだ秋空に突きささっているようだった。守男もいっしょに見あげながら、

「あとで祖母に、ぶらさがっている人影を見たとたん、問哉さんだと直観した、といったそうですよ、伯母は」

「見あげていても、きりがない。治子さんの家へ行きましょうか」

と、私はいって、楼門のほうへ戻りはじめた。若い坊さんは、落葉を小さな山にして、マッチで火をつけようとしていた。落葉はくすぶって、濃い煙をあげていた。本堂も、五重の塔も、文化財に指定されてはいないらしい。若い坊さんは煙を吸って、咳きこみながら、竹ぼうきの柄で、落葉の山をつついていた。

矢口治子の親戚の家は、かなり大きな酒屋だった。守男が店のはずれに車をとめると、日に焼けた中年男が出てきて、私たちに笑いかけた。

「さっき治子から電話があって、お待ちしていましたよ、守男さん。治子も早退して、帰ってくるそうです。タクシーを奮発する気らしいから、もう戻ってくるでしょう」

守男が私を紹介すると、中年男は門脇正作と名のった。治子は、この酒屋の二階のひと部屋を、あてがわれていた。店の横を入ると、あとから取りつけたことが、ひと目でわかる鉄梯子があって、直接、二階へあがれるようになっていた。

正作は先に立って、階段をあがると、パネル張りのドアのわきにふたつ並べておいてある花の鉢を見おろして、

「治子が電話で、植木鉢の下に鍵が隠してある、といっていたんですがね。どっちの鉢だと思います？」

この酒屋の主人は、なかなか親切で、愉快な人物らしい。小さな赤い花をいっぱいつけた鉢を、守男がすぐに指さした。正作は、その鉢を持ちあげた。鍵はなかった。もうひとつの紫いろの花の鉢の下だった。

治子の部屋は、あまり整理されてもいなかったが、ちらかってもいなかった。きれい好きな男の学生の部屋、という感じだった。座蒲団カバーや壁掛の花やいだ色彩は、恋人の心づくし、ということになる。

「例のやつは、押入に入っているそうですよ。すぐわかるといっていたが……」

と、正作は襖をあけて、

「なるほど、こりゃあ、すぐわかる」

雌の比翼の鳥は、押入の下の段のいちばん前に、むき出しのままおいてあった。正作は無造作に持ちだして、それを膳の上にのせた。雄とならべると、見事な構図をつくるだろう。しかし、これだけでも、観賞にたえるところは、雄とおなじだった。

「あたしにゃあよくわからないが、傑作なんでしょうな、こいつは」

と、正作がいった。私はうなずいて、

「そう思いますね」

「たしかに、魂がこもっている。でも、だからといって、これが祟るなんてことは、あたしゃ信じませんね。だって、そうでしょう。ひとの命をちぢめるほどの力を、こいつが持っているのなら、離しておこうがどうしようが、だめなはずですよ。こっちが向うへ行くか、向うがこっちへ来るか、あたしらの知らないうちに、勝手に飛んでいっちまって、祟りつづけるでしょう。あたしの姉夫婦のところへ、これをあずけるときに、鹿野さんのお宅じゃあ、動きを封ずるお祈りかなんかやったとは、うかがっていませんからね」

「そこが、比翼の鳥の悲しさなんじゃありませんか」

と、私は口をはさんで、

「飛んで行きたくても、一羽じゃ飛べないんですよ」

「ごもっとも。それなら、むなしく羽ばたきをして、寝ている治子をおどろかすとか、うちの店員かだれかを、魔力であやつって、鹿野さんのところへ持って行かせるとか、なにかしそうなものじゃありませんかねえ」

「ごもっとも」

と、私は相手の口調をまねて、

「ぼくもこの手の話にぶつかったとき、よくそういうことを考えますよ。でも、周囲の人間に影響をおよぼす力と、その物が不思議な動きをする力とは、まったく別らしいですね。これの影響力というのは、生きている人間に感じられる力なんでしょう。これその物は、木を削ったものにすぎないから、動いたりなんかしないんですよ、きっと」

「そう説明されると、よくわかりますよ。それでも、あたしは信じませんがね。傑作にしても、所詮は木の切れっぱしだ。四十年の余も、そんな超エネルギーをたくわえておけるわけがない。だから、あたしは治子に、嫁にいくときは、おいて行け、といっているんですがね。うちは平気だからって――でも、治子はこいつを、両親の形見みたいに思っているらしいんですね」

と、正作がいったとき、戸口で声がした。

「そうじゃないわよ、叔父さん。あたし、怖いの。あたしは信じているのよ。その比翼の鳥は一羽でも祟るって」

治子が戻ってきたのだった。黒目の力んだ大きな目は、そうとうに勝気そうだったが、卵がたの顔にはやさしさがあふれていて、かわいらしい、といってもいいような娘だった。年ごろは、守男とおなじくらいだろう。

「ああ、治子さん。紹介しよう」

と、守男は笑顔で立ちあがって、

「こちらが東京からきていただいた雪崩連太郎さん」

「矢口治子でございます」

畳にきちんと両膝をそろえて、治子はていねいに挨拶した。

「あたしぐらいの年のものが、こんなことをいうと、おかしく聞えるでしょうけど、だめなんです。ほんとうに、そんな気がしますの。両親と姉を殺したのは、この鳥だと思うんです。だから、叔父さんにあずけて出て行くなんてことは、ぜったいに出来ません」

「わかった。わかった」

と、正作は腰を浮かして、

「こいつのことは、雪崩先生によく相談してくれ。それじゃあ、先生、守男さん、あたしは店がありますんで——どうぞ、ごゆっくり」

叔父が戸口から出てゆくと、治子は話をつづけた。

「叔父にあずけられない理由は、もうひとつありますの。恐れていながら、あたし、この鳥が好きなんです。たぶん、あったこともない大叔父を、尊敬しているんだと思います。ひととつきあえない、変った芸術家だったようですけど、あたしにもそういった偏屈なところがありますから」

「そんなことはないよ、治子さん」

と、守男が口をはさんで、

「きみには偏屈なところなんかない。ただ困るんだなあ、いつまでもそんなことをいっていたんじゃあ……これは天才の作品には違いないけど、ただの木を削った彫刻だよ。ひとの命をうばう力なんか、持っているはずがないじゃないか」

「そうかも知れないけど、すなおにうなずけないところが、偏屈なのよ。比翼の鳥のせいでなかったら、あなたのお父さんは、どうして二十年たらずのあいだに、ひとりぼっちになっちゃったの？　あたしは三十年たらずだけど、やはり、ひとりぼっちになってしまったし……」

「そりゃあ、偶然にすぎないよ。若死するひともいれば、事故死するひともある。人間はさまざまで、いつかは死ぬことだけが、きまっているわけだ。戦争ちゅうには、一夜でひとりぼっちになってしまったひとも、たくさんいるんだぜ」

「守男さんの意見より、あたし、雪崩さんのご意見をうかがいたいわ、悪いけど」

と、治子はさとすようにいってから、吸いこみそうに黒い目で、私を見つめた。

「雪崩さんは、どうお考えでしょう？」

「ごまかすようで、気がさすんだけれど、まだなにもいえないんですよ。浜松について、問題のこの鳥を、やっと両方、見たばかりなんですからね。だいたい、ぼくはレポーターで、超心理学者でもなんでもない。調べてみても、ぜんぜん結論はでないかも知れないが、いまいえることは、調べてみなけりゃわからない、という文句だけでしょう」

「この鳥、お宿へお持ちになっても、かまいませんわよ」

「いや、調べなけりゃいけないのは、この彫刻じゃない。作者のことでしょう。あなたの大叔父さん、矢口問哉のことですよ。だれか、実際に大叔父さんと親しかったひとで、ご存命のかたがいませんか」

「いますわ」

と、治子は目をかがやかして、

「あたし、ひとり知っています。向後さんというお医者さん、七十いくつで、もう病院のほうは息子さんにまかしていらっしゃるけど、とってもお元気なんです」

「大叔父さんが診てもらっていたお医者さんですか」

「患者でもあり、友達でもあったらしいんです。向後さん、若いころから、絵をおやりになっていて、いまでも市の展覧会の常連なんですって」

「そういう人なら、持ってこいですね」

「あたし、電話をかけて、ご都合をうかがってきます」

治子は立ちあがって、戸口を出ていった。鉄の階段をおりる足音が、躍るように聞えた。

四

向後遼平は、頭はきれいに禿げて、焼きたてのバターロールのように光っているが、やや飛びだしぎみの目に、活気のあふれた老人だった。

「このごろのことはすぐ忘れるが、昔のことはよくおぼえている。絵をかくのと、散歩をするほかには、なんの用もないからだだから、いつでもどうぞ」

ということだったので、私は矢口治子につれてきてもらったのだ。向後医院は、駅前の繁華街に接するビルの、二階ぜんぶをつかっていた。三階から上がマンションになっていて、遼平は三階の角の部屋に住んでいた。

龍昇寺から駅前までは、守男の車で送ってもらった。いっしょに向後老人をたずねたいような素振りを、守男はしきりに見せていたが、治子が気づかない様子なので、あきらめて帰っていった。

「矢口問哉のことなら、一日じゅうでも、話していられるよ。昔はたまに、東京から美術雑誌の記者とか、評論家のひとなんぞが見えて、私の話をお聞かせしたものだがね。もう問哉も、わすれられてしまったらしい。淋しいことだな」

と、老人はつるつるの頭をなでた。

「矢口問哉の学生時代から、ご存じだったんですか、先生は」

私が聞くと、遼平は首をふって、

「いや、東京から問哉が帰ってきてから、死ぬまでのあいだのつきあいだ。だから、短いといえば、短いね。私が東京で、医者の勉強をしていた時期と、彼が美校にいた時期は、ずれているからねえ。しかし、こっちでいちばん親しくしていたのは、私だと思っているよ」

「つきあいにくい人物だったんですか」

「そんなことはない。ただ無口というか、口べたというか、興味の持ちかたが限られている人間だから、そう思われていたかも知れないな。ほんとうは、さびしがり屋の人なつっこい男だった、と思うね」

「よくおあいになっていたわけですか」

「たずねたり、たずねられたり、いつも四、五時間は、あっという間にたってしまったよ。もっとも、喋(しゃべ)っているのは、たいがい私だった。間哉はにこにこして聞いていて、ときどきひとこと、ふたことという。それが、するどくてね。寸鉄ひとを刺す、というやつだな。いつも敬服したもんだ」

「芸術の面で、悩んでいたようなところが、ありましたか」

「悩んでいたね。といっても、行きづまって、頭をかかえこんでいる、というような悩みかたじゃなかった。こっちにいても、あとからあとから傑作が出来ていたからね」

「すると、どういう悩みかただったんです?」

「なんといったら、いいのかな。自信はあるんだが、情実の横行する中央では、一部にしかみとめてもらえない。その一方で、海外の大家の仕事を、雑誌なんかで見ちゃあ、恐れをいだく。もっとなんとかしなくちゃいかん、という悩みだろう。うん、私のところへよく遊びにきたのは、海外の画集や美術雑誌を見るのが、目的だったかも知れないね。私はそのころから、暇さえあれば絵をかいていて、参考になるものを、取りよせていたんだ。しあわせなことに、私の親は甘くてねえ。人間、趣味がなければ、大成はしないなんていって、金をつかわしてくれたから」

と、目を皺のなかに埋めて、老人は笑った。私はいちばん大事な質問をはじめた。

「自殺の原因は、なんだとお考えでしょう?」

「それを聞かれると、やはり失恋でしょう、彼はひとつことを思いつめる男でしたから、と答えることにしているのだ、私は」

といってから、向後遼平は首をふって、

「といっても、実はほかに理由があるのを、知っているんだが、話したくない、というわけじゃない。鹿野の娘が、問哉から見れば、しごくつまらない男のところへ嫁にいくことになった。それが、直接の原因になったことは、確かだと思うよ」

「逆にいえば、鹿野氏の長女が彼をきらわなければ、立ちなおれたに違いない悩みが、なにかあった、ということになりそうですね」

「まあ、そういったところかな」

「それは、いったい、なんだったんです?」

「やはり失恋といっていいことなんだが、具体的に聞きたいかね。それが、どうしても必要なのかな? 当節ならば、別にどうということではないんだが……」

「お聞かせねがえませんか。治子さんのためにも、必要なんです」

「隠していたわけじゃない。理由は失恋で、嘘をついたことにはならないから、くわしく喋らなかっただけだ。ことにいまさら、あなたがたに聞かしたら、あっけにとられるだろう。理解できなくて、笑いだすかも知れない。だから、なおのこと喋らなかったんだ。鹿野の娘さんにとって、不名誉な話でもあるしね、私らの感覚だと」

「鹿野氏の長女と問哉とのあいだに、肉体関係があった、というようなことですか」

「察しがつくだろうね。まあ、そうだ。問哉は鹿野の娘と知りあって、理想のモデルが見つかった、といっていた。自分が恋をしたことを、気づかなかったんだねえ。そのくせ、モデルになってくれとも、頼めないいんだから、あなたがたは笑うだろう。女房にしてしまえば、モデルに出来るじゃないか、と私はけしかけた」

「なるほど」

「ところが、自分のような、彫刻のほかにはなんにも出来ない、なんにもわからない人間には、妻子を養う資格はない、と彼はいうんだ。あれはちょうど、私の病院の休診日で、彼が昼間から遊びにきていた。私たちは酒を飲んで、問哉も珍しく口かずが多かったな。なにしろ、恋愛問題なら、私のほうが上、彼の寸鉄に刺される心配はない、と思ったからね。さかんに、問哉をけしかけた。しまいに、彼は不機嫌になって、帰っていったよ」

老人は目をとじて、ほっと息をついた。しみの浮いた顔には、苦笑のような翳が、かすかに浮いていた。

「だから、私にも責任の一端はあるわけだ。それで、いままで話せなかったのかも知れないな。

その晩、もう夜なかといっていい時間に、問哉が青い顔をして、たずねてきた。酔いもさめて、真剣な顔つきでね。私の家から酔って帰るとちゅう、アトリエの近くで鹿野の娘に出あった。問哉をたずねてきて、留守だったから、帰ろうとしたところだったそうだ」

「そこで、間違いが起ったんですね」

「酔って、私にけしかけられていたから、彼女をアトリエにつれこんで、犯してしまった、というんだ。どうやって、責任をとったらいいだろう、というから、ばかだな、お前は、といってやったよ」

と、老人は顔をしかめて、

「こっちは問哉が帰ったあとも、ひとりで飲みつづけて、酔いがまだ残っていたからね。責任もなにもないだろう、うまく行ったわけなんだから、もう口べたでもなんでも大丈夫。女房になれ、といえばいい。そういって、追いかえしたんだ。鹿野の娘の縁談がきまったのは、それから十日とたたないうちだったらしい」

「大叔父さんは、結婚を申しこまなかったのかしら」

と、治子が首をかしげた。向後遼平は痛ましげに首をふって、

「不審に思って、私も問哉に聞いたよ。不器用な人間というのは、しかたがないもんだ。自分は妻を持つような人間じゃないが、ああしたことがあった以上、責任をとる、かたちだけの妻でもいいから、自分が鹿野氏に申しこみにいったら、承知してくれないか、とい

ったんだそうだよ」

「鹿野の娘は、怒ったんですね」

「いやです、もうあなたの顔も見たくない、といって帰ったそうだ」

「彼女は問哉が好きだったんですねえ。そういう人間関係には不器用なひとで、しかも、したたか酔っていたんだから、その晩のことだって、わからないでしょう。彼女がよろこんで、応じたのかも知れない。それなのに、結婚したくはないが、責任上しかたがないから、結婚してやる、といういいかたをされた。昭和ひと桁のころに、芸術家にあこがれて、親に内緒でつきあうような女性だったら、現代と変りはない。プライドを傷つけられて、怒るでしょうよ、そりゃあ」

「私もそう思ったが、もうなにをいっても手遅れだからね。彼女のことはあきらめろ、おれがもっとすばらしい女性を探してやる、といって、なぐさめるよりしょうがなかった。ところが、問哉の返事がまたおかしい。あきらめるのは当然だが、自分が秘密をもらすのではないかと、彼女は恐れているだろう、ぜったいに口をつぐんでいるから、安心していい、という保証を、責任上あたえてやらなければならない。そういうことを、口走るんだよ。そのときは、なにをいってやがる、負惜しみはよせ、と腹のなかで、私は思ったもんだがね」

私は、あっと思った。治子も唖然《あぜん》として、目を見はった。

「矢口問哉がしたことは、保証だったんですか」

私がため息まじりにいうと、遼平はうなずきながら立ちあがって、書棚に近づいた。いちばん下の段から、ファイルを一冊とりだすと、そこから雑誌の一ページらしいものを抜きだして、私の前においた。

そこには、中世の銅版画らしいものが、単色の写真版でのっていた。五重の塔に似ていなくもない城の塔から、首くくりがぶらさがっている絵だった。キャプションはドイツ語で、私には読めない。ずっと昔の雑誌から、切りとった一ページなのだろう。紙は黄ばんで、写真が寝ぼけたように見えた。

「これは、絞首刑の図なんだ。ヨーロッパの小国で、罪人を死刑にするのに、高い塔から首に縄をかけて、突きおとしたというんだね。罪人を死刑にするのは、見せしめのためだから、諸人の目にふれなければ、意味がない。それで、どこからでも見えるような場所で、執行したというわけさ。この図版は、問哉が死ぬしばらく前に、とどいた雑誌に出ていてね。彼がおもしろがって、見ていたものなんだ」

と、向後遼平は沈んだ声でいった。

五

「子どもじみた誤解のなかで、ふたつの心がすれちがったわけね。大叔父の思いが残って、守男さんの伯母さまを、あの世へ誘ったんじゃないかしら、やっぱり」

と、治子はひとりごとのようにいった。

「あの比翼の鳥は、けっきょく、祟るといっていいんじゃないの、雪崩さん」

「さあねえ」

私は生返事をしながら、落日にきらめく海を眺めていた。私は治子にさそわれて、中田島の砂丘にきているのだった。

向後遼平の部屋を出ると、治子は妙にさっぱりしたような口調で、私にいった。

「雪崩さん、これからどちらへいらっしゃるの？」

「鹿野さんが紹介してくれた宿屋へいって、晩めしを食って、寝るだけなんだがね」

「もっと調べたいところが、あるんじゃないの？　なんだか、気が重そう」

「もう調べる必要はない、と思うね。ただ宿へ帰ると、さっそく鹿野氏が押しかけてきて、大歓待ってことになりそうだから、気が重いんだ。お酒に料理がずらずらと並んで、それだけですまずに、芸者衆でも現れたひにゃあ、目もあてられない」

「遊ぶのは、きらいなの？」

「きらいじゃないが、ときと場合によるよ。ぼくは鹿野さんのために、比翼の鳥の鑑定にきているんじゃない。ぼくの原稿のために、取材にきているんだからね」

「雪崩さん、車の運転できるんでしょう？」

「できるよ」

「ちょっと待っていて」

治子は身をひるがえして、階段を駈けあがっていったと思うと、間もなくキイ・ホールダーを振りまわしながら、戻ってきた。

「お孫さんの車を、貸してもらうことにしたわ。あたしが案内するから、取材に行きましょう」

「どこへ？」

「中田島の砂丘。砂丘のどこかに、比翼の鳥の秘密が、隠されているの」

「もう寒いんじゃないかな。二、三年前にここへ来たとき、夜ふけにいってみたことがあるんだ。まっ暗なのと、うすら寒いのとで、あわてて引きあげてきた。車が入れるぎりぎりまで行ってから、ライトを下むきにして、海岸のほうへ歩きだしたときに、ハイヒールの靴が片っぽだけ、砂の上にころがっていてね。印象的だったのをおぼえているよ」

「うすら寒いくらい、謎をとくためには、我慢しましょうよ。これから行けば、夕日が海に沈むところも、見られるわよ」

そういわれて、私は承知したのだった。

この娘は、私になにかいいたいことがあるらしい。だが、比翼の鳥の呪いを、みとめさせたがっている口ぶりを、ちらりと見せただけで、私といっしょに落日に見入っている。腰をおろしている砂丘の砂が、冷たさを増していた。

「きみは守男君に結婚を申しこまれて、はっきり承知したんだろう?」

と私は聞いた。遠州灘は夕日をのみこもうとして、油を流したように光りかがやいていた。

治子はそれを見つめたまま、

「守男さんに申しこまれたときは、いちおう断ったのよ。あたしのほうが、ひとつ年上なんですもの」

「そんなことは、守男君にとって、断られる理由にはならないだろう。ひとつ年上の女房は、鉄のわらじで探せ、というくらいだ」

「承知したのは、守男さんのお父さまから、話があったとき」

「はっきり承知したわけだね。そのくせ、きみはなんとかして、結婚を避けたがっているな。どうしてだい?」

「そんなこと、ないわよ。比翼の鳥が、気になっているだけ」

「うそだね。きみはあんな彫刻のことは、ちっとも気にしていない。こっちをむいて、ぼくの顔から目をそらさずに、気にしている、といえるかい?」

「いえるわよ」

治子は私のほうをむいて、大きな黒目をすえながら、まばたきもせずに、

「比翼の鳥が、気になっているだけ」

「ひっかかったね。ほんとに気にしているのなら、そんなに平然といえるもんじゃない」

それが、言葉の罠だった。治子はまだ若い。表情が、ちらっと動いた。

「比翼の鳥を利用して、結婚を避けようとしているのは、なぜなんだい？　ほかに好きなひとがいるわけじゃなさそうだし……」

と、私は追及した。治子は答えずに、海のほうへ視線をもどした。海のいろが手前から暗くなりはじめて、落日の炎がそめた色を、水平線のむこうに押しやろうとしていた。空はひと足早く、濃い藍いろをひろげている。私は質問の方向をかえた。

「じゃあ、逆に聞こう。どうして守男君の申しこみを断れて、弘三氏からいわれたときには、断れなかったんだい？」

「いろいろ世話になっているし、あのひとの話のしかたは、あたしが断るなんて、ありえないという調子なんですもの」

「いろいろ世話になっているって、どういうこと？」

「経済的なことに、きまっているでしょう。雌をあずかるときから、お金がついていたのよ。姉さんが死んだときも、鹿野さんのおかげで、お葬式が出せたようなものだったし、両親のときはなおさら。つとめ口の世話をしてくれたのも、鹿野さんなの」

「なるほどね。きみは守男君がきらいなのかい？」

「きらいじゃないわ。まじめすぎて、息苦しい気がすることはあるけれど」

「それなら、なぜ避けようとするの？　守男君が、ぼくらの車をつけてきたことを、きみだって知っているんだろう？」

「なんだ。守男さんが病院のわきで、あたしたちを待っていたこと、気づいていたの、雪崩さん」

「いまだって、遠くでこっちを気にしているのを、ちゃんと知っているよ。なんのために、きみはぼくをここへ誘ったんだ？」

「泳ぐところを、見てもらいたいの」

治子は腰をあげて、砂の上にすわると、手早く服をぬぎはじめた。若いだけに、わずかな手順で、健康そうな裸身が、黄昏（たそがれ）の光のなかに立ちあがった。私は思わず見とれていたが、治子がパンティをぬぎすてて、走りだしたとたん、われに返った。

「待ちたまえ。風邪をひいたって、知らないぞ」

「まだ若いんだもの、大丈夫よ」

その声が妙に低いのに気づいて、私は動きをとめた。

治子は裸で、海にむかって走っていた。追いかけてはいけない、と私は自分にいいきかした。ひえびえとする砂丘に腰をおろしたまま、私はきびきびと動く裸身を見つめていた。治子は速度を落しながら、ふりかえった。私がすわったままなのが、ひどく意外だったらしい。立ちどまると、右手を前にあて、左腕で両の乳房をかくして、私を眺めた。それから、私の頭上を越して、もっと遠くへ視線を投げた。

私は黙って、手まねきをした。治子はそのままの姿勢で、歩きにくそうに戻ってきた。私のそばにすわると、すばやく服を手ぐりよせて、前にあてた。だが、服を着ようという素振りは見せない。

「どうして、追いかけて来ないの？」

私は上衣をぬいで、治子の肩にかけてやりながら、

「ぼくは役者としては、落第なんだ。きっかけをつかみそこねたんだよ」

「それこそ、嘘だわ。あたしの計画を見ぬいて、協力してくれなかったのね。でも、守男さんはショックをうけて、帰っていったわよ」

「きみの思い通りになったわけだ。もう聞かしてくれてもいいだろう。なぜ嫌いではない守男君との縁談を、ぶちこわそうとするんだい？　ふつう女性が、あなたを嫌いじゃないんだけど、というときは、嫌われるより始末が悪い。まったくの無関心の表明だからね。でも、きみの嫌いじゃないは、ちょっとニュアンスが違っていた」

「好きになるわけには行かないの。あたしと守男さんとは、敵どうしなんですもの」

「ずいぶん古風な言葉が、出てきたものだね。矢口間哉の自殺の秘密を、きみは前から知っていたのか」

「そうじゃないわ。ぜんぜん別なこと」

「しかし、比翼の鳥がからんでいることには違いないだろう？」

「守男さんの伯父さんのことなの。鹿野さんがいう下のお兄さん」

「ああ、溺れて死んだというひとか」

「あれは事故じゃないの。殺人だったのよ。あたしの父が、殺したの」

あっけにとられて、私は治子を見つめた。嘘をいっている顔ではなかった。

「いつ知ったの、それを？」

「父が死ぬ間際に、あたしに打ちあけたの。祖父から父はさんざん、問哉のことを聞かされて、鹿野の娘のために、矢口の家は天才を失ってしまった、と思いこんだのね。それこそ、古風に敵だと思っていたんだわ。むこうはお金持、こっちは貧乏人。顔をあわせるたびに、相手の態度が小癪にさわって、かたき意識が濃厚になっていったのかも知れないけど――とにかく、鹿野さんの下の兄さんを、深みへひっぱりこんで、溺れさせたのは、父なんです」

治子は顔を伏せた。私はため息をついた。

「なるほど、それで敵どうしか。そう考えるのも無理はないが、その敵から経済的援助をうけてきた、という卑屈になった心が、古風な考え方をさせているんじゃないのかな。きみが鹿野家のだれかを、殺したわけじゃあるまいし……」

「でも、あたしは犯人の娘よ」

「むこうはきみの大叔父さんを、自殺に追いこんだ犯人の甥だよ。上の姉さんというひとが、まあ、若かったからしょうがないけど、もう少し相手の人柄を見ぬいていたら、日本の彫刻界は、ひとりの天才をうしなわずにすんだんだ、ともいえるだろう？」

「四十年も昔のことを、そんなふうにいっても、はじまらないわ」

「きみだって、三十年も昔のことをいっているよ」

「じゃあ、どうすればいいの？」

「小細工はやめることだ。ぜんぶ打ちあけて、みんながどう考えるか、見たらいい。ぼくが頼まれついでに、その役を引きうけるよ」

「比翼の鳥は、祟っていたわけじゃない、というのね？」

「そうだ。ぼくが知ったことを、ぜんぶ弘三さんと守男君に話して聞かせる」

「あたしと守男さんの結婚は、お流れになるかも知れないわね」

「きみの希望どおりってわけじゃないか。さっきのことまで、理由を話したら、守男君はけっしてご破算にはしない、と思うがね」

「お流れになったら、あたし東京へ出るわ。雪崩さん、いいつとめ口を知らない？」

治子は顔をあげて、にこりとした。その顔が、いつの間にか影を濃くしている。もう海は暗くなって、さっきとは逆に、空に星あかりがきらめきはじめていた。

「風邪をひいても、ほんとうに知らないぞ」

私は治子の肩をたたいた。

「ぼくはセンチメンタルな人間だけど、すぐそういう自分が嫌でたまらなくなるんだ。早く服を着ないと、どんな人間になるかわからないよ、ぼくは」

治子のかすかな笑い声が聞えた。

からくり花火

雪崩連太郎幻視行

一

寝入りばなを電話のベルに起されて、受話器をとりあげながら、おなじサイド・テーブルの上のデジタル時計を見ると、あかりのついた小窓の数字は、午前一時三十七分をしめしていた。

「雪崩連太郎ですが」

「ああ、雪崩さん、こんばんは。ぼく、古畑です、イラストの」

元気のいい声は、あきらかに酔っていた。古畑陽介は、トラベル・マガジンの編集部や、新宿の酒場で、よく顔をあわせる若いイラストレーターだ。

「いつぞやは失礼。あいかわらず楽しくやっているようだけど、古畑君、今夜はいくらさそわれても、出てゆく気力はありませんよ。朝からあっちこっち駆けまわって、さっき、やっと帰ってきたところなんです」

「一日じゅう、お仕事だったんですか。呼びだしたりはしないから、ご心配なく。ほんとはすぐ来ていただきたいところなんですが、あいにく東京じゃないんですよ。ぼく、豊橋へ帰っているんです」

「豊橋っていうと――」

「愛知県の豊橋ですよ」

「ああ、あんたはそっちの出身でしたね」

「愛知県が花火で有名なのは、ご存じでしょう、雪崩さん。それに関して、変ったはなしを聞きこんだもんで、お電話したんですよ。ひょっとすると、『幻視行』の材料になるんじゃないか、と思いましてね。夜おそくて、申しわけなかったけど、明日じゃあ、雪崩さんをつかまえられない恐れがあるから」

「まだ寝ていたわけじゃないから、かまいませんよ」

と、私は嘘をついて、

「材料をくれるというのは、ありがたいな。ねた不足で、困っていたんです。原稿のほうは一段落したところだから、いつでも取材に出かけられるしね」

「からくり花火というのを、聞いたことがありますか、雪崩さん」

「手筒花火というのなら、浜名湖の近くの海岸で、見たことがあるよ。自分の背たけぐらいの筒をかかえて、花火を打ちあげるやつだ。壮観だったな」

「手筒は珍しくありませんよ。なんていって、実はぼくもまだ詳しいことは知らないんですがね。愛知県は、からくり人形でも、有名でしょう」

「名古屋、小牧、半田、からくり人形の山車が、いろいろあるね」

「それと、花火をむすびつけたものらしいんです。明治の末に絶えてしまったのを、復原したひとがいるんですって」

「人形と花火のとりあわせというと、茨城の綱火のようなものかな？」

「綱火ってのは知りませんが、とにかく変っているらしい。ぼくはいま叔父といっしょに、飲んでましてね。この叔父が郷土史、花火史の研究家なんです。からくり花火を復活させた花火師を、紹介してくれるというんですが、いまはもう出来あがっちゃってまして、話がとりとめないんです」

「復活した花火を、どこかでやるというわけなの？」

「叔父が住んでいるのは、豊橋市内じゃなくて、田原街道ぞいの豊竹という町なんです。そこに豊竹神社というのがあって、七月十五、十六日がお祭なんですよ」

「今週の週末じゃないか。そのお祭のときに、からくり花火が復活するわけ」

「そうなんです。ぼくも祭まで滞在することにしたんですが、雪崩さんも見にきませんか」

「行くよ。おもしろそうだ。ぜひ、うかがいます。豊橋につく時間がわかったら、電話します。番号を教えておいてもらおうかな」

　古畑陽介の実家の電話番号と、叔父というひとの家の電話番号をメモして、私は電話を切った。ベッドにもぐりこんで、目をとじると、いつか見た手筒花火の光景が、闇に浮かんできた。

太い縄で隙間なく巻きあげた木筒を地面にすえて、花火の玉を入れ、火をつけてから、両手でかかえあげる。たくましい裸身に、きりりと下帯をしめた若者たちだ。袢纏を羽織っているものもあるが、肩あての布をつけただけのものもある。筒を肩にあて、両手で持ちあげると、筒口から火花が噴きだしはじめる。そのまま走って、暗い海を背にして立つと、筒を肩から離して、垂直にささげるのだ。それも、ひとりふたりではない。

次から次と花火玉を入れ、火をつけた手筒をかかえて、若者たちは進みでる。黄いろ、赤、緑、紫、色さまざまに噴きあがる火花は、宙にひろがって、暗い空を掃いているように見えるのだった。闇にひろがって、落ちてくる火の粉をあびながら、若者たちは筒をささげて、立っている。中天に逆さにかかる光の滝に照されて、汗をぎらつかした若者たちの裸身には、興奮をさそう美しさがあった。

海岸には十メートルぐらいの間隔で、櫓がふたつ組立てられ、そのあいだの空間が、手筒をあげる場所になっている。ふたつの櫓の上にも、花火筒が据えてあって、交互に花火を打ちあげていた。そちらは天高くのぼってから、破裂する打ちあげ花火で、夜空に菊の花や枝垂柳をひらかせる。ふたつの櫓のあいだに、次つぎと若者たちが走りでて、手筒から噴きあげる花火は、色さまざまな菊や柳を、さらに押しあげるように見えた。

遠くから見ても、その火花の奔流は美しかったが、見物人の前に出て、手筒をかかげた若者たちがたくましい群像になって、浮かびあがるのを見るのは、すばらしかった。若者たちの近くには、袢纏すがたの年配の花火師が三、四人、水の手桶を足もとにおいて、見まもっていた。前かがみになって、若者たちの手もとと、からだにふりかかる火の粉を注意している花火師の顔に、きらきらと月が光っていたのも、印象に強く残っている。

手筒や打ちあげとは違う、からくり花火とは、どんなものなのだろう。茨城の綱火のようなものか。地上五メートルから、十メートルぐらいのところへ、柱を立てたり、木の枝を利用したりして、何段も綱を張りわたす。そこに花火を仕掛けた人形をつりさげて、屋台の上から、数条の糸であやつるのが、綱火なのだ。

私が見たのは、「景清(かげきよ)牢破りの段」だったが、景清の妻が清水の観音さまに夜参りに行くところから、はじまる。人形の足もとには、筒花火が仕掛けてあって、前方にかすかに火を吐いているのだが、観音堂に近づくと、その火がお堂に仕掛けた花火に移る。観音堂は、木の幹にくくりつけた小さなものだが、その輪郭があざやかな炎で浮かびあがると、景清の妻の人形は後退してゆく。

観音堂の下には、もうひとつ、景清がとじこめられた牢獄が、くくりつけてあって、やがてそこに火が移ると、牢格子が威勢よくひらく。観音さまの功徳(くどく)によって、怪力を得た景清の人形が、背なかの花火から火を噴いて、ロケットみたいに飛びだすのだ。すぐにそれを追って、獄卒の人形がやはり火を噴いて、飛びだしてくる。人形をつるす綱は四角を基本に、対角線や屋台からの放射線状に、張りめぐらしてあるらしいが、暗いのでよくわからない。

屋台の上の人形つかいたちが、人形をあやつる糸も、よく見えない。景清と獄卒の人形は、自力で夜空を飛びまわっているように見えるのだった。笛と太鼓、人形つかいたちの掛声にのって、追いつ追われつ、自由自在に飛びまわる人形は、景清というよりも、天界の役人を相手に、暴れまわる孫悟空みたいに見えた。人形の背なかの花火が勢いを弱めると、外がわの綱に仕掛けた無数の花火が、下むきに次つぎと火を噴いて、見事な光の滝ができる。その光を背景に、景清と獄卒はしだいに動く速度をゆるめて、屋台の人形つかいの手もとへ、退場していくのだった。

からくり人形と花火の組みあわせ、とイラストレーターがいったときに、私の頭にはすぐ、この綱火を見た記憶がよみがえった。興味をおぼえて、古畑のさそいに乗ったのは、そのせいだった。眠りに落ちてゆく私の頭のなかには、いつまでも赤く青く、火花の渦(うず)がまわっていた。

二

豊橋の駅から出てきて、私がタクシーのり場に行こうとすると、目の前に若い女が立ちふさがった。ロック歌手の顔をプリントしたTシャツに、膝(ひざ)のところに蝶の刺繍(ししゅう)をしたジーンズをはいて、片手に画用紙を持っている。服装は子供っぽいが、顔は大人びて、なかなか美しい娘だった。

「雪崩連太郎さんでしょう」

と、画用紙と私の顔を見くらべながら、女は笑った。前歯がのぞいて、兎みたいになった顔で、ぺこりと頭をさげながら、

「陽介さんの従妹で、古畑絹子といいます。お迎えにきました。笑って、ごめんなさい」

「かまいませんよ。怖がられるより、増しでしょう。古畑君もいっしょですか」

私が聞くと、絹子は首をふって、画用紙をさしだした。

「陽介さんも、父も、頭をかかえてます、二日酔で――すごいの。けさの五時まで飲んでたんだから、当然のむくいでしょうけどね。それで、あたしが見間違えないように、これを書いてくれたんです」

画用紙にはマジック・インクで、私の似顔が書いてあった。顎の左がわに薄く残っている傷あとが、誇張して書いてあって、顔が長すぎるような気がするけれど、よく似ている、というべきだろう。それはいいのだが、大きな顔の下に、小さくからだが書いてある。着物の裾を細くひいた日本調の幽霊のからだで、右手にはカメラ、左手にはフラッシュのつもりか、人魂を逆さに持っていて、帯に太い万年筆を、長脇差みたいに差しているのだ。

「こりゃあ、おもしろい。ぼくの足を、あなたがじろじろ見ていたわけが、わかりましたよ」

「陽介さんのことだから、ぜんぜん似ていないんじゃないか、と思って、あたし、勘で見わけるつもりで来たんです。そしたら――」

と、絹子は中途で言葉をやめて、笑いながら、歩きだした。

「あっちに、車がおいてあります。雪崩さんの顎の傷、ポルタゴーストっていうんですか、物が動きだす幽霊屋敷に取材にいったとき、やられたんですって?」

「古畑君がいったんですか、そんなことを」

「台所に入ったら、フライパンやコップが踊りだして、出刃庖丁が襲いかかってきたって、聞きました。運動神経のにぶい人だったら、喉をかき切られていたところだったって」

「嘘ですよ。ぼくはまだ、ポルターガイストに出あったことはありません。この傷は子どものころ、餓鬼大将にすべり台から、突きおとされたときのものです」

と、私はごまかして、絹子がドアをあけてくれた車に、乗りこんだ。はたち過ぎの喧嘩の名残りの傷だけれど、ほんとうのことをいう必要はないだろう。絹子は信じたのか、信じないのか、微笑したままハンドルを握ると、車を走りださせた。

七月の三河の空は、青あおとかがやいて、白っぽい道がまぶしかった。豊橋の市街を通りぬけると、渥美線の線路に近づいたり、離れたりして、車はすすんだ。道のわきには、さすがに緑が多かったが、田畑はすくなく、あちらこちらに建売住宅の群れがあって、まあたらしいアルミサッシを光らしている。

「雪崩さんがよかったら、このまま家へよらずに、花火屋さんへ行きましょうか」

車のスピードを落して、絹子がいった。

「からくり花火を復原した花火師を、知っているんですか、絹子さんも」

私が聞くと、絹子は肩をすくめて、

「細谷伍一というひと。そのひとは、よく知っているんだけど、そんな花火に夢中になっているなんて、ゆうべまで知らなかったんです。けさ、といわなくちゃいけないのかしら」

「酒の肴をつくったり、お酌をさせられたり、あなたも五時まで、つきあわされたんじゃないでしょうね」

「寝てましたわ、ちゃんと」

と、絹子は笑って、

「でも、父は酔うと声が大きくなるし、家は狭いから、ところどころ聞えちゃったんです。あのひとがなにかに夢中になっていたことは、知っていたの。なぜ隠していたのか、とっちめてやるわ」

「細谷伍一というのは、若いひとなんですね、あなたの口ぶりから察すると」

「ええ、中学校の一年先輩」

「しかし、古畑君やお父さんが、気を悪くしないかな。ふたりを差しおいて、細谷さんにあいに行ったりしたら」

「逆なことを、実はあたし、心配しているんです。父はとっても、偏屈なの。陽介さんを相手に、ゆうべはなんでも資料を提供するようなことを、酔っぱらっていってましたけどね。しらふになったら、渋るにきまっているんです。ひとが苦労して調べたことを、あっさり利用させて、たまるものかって」

「もっともな話じゃないですか。資料提供の謝礼を、雑誌社から出させるつもりですよ、ぼくは」

「ありがとうございます。でも、父は役場にたのまれたり、愛知県煙火組合にたのまれたりして、パンフレットを書いているんです。ご覧に入れるのは、そういったものですわ。いったん発表したものは、それが事実だったら、どんなに調べるのに苦労したからって、もうみんなのものだと思うの。ひとに利用されるのが嫌だから、発表しないなんて研究家がいたら、おかしいでしょう?」

「それはそうだけれど、発見者には敬意を表すべきですよ」

「敬意以上のものを、父は要求しかねないの。昔のひとの書いたものを、父だって利用しているのに」

「それじゃあ、お父さまには、あとでお詫びをするとして、まっすぐ案内していただきましょうか」

と、私はなりゆきにまかせることにした。初対面の女を相手に、議論をしてみても、はじまらない。ことにそれが、親子の問題にかかわるとなれば、なおさらだ。絹子はうなずいて、

「ごめんなさい。はじめてあったひとに、父親の批判をするなんて、かわいげがなさすぎるわ

ね。でも、いろいろと事情があるの。父のことは、あたしにまかしておいて――陽介君がなんかいったら、いいわ、それもあたしのせいにしてちょうだい」

「そこまで心配してくれなくても、大丈夫です。もう豊竹の町へ入ったんですか」

と、私が聞いたのは、両がわが古めかしい家並みになっていたからだった。軒の深い間口のひろい瓦屋根の二階屋だが、二階は屋根裏部屋といった感じの低い家が多い。ところどころに、高い二階屋があるが、そういう家には、アルミサッシの窓が新しく納まっている。二階の天井が低く、黒ずんだ格子窓を残しているところは、アルミサッシの規格に外れていて、取りかえたくても取りかえられないのだろう。

「さっき、橋をわたったでしょう。あの橋からこっちが、豊竹町なの。そこの酒屋のわきを入って、ちょっと行ったところが、あたしの家」

と、絹子がいっているうちに、車は酒屋の前を通りすぎた。入口にもガラス戸ではなく、拭きこんだ格子戸がはまった大きな家があって、戸口のわきの白壁に、馬つなぎの大きな鉄輪が、古色蒼然と取りつけたままになっていた。私はバッグからカメラを出して、

「ちょっと停めてくれませんか。いまの家の写真をとりたい。古風な馬をつなぐ環が、わきの小壁についていたでしょう」

「いいわよ。ちょうどこの先が、細谷さんのお店だから――いまの家は、江戸時代からあるお醤油屋さん。自分のところで、お醤油をつくっているの」

絹子は板羽目を大きくとった古い病院のわきに、車をとめた。私がドアから飛びだして、白壁の醬油屋の前に駆けもどると、絹子は逆にすこし先の家へ歩みよって、ガラス戸に手をかけた。

私は黒く錆(さ)びた馬つなぎの前に立って、カメラをかまえた。釘(くぎ)おさえの丸い金具は、直径が十センチメートルくらいあって、大きな蝗(いなご)のとまった草の葉の模様が、浮彫(うきぼり)になっていた。食べられる草と間違えて、馬がおとなしくしている、というわけでもあるまいが、釘のさきが小さな輪になっているのへ、手綱を結びつける鉄輪が、ぶらさがっていた。

その小壁とは、四枚の格子戸をへだてたもうひとつの小壁に、まっ黒になった木の看板が、ぶらさがっていた。醬油もろみ久住屋(くずみや)、という文字が、かろうじて読める。何枚も写真をとって、私が車へもどると、ガラス戸の前から、絹子がさしまねいた。

ガラス戸には、細谷煙火店、と黒ずんだ金文字が読める。私はうなずいて、それを指さしながら、

「絹子さん、さっき愛知県えんか組合といったのは、この煙火なんですね」

「ええ、専門家は花火といわずに、煙火というらしいんです。たしかに花火には、花のような火花ばかりでなくて、煙も出るのがありますからね」

「でも、耳で聞くと、煙火というのは、まぎらわしいな。流行歌のほうの演歌みたいな感じがしませんか」

「はじめてのひとには、そう聞えるかも知れませんね。伍一さんはいま、裏庭の仕事場にいるそうです。呼びにいってもらいましたから、すぐ来るでしょう」

と、絹子はいった。まだ午後の二時をまわったばかりだが、街路には人通りがない。家並みの影を、焼きつけるように濃く落している日ざしのせいなのか、それとも、いつでもこうなのか。私は日かげに立って、生活の物音さえ聞えない町すじを、息苦しく見つめた。映画のオープン・セットのなかに、絹子とふたりで、取りのこされてしまったようで、落着かない気持でいると、ようやく物音がした。

「絹ちゃん、なにか用かい?」

細谷煙火店と書いたガラス戸があいて、ランニング・シャツにジーンズの若者が、出てきたのだ。伍一は二十四、五の眉(まゆ)の濃い、たくましい若者だった。

「伍一さん、用があるのは、あたしじゃないの。こちら、東京からお見えになった雪崩連太郎さん。花火のことで、伍一さんに教えてもらいたいことがあるんですって」

すました感じで、絹子がいうと、伍一は私に、はにかんだ笑顔をむけて、

「ぼくはまだ、かけだしの花火師ですから、あまりお役には立ちませんよ」

「そんなこと、わかってるわよ。でも、からくり花火のことは、伍一さんしかわからないんでしょう?」

と、絹子は私に口をひらかせなかった。伍一は太い眉をよせて、

「なんだい、からくり花火って」

「聞いているのは、こっちよ。明治だか、大正だかにとだえて、だれにもやれなくなったからくり花火を、伍一さんが復原したっていうじゃないの」

「だれがいった、そんなこと」

「父がいったのよ。いとこの陽介が、東京から遊びに来ていて、その話を聞いて、雪崩さんに知らしたの。それで、雪崩さんはすぐに飛んで来たってわけ」

「そうなんですよ。ぼく、『トラベル・マガジン』という雑誌に、珍しい行事や出来ごとを探して、書いているんです。花火は好きで、いろいろ見てきましたが、からくり花火ってのは、初耳だもんで」

私が口を出すと、伍一は頭をかいて、

「ぼくだって、初耳ですよ。古畑さん、なんだって、そんなことをいったんだろう？」

「ほんとになんにも知らないの、伍一さん」

絹子がくちびるをとがらして聞くと、若い花火師は力を入れてうなずいて、

「ああ、知らない。きみのお父さんの書いたものにも、からくり花火なんて言葉は、出てやしないよ。研究家が知らないものを、ぼくみたいな、まだ修業ちゅうの花火職人が、知っているはずないだろう」

伍一の顔を見つめて、絹子は首をかしげた。眉が曇って、伍一よりも年上のような顔つきに

なっている。それほど心配する問題ではないだろうに、と私は思って、ふたりの顔を見くらべた。

三

「そりゃあ、伍一君がしらばくれたんだ」

と、古畑富三は笑った。古畑陽介の叔父の郷土史家は、禿げあがった頭のまわりに、白くなりかかった髪を、すだれみたいにぶらさげて、年より老けて見える男だった。

「ひょっとすると、まだうまく行っていないのかも知れないな。祭まで、あと二日しかない。町じゅうの話題にされて、結局うまく行きませんでしたじゃあ、煙火職人として、大きな顔ができなくなるからね」

「でも、お父さんの書いた花火のパンフレットには、からくり花火のかの字も出てこないじゃないの」

と、絹子は突っこんだ。

「そりゃあ、お前、あんな薄っぺらなパンフレットだ」

と、富三は口もとを歪めて、

「なにからなにまで、書くわけには行かないだろう。それに、からくり花火というのは、老人に聞いても、はっきりしたことがつかめないんだ。ひょっとすると、実在しないのかも知れない。そう思って、書かなかったんだよ」

私は絹子の案内で、細谷煙火店から、古畑陽介の叔父の家へ来ていた。若いイラストレーターは、二日酔のむくんだような顔で、私を見ると、大声をあげた。

「雪崩さん、どうしたんですか。とっくについているはずなのに、絹ちゃんも帰ってこない。駅へ電話したら、電車はちゃんとついている。乗っていなかったんなら、絹ちゃんから連絡があるはずだし……心配したんですよ」

私が説明していると、古畑富三が奥から出てきた。絹子の言葉から、酔っていないときの偏屈ぶりを、あれこれ想像していたのだけれど、富三は愛想よく私を書斎に案内した。書斎といっても、古い和箪笥や柱時計のある六畳間に、大きな座卓をすえて、あたりに本を積みあげた座敷だった。元気そうに肥った奥さんが、お茶を運んでくると、すぐに絹子は父親を攻撃しはじめた。

「その後のしらべで、最後のからくり花火が、大正五年に打ちあげられたことがわかった。ある宮様が名古屋にお見えになったとき、そのお宿の庭で、お目にかけたというんだ」

富三がいうと、陽介が口をはさんで、

「ゆうべは叔父さん、けっきょく説明してくれなかったけど、からくり花火って、どんなものなんです?」

「見たけりゃ、見せてやるよ。半分は豊橋にある」

「半分？　そりゃあ、どういうことなんですか」

「つまり、人形があるんだよ。からくり花火につかう人形がね。行けばいつでも、見せてくれることになっている」

「じゃあ、いまから行きましょうよ。あたしが運転するわ」

絹子がもう立ちあがると、富三は苦笑して、

「陽介だって来るんだろう？　四人で押しかけたんじゃ、いくらなんでもな」

「でも、伍一さんが、あたしにも内証にするくらいのことを、お父さんはその人形の持ちぬしから、聞きだしたんでしょう？　あたしも直接、聞いてみたいわ」

「わかった、わかった。雪崩さんも、まず人形をご覧になったほうがいいでしょう。出かけますか」

私はまた、絹子の運転する車に、乗りこむことになった。こんどは総勢四人だから、窮屈だった。車が走りだしてから、私は富三に聞いた。

「その大正五年に、からくり花火をあげた花火師は、なんという人なんです？　子どもかなんかは、いないんですか」

「弟子がいたんです。去年、死にましたがね。その老人に聞いてみたんだが、この道には秘伝とか、口伝とかうるさいことがあって、はっきり話したがらない。それに、秘伝をうけてはい

ないんだ、その老人は——大正五年に師匠について、名古屋へいっているんですがね。ただ道具を運んだだけで、人形も花火も見ていないんだ」

「そんな秘密主義のものなんですか」

「そりゃあ、もう大変なものです。花火ってのは、いまはボール紙、昔は和紙で張った球体を、ふたつに割って、なかに星をつめて、また張りあわせる。星というのが、色のついた火花になるわけですがね。うまく破裂して、星がうまく散るように、玉の張りかたにも秘法がある。それを盗まれないように、打ちあげるとすぐ弟子たちが、落ちてくる玉の破片を、ひろい集めに走ったというくらいのものです。まあ、いまは玉の張りかたなんぞ、秘密でもなんでもありませんがね」

「お父さん、花火師の名前を、まだいっていないわよ」

と、運転しながら、絹子がいった。富三はうなずいて、

「一色治兵衛という名人だ。一色の座敷花火という、逸話が残っているくらいの人物でね。酒席で、花火をあげて見せた、というんだよ」

「子どもが遊ぶような花火じゃ、ないようですね。ちゃんとした打ちあげ花火を、あげたんですか」

私が聞くと、まるで自分がやったみたいに、富三は胸をそらして、

「ええ、天井にも畳にも、焼けこげひとつつけずに、乱菊や枝垂柳をあげて見せる。客はあか

りを暗くして、盃にうつる花火の色を見ながら、酒を飲んだというんです」

「昔の家は天井が高いといっても、三メートル五十ぐらいでしょう。そりゃあ、大変な技術ですね」

「それも、いろいろ趣向をこらして、水を入れた大きな盃を、畳において、そのなかに、花火師の人形や打ちあげ筒をのせた小舟を浮かべる。そこから、次つぎに打ちあげて見せたり、座敷は明るくしたままで、煙と音の花火——昼花火というんですが、それをあげて見せたりしたそうです。小さなパラシュートがひらいて、小さな人形が舞いおりて来たりして……」

「からくり花火の一種ですね、それも」

「そういってもいいかも知れません。この一色治兵衛というひとは、変りものだったらしくて、かみさんを持たなかった。したがって、子どももはいないし、弟子にも才能のあるのがいなかったようでね。一色流の秘伝は、座敷花火もふくめて、埋もれてしまったわけです」

「からくり花火の人形を持っているのは、どういうひとなんですか」

「一色治兵衛の親戚すじなんですよ。したがって、苗字はやはり一色です」

「ひょっとして、一色初恵さんじゃない」

と、絹子が口をはさんだ。私と富三がならんでいるバックシートに、突きささってくるような口調だった。

「よく知っているな」

富三が目をまるくすると、絹子はちょっと間をおいてから、

「高校の先輩よ。あのひとなら、伍一さんが隠すはずだわ。結婚して大阪へいって、すぐ離婚して帰ってきて、また揉(も)めごとを起そうとしているのね」

四

「わたくし、先生の『幻視行』、毎号たのしみにしてますのよ。からくり花火を取りあげていただけるなんて、光栄だわ」

と、一色初恵は目をかがやかした。私たちは、改築したばかりらしい洋間に通されて、明るい笑顔の若い女とむきあっていた。絹子の話から考えると、年の差はひとつかふたつのはずだが、まるで別の世界の女のように見えた。一色初恵は派手な顔立ちといい、化粧のしかたといい、からだつきといい、あざやかに成熟した女だった。

「人形を見せていただけますか」

私が聞くと、初恵はにっこり笑って、

「もちろんですわ。いいつけておきましたから、間もなく運んでくるはずです」

「その人形が、こちらにあることは、昔からわかっていたんでしょうか」

「わたしが発見しましたの」

といってから、初恵は肩をすくめて、

「発見なんて、大げさですわね。ご存じでしょうけど、わたしなどが生れる前に、この豊橋は戦災にあって、ここも焼けたんですの。でも、さいわい土蔵には火が入らなかったものですから、古いものがずいぶん残りました。一色流の煙火の遺品も、まじっていたわけです。けれど、亡くなった父も、家業をついだ兄も、あまり関心がなかったものですから、ろくに調べてもみなかったわけですわ」

「なるほど、最近あなたが気づくまで、ずっと眠っていたんですね、人形は蔵のなかで」

「そうなんですの。わたしだって、古いものにそれほど関心があるわけじゃないんですけど、古い布地や髪飾りを新しい感覚でつかうのが、はやっておりますでしょう？　それで、わたし、暇を持てあましているもんですから、蔵のなかをひっかきまわして、人形の箱にぶつかった、ということなんです」

そのとき、ドアにノックの音がした。初恵が返事をすると、ドアがあいて、二十五、六の若者が、木箱をかかえて入ってきた。鈍重そうな暗い感じの男で、

「ここへおいてちょうだい。蓋はとらなくても、いいからね」

と、初恵が指さすテーブルに、黙って木箱をおいて、一礼して出ていった。ドアがしまってから、初恵は腰を浮かして、木箱の蓋をとると、なかの人形を両手でかかえだした。若者は軽がると持っていたが、初恵には重そうな人形だった。富三が立ちあがって、手を貸して、人形

はテーブルの上に全身を現した。

角兵衛獅子の人形だった。古びてはいるが、焼けてはいない。最近に手入れをしたのかも知れないが、頭にかぶった獅子はつややかに赤く、男の子の顔も玉子いろに光っている。私は人形をひとわたり見てから、箱を手にとった。

ありふれた印籠蓋の木箱で、人形一体、と横腹に書いてあるのが、かろうじて読みとれる。蓋には小さく、一色流、と書いてあったが、木肌が黒ずんでいるので、気づかなくても不思議はない。私が箱を見あらためていると、初恵はうなずいて、

「そうなんです。みんな、ただの人形だと思っていたんですわ。ちゃんと虫ぼしなんかしていたけど、なにも気づかなかったって、母がいってました。箱のなかには、この人形のほか、なにも入っていないんです」

「からくり花火の人形だってことは、どうしてわかったんです」

「一色流と書いてあるのに気がついて、細谷さんに見てもらったんです。親戚に一色治兵衛という、名人といわれた花火師がいたってことは、聞いてましたから」

「なるほど」

と、うなずいてから、私は富三に聞いた。

「これ、どんなふうに使うか、おわかりですか」

「あるていど、想像はつきますね。この人形は、手足が動くんです。櫓の上に立たせるのか、

それとも花火筒からせりあげるのか、とにかく最初は、この姿勢だな」

「立った姿勢をすると、次には逆立ちをするんですかね」

「そう思いますよ。ただ最初の姿を、どう見せるのか。暗いなかで、やるんですからね。両手をおろして、下につけるところを見せなくちゃ、おもしろくない。それから、両足をあげて、逆立ちをする。最後に獅子が口をひらいて、火を噴くんでしょうな」

「それをぜんぶ、花火の力でやるんですか。ちょっと信じられないけど」

「やらなきゃ、からくり花火とはいえないでしょう。それに、この人形をいくら見ても、糸や棒であやつった形跡がない。といって、どこにも——獅子の口のなかにもですよ。焼けこげがないんだ。どうやったのか、見当もつかない。これを見ると、治兵衛の一色流座敷花火の話は、ほんとうなんだな、誇張はないんだな、と思いますね」

と、古畑富三は恍惚とした顔を見せた。私は初恵にむきなおって、

「細谷さんは、この人形を手もとにもおかずに、方法を完成したんですか」

「困りましたわ。さっき、そのことで電話があって、わたし、叱られちゃったんです。当日まで秘密にしておいて、あっといわせるつもりだったらしいのね。せっかくの工夫を、盗まれる恐れもあるし……ですから、完成したかどうかは、知らないということにしておきます。見ていないのは、事実なんですから」

と、初恵はほほ笑んで、

「でも、人形は細谷さんのところにも、あるんですのよ。からくり花火の人形だということが、わかるとすぐ、名古屋にいるからくり人形の研究家にお願いして、複製をつくっていただいたんです」

「それが、むこうに行っているわけですか」

「そうなんです。あさっての晩が、楽しみですわ」

と、一色初恵は目をかがやかした。私はバッグから、カメラをとりだして、角兵衛獅子の人形を、撮りはじめた。逆立ちをしているところは、富三に両手でささえてもらって、撮影した。写真を撮りながら、私はそれとなく、絹子の様子をうかがった。この家へ来てから、絹子はほとんど、口をきかない。初恵に話しかけられても、ひとことふたことを答えて、ぎこちなく微笑するだけだった。いまは石になったようにすわって、テーブルの上の人形を見つめている。

陽介はそんな従妹の様子に、すこしも気づかないらしく、小型のスケッチブックをひらいて、人形を写生していた。どうやら私は、若い女の恋のトライアングルに、巻きこまれてしまったらしい。

五

翌日の午後は曇って、日ざしの強さに辟易（へきえき）することはなかったが、そのかわり蒸暑く、背なかに噴きだす汗が、気味悪かった。

「ここの花火を見物するのは、ぼくも五、六年ぶりなんですよ」

と、首すじの汗を拭きながら、陽介はいった。私たちは、町はずれの豊竹神社の境内を歩いて、写真をとったり、スケッチしたり、二日酔のさめるのを待っていた。陽介のほうは、ふた晩めだから、自分のペースで飲んで、それほど辛くはなさそうだった。

私はゆうべ、豊橋の旅館にとまるつもりだったが、富三に引きとめられて、前夜の陽介の役どころをつとめさせられたのだ。禿げあがった郷土史家は、おどろくほど酒が強い。三河煙火の歴史を、えんえんと喋りながら、えんえんと飲んで、やたらにすすめる。久しぶりに大酒した私は、昼すぎまで、目をあくことが出来なかった。

「しかし、こんなに狭い境内で、おまけに木がしげっていて、よく花火があげられるね」

と、私はあたりを見まわした。県の文化財に指定されている社殿は、茅葺屋根だった。禁煙の札が立っている。私は重苦しい頭を両肩でささえて、タバコが吸いたいのを、我慢していた。

「禁煙ということになっているくらいですから、ここでは花火どころじゃありませんよ」

と、陽介は笑って、

「打ちあげの場所は、裏手の森のむこうなんです。ひろい原っぱがありまして、昔からそこに決っていたんですよ」

「そうだろうね。あしたは、宵宮でしょう。それで、のんびりしているにしても、多少の準備はしなきゃならないはずだ、と思っていたんだ、さっきから」

古びた社殿を中心に、額殿、神楽殿、御手洗が、熱気のなかに鎮まって、境内にいるのは、私たちふたりだけだった。陽介はスケッチブックをとじて、木綿のシャツの大きなポケットに押しこみながら、

「そっちへ行ってみましょうか。ここだって、あすの朝には露店商人たちが集ってきて、おひるごろまでには、境内いっぱいに店が並ぶんですよ」

社殿と社務所のあいだを通って、林のなかへ入って行くと、木の間をわたる風があって、いくらか気分がよくなった。先に立って歩きながら、陽介は申しわけなさそうに、

「なんだか、話があいまいで、すみません。おまけに家庭の事情がからんでいるみたいで――気がついたでしょう、雪崩さん。絹子は細谷伍一君と、結婚する気でいるんですよ」

「富三さんは、あんまり賛成じゃないみたいだね」

「そうなんです」

といってから、陽介はにやにやして、

「でも、絹子は気性の激しい子だから、思い通りにしちまうでしょう。だいたい叔父は、暴君みたいな顔をしていますがね。叔母にうまく操縦されているんです。ふた晩、あんなに飲めたのも、ぼくらがいたればこそでして」

「しかし、絹子さんは、だいぶ気が気じゃないようだったね。細谷さんが、からくり花火に成

功したら、どういうことになると思う？」

「そりゃあ、愛知県の花火師のあいだじゃ、いい顔になれるでしょうね。あすこの家は、おやじさんがおととし死んで、伍一があとをついだんです」

「ひとりっ子？」

「ええ、そうです。まだ若いから、大変ですよ」

「富三さんが、絹子さんの結婚にのり気でないのは、そのせいなのか。絹子さんも、ひとりっ子なんでしょう？」

「いや、上にひとり、男の子がいます。大学を出て就職して、いま金沢にいますよ。そういう問題じゃなくて、叔父にはいやな思い出があるんです。むかし花火屋の娘に、恋をしましてね。娘も承知し、両方の親も承知して、結納だのなんだのという話になったときに、事故が起ったんです」

「花火屋でかい？」

「そうです。相手方の一家は全員、死んでしまったそうで……」

「それで、花火屋へは嫁にやりたくない、というわけか。でも、そんな事故がしょっちゅう起るわけじゃないだろう。町なかに何軒も花火屋があるんだから、それほど危険なら、まわりが黙っているはずがない」

「そりゃあ、そうです。でも、まったく危険がないとは、いいきれない。だから、叔父は渋い顔をしているんです」

林を出ぬけると、にわかに人声が起った。ひろい原があって、むこうに川が流れている。その原に、十人ばかりの男たちが集って、櫓をふたつ組みあげているところだった。

私がいつか、浜名湖の近くの海岸で見た祭のように、ふたつの櫓のあいだで、手筒花火を打ちあげるのだろう。しかし、そのときに見た櫓よりも、いま組みあげられているもののほうが、大きかった。

「また絹子さんの話にもどるけれど、あのひと、一色初恵をライバルと見ているようだね」

私が聞くと、陽介はうなずいて、

「事実、そうなんじゃないんですか。伍一君としても、からくり花火が成功したら、初恵さんには頭があがらないでしょうから——あの人形が出てきたから、ヒントがつかめたんです。叔父の話でおわかりでしょうけど、さもなかったら、どんなものか見当もつかなかったんですからね」

「絹子さんにしてみれば、気が気でないところだね」

私は眉をひそめたが、第三者が考えたところで、どうにもならない問題だった。私は黙りこんで、櫓を組んでいる男たちに、カメラをむけた。雲の切れめから、凝結した電光みたいに、さしこんでいる日ざしをあびて、川の水がきらきら光っている。川のむこうには、畑があって、その先には竹やぶや森が濃淡の緑を見せていた。畑の道を、手ぬぐいをかぶった女がふたり、竹のかごを背負って、前後しながら歩いている。町すじには、あまり人通りがないが、人びとは働いているのだった。

私は写真を撮りおわると、あすの晩を楽しみに、古畑の家へもどった。富三に借りた花火の資料を読み、ノートをとって、夜を迎えた。その晩も富三は、私たちに酒をすすめたが、長い時間にはならなかった。あすの晩は、祭の酒をまた飲むことになるのだから、ひと晩ぐらい休みなさい、と肥った奥さんにいわれると、富三はおとなしく盃をおいた。

十二時前に床へ入って、たちまち眠りに落ちた私は、ゆり起されても、なかなか目があかなかった。頬をつねられて目をひらくと、暗いなかに女のにおいがした。耳もとでささやいたのは、絹子の声だった。

「雪崩さん、そおっと外へ出るしたくをしてよ。父や陽介さんに、気づかれないように」

「外へ出るしたくって、どこへ行くんです？」

私が寝ぼけ声をあげると、絹子の手がやわらかく、口にかぶさってきて、

「静かにしてください。豊竹神社へ行くんです。伍一さんが、からくり人形のため し射ちをするの。リハーサル。花火師でないものが見ると、目がつぶれるといわれているんだけど、そんなこと、雪崩さんは気にしないでしょう？」

「目がつぶれるとは思わないけど、袋だたきにはされそうだな」

「大丈夫、伍一さんが承知したんだから」

「じゃあ、行こう」

私は夜具から匍いだして、大急ぎで服を着た。カメラをさげて、絹子のあとについて行くと、裏口から戸外につれだされた。空はまだ曇って、裏通りはひどく暗い。ジーンズで大股に前をゆく絹子のすがたが、ちょっと油断すると、見えなくなるくらいだった。

「待ってくれよ。こっちは道がわからないんだ。表通りなら、どうにかおぼえているんだがね」

私が叫びかけると、絹子は小戻りしてきて、

「表通りはだめなの。ひょっとして、だれかに見られたら、妙なうわさが立って、お父さん、目をまわしちゃうわ。手をひいてあげる。急いでよ。もう約束の時間に、遅れかけているんだから」

絹子に手をひかれて、私は凸凹の道をすすんだ。林にそった道になって、まだ昼間の熱気が、闇のなかにこもっていた。豊竹神社の玉垣が仄白く見えて、そのむこうの空に、かすかな火花が散った。しかし、人声は聞えない。

神社のうしろの林をぬけると、闇のなかに火花が乱れとんだ。三、四人の男の裸身が、火花の下に浮きあがった。息づかいが、荒波のように聞える。下帯ひとつの男たちが、掛声ひとつかけずに、手筒花火をあげているのだ。

いつか浜名湖ちかくの海辺で見た手筒とちがって、火花はあまり高くはあがらない。稽古用

のものだからだろうか。それだけに、熱いと見えて、男たちの顔はぎらぎら光って、油をあびたみたいだった。

絹子は立ちどまって、あたりを見まわしていたが、たちまち伍一を見いだして、走りよった。伍一は櫓のわきに立って、手筒を前に立てていた。そばに、初恵が立っていた。絹子の顔つきが変って、伍一に近よると、低い声がするどく奔（ほとばし）った。

「こんどが、伍一さんの手筒の番ね。それ、あたしにやらせて」

「冗談じゃないよ。女の出る幕じゃない。おまけに闇稽古だぜ。火の粉がかかって、声でもあげたら、ぼくはあした出られなくなる」

伍一が小声で答えると、すこし離れたところで、年配の声がした。

「静かに」

「大丈夫、恥はかかせないわ」

絹子はあとへさがった。背後の闇のなかで、水の音がした。伍一は絹子があきらめたものと思ったらしく、手筒のなかに花火玉をおろして、火をつけた。下帯ひとつの伍一が、手筒をかかえあげようとしたとき、横あいから、絹子が飛びかかった。手筒をかかえあげると、絹子は叫んだ。

「初恵、花火師の女房になるには、このくらいの覚悟がいるんだよ」

みんな気をのまれたのか、制止の声はかからなかった。手筒をかかえて、絹子はふたつの櫓の中間に走った。ふたりばかりが、火を噴くのをやめた手筒とともに、闇にしりぞくと、絹子ともうひとりが新しく加わった。噴きあがる火花に、絹子のすがたが浮かびあがった。

絹子はジーンズをぬいで、白い無地のTシャツの上から、水をかぶっていた。濡れたシャツとパンティが肌にはりついて、裸のように見えた。両手で手筒をかかえあげて、くちびるを嚙みしめた顔は、髪に水滴を光らせて、異様に美しかった。

伍一は息をのんで、絹子を見つめていた。初恵もすさまじい目つきで、絹子をにらんでいた。絹子は乳房をそらして、自分の筒からほとばしる色あざやかな火花に、見とれている。火花を噴きはじめたときと、その勢いが弱まりかけたときが、むずかしいらしい。筒をかたむけて、火花を偏らせないと、からだに浴びることになる。

伍一は心配そうに、両手をふった。だが、絹子はこちらを見ていない。私も思わず、手に汗をにぎった。

六

ゆうべは闇のなかに、人びとが声をひそめて、激しい息づかいと控えめな火花を散らしていた場所が、今夜は人のどよめきで埋っていた。背後の神社からは、神楽ばやしの響きが聞える。七月十五日。土曜の夜の十時すぎ、豊竹神社の裏の川ばたは、手筒花火の打ちあげが一段落して、いよいよ仕掛ものに移ろうとしていた。

「一番手は、豊竹花火の若きホープ、細谷煙火店、細谷伍一さんのからくり打ちあげ。この打ちあげは、大正五年を最後にして、名人一色治兵衛の死とともに、滅んだものですが、このたび細谷伍一さんが苦心の末、六十数年ぶりに復活したものであります。ご見物のみなさま、拍手をもってお迎えくださ い」

しろうとっぽいアナウンスがあって、暗いなかに人間がうごめいた。太い大きな花火筒を、細谷伍一が若い職人ふたりに手つだわせて、ふたつの櫓のまんなかに、運びだしたのだ。

花火筒の外がわには、小さな筒がいくつも取りつけてある。まずそのふたつに火がつけられて、さほど高くない中空に、打ちあげられる。少しずらせて、牡丹の花のような火花がふたつ、宙にひらくと、つづいて二本の小筒が火を噴きあげる。その光をあびながら、大筒のなかから、角兵衛獅子の人形がせりあがるのだ。

昨夜の闇稽古のときに、見事にせりあがって、逆立ちをした角兵衛獅子を、私はあざやかに思い出した。角兵衛が両手をつくと、両足から花火が噴きだして、弧をえがいて逆立ちの姿勢になって行く。逆立ちをしおわると、両足の花火は勢いを増して、そのなかから、大小の星が空に打ちあげられる。と思うと、角兵衛のかぶった獅子が、ぱっくりと口をあいて、そのなかから火花が噴きだす。

そのときには、大筒の外がわの小筒は、火を噴きおわっているのだが、真横は獅子の口から噴きだす火花とともに、人形をせりあげた台座が、ぐるぐるとまわりだすのだ。その段どりを思い出しながら、私は夜空に舞いあがる牡丹の花を、見つめていた。

絹子が私の手をつかんだ。絹子は半股引に胸には晒布を巻いて、細谷煙火店の名の入った袢纏を羽織っていた。その姿で、さっき手筒をあげて、見物の大喝采をあびたのだが、もう自信にみちた目の色はしていない。心配そうに、花火筒のほうを見つめている。

「うまく行くわね。ゆうべも、うまく行ったんだもの」

少女のような声で、絹子は私にささやいた。私には、答えようがなかった。かたわらで陽介が、のんきな声でいった。

「雪崩さんは、ゆうべ見たんだそうですな。ずるいですよ、ぼくを誘ってくれないなんてのは」

そのとき、小筒が火を噴きあげた。高だかと立ちのぼる火柱のあいだに、大筒のなかから、角兵衛獅子がせりあがった。獅子頭の朱のいろが、ルビーのようにかがやいた。見物たちが、どよめいた。

「あっ」

と、絹子が叫んだ。角兵衛の人形が、せりあがりきらないうちに、がくんと斜めになったからだ。伍一が走りよって、人形に手をのばすのが、影になって見えた。その瞬間、すさまじい音響が起った。

太い大きい花火筒が、角兵衛獅子の人形を噴きあげて、爆発したのだ。悲鳴が起った。伍一の悲鳴だった。その悲鳴で、失敗をさとった見物たちが、複数の悲鳴をあげた。私は見物人をかきわけて、走りだした。絹子も意味をなさない声をあげながら、私の横を走っていた。

角兵衛獅子の人形が、ばらばらになって、落ちてきた。ゆうべ成功したのも、きょう失敗したのも、おなじ一色治兵衛の人形だった。ゆうべ豊橋から、初恵が運んできた本物を、伍一はつかったのだった。

「細谷君、しっかりしろ」

私は職人を押しのけて、伍一を抱きおこした。

「伍一さん」

絹子がふるえる声をあげた。伍一はまっ黒に焼灰をあびた顔で、かすかに目をそらした。

「こんなはずじゃなかった」

口から声がもれた。私が耳をよせると、声はつづけて、

「秘伝書どおりにやったんだ。ゆうべは、うまく行ったのに……」

「この人形には、秘伝書がついていたのか。きみが工夫したんじゃなかったのか」

「初恵が内証にしておいてくれるというから、ぼくが復原したようにいった。実は秘伝書の通りに、やっただけなんだ。秘伝書はゆうべ、燃してしまったが……決して、決して、間違えたんじゃない」

「わかった。もう口をきくな。いま医者がくるから」

「すまない。絹子ちゃん」

伍一は目をとじて、手を動かした。しかし、そこに絹子の手はなかった。どこにもなかった。

「陽介君、絹子さんは？」

かたわらのイラストレーターに聞いたが、返事はなかった。陽介は立ちあがって、あたりを見まわしている。

「どこへ行ったんだろう、絹子のやつ」

「伍一君のことは、お店のひとにまかして、絹子さんを探そう。逆上しているから、なにをやるかわからない」

私は陽介をうながして、見物人のほうに戻った。担架を持った消防隊員が、私たちとすれ違った。伍一は助かるかも知れない。助からないかも知れない。それは天にまかして、私はもうひとつの事故を、くいとめなければならなかった。見物人をかきわけて、私たちは林のなかを探した。絹子の名を、大声に呼びながら、走りまわった。だが、どこにも見あたらない。林のなかを、ひと気のすくないほうへ走ると、木のあいだに、白いすがたが見えた。半股引と晒布すがたの絹子だった。

「絹子！」

陽介が叫んだ。私たちは足もとの暗いなかを、懸命に追いかけた。絹子の前は、もうひとつ白いすがたがあった。白い服の初恵だった。初恵は逃げ場をうしなって、川のなかへ入った。

絹子の叫び声が聞えた。

いつの間に、持ちだしたのだろう。絹子の手には、火縄が光っていた。小刀も光っていた。絹子の足もとから、火花が散って、初恵のほうへ走った。水中花火だった。魚のかたちをした花火は、尻から火を噴きながら、水面を飛んだ。花火師の控えのテントから、絹子はそれらを持ちだして、初恵を追いかけたのだった。

初恵の悲鳴が聞えた。花火におびえて立ちすくむ白い服に、白い半裸のすがたが追いついた。

「やめろ、絹子」

陽介が叫んだが、間にあわなかった。もう一度、初恵の悲鳴が聞えた。私たちが川に踏みこんで、絹子に近づいたときには、初恵は水中にのめっていた。絹子の晒布を巻いた胸は、血に染っていた。そのふたりの女のまわりを、水中花火がしだいに火花を弱めながら、狂ったようにまわっていた。

骸骨

二日目の夜、また地下室へおりていって、死体を見た。裸にすれば、背中や尻(しり)に死斑(しはん)がでているのかも知れないが、見たところ、異常はない。片手をのばして、首すじにふれてみた。手ごたえは、やわらかい。死後硬直がおわって、もとに戻ったのだろう。次には腐りはじめて、臭(にお)いだすにちがいない。

あすになったら、考えなければいけない、と思いながら、階段をのぼった。あかりのスイッチを切って、地下室のドアをしめた。風が強くなったのか、窓の外の木立ちが、ゆれている。隣りの別荘のあかりが、ちらちらするのも、距離があるせいではない。動く枝越しに、見ているからだろう。ほかにも、別荘はあるのだが、ひとがいるのは、一軒だけらしい。窓をすこしあけると、あばれ馬のように、風の音が飛びこんできた。背の低いランプ・ポストが、前庭に立っている。その光があるために、木立ちのむこうの闇(やみ)が、いっそう濃(こ)く見えた。

風が唸(うな)りをあげて、闇を攪拌(かくはん)している。首をのばして、空をあおぐと、雲に濃淡のあるのが、かすかにわかる。雲はせわしなく、空を駈(か)けているらしい。むこうの別荘のあかりが、ますます心細げだった。見ないことにして、窓をとじると、風の音は聞えない。そのかわりに、地下室のドアのあく音がした。

「なにか、食わしてもらえないか」

かすれた声でいって、死体が立っていた。

こちらが混乱して、声がでないでいると、死体はくりかえした。

「なにか、食わしてもらえないか。からだがつっぱらかって、腹ぐあいどころじゃなかったんだが……」

「生きていたのか、杉山」

私はようやく、声をしぼりだした。フランケンシュタインの怪物みたいな歩きかたで、相手は近づいてくると、ゆっくり長椅子に腰をおろした。

「どうもまだ、ぎくしゃくしているな。生きている、というより、死にかけているような気持だよ。早くなにか、食わしてくれ」

「食わしてくれ、といったって、なんにもないよ。あした、下の町へいって、食料を買いこむつもりだったんだ。第一、そんなからだで、ものが食えるのか」

「むりかな?」

と、杉山はワイシャツの胸を、片手でさすりながら、

「それなら、せめてなにか、飲ましてくれ。ビールぐらい、あるだろう」

「そりゃあ、あるけれど、杉山、わかっているのか、あんた? 自分がどうなっているのか、

わからないのか」

「首をしめられたのが、わかっているのかよ」

「きみにここまで、つれてこられて、殺されかけたらしいね」

「かけたんじゃない。殺したんだ。自分のネクタイで、首をしめられたのか」

「なるほど、それでネクタイがないんだ。ありゃあ、高いんだぜ。エルメスだからな。棄てちまったんじゃ、ないだろうね」

「のんきなことを――」

私が舌うちをすると、杉山は首を――赤紫の絞めあとのある首をかしげて、

「そうだな。知りあいの別荘を借りたから、いっしょに行かないか、といわれて、のこのこついてきたんだ。のんきといわれても、しかたがないね。ビールをたのむよ」

私は立ちあがって、キッチンにいった。バーのようなカウンターで、キッチンは広間とへだてられている。冷蔵庫をあけて、缶ビールを一本だしてから、食器戸棚の引出しをさがした。なんと呼ぶのか知らないが、小さな金槌みたいなものがあった。頭が大きな骰子のようで、片面がぎざぎざになっている。肉をたたく道具だろう。それを、ジーンズのポケットに入れて、出ていこうとしたとき、

「おい、来てくれ、友田」

悲鳴に近い声を、杉山があげた。カウンターをまわって見ると、長椅子の上に中腰になって、

杉山は地下室のドアを指さしている。そこに、妙なものが立っていた。骸骨らしいが、首がない。右腕もない。左手で、頭蓋骨と右腕をかかえて、ドアによりかかっている。

「なんだ、こりゃあ」

私がいうと、杉山は首をふって、

「わかるもんか、おれに――これはハイテクのロボットか、それとも、ここは化けもの屋敷か、なんなんだ」

「骸骨だ。動いているな、杉山」

「ああ、ドアをあけて、動いて出てきた。なにかいったようだが、わからない」

骸骨のかかえた頭蓋骨が、かたかたと下顎を鳴らした。だが、声にはならない。立ちすくんでいる私の手から、杉山は缶ビールをひったくって、口をあけると、嚙みつくように飲みはじめた。

ドアをたたく音がした。玄関のドアだ。壁の時計は、まだ十二時前だった。都会なら、ひとが訪ねてきても、ふしぎはない。だが、ここは山のなかの別荘地だ。私がためらっていると、骸骨がぎくぎく音を立てながら、玄関へ歩きだした。こんなものを、ひとに見られたら、たいへんだ。

私は飛びかかって、骸骨をつきとばした。錠をおろしたはずの玄関があいて、異様なものが、首をつっこんできた。女の顔らしい。しかし、左の目から、顎へかけては、髑髏だった。左の目は飛びだして、落ちかかっている。頭はあらかた毛がぬけて、てらてら鈍く光っていた。だらしなく、悲鳴をあげたような気もするが、よくわからない。私は意識を失って、床に倒れた。

杉山が心配そうに、のぞきこんでいた。その隣りに、女の顔があった。垂れさがっていた左目は、もとの眼窩におさまっているが、まわりは依然として、髑髏だった。頭の毛は十五、六本になって、顱頂に乱れている。骸骨もいた。髑髏が脊椎にのっていて、右腕も肩についていたが、それぞれ角度がおかしかった。

「大丈夫か、友田」

ビールを飲んだせいか、杉山の顔は、もう青ざめてはいない。首すじの絞めあとも、目立たなくなっている。

「いったい、これは――これは、どういうことなんだ? なんなんだよ、このゾンビーみたいなのは」

私が聞くと、にやりと女が笑った。上くちびるが半分ないので、笑顔は不気味だった。杉山は眉をひそめながら、

「ゾンビーというべきかな、やっぱり――おれにも、よくわからないんだが、このひとの話によると……」

またひとつ、私の前に顔がでた。瘠せた男で、長い顔に大きな傷が、ななめに走っている。傷口は鉛いろになっていて、血のあとはない。しみが頬にあるのが、血のしみこんだ痕みたいに見えた。

「なんだ、こいつは――いつの間にここへ」

私が手をふると、顔に傷のある男は肩をすくめて、

「あなたが気をうしなっているあいだに、お邪魔をしたんです、友田さん。すみません。わたくし、この下の林で、このあいだ斬りころされて、埋められたものです」

声は低いが、はっきり聞えた。杉山はくちびるを歪めて、

「このひとがいうには、おれは特殊のエネルギーを、発散しているんだそうだ。再生のエネルギーだというんだが、おれにはわからない。とにかく、そいつに誘われて、この連中はここに来たらしいよ」

傷の男が、うなずいた。腐りかけの女もうなずいたが、とたんに左目が落ちて、粘液の糸をひいた。あわてて仰むくと、片目はヨーヨーみたいに上昇して、どうやら眼窩におさまった。骸骨も髑髏を、かくんと前にかたむけた。傷の男はにこにこして、

「そうなんです。この骸骨は、地下室の床の下に、埋められていたそうですね。すぐエネルギ

ーに気づいたんですが、なかなか床板がやぶれない。首が落ちたり、片腕がはずれたりして、文字どおり骨を折ったそうですよ、出てくるのに」

「きみの知りあいは、ひとを殺していたんだぜ、ここで」

杉山が口をはさむと、傷の男は片手を大きくふって、

「ここが別荘地にならないうちだそうですから、御心配なく」

「ひとを殺したくなる場所のほうが、友田は安心するだろうよ」

と、杉山は皮肉に微笑して、

「こっちの御婦人は、うらの雑木林に、埋められていたんだとさ。世のなかには、平気でひとを殺すやつが多いんだね、やっぱり」

「平気かどうか、あんたにわかるかよ。それにしても、ひどい臭いだな。いままでは、それどころじゃなかったが……」

私が顔をしかめると、傷の男は一礼して、うしろへさがった。腐りかけの女も、あとへさがった。腰にまいたタオルは新しいから、私にことわりもなく、杉山がバスルームから持ちだして、貸してやったのだろう。上半身は裸で、片方の乳房は、裂けたゴムまりのようだった。胸や腹に、布のきれっぱしが、はりついている。腐った衣服の残骸だろう。

「しばらく、御辛抱ください、友田さん」

と、傷の男は壁ぎわで、ちょっと声を大きくして、

「われわれみんな、やがて腐る前にもどるはずです、杉山先生のそばにいれば」

「先生だとよ。こんなゾンビーにつきまとわれて、平気でいられるかい、杉山先生」

「おれだって、地下室で意識をとりもどしたときには、ゾンビー気分だった。しかし、ゾンビーとはちがうな、これは」

と、杉山は腕を組んで、

「死んだまま、動いているわけじゃない。生きかえっていくんだ。なぜだか、よくわからないが、おれには力があるらしい。喉だってもう、ぜんぜん痛くないからね」

首をそらしたのを見ると、絞めあとは完全に消えている。顔の血色も、目に見えて、よくなっていた。

「おれのパワーが役に立つなら、だれにでもわけてあげたいよ。きみだって、冷酷に追いだしたり、しないだろう？　きみの招待をうけて、おれはここにきたんだ。殺されるとも知らないで、東京くんだりから、のこのこついてきたんだからね」

「勝手にしろ。だが、幽霊ごっこをしにきたんじゃないんだ、ぼくは」

と、長椅子から立ちあがって、私は階段に歩みよった。

「仕事をしにきたんだからな。邪魔をしないでくれよ。あしたの朝まで、やるかも知れない。ぼくがおりてくるまで、だれも二階へこないでくれ。わかったね」

私がじろりと見まわすと、傷の男はこんどもみんなを代表して、

「わかりました。おやすみなさい——ではないですな。がんばってくださいよ、友田さん」

二階の寝室へ入ると、私はあかりをつける前に、窓ぎわにいって、カーテンをすこしあけた。風は雲をふきはらって、勢いを弱めたらしい。月は見えないが、林は銀粉をまいたように明るく、かすかに枝がゆれていた。

むこうの別荘の二階のあかりは、もう消えている。木のかげに、なにかが動いた。林のなかまでは、月光がさしこまないから、見さだめられない。だが、人間らしかった。だれかが、出ていったのだろうか。それなら、私の関知したことではない。けれど、杉山の気力を感じて、死体がまたひとつ、ここへ来ようとしているのかも知れない。

カーテンをしめて、あかりをつけると、私は机にすわろうとした。ジーンズのポケットに入れたものが邪魔で、うまく椅子にすわれない。肉たたきをとりだして、じっと見つめた。骸骨が出てこなかったら、こいつで杉山の脳天を、ぶんなぐっていた。ひと晩かふた晩で、また生きかえるかも知れないが、まったくの骸骨、なかば骸骨の女や、顔の裂けた男に悩まされずに、今夜、仕事ができたにちがいない。

そんなことを、いまさら考えてもしかたがないから、ポータブル・ワード・プロセッサーのスクリーンを起して、原書をひらいた。だが、横文字の上を、視線が右往左往するだけで、頭のなかで日本語になってくれない。私はあきらめて、本をとじた。

表紙には、道化師の服を着た骸骨と、バレリーナが踊っている絵が、えがかれている。近ごろ、こんな怪奇小説や恐怖小説ばかり、翻訳しているので、私はいま幻覚を見ているのかも知れない。ドアをあけて、階段の上までいってみた。一階の広間には、あかりがついていたが、声はおろか物音もしなかった。

ワード・プロセッサーのスクリーンは、起きたままだが、文章は一行も書けていなかった。カーテンは明るく、時計を見ると、十時になろうとしている。仕事を投げだして、ベッドに入っても、なかなか寝つかれなかったが、眠ったとなると、朝鳥の声ぐらいでは、目がさめなかったらしい。

ジーンズにスウェットシャツで、肉たたきを手に、私は一階へおりていった。けれど、階段のとちゅうで、立ちすくんだ。広間の白木のテーブルを、奇妙な一群が、とりかこんでいたからだ。

杉山の隣りに、Tシャツの女がいる。髪の毛のうすいところを見ると、ゆうべの腐りかけらしい。もうひとり、女がいた。頭はつるつるだが、横顔は腐りかけの半面よりも、美しい。バスローブをまとって、片手にグラスを持っている。やぶれた服をきて、こちらをむいているのは、顔に大きな傷あとがあるから、ゆうべの斬られ男だろう。

それだけではない。骸骨がふた組、テーブルにもたれている。板の間の床にも、大小の骸骨

が、ころがっていた。いく組あるのか、よくわからない。私は気をとりなおして、階段をおりながら、

「どうしたんだ、杉山、この骨は」

「ゆうべ、あれから集ってきたんだ。あけがたに、来たのもいる。戸口でぶつかって、ばらばらになって、どれが自分の手か、ひとの足か、わからなくなったのもいてね。もうすこし力がつくまで、横になってもらっているんだ」

「おはようございます」

と、女ふたりが立ちあがった。腐りかけの女の顔は、あらかた皮膚がもどって、頬に穴があいているだけだった。男物のブリーフをはいた腿は、肉がついてきたようだが、左右の太さがまだ違っている。バスローブのほうは、頭がつるつるでも、胸のふくらみで、女とわかる。しかし、顔にはじゅうぶん、肉がついていないので、頬がこけていた。だぶだぶのバスローブを着ているので、からだのほうはわからない。だが、はだしで床を踏んでいる足は、骨ではなかった。

「あんたが、最初にでてきた地下室の骸骨だな。口がきけるように、なったらしいね」

「はい。ゆうべはおどろかして、すみませんでした」

と、もと骸骨は微笑した。

「生きていたときのことも、思い出したんだろうね。ここの持ちぬしに、殺されたんじゃない

ってのは、ほんとうかい？」

「ほんとうです。わたしは……」

もと骸骨がいいかけるのを、杉山はさえぎった。

「そんなことより、友田、買いものにいってくれ。食いものはないと、きみはいったが、キッチンを探したら、朝めしは間にあった。だが、ものが食える人間は、もっとふえるぜ。着るものも、たくさんいる。町へおりていって、買ってきてくれよ」

「ぼくがなんで、行かなきゃならない？」

「きみが目下、この別荘のあるじだからさ。それに、おれはまだ自信がない、車を運転できるかどうか」

「金はだれが出す？」

「それも、目下のあるじだろう。あいかわらずけちだな、友田。責任はとるべきだよ」

「責任は、きみにある」

「招待したのは、きみじゃないか」

「こんなやつらまで、招待したおぼえはないよ、ぼくは」

「おれを招待して、殺したから、このひとたちが、集ったのさ」

「ゆうべ、それは聞いた。きみにこんな、妙な力がある、と知っていたら、殺しゃあしなかったよ」

「しょうがないだろう。おれだって、知らなかった。なぜかな」

と、杉山は肩をすくめて、

「おれのまわりには、いつだって、人がよってきた。死んだから、死人が集ってきたのかも知れない」

「そうですよ。きっと、そうです」

と、口をだしたのは、顔が裂けていた男だった。傷はいまや、キャンディ・ピンクの細い線になっている。

「それが杉山先生の、力の根源にちがいありません。おそらく、この別荘の建っているところは、陰の気の極致なんです。そこへ先生がきて、殺された。それによって、陰陽が合体して、奇蹟が……」

「陰陽合体して、つかつかと走るは——か。蟇(がま)のあぶらの口上じゃあるまいし、そんなことで、死人がよみがえるんなら、医者はいらないよ」

私が毒づくと、もと斬られ男は、激しく首をふった。とたんに、ぱっくりと傷がひらいて、顔がVの字になった。男はあわてて、両手で左右から、頭をおさえながら、

「ほかに、考えようはありませんよ、友田さん。先生の陽の気の強さは、離れたところでも、ぼくに感じられたんです。しかも、土の下にいたんですよ」

「わたしも、ばらばらになりかけていた手足が、強くつながって、起きあがったんです。こち

らの方のおっしゃる通りですわ」

といったのは、もと骸骨の女だった。たしかに杉山には、ひとを引きつける力がある。私の妻もそれにひかれて、間違いを起したあげく、自殺してしまったのだ。

窓の外には、高原の日ざしが、かがやいている。こんな明るさのなかで、妻のことは、思い出したくなかった。


それから二日目の夜、私は二階の寝室で、杉山とむかいあっていた。机の前の椅子に、私はすわっている。机上のポータブル・ワード・プロセッサーは、蓋をしたままだった。杉山はベッドに、自堕落に腰をおろして、両手をうしろについていた。

「どうするつもりなんだ、杉山」

「どうするって、なにを？」

「わかっているだろう？　下の連中だよ」

「きみが心配することはないさ。あしたあたり、出ていくよ、みんな」

好天つづきで、窓の下の闇は、ミルクをまぜたような色をしている。前庭には犬がいたが、骸骨ではない。もっともきのうまでは、半ば骸骨だった。いまもまだ、毛は生えていない。甲高い声で、さかんに吠えている。

「あれには、まいるがね。まさか犬まで、出てこようとは、思わなかった」

と、杉山は苦笑した。私は顔をしかめて、

「近所のひとに、怪しまれやしないかな。ぼくは犬なんか、つれてこなかったんだから」

「大丈夫だよ。どこかの別荘から、逃げてきたとか、無難なほうに解釈してくれるさ」

犬は勝手にさせているが、ほかの連中は、外にださないでいる。いま一階には、若い女が三人、ふたりは最初の骸骨と、腐りかけの女で、もうひとりは、あとからきた骸骨だけれど、これはいちばん若い。十七、八で、かなり混乱している。もうひとり、混乱しているのは、五十代なかばの女性で、自殺者らしい。ハイティーンのほうは、生きかえったことを、どう受けとめていいか、迷っているだけだから、日がたてば、落着くだろう。しかし、五十女は蘇生させられたのが、気に入らなくて、

「いったい、どうしてくれるんです？　頼んで、生かしてもらったんじゃない。責任はとってもらいますよ」

と、文句をいっている。男は顔の傷が、あとかたもなくなったののほかに、ふたり。ひとりはバイクで、崖から落ちた若者だ。もうひとりは、四十代だろう。色の浅黒い、口かずのすくない男だった。

「あんたは楽天的だが、あの自殺おばさんなんか、どうしたらいい？　とにかく、ぼくは責任を負いかねるね」

私がため息をづくと、杉山は笑って、

「おばさんのいいぐさじゃないが、だれにしろ、頼んできてもらったわけじゃない。責任なんざ、とることはないよ。みんな、完全に生きかえったらしいから、町まで送って、おっぱなしゃあいいんだ」

「一文なしで、どこへでも行けといっても、承知しないだろう」

「電車賃ぐらい、やるんだね。なんどもいうが、おれを殺したから……」

「わかったよ。でも、あの連中は、帰るところがない死人だぜ」

「違うな。単なる行方不明者だ。うちへ帰れば、家族がよろこぶさ」

「しかし、説明に困るだろう」

「それぞれに、考えさせるさ。おれたちが心配したって、はじまらないよ」

「あのおばさんは、ありのままを、喋るかも知れないぞ。あんたの名前がでたら、どうする?」

「信じやしないよ、聞いたひとが」

「信じないとしても、しらべられる可能性はある。ぼくはいやだね、ぜったいに」

「おれだって、気持はよくないよ」

と、杉山は顔をしかめて、立ちあがった。窓ぎわにいって、むこうの別荘のあかりを、しばらく眺めてから、

「そうだな。あのおばさんは、おれが引きうけよう。車のキイをくれ。おばさんをつれだして、なんとかする」

「なんとかするって、どうするんだ？」

「どこか遠くへつれだして、もう一度、自殺させるのさ。おれが、お手つだいしてね」

「そんなことが出来るのか、あんたに」

「おれを殺したくらいだから、察していると思うが、経験があるんだ。きみの奥さんの自殺を、手つだったから」

杉山はにやりとして、片手をさしだした。

その手に、怒りを押えながら、私は車のキイをのせた。杉山がでていこうとしたとき、ドアがあいた。

入ってきたのは、浅黒い四十男だった。杉山を押しもどしながら、

「命を返してくだすったお礼に、わたしが引きうけましょう。ガンもナイフもつかいなれて、刑務所のめしも食ってきた男です。この近くの別荘で、組長をねらったときは、しくじって、地の下に埋められましたが……」

「ありがとう。しかし、おれひとりでも、なんとかなるよ」

杉山がいうと、男は首をふって、

「わたしのほうが、あとの始末がいい。そのまま、高飛びいたします。そのためには、やはり杉山さんに、車を運転していただかなけりゃなりませんが――とにかく下で、あの女を説得し

ていておくんなさい。わたしは友田さんに、電車賃をお借りしていきます」

「それなら、頼むか」

と、杉山は部屋をでていった。私が財布をとりだすと、男は手で押しとどめて、

「差出口をして、すみません。あのヒステリイ女じゃなく、若いののどっちかと、逃げるんじゃないか、と思ったものでね。杉山さんは、油断ができない。戻ってきますよ、わたしは——ふたりとも、始末してから」

「しかし、杉山はまた蘇生するぞ」

「顔に傷のあったひとが、陰陽合体して、どうとかいっていたでしょう。だから、ここを離れてやれば……」

「殺せるかも知れないが、きみたちにも、影響があるかも知れない。もとに戻っても、いいのか、きみ」

「そのときはそのとき、どうせ骸骨だったんです、ここへ来たときには」

男はにやりと笑ったが、目だけは鋭く光っていた。

一階へおりていくと、女ふたり、男ふたりがテーブルをかこんで、なにか飲んでいた。ハイティーンの女は、窓ぎわに立って、おもてを眺めている。私の足音を聞いて、ふりむいた顔には、娘らしい明るさがない。杉山たちがでかけたので、不安を感じているのだろう。だが、声

をかけてきたのは、バイク事故の若者だった。

「おれたち、あしたの朝、ここを追いだされるのかい？」

「追いだすわけじゃないが、親御さんを安心させたいだろう、きみだって」

私がいうと、若者は肩をすくめて、

「安心するかどうか、わからないぜ。だけどよ、いくらか、金をもらえるんだろうね」

「杉山がもどったら、相談するよ」

「電車賃だけで、けっこうです」

といったのは、もと斬られ男で、

「ぼくを殺したやつにあうのが、楽しみですよ。安心していれば、おどろく顔が見られるし、後悔していれば、よろこぶ顔が見られますから」

「わたしは、あいたくないな」

これは、もと腐りかけ女だった。いい女なのはわかっていたが、からだも顔も、もとに戻ってみると、実にグラマラスだ。杉山はもう、この女と寝たにちがいない。

「青くなる顔もみたいけれど、その次には、殺人犯人でなくなったことに、気づくでしょう。けっきょく、よろこばせるようなものじゃない？」

「双子の妹とでもいって、あえばいいのよ」

と、口をだしたのは、もと地下室の骸骨だった。もと腐りかけ女のようなグラマーではないが、知的な美しさがある。

「いままでは、北海道でも、九州でも、外国でもいいわ。どこか遠くに、いたことにするの。なにくわぬ顔で近づけば、相手を苦しめることも、できるかも知れないでしょう」

「あら、あんた、頭がいいのね。たしかに、チャンスがつかめるかもね」

と、グラマーが笑ったときだった。ハイティーンが窓ぎわで、声をあげた。

「先生、見てください、あれ」

この娘だけは、私のことを先生と呼ぶ。窓ぎわへいって外を見たが、別におかしいところはなく、庭に薄月の光があふれていた。

「さっきまで、走りまわっていたのに、犬が吠えなくなったの。あれがそうじゃないかしら、先生」

と、娘は声をひそめた。前庭のはずれに、白っぽいものが見えた。私は娘の肩をたたいて、戸口へむかいながら、

「みんな、ここで待っていろ。動くなよ」

ドアをあけて、庭のすみに走ると、黄ばんだ白いものが、横たわっていた。犬の骨だった。それは、私の目の下で、ばらばらになって、草の上にくずれた。

ほっとしたような、がっかりしたような、妙な気分だった。犬はあとで処分するつもりで、

私は戸口にもどった。ドアをあけると、からからと音がして、窓ぎわの骸骨が、床にくずれた。テーブルのふたつの骸骨も、がらがらと床にすべり落ちた。残る男は、傷口のひらいた顔で、椅子からずり落ちた。グラマーも顔半分、髑髏を露出させて、椅子ごとひっくりかえった。浅黒い男はプロだったわけだ、自分でいった通りの。

とたんに、私は二階のベッドにいた。

悪夢がさめたのか。

そうではない。私は思い出したのだ。地下室で、あいつを絞めころしたあと、復讐(ふくしゅう)をなしとげたよろこびと、大罪を犯した心の痛みとをいだいて、二階へあがった。そして、毒薬をのんだのだった。

杉山の陽の力を、最初にうけた人間だったのだ、私は——自覚したのもつかの間、目が見えなくなった。耳も聞えなくなった。考えることも、できなくなった。

怪奇小説の三つの顔

私は恐怖小説、恐怖映画という近ごろの呼びかたが、べつだん嫌いなわけではない。恐怖小説といったって、めったに怖くはないじゃないか、とは思うけれど、すくなくとも作者はみんな、読者を怖がらせようとして書いている。推理小説という呼び名がカヴァーしなければならない領域にくらべると、ずっと狭くて純粋なだけに、無理もすくない。だから、反対ではないのだけれども、あんまり使ったことがない。

たいがいは怪談、オバケ映画ですましている。ローティーンのころから、探偵小説と同時に岡本綺堂(きどう)や田中貢太郎に読みふけり、ドタバタ喜劇と同時に鈴木澄子のバケネコ映画に凝って、そのまま、観賞眼は発達したつもりだが、好みは発育していない人間なので、新しい名称に新しい興味をさそわれる必要がないせいだろう。

この夏も、私はかなり怪談を読んだし、自分でも四、五十枚の短篇を書いた。オバケ映画もロマン・ポランスキー監督の「ローズマリーの赤ちゃん」と「怖いものなしの吸血鬼退治屋」に感激し、中川信夫の新東宝「四谷怪談」の十ぺんめぐらいを深夜テレビで見て、国立劇場の俳優座「四谷怪談」よりも、ずっとすぐれていることを確認したりした。

「ローズマリーの赤ちゃん」は、いうまでもなくアイラ・レヴィンのベストセラーの映画化だが、実に忠実な脚色である上に、原作以上のエロティシズムで、怪奇シーンを見せてくれる。「怖いものなしの吸血鬼退治屋」は、「凸凹フランケンシュタインの巻」以来の傑作オバケ・スラプスティックで、マニアを恍惚とさせるような吸血鬼ばかりの舞踏会シーンがあるのだけれど、残念なことに映画館ではやらずにオクラにしてしまうらしい。中川信夫の「四谷怪談」は

――

いや、こんなお喋りをしていたら、きりがない。小説の話にとりかかろう。活字のほうはビアス、ブラックウッド、ラヴクラフトの古いところから、ハリー・ハリスン、バジル・クーパー、アレックス・ハルミトンといった新しいところまで、手あたりに読んだのだが、その結果として考えたのは、怪談はやっぱり、出るものが出ないとおもしろくない、ということだった。たとえば、パトリシア・ハイスミスの短編で、The Snail Watcherというのを読んだ。直訳すれば、「カタツムリ観察者」だ。主人公はフランス料理の好きな小金持ちの中年男で、ある日女中が買ってきた料理につかうカタツムリが、台所のボールにたくさん入っているのを、のぞきこむ。カタツムリを食うのは好きだが、つくづく眺めたことはない彼は、たくさんのなかの二匹が妙なことをしているのに、目をとめる。たがいに頭をよせあって、目のついた角の右の一本のうしろのほうから、細い白い耳みたいなものを出して相手にふれながら、しきりにからだを動かしている。

こりゃあ、セックスをしてるんだな、と彼は思って、女中には晩の料理を変更するように命じ、カタツムリをボールごと二階の書斎に持っていく。それから本をしらべてみるが、カタツムリの性行動について、書いたものは見つからない。いよいよ興味がわいてきて、木の枝や葉っぱを入れたり、水をかけたり、翌日にはもっとたくさんのカタツムリを買わせたり、ガラス箱をとりよせたりして、本格的に飼いはじめる。

カタツムリたちはセックス行為にちがいない動作をし、やがて小さな小さなカタツムリが生れて、どんどん増えはじめる。主人公には、それを観察するのが、おもしろくてしょうがない。けれども、書斎はじめじめしてくるし、廊下の壁にまで湿気がにじみだして、彼のからだもカタツムリ臭くなると、細君が嫌がりだす。友だちも心配して、意見をする。だが、彼は耳もかさない。カタツムリはどんどん増えて、ガラス箱からあふれだす。さすがの彼も嫌気がさしたが、もう手のつけようがない。書斎のドアを閉めきりにしておけば、死にたえてしまうだろう。そう思って、近づかないでいたが、湿気はひどくなるばかり。

どうなっているのだろう、と思って、書斎へはいってみると、床から壁から天井から、デスクの上から椅子の上下、書棚の本から窓ガラス、天井の電灯まで、びっしりカタツムリにおおわれている。けれども、彼には最初はそれがわからない。なにしろ電灯をつけようとして、壁のスイッチをさぐっても、カタツムリにさわるばかり。暗いなかでカタツムリをふんづけて、カタツムリの上にすべり、事態に気づいたときには、カタツムリが足から全身に匍いあがり、天井から落ちてくるカタツムリに目鼻をおおわれ、口へもどんどんはいってきて——苦しむ彼がのばした手の下では、いましも二匹のカタツムリが making love していた、という三十枚ばかりの短編だ。

書きかたもうまいし、実に気味がわるい。ハイスミスにはまだ短篇集はないのだけれど、仮りにあるとして、それで読んでいたのなら、もっと私はすなおに感心していただろう。だが、あいにくと怪談のアンソロジイで、私は読んだ。そのアンソロジイには、ハリー・ハリスンの At Last, The True Story of Frankenstein という、やはり三十枚ばかりの短篇もはいっている。「ついに出た実説フランケンシュタイン」というこの話は、あちらのタカマチが舞台で、お祭にならんだ見世物小屋のひとつに、フランケンシュタイン五世がモンスターを公開する、というのがある。

小屋へはいると、映画に出てくるモンスターにそっくりなのが飾ってあって、ヴィクトル・フランケンシュタイン五世と名のる男が、ドイツなまりでくだす命令どおりに動いて見せる。人間でない証拠には、からだに太い長い針をさしても、痛がりもしなければ血も出ない。見物人はただただ感心するばかり。

夕方になって小屋をしめると、フランケンシュタインは舞台衣裳をぬいで、近くの酒場に出かけていく。それに話しかけたのが、この話の主人公の新聞記者。フランケンシュタインの返事は、完全なニューヨーク弁で、記事を書いてくれるのはありがたいが、自分が実はアメリカ人であることは伏せておいてもらいたい、それとモンスターの正体は教えるわけにはいかない、という。新聞記者は、自分はあんたを見たのは今夜がはじめてではない、ずっと前から興味を持って調べていたのだ、と答える。あんたは実はアメリカ人だといってるが、もうひとつ裏をかえせば、ほんとにヴィクトル・フランケンシュタイン五世であることも、調べあげているのだ。あのモンスターも本物だろう。先祖から本物をうけついできた秘密を知りたい。教えてくれれば、記事にはしないでおいてやる。

そう新聞記者に迫られたフランケンシュタイン、もとのドイツなまりにもどって、しかたがない、モンスターの秘密を話そう、と口をひらく。五代前のフランケンシュタイン博士が、苦心研究のすえ身につけたのは、映画でひろく知られているような、死人をつなぎあわせて再生する方法では、実はないのだ。博士はアフリカで、ヴードゥー教の秘法をならいおぼえ、死人を動かすことができるようになった。つまり、モンスターは人造人間でなく、ゾンビーなのだ。その秘法は、自分の代まで継承されてきて、いま見世物小屋にいるのも、ゾンビーだ。額の縫いめや首すじのボルトは、大衆のイメージにあわせるための飾りにすぎない。ふつうの人間の単なる死体なのだ、と秘密をうちあけたフランケンシュタイン五世がどうなるか、この短篇の結末は、前のハイスミスの筆力で読ませる作品とちがって、知ってしまったら現物が読めなくなる。結末よりも、むしろ五世の打ちあけ話のなかの初代とシェリイ夫人とのつながりなんかが、フランケンシュタイン・ファンにとって、おもしろいような作品なのだけれど、どこかで翻訳されるかも知れないから、やはりエチケットは守っておこう。

パトリシア・ハイスミスはアメリカ人だが、本国よりもイギリスで高く評価されて、いまは住居もそちらへ移してしまった女流スリラー作家。ハリー・ハリスンもアメリカ人だけれど、こちらはヨーロッパに住んで、イギリスを足場にしていたのが、近年、本国にもどって雑誌の編集もやりだしたSF作家。どちらも、怪談作家ではない。ハリスンのほうはオフビートの怪談をねらって書いたものらしいが、ハイスミスのほうには怪談を書くつもりさえなかったろう。

そこで、怪談ばかり書いている、というイギリスの新人、バジル・クーパーの短篇集をひろげてみたが、巻頭の The Spider「蜘蛛」というのを読んだだけで、いやになってしまった。舞台はフランス、主人公は洋服生地のセールスマン。大いに成績をあげて、多額の現金をふところにパリへ帰るとちゅう、季節はずれの観光地の、ほかに客のないホテルに泊る。主人と細君だけで切りまわしているホテルだが、廊下にも、食堂の床にも、バスルームにも、蜘蛛がいる。蜘蛛ぎらいの主人公が顔をしかめると、主人は平気で、なあに、こんな小さなもの、べつに害はありませんよ、私のペットみたいなもんです。

主人公はベッドへはいったが、ホテルの主人の陰気な顔と、自分の持っている多額な現金と、蜘蛛が気になってしかたがない。そのうちに妙な物音が天井でするので、ベッド・ランプをつけてみると、いつの間にかスープ皿ほどもある蜘蛛が、顔の上におりてこようとしているではないか。恐怖のあまり動けない主人公の顔に、蜘蛛はおおいかぶさってきて、目鼻口をふさいでしまう。翌朝、その部屋で医者が首をかしげ、この客はなんで死んだんだろう、どうもわからない、とつぶやいたとき、階下の帳場ではホテルの主人が、蜘蛛のような目もとでほくそ笑みながら、厚い札束を勘定していた。

なんだ、オバケの話か、と馬鹿にされたくはないし、スーパーナチュラルな感じは出したいし、と神経質になって書くと、かならずこういう歯がゆい小説ができあがるものだ。もっといい作品があとに控えていたのかも知れないが、こんな凡作を巻頭にすえて平気でいるようでは、たかが知れている、と見かぎって、私はほかの作家のものに移った。そして、けっきょく怪談らしい怖さを味わったのは、今世紀の作家でありながら、なんとなく古めかしい感じのするブラックウッドや、ラヴクラフトの短篇、中篇だった。読むのは二度めか、三度めという作品もあったのに、結末ちかくなると、かならず妙にうそ寒くなる。

かれこれ十年ばかり前、怪談のアンソロジイを編集したときに、ある翻訳家にイギリス作家の短篇を依頼した。その短篇を、私は岡本綺堂の訳で読んで感心していたのだが、綺堂訳には下訳をつかったらしい粗雑さがあったので、完全な新訳でのせることにしたわけだ。ところが、原稿がとどいて読んでみると、ちゃんと訳してあるのに怖くない。眼目のオバケが出るところを、綺堂訳で読みなおしてみると、やっぱり怖い。ちっとも力まずに、原文よりも淡淡と書きながしてあるのだけれど、なんとなく怖い。おなじ話でも、書き手によって、それだけの違いがあるのだ。

私は岡本綺堂を、昭和の日本の最高の怪談作家だと思っているが、ラヴクラフトほどではないけれど、ブラックウッドていどの古めかしさは、やはり感じる。このひとたちは、超自然のものを信じきって、自分自身が怖がりながら書いているか、信じきってはいないにしても、自己暗示のようなもので、書きながら怖がっているのだろう。だからこそ、古めかしくはあっても、古ぼけないで、読むひとにうそ寒い思いをさせるに違いない。私などラヴクラフトを読むたびに、大げさな口調と身ぶりに辟易(へきえき)しながら、いつの間にかその世界にひきずりこまれて、怖がっている。

こういうタイプの作家の作品と、例にあげたハイスミスのように怪談らしさを放棄(ほうき)した作品と、ハリスンのように怖がらすのはあきらめてアイディアで勝負という作品と、現代の怪談には、こういう三つの顔があるようだ。第一の顔を持つことが理想だけれど、そういう作家はめったに出てこない。第二の顔を持った作品は、怪談マニアの立場から見ると、らしくないところに不満が残る。しかも、らしさをなまじ棄(す)てきれないと、例にあげたクーパーの作品のような中途はんぱなことになる。

クーパーよりちょっと先輩のロバート・アイクマンや、アレックス・ハミルトンにも、私が最初に読んだ作品には、そういう中途はんぱなところがあって、あとを読みあさる気がなくなってしまった。二十世紀後半の人間を怖がらすのは、至難(しなん)の業であるらしい。それならいっそ、怖がらせるのはあきらめて、オバケの馬鹿馬鹿しさも覚悟の上で、ストーリイをこねくりまわしてやろう、というのが第三の顔なのだ。最近のすぐれた作品は、たいがいこの顔を持っている。

怪談も、SFや推理小説とおなじように、アイディアのアクロバットのおもしろさで、いまでは読者をひきつけているように思われる。出るものが出ないとおもしろくない、と初めのほうでいったのは、オバケを出して馬鹿馬鹿しくなるのを恐れた作品は、かえってつまらない、という意味なのだ。

イギリス人はよほど怪談が好きらしく、フォンタナ・ブックのロバート・アイクマン編集のアンソロジイは、今年の上半期でもう四冊になったし、パン・ブックのハーバート・ヴァン・タール編集のアンソロジイは八冊になった。下半期にはカート・シンガー編集のと、ピーター・ヘイニング編集のと、ハードカヴァーのアンソロジイも出る。それらの収録作家の名を見ると、第三の顔を持った怪談の書き手が、ほとんどだ。

あなたが幽霊や超自然現象を信じないからといって、読まずぎらいにならないでください。書いてるほうだって、それほど信じちゃあいないんです。

移り気な上にわすれっぽいので、ベスト10を選べなどといわれると、私はいつも当惑する。ことに怪談の場合、推薦した本が本屋にないことが多いので、なおさら空しい。躊躇なくあげる作家はE・A・ポオと岡本綺堂で、一年に一度は読みかえしているが、一篇を名ざせといわれると、目移りがしてしまうし、綺堂の怪談集は古本屋にもあまりない。あとはラヴクラフトの『インスマウスの影』、セオドア・スタージョンのThe Other Celia、アイラ・レヴィンの『ローズマリーの赤ちゃん』、三遊亭円朝の『乳房榎』、田中小実昌が昨冬「平凡パンチ」に書いた『氷の時計』などが、目下の私のベストである。

『雪崩連太郎全集』について

雪崩連太郎というキャラクターを私がつくったのは、『雪崩連太郎幻視行』という本にしたのが、昭和五十二年＝千九百七十七年の一月だから、昭和五十一年か、五十年にちがいない。雑誌に読みきり連載して、一冊分をまとめたあとにも連載をつづけ、昭和五十三年の十月に、二冊目の『怨霊紀行』をだした。これは、昭和五十五年に文庫にしたときに、一冊目にあわせて、『雪崩連太郎怨霊行』と改題した。本書の十三話までが、この二冊になっている。

それから、十年ばかりして、前とは別の雑誌に十四話、十五話の二篇を書いた。前の雑誌は、いまや記憶が曖昧だけれど、桃園書房の「小説ＣＬＵＢ」だったろう。あとの雑誌は、徳間書店の「ＳＦアドベンチャー」だった。しかし、最後の二篇の感じが、さきの十三篇とちがうのは、発表誌がちがうからではない。十年の歳月のせいだ。以前から、怪奇小説をたくさん、私は書いてきた。けれど、多くは四百字詰原稿用紙で、二十枚、三十枚の短篇小説だった。岡本綺堂と内田百閒の影響をうけたので、幽霊や妖怪があからさまに登場する小説は、書きたくない。生活の足もとを、踏みしめなおしたくなるような、うすきみの悪い話が、書きたかった。それには二、三十枚が、いちばんよかったのだ。

あまり怪談のうけいれられない時期でもあって、この傾向は成功したのだけれど、超自然現象を信じる若い読者がふえて、怪奇小説は書きやすくなった。しかし、私にいわせれば、それは安易に、過去へもどることでしかない。ことに短篇小説ではそうであって、これまでにも例にあげたが、長篇小説では現代的な、新しいホラーを書いているスティーヴン・キングでさえ、短篇小説になると、ほとんどが古めかしい。だから、六十枚前後で、シリーズを書くことになって、私は考えた。その結果、各地の異様な伝説や行事などについて、ルポルタージュを書くライター、という主人公を設定した。その男は本質的には、超自然現象を信じていない。しかし、伝説に語られる怪奇な現象を、合理主義によって、解決しようとはしない。伝承しているひとたちにあって、うけとめかたを誌上で報告するだけだ。そういう手法でなら、奇怪な物語を書くと同時に、人間たちのドラマも書けるだろう。そこまではよかったのだが、雪崩連太郎という名を、主人公につけたのは、案外な誤算があった。

当時は時代小説が不振だったから、『雪崩連太郎幻視行』という題名が、敬遠されたらしい、という話を、版元の編集のひとから聞いた。地方にすむ読者からも、時代小説は苦手なので、注文しなかった、という手紙をもらった。そういわれれば、雪崩連太郎という名前は、眠狂四郎の亜流のように、思われるかも知れない。十年後にまた書きはじめたときには、時代小説が人気をとりもどしていて、名前の心配はなくなっていた。だが、怪奇小説、恐怖小説の流行は、いよいよ過去にもどって、通俗になっていた。おまけに、活字だけの旅行作家は、自由に行動できる状態ではなくなっていて、そんな現実も無視できない。これまでとおなじ手法で、十四話は書いたけれど、もっと派手なものが、のぞまれているようだった。主人公が直接、大きな怪異にまきこまれなければ、派手にはならない。雪崩連太郎は、ハードボイルド・ミステリイの主人公に似て、観察者なのだ。その立場は変えられないので、十五話を書くのには、ひどく時間がかかった。

ハードボイルドの私立探偵も、近年はカメラ・アイにとどまらず、それぞれの問題をかかえるようになった。その理由を考察したエッセーがあるかどうか、私は知らないけれども、時代を反映はしているのだろう。雪崩連太郎を、そういう主人公にするには、性格を変えなければならない。このシリーズを十五話で、私は断念することにした。ここにあつめたのが、作品のすべてだから、書名を『雪崩連太郎全集』とした。

雪崩連太郎全集　都筑道夫著

というのは、風変りで、おもしろいだろう。作家としての私を、よく知っているひとたちは、にやにやするかも知れない。昭和四十五年に桃源社から、『加田伶太郎全集』福永武彦著、という本がでている。昭和三十年代に、福永武彦氏が加田伶太郎の匿名で書いた推理小説を、一冊にまとめたものだ。現在は新潮文庫に入っているが、この本の企画に、私は早くからかかわって、書名も考えた。フランスの作家、ヴァレリ・ラルボーに、南米の富裕なデイレッタントが書いた、という体裁の詩、日記をあつめた『A・O・バルナボート全集』という本があるのを、だれかのエッセーで知っていたので、この伝で話を持っていけば、福永氏もおもしろがって、承知してくれるのではなかろうか、と編集者ともども、私も最初の交渉にいった記憶がある。福永氏は話にのってくれて、全集らしく、一号だけの月報もつけよう、というアイディアもだしてくれた。そのとき、ラルボーよりも近年に、やはりフランスの前衛作家、レイモン・クノーが、『サリー・マラ全集』というのを出していることも、教えてくれた。これはクノーが、サリー・マラの別名で書いた小説を、一冊にしたものだという。

そうして、『加田伶太郎全集』はできたわけだが、クノーの『サリー・マラ全集』に近い。いっぽうラルボーのA・O・バルナボートは、いわばその本の主人公だから、私の場合はそれに倣った、ということになる。これは黙っていてもいいことで、知っているひとは、これじゃ、四番せんじだぜ、と苦笑するだけだろう。知らないひとは、さすがは都筑道夫、奇抜なことを考える、と感心してくれるかも知れない。だが、私にはどうも、種あかしをしたがる癖がある。小説の趣向に、まったく新しいものは、もはやありえない、といいきってもいい。そんな思いがあるから、なんでも喋ってしまうのだろうか。

なお念のためにことわっておくが、この十五の物語にでてくる地名、人名はすべて架空のものだ。類似の名が実在しても、偶然にすぎない。だが、言及される伝説、伝統行事、民俗芸術には、それぞれに根拠があって、誇張はあっても、でたらめはない。とはいっても、それら全部を、この目で見ているわけではない。たとえば、「からくり花火」にでてくる茨城の綱火は、実際に見て感動したが、お座敷花火は文献で知っただけのものだ。完全にほろんだ芸らしく、真偽もあきらかではないけれど、不可能な技術では、ないように思う。復活しないものだろうか。

私の怪談作法

私は子どものころから、おばけが好きだった。美女の顔が一瞬に、恐しいお岩さまに変貌する紙人形が、幼い私の宝ものだった。武田製薬の宣伝材料で、昭和十年前後のことだから、武田長兵衛商店といったと思う。名刺大の、たわいのない仕掛の紙細工で、じきにやぶれてしまったが、ほかの人にはさわらせずに、大事にしていたものだった。

そのころ、新興キネマという映画会社があって、化猫映画や怪談映画をたくさんつくっていたが、それらもよく見にいった。けれど、怖かった、という記憶はない。そういう記憶の最初は、岡本綺堂の『半七捕物帳』の一篇「鬼娘」を、ラジオの朗読で、聞いたときだった。犯人とともに処刑された猛犬の、悲しげに吠える声が、夜ふけの刑場に聞える、という結末を耳にしたとたん、水をあびせられたような気がした。たぶん、それがきっかけだったろう。小学校の後半から、綺堂の『半七捕物帳』や『三浦老人昔話』『青蛙堂鬼談』に読みふけった。

敗戦後も、怪談は読みあさって、雑誌「小説新潮」で、内田百閒の短篇小説「とほぼえ」に出あったときには、強い感銘をうけた。百閒の短篇集『冥途』や『旅順入城式』を、すぐにさがして、読んだくらいだった。幸田露伴の『幻談』に敬服したのも、このころだけれども、自分で怪談を書こうとはしなかった。当時、私はすでに売文生活をはじめていたが、怪談の正統は、日本でいえば上田秋成(あきなり)の『雨月物語』、海外でいえばホフマン、ポオの系列、と考えていた。それを古めかしく見えないように書くには、どうすればいいか、そのころの私には、わからなかったのである。おもに書いていた時代小説さえ、中間小説に押されている時期だった。私は方向転換して、翻訳出版にかかわりながら、推理小説の翻訳と創作にすすみはじめた。毎日、たくさんのミステリイを読み、ゴースト・ストーリイを読んだ。そのうちに、怪談のアンソロジイをつくることになって、短篇をえらんでいるときに目についたのが、ジョン・スタインベックの「蛇」と「ジョン熊」、トルーマン・カポーティーの「ミリアム」だった。私にはこの三篇が、新しい怪談のすがたに見えた。

そこで「ミリアム」を最後にすえて、今世紀の怪談の変遷を、二冊にまとめることにして、ハヤカワ・ポケット・ミステリのオリジナル・アンソロジイ『幻想と怪奇』上下ができあがった。ひとり一作としたので、スタインベックは推理的興味の濃い「ジョン熊」を割愛して、神秘性の濃い「蛇」を入れた。「ミリアム」は、私が自分で翻訳した。スタインベックやカポーティーの作品を、怪談あつかいしたことで、読者の拒否反応があるのではないか、と懸念したが、現代怪談早わかり、といった編集が珍しかったせいか、このアンソロジイは好評だった。そして、「蛇」をえらんだことが、私を怪談作家にした、といっていい。

幽霊を信じない読者、超自然現象に無関心な読者を相手に、怪談を書く姿勢を、学んだのである。翻訳出版から手をひいて、推理小説に専念しはじめると、長篇のかたわら、ショート・ショートで怪談をさかんに書いた。怪奇小説といわずに、怪談という古風な呼びかたを、私が好むのは、岡本綺堂の影響だろう。綺堂と内田百閒が、私の直接のお手本だった。綺堂の怪談のむこうには、中国の志怪の書がある。綺堂訳の『支那怪奇小説集』と、柴田天馬が翻訳した『聊斎志異』は、私の愛読書であった。

中国の怪談は、短いものが新鮮で、現代にも通用する。幽霊や妖怪が、なんで現れるのかわからないけれど、読者は落着かなくなる、といった作品だ。偶然の一致だろうが、英米の現代SF作家の幻想的な短篇に、中国の怪談そのままのストーリイがある。綺堂や百閒の短篇も、現実がどこかで、すこしずれたような違和感が、奇妙な効果をあげるのである。怪談ともつかず、悪夢の記録ともつかず、現実にわりこんでくる瞬間の歪みを、とらえた小説といおうか。百閒の作品は事実、しばしば夢の記録として、解釈されている。百閒が師とあおいだ夏目漱石の連作『夢十夜』を、ひとが連想するからだろう。

百閒の短篇小説を、怪談というひとは、あまりいないようだ。文学者の耳には、怪談という言葉が、卑俗に聞えるのかも知れない。この言葉を好んだ作家には、昭和十六年に亡くなった田中貢太郎がいる。大正のなかばから、怪談に興味を持って、長短二百五十篇ぐらい書いている。私も戦争中、貢太郎怪談を文庫本で、たくさん読んだけれども、戦後に読みかえしてみると感覚が古すぎて、座談の幽霊ばなしを出ていない。文章も無造作すぎて、私の趣味にはあわなかった。

幽霊といえば、もうひとり、泉鏡花の名が浮ぶが、鏡花も私は好きではない。喜劇俳優の古川緑波は、たいした読書家だったが、てれがないから、鏡花はきらいだ、といったそうだ。寄席の小説を書いた正岡容は、緑波と親交があったが、その口から、私はこれを聞いて、たしかにそうだ、と思った。大佛次郎も、綺堂の怪談について書いた文章のなかで、鏡花の女は生きているうちから、もう幽霊どうぜんで、美しいけれども、血が通っていない、という意味のことをいっている。たしかに鏡花の幽霊、化けものは、あのユニークな文体に酔えないと、たちどころに、ばかばかしくなる。

ただし、私の鏡花ぎらいには例外があって、幽霊のでる作品では『眉かくしの霊』、怪奇趣味のうすい作品では『歌行燈』、この二作だけは好きだ。とはいっても、『眉かくしの霊』の因縁ばなしの駈けあしになるところ、『歌行燈』の主要人物がうまく桑名に落ちあって、相手かまわず打ちあけ話をする不自然さが、気にならないわけではない。もともとロマンティックでセンティメンタルな私なので、ロマンティックな小説は、ごめんをこうむりたい。鏡花のロマンティシズムは、手ばなしののろけに近く、てれがない、と緑波がいったのも、そこらあたりのことらしい。

私のことに話をもどすと、怪談を書きはじめたのは、ゴースト・ストーリイは死に瀕している、と欧米でいわれていた時期だった。正確にいえば、そうした沈滞期の最後のころだった。

長篇怪奇小説は、ほとんど書くひとがいなくなって、短篇だけがかろうじて、生残っていたわけだ。間もなく、アイラ・レヴィンの『ローズマリーの赤ちゃん』がベストセラーになって、長篇怪奇小説はアメリカで、復活のきざしを見せた。それが、スティーヴン・キングの出現によって、決定的なブームになったのは、ひとの知るところだろう。

それでも、短篇は依然、低迷している。キングにも短篇集があるが、作品の大半が古めかしい。キングの長篇小説は、古風な幽霊や妖怪がでてきても、その異常世界に入る手つづきとして、アメリカ現代社会における個人生活が、詳細にえがかれる。ごく大ざっぱにいえば、先端社会に適応しかねる個人の心情が――ストレスが、といってもいいけれど、それが異常世界との接触を、読者に納得させるのだ。だから、キングの小説は、長いが上にも長くなっていく。その長篇が映画化されると、日常生活の描写がはぶかれて、安っぽくなる。

私は四百字詰原稿用紙十枚前後の、ショート・ショート怪談からスタートして、だんだん長くしていった。しばしばアンソロジイにとりあげられる「風見鶏」も、最初は五枚のショート・ショートだったが、圧縮しすぎたような気がして、のちに三十枚たらずに書きなおした。やがて、二十枚という長さが、綺堂や百閒を手本にした作品には、もっとも適している、と考えて、昭和四十年代後半から、五十年代にかけて、二十枚の怪談をさかんに書いた。これもよくアンソロジイに採用される「人形の家」は、そのひとつである。当時は二十枚の怪談なら、いくらでも書ける、という気がしたものだ。

以前、日本推理作家協会で、ショート・ショートのアンソロジイを編纂したときに、星新一と私が協会の依頼で、長さの基準をさだめたことがある。ショート・ショートは、アメリカの雑誌で生れた形式で、見ひらき二ページにおさまること、というだけが、条件らしい。雑誌のサイズはまちまちだから、アメリカのショート・ショートのアンソロジイには、四百字詰原稿用紙に日本訳して、四十枚くらいの作品が、入っていることもあった。そこで、星さんと私に解釈をまかされたのだが、ふたりの結論は、一枚から三十枚までだった。ただし、作家の姿勢が、問題になる部分もあるので、三十枚ちかくなると、ショート・ショートといえない場合もある。戯曲でいえば一幕物、といった作品なら、三十枚でもショート・ショートだろう。したがって、私の怪談のほとんどは、ショート・ショートということになる。

ショート・ショートとはいえない三十枚のもの、さらに四十枚のもの、五十枚、六十枚のシリーズものと、私の怪談は長くなっていったけれど、やはり二十枚から三十枚が、いちばん書きやすい。これまでに、どのくらい書いたか、正確に数えたことはないが、すくなく見つもっても、四百篇は越えているだろう。六百篇くらいに、なっているかも知れない。中国の蒲松齢の『聊斎志異』は四百四十五篇、分量だけは肩をならべているわけだ。

そのなかから選ぶとなると、やはり二十枚のものが、中心になる。シリーズものの見本として、五十枚ほどの作品を二篇、最後においた。雪崩連太郎という旅行記ライターが、トラヴェル雑誌の取材を重ねるうちに、怪異にであう連作で、『雪崩連太郎幻視行』『雪崩連太郎怨霊行』の二冊にまとめたなかの二篇である。五十枚となると、現実とのわずかなずれや、違和感だけでは持たない。物語性が、必要になってくる。アメリカン・ホラーのブームのおかげで、短篇も書きやすくなったけれど、ばかばかしくなる危険が、なくなったわけではない。そのことは、スティーヴン・キングの短篇集について、すでにのべた通りである。

あとは二十枚前後のショート・ショートをならべたが、このうち「かくれんぼ」「古い映画館」「春で朧ろでご縁日」「四万六千日」の四篇は、私の怪談の典型といってもいいだろう。あまりグロテスクではなく、ノスタルジックな暖みもあって、ふしぎさが余韻となって残るような、そんな効果を狙ったもので、いずれも「小説新潮」に発表した。私は視覚型の人間で、記憶は絵はがきのように、画像として浮びあがってくる。そうしたイメージの一枚をえらんで、想像力でふくらますと、怪談ができあがるのである。

近年の作品では、「仕込杖」がおなじ系列だが、これは珍しく、感触の記憶からつくりあげた。ごく小さいころ、どこかの蒸暑い二階で、籐椅子にすわらされて、籐のテーブルの脚を、足のさきでなでていて、髭をはやしたひとに叱られた記憶がある。その感触のなつかしさ、声の恐しさから、この作品ができあがった。アイディア・ストーリイとしての怪談は、すでに書きつくされている。奇妙な現象をえがくのも、映画のSFXの進歩には、太刀うちできない。短篇小説としての怪談に残された道は、感覚の世界しかない、と思って、私はこういうものを書いているのだが、むしろ怪奇小説というより、ふしぎ小説とでもいうべきか。

『風からくり』について

この版元からだす自選怪談集の二冊目で、一冊目とおなじく、ふしぎ小説と称している。曖昧ないいかただけれど、幽霊らしい幽霊が出てきて、だから怖い、という作品は、私にはきわめてすくない。登場人物の感覚が、いつの間にか、現実とずれていって、薄気味がわるい、という作品が多い。曖昧な状態をえがいているから、ふしぎ小説という曖昧ないいかたが、ふさわしいように思って、みずから名づけた。

えらんだ十三篇のうち、「はだか川心中」と「風見鶏」、「人形の家」の三篇は、あちこちのアンソロジイにも、えらばれている。したがって、読んだばかりだ、といわれる読者も、あるかも知れない。だが、この三篇をはぶいては、代表作選集といえなくなる。ことに「人形の家」は、このジャンルに熱中するきっかけを、私にあたえた作品だから、落せない。十五年前か、二十年前か、「小説新潮」に発表したものだ。

もっと前の「小説新潮」に、「とほぼえ」という傑作を、内田百閒が書いている。それを読んで、私は現代でも超自然の恐怖を、短篇小説で書けるのだ、ということを悟った。私は子どものころから、怪談が好きだったけれど、幽霊を信じていたわけではない。だから、幽霊をだせば読者は満足するはずだ、と安易に書いた作品には腹が立つ。ところが、「とほぼえ」には、登場人物のひとりが、次のようなことをいう場面がある。

「死んだばかりの女房が、座敷にすわっているんです。そんなこともあるだろう、と思っていたから、おどろかなかったが、急に立ってきそうにした。出るのはいいが、立ってきちゃいけない」

これは要約であって、忠実な引用ではないが、読んだとたんに、背すじがぞくぞくした。その人物の話のなかで、死んだ女は、実際に立ちあがるわけではない。立ちそうな気がしただけで、それを、すわっているのはいいが、立ってはいけない、と思う気持がわかるようでもあり、わからないようでもあって、おそろしいのだ。全文を読んでいただかないと、私の感銘はわかってもらえないかも知れないが、とにかく「人形の家」を書くときには、「とほぼえ」の載った雑誌だから、迂闊(うかつ)なものは渡せないぞ、という思いがあった。

だからといって、苦心惨憺(さんたん)はしていない。ドールズ・ハウスの写真集を、見ているうちに思いついて、一気に書いてしまった。短篇集に入れるときに手をくわえたが、それも多くはない。めったにないことで、「はだか川心中」も「風見鶏」も、なんども書きなおしたものである。

それはともかくも、私の気に入りの三篇なので、二度目のひとも、三度目のひとも、もう一度、読んでいただきたい。ストーリイがわかったら、もう読めないような小説は、私は書いていないつもりだ。

そのかわり、というと、子どもだましのいいかたになるが、巻末の二篇、「夢買い」と「模擬事件」は、これまで単行本におさめたことがない。ほかの十一篇は、十枚、二十枚、三十枚、ショート・ショート・ストーリイに近い長さだが、「夢買い」は五十枚、「模擬事件」は四十枚弱。ふしぎ小説としては、書きにくい長さだから、狙いをすこし変えてある。

書名は『風からくり』だが、目次を見ても、そういう題の作品はない。私の短篇集には、こうしたタイトルのつけかたが多いので、なぜか、と聞かれることがある。大正から昭和のはじめへかけて、短篇集にこういう題のつけかたをした作家が、いくたりかいる。大正ダンディズムの、ひとつの現れかも知れない。近年、やるひとがいないように見えたので、復活をこころみたのだが、収録予定作のリストを眺めながら、書名を案じるのは、なかなか楽しい作業なのだ。

作品の内容を、ひとつひとつ思い出しながら、全体の雰囲気から書名を考えるのだが、あきれたことに、題を見ても、どんな話を書いたのか、頭に浮かんでこない作品がある。そういうときには、ショート・ショートもまじえて六、七百篇、短篇小説を書いているのだから、とてもおぼえきれないさ、と自分をなぐさめることにしているが、今回はその必要がなかった。苦労しないで、書名も思いついた。

風からくり、というのは文字どおり、風の力で動くからくり仕掛のことだ。水の力で動く仕掛は、水からくり、といって、江戸時代、庭園にしつらえられたり、見世物になったりしている。けれど、風からくり、というものが、あったかどうかは、わからない。動く彫刻、モビールの和名として、勝手につくった言葉なのだ。強い風、弱い風、かすかなそよぎにも、思いがけない動きをするモビールのような短篇小説が、この本にはおさまっております、というつもりで、『風からくり』とつけた。古風でいながら、乾いた語感に、華やかさがうかがえて、悪くない書名だと思う。

怪談とミステリ

宮部(みやべ)みゆき
(作家)

もう十二、三年ほど前のことになります。雑誌の企画で、都筑先生と小杉健治さんと三人でお話をする機会に恵まれました。小杉さんもわたしも「オール讀物推理小説新人賞」の出身で、都筑先生はその選考委員をなさっていましたから、いわば新進推理作家二人が大先達をお迎えし、読者としてのミーハー気分をも充分に満足させつつ、いろいろなお話を伺おうという趣向でありました。

わたしは初めて都筑先生にお会いするというので思いっきり舞いあがり、かなり支離滅裂なことをしゃべっていたのではないかと思います。文章化の際に、未整理な発言は手直ししたり削除したりすることができますから、そういう「あらあら?」な部分が雑誌に載ったわけではないのですが、人間、自分の記憶からは逃れられるものではありません。ああ、ハズカシイ。

さてその折、好きなミステリから時代小説、資料の集め方、取材の仕方、多岐にわたった話題の中に、「怪談」も登場しました。記憶に間違いがなければ、本書にも収録されている「はだか川心中」という傑作について、わたしが都筑先生に、「あのお話を、どんなふうに発想されたのですか」と、ファン的好奇心丸出しで質問したことがきっかけになったのだと思います。

ミステリ作家には、実は好んで怪談を書く人が、たくさんいます。これは一見、奇妙なことに思われるかもしれません。ミステリは何よりも物語内の論理（ロジック）を尊重し、その独特の華である魔術的な思考の跳躍——つまりはトリックでさえも、ロジックの魔法なしでは存在し得ない創作物であるからです。ところが一方の怪談は、論理が緻密に過ぎればほぼ確実に「理に落ち」て、怖くもなければ面白くもなくなってしまう——

しかし現実には、この二つの嗜好・趣向が、往々にして一人の作家のなかに同時に存在する。それも同じくらいに強いベクトルで。実に興味深い話です。

さて、怪談・恐怖譚の創作を好むこうしたミステリ作家の一端に、わたし自身も含めていただくことができると思います。書いてますからねえ、怪談。それはもう、毎回ワクワクしながら書いています。書きながらまた読みながら、自分でもいつも「不思議だねえ」と思ってきました。右手で理詰めの話を書き、左手では理のないところにこそ生まれる恐怖を書く。見事にブンレツしちゃってるじゃありませんか。何ゆえにこういう現象が起こるのか？

ここでまた昔話に戻るのですが、わたしの手元に一冊の文庫本があります。タイトルは『白髪鬼　岡本綺堂怪談集』。光文社文庫で、奥付は一九八九年七月二十日初版1刷発行。書店でこの新刊を見つけ、小躍りしながら買って帰って、一週間以上も幸せな気持ちにひたっていたあのころが、今は懐かしや。

おお、岡本綺堂！ 捕物帖の生みの親にして怪談の名手でもあるこの大作家（本業は劇作家で、小説は余技であったというのがまた凄いというかニクいというか）と、都筑先生とのあいだには多くの共通点がある――なんてことは、わたしなんぞが解説できることではありません。また本書のなかでも、エッセイの部分で、綺堂作品に対する敬愛の念を、都筑先生ご自身が綴っておられますから、そちらを読んでいただくのが何より重畳。ただね、そう「解説」。実はこの『白髪鬼』の解説に、都筑先生が寄せておられる文章のなかに、先ほど述べた「不思議だねえ」の解答につながる言葉が存在しているのです。

収録作のひとつで、綺堂の怪談のなかでも名作の誉れ高い「妖婆」に触れた、そのくだり。ちょっと引用してみましょう。

「話はすぐに怪しい老婆のことになるが、その出没が客観的には、語られない点に、注目していただきたい。会話のなかにしか、出てこない。そこに、綺堂の怪談づくりの秘訣がある」

さらに、この言葉をよくよく嚙みしめた上で、本書に収録されている「『風からくり』について」のなかの、この一文を読んでみてください。

「私は子どものころから、怪談が好きだったけれど、幽霊を信じていたわけではない。だから、幽霊をだせば読者は満足するはずだ、と安易に書いた作品には腹が立つ」

Xプラス Y イコールとはじき出せば、これはつまり、「怪談は確かに常にあり得ざる事象を描く創作物ではあるけれど、その書き方は、むしろ論理にこだわったものであるのが理想的なのだ」ということではありますまいか。無いものを描く。それに遭遇した人の心に映っただけの朧なもの、実在しない事象を描くからこそ、「さあ出たぞ。出たものは出たんだから本当なんだからアナタも信じなさい、そして怖がるのがあたりまえ」ではつまらないし、拙い。あたかも本当にそれがそこに「出た」ように綴り、読者に怖がってもらうためには、論理に裏打ちされた語りの技術が必須だということです。

まさにこの部分が、論理の魔術の腕を競うミステリ作家の魂をくすぐるのですね。

一九八九年当時、まだ生まれたてホヤホヤの作家のタマゴだったわたしは、『白髪鬼』を読み巻末解説を読み、やっぱり腕が鳴りました。未熟な腕ではあるけれど、鳴らさずにおられようかというほどに高揚しました。

本書「都筑道夫コレクション〈怪談篇〉」の豪華さは、エッセイ部分で、こうした都筑先生の怪談創作の基本姿勢を教わりつつ、そこから生まれ出た実作を、並行して読んでゆくことができるという部分にあります。世の怪談好きの読者に大きな喜びを与えるのはもちろんのこと、これから創作をしたい（それはミステリや怪談に限った話ではありません）という方々にとっては、得難い入門書となるに違いありません。

読者の皆様それぞれに、読後に感じる本書の「これがベストだ！」という作品は違ってくることでしょう。それでこそまた楽しみも厚くなります。蛇足ながらわたしは、本書に収録されているなかでは、別格というくらいに大好きな「はだか川心中」を除けば、「古い映画館」をいちばんに挙げたいと思います。

「この映画館に、幽霊が出るというのは、ほんとうだったのだ」

平易な言葉の連なりであるこの一文に仕掛けられた論理の魔術の、なんと鮮やかなことか！「出る」のは「誰の」幽霊なのか。「出る」とはどういう意味なのか。ラストで悲鳴と共に明らかにされる真相。ぞっとして、思わずうしろをちらりと振り向きつつ、

「あれ、でもこの作品はミステリでもあるんじゃない？」

と思う貴方と、わたしは握手をしたいです。うんうん、そうですよね。

ところで、こうなってくると、都筑先生が「ベスト10を選べなどといわれると、私はいつも当惑する」と言いつつ挙げておられる諸作品も、読みたくなってきますよね。わたしはとりわけ、

「田中小実昌が昨冬「平凡パンチ」に書いた『氷の時計』」

読みたいです！

〈怪談篇〉解題

新保博久（しんぽひろひさ）
（ミステリー評論家）

この都筑道夫コレクション〈本格推理篇〉『七十五羽の烏』の解題で、都筑氏は数多くのシリーズ・キャラクターを創造した点で世界有数だと書いたが、怪奇短篇の生産量についても同じことがいえる。氏によると過去の最高記録は田中貢太郎の四百数十篇だそうだが、『絵の消えた額』（平成三年八月、光文社文庫）あとがきの時点で、すでに氏の怪談は四百篇を越え、あるいは六百篇近いかもしれないというから、明らかに日本最多だ。そのあとがきを今回「私の怪談作法」と改題させていただいたのは、〈本格推理篇〉の「私の推理小説作法」に照応させたかったからだが、最初に「私の推理小説作法」が書下ろされた『都筑道夫自選傑作短篇集』（昭和五十一年六月、読売新聞社）には、この〈怪談篇〉の「はだか川心中」から「古い映画館」までのうち、「夜の声」を除く六篇も収録されており、それらも「私の推理小説作法」で言及されているので併せてご覧願いたい。

こうした自選短篇が中心とはいえ、十篇ばかりで著者の秀作怪談を網羅できるものではないが、いっぽう怪奇長篇のほうは少ない。ここに初めて文庫化される『血のスープ』（昭和六十三年九月、祥伝社ノン・ノベル愛蔵版）と、『怪奇小説という題名の怪奇小説』（昭和五十年九月、桃源社、同五十五年に集英社文庫）のほか、ジュニア物を加えても『妖怪紳士』（昭和四十四年六月、朝日ソノラマ、同五十六年に桃源社『おはよう妖怪たち』に再録）、『燃えあがる人形』（昭和五十七年十一月、学校図書、のち「朱いろの闇」と改題加筆して平成二年に光文社文庫『秘密箱からくり箱』に収録）の都合四篇が、時代小説を除けばすべてだ。ただ、『妖怪紳士』は活劇調が強く、『燃えあがる人形』も敗戦まぎわの東京の生活を年少者に伝えておきたいという風俗小説的色彩も濃い。『怪奇小説という題名の怪奇小説』にしても、怪奇長篇を書くことの困難を「趣向だおれになるくらい、たくさんの趣向でカヴァーして」（初刊本あとがき）、カヴァーしきれなかった憾みがある。根っからの都筑ファンにはそれはそれで愉しめたものの、純粋な怪奇長篇の傑作としては『血のスープ』を筆頭に挙げるべきだろう。

この長篇は、内容もさることながら、刊行状況にも不思議な運命がつきまとった。原型は「幻想トリップ」という角書きで、第一話「ハワイアン・ラヴ・コール」（「小説CLUB」昭和五十六年一月号）、第二話「壺がとどいた夜」（同五月号）まで発表されたところで中絶している。二話で『血のスープ』第四章の1までに相当し、長篇では書き込みが深くなっているものの基本的に同じだが、「壺がとどいた夜」では慶吉と高杉とが呉越同舟で結託して吸血鬼退治を決意するところで終わっているのが大きな相違だ。

なぜ中絶してしまったのか。吸血鬼伝説の存在しない日本を舞台に、そういった存在を登場させる困難を克服するには、『血のスープ』を読み終えれば分かるように、とっておきのアイデアが用意済みであったはずだ。西洋との接点を持たせるために、ホノルルから物語の幕が開くのは、昭和五十四年にハワイ在住の長女を訪ねて初めて海外旅行した体験が下敷きになっているらしい。「幻想トリップ」を掲載したとき都筑氏は満五十一歳。そろそろ五十に手が届こうかという印判職人の慶吉と年齢が近すぎて、主人公と作者自身の適度な距離がとりにくくなったのかもしれない。それは深読みで、担当編集者が異動でもして熱心に督促されなくなったような単純な理由も考えられるが。

それが七年後に、改めて書下ろし長篇として完成を見た。都筑氏はスティーヴン・キングに早くから注目し、最初の『キャリー』(一九七四年、現・新潮文庫)が邦訳されたとき、連載書評「都筑道夫のブックランド」でも高く評価している。家庭や学校でいじめられた少女が超能力を爆発させるストーリーそのものよりも、架空文献の引用を織り込むといった語り口に注目したもので、「引用文とストーリーの描写の部分のタッチが、はっきり変えてあるあたり、当然なこととはいえ、これが新人の処女作なのだから、心にくい」(「宝石」昭和五十年九月号)と賞賛した。キングはその後、活字のタイポグラフィを使い分けて、めりはりをつける手法を深化させるが、こうした版面の視覚的効果でも恐怖をあおる手法にも、都筑氏は興味を抱いたにちがいない。氏が昭和五十九年から使いはじめたワープロの機能を生かせば、日本語でも同様な試みができるのだ。

この技術的興味が、『血のスープ』を完成させる意欲をもたらしたのは想像に難くない。だがこれは両刃の剣で、字組みが変わると、ところどころ文章まで書きかえなければならなくなる。それを億劫がられたのが、完成度が高いのに文庫化もされず放置されていた最大の原因だろう。ために幻の作品となり、数多いホラー小説ガイドでもほとんど挙げられたことがないが、現在のホラー・ブームに先駆けた傑作として、今後は語り継がれてゆくと信じて疑わない。

「はだか川心中」(「ミステリマガジン」昭和四十四年七月号「温泉宿」を改題)と「ハルピュイア」(「週刊小説」同四十七年五月二十六日号「人面の鷲」を改題)と「風見鶏」は、都筑道夫恐怖小説集と銘打たれた『十七人目の死神』(同四十七年八月、桃源社ポピュラー・ブックス)所収の十一篇のうちの三篇である。本集の底本には角川文庫版(同五十一年)を用い、「はだか川心中」「風見鶏」は『風からくり』(平成二年十一月、新芸術社=現・出版芸術社)と照合した。巻末に収録したエッセーは、その『風からくり』のあとがきである。

「風見鶏」の初出については、当該作の末尾に添えられた「寸断されたあとがき」を参照されたい。通例のあとがきで、著者みずから収録作品を個別解説する例は珍しくないが、本文中に挿入するのは画期的だろう。「どんな新しいことを思いついたつもりでも、どこかに前例はある」という都筑氏の口癖を借りるまでもなく、たとえば『アシモフのミステリ世界』(一九六八年、邦訳はハヤカワ文庫SF)が似たようなことをやっているのだが。「寸断されたあとがき」には元版では、それぞれ3、9、10とナンバーが付いていたのを本集では外した。文中「今回」とか「本書」とかいうのは桃源社版のことである。ともかく著者自身にこう周到に解説されてしまっては、さかしらに解題して屋上屋を架すまでもない。

日本ミステリー文学大賞受賞者としては都筑道夫の三年先輩受賞者になる笹沢左保の珍しい怪奇短篇「老人の予言」(昭和四十四年八月発表、講談社文庫版ミステリー傑作選・特別編4『57人の見知らぬ乗客』などに採録)や、「はだか川心中」の核心を種明かしすることになるが、一つだけ蛇足的指摘をしておこう(どちらも種を知っても、読むに堪えなくなるわけではないが)。普通のゴースト・ストーリーでは当然、過去に死んだ人間が幽霊になって出てくるのだが、まだ死んでいない、未来から来た幽霊を扱っている点で新鮮な印象を与える。しかし都筑氏自身、長篇評論『黄色い部屋はいかに改装されたか?』(同五十年六月、晶文社)の第一章でこの笹沢短篇に触れ、海外に前例があることを紹介している。だがそれまでの前例が、幽霊に脅かされる側から描いているのに対して、「はだか川心中」は幽霊候補のほうに視点をおいたところに新たなひねりがあるだろう。

なお『十七人目の死神』という表題の意味は、児童書や訳書を除いて十七冊目の著書になるからだ。〈本格推理篇〉五百三十三ページ目の著作リストでナンバー19になっているのは、デビュー単行本『魔海風雲録』(昭和二十九年十一月)の一時改題本『かがみ地獄』と、六巻選集〈都筑道夫異色シリーズ〉(同四十三年)をそれぞれ一点に数えたせいである。

「夜の声」（「サンケイ・スポーツ」昭和四十一年七月十日付）は『夢幻地獄四十八景』（同四十七年九月、講談社）に収録、本集の底本には講談社文庫版（同五十五年）を用いた。ちなみに、オスカー・ワイルドの「カンタヴィルの幽霊」（中公文庫『アーサー卿の犯罪』所収）からの影響は、同じ「異論派かるた」シリーズの「狭いながらも」（同四十二年三月六日付）のほうに、より顕著である。「夜の声」と「風見鶏」との中間ヴァージョンである「電話の中の宇宙人」（同四十一年十月、秋田書店『SFエロチック・ミステリー』）は、「風見鶏」「夜の声」ともども『都筑道夫の小説指南』（同五十七年九月、講談社、平成二年に講談社文庫収録時『都筑道夫のミステリイ指南』と改題）にも収められ、さらに詳細な比較分析が施されているから、運良く同書を入手できた人は読み比べていただきたい。

「人形の家」（昭和五十年四月）、「かくれんぼ」（同年八月）、「古い映画館」（同五十一年一月、以上すべて「小説新潮」）の三篇は『阿蘭陀すてれん』（同五十二年五月、角川文庫）を底本とし、「人形の家」は前掲『風からくり』ほかと、後二者は同じく『絵の消えた額』と照合した。なお『絵の消えた額』は、『風からくり』に先立つ自選怪談集『ミッドナイト・ギャラリー』（平成元年八月、新芸術社）の改題本で、文庫版あとがき（「私の怪談作法」では、そのあたりの事情などに言及した冒頭と末尾を割愛）も元版のあとがきがベースになっている（「人形の家」に出てくるドールズハウスそのものに興味を持った方には、タイミング良く光文社知恵の森文庫で刊行されたばかりの新美康明『ドールズハウスへの招待』をおすすめしておきたい）。

「SFアドベンチャー」昭和五十九年十二月号「都筑道夫特集」の高橋克彦との対談で、自選怪談ベストを聞かれたとき、やはりこれら三篇が挙げられている。「人形の家」と同様スラッとできたという「はだか川心中」もお気に入りの一作で、「怪談というのは、スラッとできたのがいちばんいいみたいな気がします」とも述べているが、反面「風見鶏」は「あそこに持っていくまでに苦労したので、愛着がある」らしい。

「夢見術」(「小さな蕾」昭和四十四年二月)は『びっくり博覧会』(同五十七年七月、集英社文庫)に収録されたきり、自選集の類に採られた例はないが、やはり旧作と同じアイデアに再挑戦されたものだ。原型は、昭和三十六、七年ごろ資生堂のPR誌「花椿」に連載された連作ショート・ショート「感傷的対話(コロク・サンチマンタル)」の第一話「夢の女」である。四十八年に〈都筑道夫ショート・ショート集成〉(全三巻、桃源社、同五十四、五年の角川文庫版では六分冊)がまとめられたさいには、「夢の女」を省くと連作の構成が壊れてしまうので、「夢見術」のほうが割愛されたのだろう。掲載誌の性質上、こうした小説を読み慣れない読者に配慮したのか、次のような解説が付いていたものだ(以下、オチに触れる)。「これは先月のようなリドル・ストーリイ(注、ショート・ショート集成第一巻『悪夢図鑑』所収の「即席世界名作文庫・女か虎か」)ではありませんが、疑問をお持ちの読者もおいでと思います。この物語はすべて、篇中で彼と呼ばれている夢見術の天才が見た夢だったわけです。したがって、会社の社長か重役の娘らしい女と、会社の同僚らしい男とは、彼がえらんだ登場人物なのですが、現実では、この女性、彼の妻なのでしょうか？（中略）——これは読者のお好きなほうに、きめていただいてけっこうです」。本文庫を手に取るほどの読者には、ミステリーやSFでは禁じ手とされる夢オチを逆手に鮮やかに幕を下ろされたあと、こんな説明は不要だろう。

これは怪談というより、江戸川乱歩が評論「英米短篇ベスト集と『奇妙な味』」（昭和二十六年『幻影城』所収、双葉文庫）で提唱した〝奇妙な味〟に属するかもしれない。都筑氏が自作の怪談を〝ふしぎ小説〟と称するようになったのは『ミッドナイト・ギャラリー』からだが、作品集『骸骨』（平成六年七月、徳間文庫）のあとがきで、「これまでに、私が書いた短篇小説のほとんどは、ふしぎ小説といっていい」と述べている。その定義によれば、「常識を無視した着想を、どんなふうに展開させるか、そのおもしろさを狙ったもので」あるという。同書の表題作「骸骨」（「小説中公」同五年六月号）が近作ではお気に入りの作品だそうで、戦前にフランスのマルセル・シュオブの短篇「骸骨」を読んで感銘し、骸骨が生者と同じに活動し会話しながら、「骸骨になってしまったんだから、しかたがないじゃないか、といったところが、おもしろくて、こんな小説を書いてみたい、と思った」という宿願が五十余年ぶりに果たされたわけだ。ブラック・ユーモアだが、もともと恐怖と笑いとは表裏一体ともいえる。息づまる作品の多い本集では、読者の口直しにもと考えて、小説の部の最後に入れてみた。

解題の順序が前後したついでに「怪奇小説の三つの顔」にもここで触れておくと、このエッセーが掲載された創元推理文庫の不定期刊ＰＲ誌「創元推理コーナー」（文庫判）新生五号

（昭和四十三年十月）は、E・R・バローズの〈火星シリーズ〉完結とロマン（怪奇・冒険）部門新設の記念特集号であった。末尾の小活字の部分はアンケートの回答のようでもあるが、他に回答者がいるわけでなく、現在となっては掲載意図が不明である。都筑道夫ミステリー論集『死体を無事に消すまで』（同四十八年九月、晶文社）では、この部分も同じ大きさの活字で続けて組んでいる。しかしエッセーとしては、明らかにその前の段落で終わっているので、初出のほうを底本にした。ただし、初出でラブクラフトと表記されているのをラヴクラフトに改めるといった点は『死体を無事に消すまで』に従った。

初出当時は未訳だった作品のうち、「かたつむり観察者」はハイスミスの初短篇集『11の物語』（一九七〇年、邦訳は早川ミステリアス・プレス文庫）の巻頭を飾り、「ついに明かされるフランケンシュタイン伝説の真相」も風間賢二編『フランケンシュタインの子供』（平成七年、角川ホラー文庫）などに収録されている。フランケンシュタインが実態を隠すのに映画などのモンスターのイメージを利用するのは、『血のスープ』での吸血鬼の扱い方にヒントを与えたものかもしれない。「もうひとりのシーリア」は、複数の邦訳があるものの現在入手困難だが、河出書房新社近刊のスタージョン短篇集で新訳されるという。なお、都筑氏が編んだ怪談アンソロジイとは『幻想と怪奇』（昭和三十一年、ハヤカワ・ミステリ）二冊本で、ここで言われているのは一冊目に収められた米国のF・マリオン・クロフォード「上段寝台」だろう。綺堂訳「上床」は『世界怪談名作集』（河出文庫）下巻で読める。綺堂の下訳を受け持ったのは、小池滋著『ディケンズ』（冬樹社）によれば、『怪傑黒頭巾』で有名な高垣眸らしい。

雪崩連太郎シリーズは、「幻想文学」九号（昭和五十九年十二月）の「怪奇幻想ミステリー50選」、千街晶之『怪奇幻想ミステリ150選』（平成十四年七月、原書房）に選ばれているように、都筑怪談の代表作と目されている。昭和五十一年二月「別冊小説ＣＬＵＢ」でスタートし、同年九月号から同誌が「月刊小説」と改題されてからも継続して計十三話が書かれ、『雪崩連太郎幻視行』（昭和五十二年一月）、『怨霊紀行――雪崩連太郎幻視行』（同五十三年十月）と立風書房により二冊にまとめられた。

第一集のオビの「作者から読者へ」によれば、「幻視行シリーズでは、運命に支配される人間の悲しみを、見つめることによって、ミステリイを解いてゆこう、というのが狙いになっております。（中略）そういう狙いなので、主人公には、行動力と意志力を持っていて、同時に心のやさしさをもった人物を、設定しました」という。雪崩連太郎は伝説や奇習の取材を得意とするトラベル・ライターだが、一種のゴースト・ハンターともいえる。この点で、開始は雪崩連太郎シリーズに先立つコミカルな連作『にぎやかな悪霊たち』（昭和五十二年八月、講談社、同五十七年に講談社文庫）が重要なのだが、それについては本コレクション〈ユーモア篇〉の解題で触れよう。また、雪崩連太郎は「十年ほど前、『侏羅紀（じゅらき）』という同人誌の最年少の同人だった」と第一話で説明されるが、〈青春篇〉に収録される初期長篇『猫の舌に釘をうて』(同三十六年六月)の主要人物たちが関わっている同人誌がやはり「侏羅紀」で、両者の作品世界は、どこかでつながっているのだろうか。

雪崩連太郎は昭和六十二年に「SFアドベンチャー」で再登場したが二話で終わり、『デスマスク展示会』(平成三年三月、光文社文庫)に他のシリーズや単発短篇と併せて初刊行された。総計十五篇は『雪崩連太郎全集』(同五年九月、出版芸術社ふしぎ文学館)で初めて集成されたものだ。その「あとがき」を「『雪崩連太郎全集』について」と題して本集に収めた。シリーズ中断・終了の理由はそこに述べられているが、そういえば『雪崩連太郎幻視行』という題名は柴田錬三郎の『眠狂四郎独歩行』(昭和三十六年)を思わせせないでもない。ついでに書いておくと、「はだか川心中」という題名は、連城三紀彦の「戻り川心中」(同五十五年)よりも先である。

雪崩連太郎ものは、シリーズの性格を明瞭にするため二篇は本集に採りたいと思ったが、全体に質が高く、それゆえ選びかねた。『絵の消えた額』に再録された第十一話「色玻璃(いろがらす)なみだ壺」と第四話「花十字架(はなくるす)」、『都筑道夫名探偵全集Ⅱ・ハードボイルド篇』(平成九年五月、出版芸術社)所収の第一話「人形責め」と重複を避けて、第五話「比翼の鳥」(「月刊小説」昭和五十一年十月号)と第十二話「からくり花火」(同五十三年七月号)に決め、底本にはそれぞれ、昭和五十五年に刊行された集英社文庫版(第二集は『雪崩連太郎怨霊行』と改題)を用いた。たまたま後者は〈本格推理篇〉の『七十五羽の烏』(同四十七年三月)と同じく茨城県の綱火を見物したのがヒントになっているが、よほど強烈な印象を受けたようだ。怪奇小説と推理小説とで、同じ行事がどう扱いが変わるか読み比べていただきたい。

しかしこれが最上の選択だったかどうか、自信はない。推理小説で何が傑作かは意見がまだしも一致しやすいのに比べ、怪談では人によって相当見解が異なる。怖いか怖くないかが評価の大きな分かれ目となり、理性でなく感性の領域に属するせいだろう。『阿蘭陀すてれん』を再編集した『25階の窓』（昭和六十三年五月、新潮文庫）に卓抜な解説を寄せている翻訳家の宮脇孝雄は、集中では「阿蘭陀すてれん」と「春で朧ろでご縁日」の二篇を怪談の傑作としている。高橋克彦は、前掲の対談で『十七人目の死神』では「妖夢談」こそ怪談の真髄ではないかと推し、「最近の（都筑）センセーの怪奇小説の中では『深夜倶楽部』に収録されている『狐火の湯』が一番怖い」（光文社文庫『世紀末鬼談』解説、同六十二年五月）と絶賛した。いっぽう『深夜倶楽部』（昭和六十一年十二月、双葉ノベルス、平成四年に徳間文庫）を、『十七人目の死神』『雪崩連太郎幻視行』とともに代表作として掲出している東雅夫・石堂藍編著『日本幻想作家名鑑』（平成三年九月、幻想文学出版局）では、「狐火の湯」以上に「夜あけの吸血鬼」が買われている。紙幅が許して『深夜倶楽部』から本集に一篇採ったとすれば、私なら「姫はじめ」か「首つり御門」を選んだかもしれない。だから、自分が怖いと思ったものを、ひとが怖がってくれなくとも驚く必要はない――とは承知しつつ、本集の読者が怖いと感じてくれなかったとしたら、それがいちばん怖い。

光文社文庫

都筑道夫コレクション
血のスープ〈怪談篇〉
著者　都筑道夫

2003年4月20日　初版1刷発行

発行者　八木沢一寿
印刷　萩原印刷
製本　榎本製本

発行所　株式会社光文社
〒112-8011　東京都文京区音羽1-16-6
電話（03）5395-8149　編集部
8113　販売部
8125　業務部
振替　00160-3-115347

ISBN4-334-73475-8　Printed in Japan

お願い　光文社文庫をお読みになって、いかがでございましたか。「読後の感想」を編集部あてに、ぜひお送りください。

このほか光文社文庫では、どんな本をお読みになりましたか。これから、どういう本をご希望ですか。どの本も、誤植がないようつとめていますが、もしお気づきの点がございましたら、お教えください。ご職業、ご年齢などもお書きそえいただければ幸いです。

光文社文庫編集部

光文社文庫　好評既刊

400年のアリバイ回廊　柄刀　一
超特急燕号誘拐事件　辻　真先
北海道・幽霊列車殺人号　辻　真先
華やかな喪服　土屋隆夫
ミレイの囚人　土屋隆夫
影の告発（新装版）　土屋隆夫
危険な童話（新装版）　土屋隆夫
天狗の面（新装版）　土屋隆夫
天国は遠すぎる（新装版）　土屋隆夫
針の誘い（新装版）　土屋隆夫
赤の組曲（新装版）　土屋隆夫
いかにして眠るか　筒井康隆編
朱漆の壁に血がしたたる　都筑道夫
定山渓・支笏湖殺人事件　津村秀介
上高地・芦ノ湖殺人事件　津村秀介
長崎異人館の死線　津村秀介
加賀兼六園の死線　津村秀介

札幌　月寒西の死線　津村秀介
おんなへの序曲　富島健夫
男女の原点　富島健夫
男女の接点　富島健夫
男女の交点　富島健夫
母の情人　富島健夫
交歓の宴（上・下）　富島健夫
天使か女か　富島健夫
夏の情熱　富島健夫
十三歳の実験　富島健夫
恋か友情か　富島健夫
三人の秘密　富島健夫
好色天使　富島健夫
騒ぐ女・静かな女　富島健夫
女の夜の声　富島健夫
出世のパスポート　豊田行二
人妻あそび　豊田行二

光文社文庫　好評既刊

尼僧お庭番　赤松光夫
大奥梟秘帖　赤松光夫
江戸の大山師　赤松光夫
妖臣蔵　朝松　健
一休暗夜行　朝松　健
一休闇物語　朝松　健
平賀源内おんな秘図　大下英治
半七捕物帳　新装版（全六巻）　岡本綺堂
江戸情話集　岡本綺堂
中国怪奇小説集　岡本綺堂
白髪鬼　岡本綺堂
影を踏まれた女　岡本綺堂
大江戸人情絵巻　小杉健治
のらねこ侍　小松重男
蚤とり侍　小松重男
破牢狩り　佐伯泰英
妖怪狩り　佐伯泰英

百鬼狩り　佐伯泰英
下忍狩り　佐伯泰英
木枯し紋次郎（全十五巻）　笹沢左保
けものの谷　澤田ふじ子
夕鶴恋歌　澤田ふじ子
花篝　澤田ふじ子
鬼の武蔵　志津三郎
宝永・富士大噴火　芝　豪
城をとる話　司馬遼太郎
戦国旋風記　柴田錬三郎
夫婦刺客　白石一郎
武田騎兵団玉砕す　多岐川　恭
開化怪盗団　多岐川　恭
安倍晴明・怪　谷　恒生
ときめき砂絵　都筑道夫
いなずま砂絵　都筑道夫
おもしろ砂絵　都筑道夫

光文社文庫　好評既刊